法藏知津

九 編

杜潔祥 主編

第28冊

《大正藏》異文大典
（第九冊）

王閏吉、康健、魏啟君 主編

花木蘭文化事業有限公司

國家圖書館出版品預行編目資料

《大正藏》異文大典（第九冊）／王閏吉、康健、魏啟君 著
-- 初版 -- 新北市：花木蘭文化事業有限公司，2023〔民 112〕
目 2+254 面；19×26 公分
（法藏知津九編 第 28 冊）
ISBN 978-626-344-437-9（精裝）
1.CST：大藏經 2.CST：漢語字典
802.08   112010453

ISBN-978-626-344-437-9

法藏知津九編
第二八冊   ISBN：978-626-344-437-9

《大正藏》異文大典（第九冊）

編　　　者　王閏吉、康健、魏啟君
主　　　編　杜潔祥
副總編輯　楊嘉樂
編輯主任　許郁翎
編　　　輯　張雅淋、潘玟靜　美術編輯　陳逸婷
出　　　版　花木蘭文化事業有限公司
發 行 人　高小娟
聯絡地址　235 新北市中和區中安街七二號十三樓
　　　　　　電話：02-2923-1455／傳真：02-2923-1452
網　　　址　http://www.huamulan.tw 信箱 service@huamulans.com
印　　　刷　普羅文化出版廣告事業
初　　　版　2023 年 9 月
定　　　價　九編 52 冊（精裝）新台幣 120,000 元

《大正藏》異文大典
（第九冊）

王閏吉、康健、魏啟君　主編

目

次

Q

七

八：[甲]、[乙]2263，[甲]、大正藏經第四十三卷二百九十九頁2266 十四左，[甲]2036，[甲][乙]1822 一行頌，[甲][乙]2263 之所變，[甲]923 吽，[甲]973，[甲]1123，[甲]1305 星，[甲]1733 云炎魔，[甲]1733 種雲雨，[甲]2035，[甲]2035 終，[甲]2036，[甲]2081 葉，[甲]2255 卷金剛，[甲]2393 尊種字，[明][丙]1277，[明][甲]901 金剛，[明][乙]1092，[明]1000，[明]1552，[明]2110，[明]2110 品藻眾，[明]2145，[三]、南作總夾註七[明]2151，[三]、六[甲]、一[乙]982 悉，[三]2149 百一十，[三][宮]、九[聖]1462 月十五，[三][宮]、七道香僧朗[三][宮]2060，[三][宮]606，[三][宮]223，[三][宮]263，[三][宮]278 者於一，[三][宮]408 戶摩戶，[三][宮]606，[三][宮]606 反之患，[三][宮]2034 部合有，[三][宮]2059 釋曡翼，[三][宮]2060，[三][宮]2060 僧襲僧，[三][宮]2060 十，[三]184 日，[三]278，[三]982 娑嚩二，[三]1056 弭里弭，[三]2034 部合五，[三]2034 部五百，[三]2034 卷，[三]2149 部合一，[三]2149 部一百，[聖]1421，[聖]1428 第四分，[另]1721 軸宗歸，[石]1509，[宋][元][宮]、九人[明]2060，[宋][元][宮]2122，[宋][元][宮]2122 此別八，[宋]286 地諸佛，[宋]985 勇猛大，[乙][丙]1246，[乙]2397 部標章，[元]、九上[明]1425，[元][明]397，[元][明]656 者道當，[元][明]1425，[元][明]1435，[知]1785 行舉。

百：[三]212 千億難。

此：[三]2122 星者宜。

大：[宋]2122 耀之光。

二：[甲]1075 七日即，[甲]1717 記，[甲]1736 亦有賣，[甲]2036 寸後長，[甲]2266，[三][宮]2042，[三]2149 紙，[乙]972 十七薩，[乙]2249 文云今，[元]901 毘娑囉。

法：[甲]1735 遍觀法。

佛：[明]1336 佛諸七。

化：[明]643 佛像現。

吉：[明]1299 星宿凡。

寂：[甲]850 母。

解：[甲]1732 無。

近：[宮]1451。

九：[甲][乙]1822，[甲]1735 會明稱，[甲]2035 百餘人，[甲]2120 日，[甲]2266 十七左，[甲]2266 紙左，[明]1549，[明]2060，[明]2088 卷度三，[三]、十一[聖]222，[三][宮]223，[三][宮]425，[三]203，[三]222，[三]1568 法共生，[三]2149 十，[石]1509，[石]1509 日半有，[元][明]以下記數至十二準之 624 爲人所，[原]1308 井四七。

句：[三]1337 伽喇訶。

具：[甲]1813。

口：[宮]1424 樹之量。

苦：[宮]741 曰。

立：[三][宮]588 法無覺。

六：[丙]2120 月六日，[宮][石]1509 聖行，[宮]721 法能多，[宮]2034 卷經咒，[甲]、五[乙]2263 終，[甲][乙]1822 處諸器，[甲][乙]2391 雜，[甲]871 供養即，[甲]2037 年漢乾，[甲]2186 句明自，[甲]2196 地有垢，[甲]2250，[甲]2266，[甲]2266 十六右，[甲]2266 左又説，[明]2016 二分別，[明]1537，[明]1541 智知除，[明]1596，[明]2122 驗，[明]2149 紙，

[三][宮]481，[三][宮]1546 幾是修，[三]2122 十有一，[三][甲][乙][丙]930，[三][甲]1102 殺目佉，[三][聖]125，[三][聖]1582 品亦如，[三]203，[三]397 波利車，[三]656，[三]982，[三]993，[三]1005，[三]1582 者無畏，[三]2149 部，[聖]125，[聖]223，[聖]1595 第，[聖]1733 云諸不，[宋][宮]278，[宋][宮]1509 者厭世，[宋][元][宮]2122，[宋][元][乙]、六句[明]、但明本有理當作哩細註1092，[宋][元][乙]、六句[明]1092，[宋]1092 句旟暮，[宋]2034 卷，[宋]2153 紙，[乙]850 沒，[乙]852 阿瑟吒，[乙]1736 法，[乙]2215，[乙]2249 明有漏，[乙]2263 有俱，[乙]2408 十餘也，[元][明][乙]1092 弭補攞，[元][明]212，[元][明]375 年苦行，[元][明]1543 覺意現，[元][明]1598 句差別，[元][明]2110 帝一百，[元][明]2149，[元][明]2154 部一，[元]2154 卷一百，[知]1785 意四天。

明：[元]190 日剃落。

女：[甲]1912 人端正。

千：[甲]1181 遍力能，[元][明]221 三昧是。

人：[明]1669 變門其。

三：[甲]1041 遍眞言，[甲]1830 十七，[甲]2081 十七四，[三][宮]2034 卷揚，[三][宮]2121 卷，[三]2110 十二相，[三]2153 部五百，[聖]2157 百，[乙]2194 七，[乙]2249 十七云。

色：[聖]643 色分明。

上：[宮]397 覺分覺。

少：[甲]2250 極微。

十：[宮]1562 心界，[宮]309 住，[宮]310 種寶鬘，[宮]1451 日於母，[宮]1509 寶宮殿，[宮]1520 種功德，[宮]1545 有流轉，[宮]1552 地離欲，[宮]1558 者何頌，[宮]1585 生皆依，[宮]1605 不如理，[宮]2040 歲俱夷，[宮]2121 卷，[宮]2122 驗出冥，[宮]2123 種人者，[甲]1786 若自未，[甲][乙]2254 識緣文，[甲]901 拜，[甲]1733 度故云，[甲]1782，[甲]1811 會總更，[甲]1848 地方盡，[甲]2157 卷或八，[甲]2157 卷一帙，[甲]2191 無上，[甲]2196 行爲觀，[甲]2223 地，[甲]2227 月十六，[甲]2362 作意相，[明]2088 里寺有，[明]2131，[明]2154 經七卷，[明][乙]1076，[明][乙]1092 遍，[明]156 歲，[明]1033 箇來圍，[明]1425 月於中，[明]1441 種衣不，[明]1521 法所謂，[明]2110 善云何，[明]2131 識果不，[明]2149，[明]2149 卷九，[明]2154 卷，[明]2154 者非也，[三]1579 二十四，[三]2149 紙一名，[三][宮]1521 法得名，[三][宮]1541 智知一，[三][宮]221，[三][宮]286 地智慧，[三][宮]431 日能誦，[三][宮]613 重闇室，[三][宮]675 萬五，[三][宮]807 萬二千，[三][宮]1521 不善業，[三][宮]1544 結九十，[三][宮]1546 處善觀，[三][宮]1551 有報此，[三][宮]1555 種是觸，[三][宮]1562 力謂凡，[三][宮]1579 力若諸，[三][宮]1648 清淨輕，[三][宮]1809 種罪波，[三][宮]2034 卷，[三][宮]2040 匝涕淚，[三][甲]1227 日以第，[三]174 歲號，[三]544 日，[三]1331 箭爲神，[三]1453 歲爲定，[三]1543 更樂少，[三]1546 想定相，[三]1552 除變化，[三]2103 使於薩，[三]2122，[三]2145 法行，[三]2149 年五月，[三]2153 紙，[三]2154 卷，[三]2154 年譯見，[三]2154 月於東，[聖]2157 卷異譯，[聖][甲]1723 九種故，[聖][另]310 寶車一，[聖]613 四十九，[聖]2157 年春，[宋][明]766 種界分，[宋][元]1510 雖有巧，[宋][元][宮]1545 漏耶答，[宋][元][宮]1653 報者識，[宋][元]25，[宋][元]189 日受王，[宋][元]231，[宋][元]620，[宋][元]1521 事而言，[宋][元]1545 物即色，[宋][元]1616 種眞如，[宋]157 日七夜，[宋]450，[宋]1336 色，[宋]1339，[宋]1339 多羅樹，[宋]1547 萬賢聖，[宋]1552 餘八見，[宋]1570，[宋]1596 地種種，[宋]2059，[宋]2125 受用僧，[宋]2146 卷齊天，[乙]2249 所引正，[乙]2157，[乙]2164 種，[乙]2309 地滿至，[元]、十三[明]1616 相空，[元]660 者於苦，[元]675 種清淨，[元][明]489 萬二千，[元][明]1442 日歡會，[元][明][乙]1092 遍當，[元][明][乙]1092，[元][明]190，[元][明]425 萬歲舍，[元][明]1451 花行，[元][明]

1462 月日遊，[元][明]1552 解脱得，[元][明]2122 大地獄，[元]26 覺支，[元]26 有天上，[元]125 重門皆，[元]358 寶蓮華，[元]397 日合奎，[元]397 種慢一，[元]586，[元]643 日前四，[元]1377 摩摩薩，[元]1466 日終身，[元]1483 日還後，[元]1521 一慚二，[元]1563 有經別，[元]1579 攝受事，[元]1670 天王梵，[元]2016 由不。

識：[甲]2266 二識問。

士：[宮]1544 定或依，[宮]2122 世大聖，[甲]1735 用果水，[明]951 寶幢樓，[明]2153 女本經，[宋][宋]2123 阿毘地，[宋][元]882 阿鉢囉，[宋][元]1536 名爲妙，[宋]393 日耶維，[宋]1340 寶滿閣，[宋]1559 心，[元][明]2103，[元][明]2154 臘矯以，[元]377 寶八師，[元]1563 水災復。

受：[乙]2249 一。

四：[宮]309 住菩薩，[宮]2034，[甲]、七[乙]2263，[甲]1929，[甲]2196 因緣一，[明][甲]1175，[三][宮]2104 日侍中，[三][甲]1102，[三]1544 彼滅已，[三]2122 十八戒，[聖][甲]1733 門一顯。

天：[三]2110 地戰國。

土：[原]1774 木也輪。

五：[宮][聖]2034 卷宋文，[宮]2034 人，[甲][乙]2263 目次，[甲][乙]850 奔尼也，[甲]1709 諸諦相，[甲]1733，[甲]1816 千佛三，[甲]2254，[甲]2255 卷十，[甲]2266 三十，[甲]

2266 二十，[甲]2386 佛印皆，[麗]、七六[聖]125，[明]、五下明本有第六同卷四字夾註 1669，[三][宮]、卷末題下宋本元本俱有夾註亦曰十住論五字 1521，[三][宮][甲]901 寶，[三][宮][知]384，[三][宮]402 遮彌，[三][甲]1181 色縱結，[三][甲]1332 遍縷七，[三][乙]1261 日內則，[三]212，[三]2034 年，[三]2149 部一千，[三]2153 部四百，[宋][元][宮]2122 部，[乙]2249 所引正，[乙]2263 終，[原]904 作，[原]2262 説謂阿。

悉：[甲]2168 疊章圖。

下：[三][甲]1080 一聚洗。

序：[元][明]2103 録。

言：[宮]1509 現神力。

也：[甲]2274 何名順，[甲]2339 阿僧祇，[乙]2408 即蓮花，[原]2408 壇樣。

一：[宮][甲]1912 七水災，[宮]278 等心隨，[宮]1551 種因者，[宮]1810 滅已下，[宮]2034 卷，[甲]1721 處八會，[甲]2410，[甲][乙]1822 字也，[甲][乙]2328 人，[甲]1112 儞奴，[甲]1816 卷并，[甲]2168 卷，[甲]2250，[甲]2250 紙舊，[明]1461 罪聚等，[明]1545 菩提分，[三][宮]2040 日臣往，[三][宮]2121 卷，[三][聖]2034 乘增上，[三]1 斷滅是，[三]1541 智知除，[三]2149 卷二千，[三]2149 紙，[三]2151 卷小品，[三]2154 卷見始，[三]2154 譯，[聖]2157 部一百，[宋]、明註曰七南藏作一 384 生久

久，[宋][宮]377 日間爾，[宋][元]
[宮]、四[明][甲]901 呪有，[宋][元]
[宮]1521 梵行法，[乙]1821 支隨犯，
[乙]953 日對像，[乙]2157 卷，[乙]
2263 人各，[乙]2392 遍，[元][明][乙]
1092 寶月冠，[元][明]643 渠水自，
[元]125，[元]1644 重多羅，[原]2339
水七遍，[原]1308 虛三六。

意：[元][明]2154 事經一。

引：[明][甲]1000 帝。

有：[明]2122 餘年後。

右：[甲]2266 云如經。

於：[三]1300。

云：[原]2196 自在義。

者：[原]2317。

知：[乙]2309 名四如。

妻

此：[宋][元][宮]1521 起諸。

定：[乙]、妻定義細註[甲][乙]
2228 一切諸。

毒：[甲]1182，[三]152 死入斯，
[三]2153 經一卷。

夫：[三]1 敬待如。

付：[三][宮]2122 之王語。

婦：[甲]1792 得他女，[甲]2261
阿修羅，[三][宮]1464 大佳時，[三]
[宮]1646 非道是，[三][宮]2121 甚敬
之，[三]152 是，[三]152 主寶聖，
[三]202 廣演妙，[三]202 男女共，
[聖][另]790 不孝之，[聖]271 女離欲，
[元][明]2122 愁苦往。

歸：[三]174 兩目皆。

婁：[元][明]54 沛施我。

妾：[甲]1733 得還寄，[三][宮]
2121，[宋]1129。

事：[甲]1736 想及二。

壽：[三][宮]2121 終爲嫡。

韋：[三][宮]2122 犯誓外。

要：[聖]1425 子分飯。

栖

檢：[甲]1804 意則殊。

栗：[甲]2193。

楼：[甲]1963 神。

樓：[明]192。

捷：[甲][乙]2087 神。

棲：[宮]1804 相表形，[明]347
息暢心，[明]639，[三][聖]125 宿食，
[聖]411 泊或奉，[聖]2157 巖寺沙。

栖：[宋]、連[元][明]443 反那，
[宋][宮]901 那鉢跢。

收：[乙]2397 迹覷卒。

西：[三][宮]2060 鑿龕處。

恓：[宮]2060 遑無暇。

相：[宮]2059 玄寺是。

餕

竣：[三]2059 見赤。

捿

棲：[明]2122 神廬岳。

戚

贅：[三]1464 向使中。

蹙：[宋][宮]、慼[元][明]2103 饒
雖十。

感：[甲][乙]1822 行轉故，[甲]1728 休否是。

感：[甲][乙]1822 俱行二，[明]331，[三]375 其無藏，[三][宮]222 啓，[三][宮]310 即自念，[三][宮]1537 極，[三][宮]1552，[三][宮]1579 等事隨，[三][宮]1602 亦不嗟，[三][宮]2103 行善之，[三][宮]2103 之境未，[三][聖]375，[三]374 諸天世，[宋][宮]2040 眷屬皆，[宋][元][宮]2060 咸受，[宋][元]2060 卿，[乙]1822 可謂希，[乙]2087 屬咸見，[元][明][宮]374 其無藏，[原]2266 受行相。

威：[明]1340 等摩那。

族：[三][宮]1509 子弟應。

茻

墓：[宮]2102 非恩之。

暮：[甲]2035 月師，[三][甲][乙]2087 歲之後。

期

朝：[甲]2298 之自誤，[甲]2300 及暮禮，[明]2123 現行彼，[原]、朝[甲]2006 無雜種。

斷：[甲]1709 壽命。

後：[甲]2195 不應淨。

忌：[元][明][宮][聖]397。

明：[三][宮]2060 斬決明，[原]、明[甲]1782 體皆無，[原]1776 道未若，[原]1816 化度我。

某：[三][宮]1435 處語言。

欺：[甲]、期[甲]1851，[三][宮]606。

其：[甲]1969 安養則，[甲]1735 果滿即，[明][甲]1177，[三][宮]374 怪哉，[三][宮]374 苦哉何，[三][宮]720 麁惡死，[三][宮]2103 言教暫，[三][宮]2103 於三載，[三][宮]2122 至矣衆，[聖]125 死此生，[石]1509 一世二，[宋][宮][聖][石]1509 會知其，[宋][元]554 後日佛，[元][明]2122 日發長。

奇：[三][宮][甲]2053 佛光。

祈：[三][宮]2060 出，[三][宮]2060 請。

切：[乙]2263 時須恒。

求：[三]375 乳酪唯。

甚：[三]1579 鄙劣活。

水：[三][宮][另]1428。

思：[元][明]、斯[甲]2053 且寇氏。

斯：[宮]2123 現行彼，[甲]1830 有心無，[甲][乙]1822 盡壽恒，[甲]1512 三界有，[甲]1735 無常不，[甲]2087 展轉相，[甲]2261 西方見，[甲]2266 分別妙，[明]1562 願我，[明]2145，[三][宮]625 那，[三][宮]760 無有限，[三][宮]2060 冥祐餘，[三][宮]2060 誤也遂，[三][宮]2108 運而盛，[三][宮]2122 而已徵，[三][宮]2123 可憎時，[三]100 於非，[三]202 滿生，[三]2058 小也即，[三]2103 名蓋欽，[三]2110 則一，[三]2149 城郡守，

[聖]99 永久，[聖]1458 隱形而，[聖] 1563 心故亦，[聖]1563 願力，[聖] 2157 於宣布，[宋][宮]387，[宋][宮] 2121 積財不，[宋][聖]99 妙果成，[宋] [元]554 言今日，[宋]2059 云王家， [宋]2060 可慚於，[宋]2145 適時之， [乙]1822 心一發，[元][明]2060 城郡 守，[元][明]2108 之所須，[元]603， [原]899 有二，[原]961 法寶。

行：[甲]2195 故云非。

眼：[原]1776 眼既不。

議：[三][宮]1435 共道行。

願：[三]192，[三]192 清涼虛。

月：[三][宮]2060 七日初，[三] [宮]2122 七日。

則：[甲]2266 心入。

欺

悲：[明]2123。

斷：[元][明]278 色身。

期：[宮]2122，[三][宮]2060 我悉 墮，[三][宮]2122 我悉墮，[聖]425 者 是曰。

斯：[宮]329 諸聖賢，[甲]952 我 慢相，[三]、飲[宮]1478，[三][宮] 1505 富人使，[三]212 審爾不，[三] 234 哉諸，[聖]606 迷惑於，[另]1721 也我，[宋]、期[元][明][宮]387 如來 無，[宋][宮]2102 僞滿於。

歎：[三][宮]1421 必已有。

妄：[三][宮]2122 戒有五。

嬉：[宮]481 戲以。

飲：[宋]152 酒爲亂。

餘：[三]20 妄取人。

詐：[三]1548 善隱藏。

彰：[原]、彰[甲]2006 千。

知：[聖][另]310 者貪瞋。

棲

格：[甲]1973 神之所。

妻：[元][明]2060 息五十。

栖：[宮][聖]278 集其上，[宮]618 宿其間，[宮]2059 谷飲孤，[甲]1733 託後辨，[甲]1718 此，[甲]1718 息眞 境。

期：[甲]1852 神冥累。

俙

慼：[三][宮]263 志性徧。

漆

棘：[三]94 耶爲赤。

沫：[聖]1421 樹餘木。

染：[甲][乙]1822 雕，[甲]1280 永更不，[三]2122 遂殺一。

添：[宮]2060 隋室定。

土：[三][宮]2030 或以繒。

膝：[宮]2122 不懼累。

慽

戚：[明]403 已知。

慼

蹙：[宮]2122 禍福路，[宮]2122 啼泣垂，[明]212，[明]212 若遇歡，

[明]212 吾有一，[明]261 先意問，[三][宮]2103 抑而不。

二：[宋]、戚[宮]2103 感之。

感：[宮]2059 則灑，[甲]2434 之辭也，[三][宮]709 名爲憂，[三][宮]745 不視月，[三][宮]2122 吾唯有，[三]193 泣血流，[三]205 不能自。

惑：[三][宮]2121 也勑民。

滅：[宮]656 是謂菩，[聖]1547 相。

戚：[宮]310 捨諸有，[宮]374 者則不，[甲][乙]1821 受行相，[甲]2223 於普賢，[甲]2266 行，[甲]2266 行捨受，[明]、感[宮]583，[明]220 心善現，[明]153 猶如初，[明]2102 迭，[三][宮]1606 行轉故，[三][宮][聖]639 最勝輔，[三][宮]221 者若無，[三][宮]222 觀外痛，[三][宮]476 於諸未，[三][宮]638 斯則寶，[三][宮]721 自入其，[三][宮]1545 受行相，[三][宮]1660，[三][宮]2034 衰亡貧，[三][宮]2060 重臣戒，[三][宮]2102 心去於，[三][宮]2108 達死生，[三][宮]2121 造衆惡，[三][宮]2122 無相救，[三][明]445 冥如來，[三]210 久長與，[三]687 親心焦，[三]2106 禍及其，[三]2110 良足歡，[三]2145 令，[聖]1509 菩薩，[聖]1547，[宋][明][宮]222 內觀痛，[宋][明][宮]222 之事何，[乙]1723 名，[元][明]1451 詣王門。

識：[甲]1829 受名憂。

喜：[元][明]1332 三者。

蹊

徯：[乙]2087 徑難涉。

嵠：[聖]1460 徑開。

谿：[乙][丙]2092 洞壑邇。

曝

曝：[明]1579 枯槁異，[三][宮]1602 異緣合。

祁

邸：[三]2151 化七子。

闍：[聖]397 跋坻。

禰：[元][明]993 引末多。

祈：[明]2076，[明]2154 寒之際，[三][宮]2103 寒暑雨，[三]1336 尼那伽，[三]1341，[聖]663 那娑婆。

祇：[聖]383 羅舍又，[宋][元]1057 重去。

祀：[宋]2060。

刈：[宋]、鄧[元][明]1336 蚓蛇蛇。

祚：[原][甲]1289 婆即從。

圻

岸：[三][宮]627 菩薩遊，[三][宮]2121 水不能，[宋][明][宮]、沂[聖]627 菩薩曰。

垎：[丙]2120 僧舍屋，[宮]1559，[三][乙]1092 若。

坼：[丙]2163 古請寄。

行：[元]2060 居律行。

垠：[明][和]293。

折：[明][宮]2103 阻浹大。

岐

波：[乙]2379 禮於夜。

此：[甲]2266 或難定，[宋][宮]2102 逕分轍。

負：[三]2103。

路：[宋][元][宮]1521 道寬博。

峨：[三][宮]2103 婆娑清，[元][明]2103 登。

奇：[甲]1733 杖於上，[宋]1339，[元][宮][聖]234 嶷之質。

祇：[三][宮]1435 陀，[三][宮]420 夜伽陀，[三][宮]749，[三]1521 夜。

跂：[三]1335 歧隷，[宋]1103 間右中。

崎：[三][宮]2121 嶇危。

政：[甲]1799 路即如，[甲][乙]2397 故名大。

支：[宋][元]2061。

枝：[三][宮]1464 有神依，[三]558 間身絶。

其

拜：[三]、幷[宮]2121 好果。

寶：[甲]1000 塔中同。

悲：[甲]2244 山。

貝：[明]125 體，[三]156 受，[聖]2042 錢於彼，[宋]598 劫曰歡。

備：[三]、有[宮]1451。

本：[知]384 命乃終。

彼：[宮]627 劫，[三][宮]1546 龍數爲，[三][宮]591 佛界亦，[三][宮]1421 所，[三][宮]2043 所説而，[三]202 舍利時。

畢：[甲]983 大小。

便：[三][宮][聖][石]1509 自害思。

辨：[原]1868。

幷：[三][宮]656 供養二。

病：[三][宮][聖]376 所就彼。

不：[甲]1512 情計，[明]125 善作惡，[三][宮]671 生離相，[三][宮]2102 徒也欲，[乙]901 兩手腕。

初：[乙]1723 五十二。

處：[乙]2397 種。

觸：[乙]1736 類皆爾。

船：[聖]223 中人取。

此：[甲][乙]2263 文，[甲]1273 實即權，[甲]1789 遞相傳，[甲]2263 理云，[明]1451 婬欲，[三]125 善法分，[三]203 城內積，[三][宮]2103 實，[宋][甲]1332 國王行，[宋]220 中若諸，[乙]2261 相，[乙]2408 三曼，[乙]2408 三形，[元][明][乙]1092 蓋純以，[知]、其體此[甲]2082 體。

從：[三]202 後命終。

大：[宮]1421 自恣諸。

且：[宋]、且[元][明]2103 寺內先。

當：[三][宮]277 象頭上。

道：[三][宮]1521，[三]212 理直前。

得：[久]1488 福報如，[元]2122 迴向菩。

定：[乙]2263 因。

惡：[三]125 殃。

而：[甲]1698 意有異。

耳：[元]2016 道若何。

二：[乙]1736 所依體。

法：[甲]1873 爾，[三][宮]739 教受者。

反：[甲]2128 襤褸謂。

非：[三][宮][聖]425 法若不。

夫：[甲]2288 大綱者，[甲]2298 有所由，[甲]2396 頂半月。

佛：[三][宮]263 教輒，[宋][明][宮]223 國如實。

甘：[甲][乙]1796 反水也，[甲]2227 木堪作，[甲]2227 線下超，[甲]2244 菓生樂。

各：[甲]1735 便宜以。

公：[甲]1781 意前就。

供：[甲]2748 相屬者，[明]524。

共：[宮]272 供養者，[宮]2066 屆金洲，[宮]2123 食已更，[甲]1828 名黑黑，[甲]2325 無，[甲][乙]1821 聲上共，[甲][乙]2249，[甲]1512 三，[甲]1731 由致則，[甲]1733，[甲]1775 恃，[甲]1782 佛法賛，[甲]1782 相賛曰，[甲]1816 生執三，[甲]1828，[甲]2035，[甲]2036 禮敬服，[甲]2036 統所謂，[甲]2266，[甲]2266 弟子眾，[甲]2266 法許相，[甲]2274 一千四，[甲]2286 理相，[甲]2312 心自，[明]893，[明]2121 與食一，[明]2154 卷末文，[三][宮]1462 逃避在，[三][宮]1545 勢力頗，[三][宮][聖]1462 諸，

[三][宮]481 合不著，[三][宮]2060 高，[三][宮]2121 身骸置，[三][宮]2121 食於禽，[三]125 談論是，[聖]190 岸齊平，[宋][元][宮]285 眴持山，[宋]2103 志乎，[元][明]2016 傳斯旨，[元]1484 中次第，[原]、共[甲]1782 生故無，[原]2339 有信者。

光：[乙]1796 心并爲。

鬼：[聖]643 醜形富。

過：[甲]2255 信安郡。

寒：[明][甲]997 灰終無。

何：[三][宮]2121 事爲兩。

赫：[三][宮]2121 天威曰。

後：[原]1856 有何功，[原]2339。

乎：[甲][乙]1929 枝。

互：[甲]2305 攝者汝。

護：[三][甲]1332 國土求。

華：[甲]1963 坐叉手。

晝：[宮]721 地又復。

惑：[三][宮]2042。

基：[三][宮]2122 深丈餘，[三]100 業大多，[三]2063 經書之，[三]2088 高丈餘。

及：[甲]897 阿闍梨，[明]1428 受戒人，[三][宮]2122 修多羅。

吉：[聖]211 福即到。

極：[宮]2112 虛也但，[三][宮]585 邊際此。

幾：[三][宮]1425 當壞我。

家：[甲]、－[乙]2887 與子十。

簡：[甲]2312。

見：[宮]461 中定意，[宮]1451 華稍大，[宮]2121 妻有，[甲]2250 論

文句，[甲]2255 取云何，[三]202 如是怪，[三]362 底泥佛，[知]2082 死時將。

今：[明]1450。

經：[三][宮]374 法是人。

精：[三]2059 奇訪諸。

具：[內]2231 流轉雜，[宮]374 心顛倒，[宮][聖]1562 觀察四，[宮]222 三乘者，[宮]279 足，[宮]425 道意行，[宮]1598 法身者，[宮]1598 類音爲，[宮]2060 立旁證，[宮]2122 迹已現，[宮]2123 軀，[甲]2219 持輪騎，[甲]1736 能所疏，[甲]1782 聰慧者，[甲]1805 六法列，[甲]2266 中字後，[甲][乙]894 菱花藥，[甲][乙]2250，[甲][乙]2309 申人天，[甲]913 諸供具，[甲]1700 相也，[甲]1708 性故言，[甲]1724 修道，[甲]1735 遍一切，[甲]1736 後句意，[甲]1736 理，[甲]1736 之疏，[甲]1742 目，[甲]1781 佛三十，[甲]1782 上六種，[甲]1805 云爲調，[甲]1828 多功德，[甲]1873 根欲故，[甲]2128 亦聲亦，[甲]2187 不能體，[甲]2231，[甲]2239 契云云，[甲]2250 名體幷，[甲]2250 味，[甲]2261 所以者，[甲]2266 如第一，[甲]2266 示能所，[甲]2266 知根攝，[甲]2270 而應言，[甲]2290 間值惡，[甲]2305 有五智，[甲]2339 六義名，[甲]2354 性依，[甲]2397 自身中，[甲]2434，[甲]2434 文，[明]1423 學戒波，[明]1636 興崇令，[明]1636 飲後復，[明]2016，[明]2110 善巧，[明]99 調伏是，[明]312 如是等，[明]458 知一切，[明]992，[明]1450 爲彼未，[明]2121 戒億歲，[明]2122 戒此得，[三]194 恭敬心，[三][宮]489 智慧者，[三][宮][聖]225 隨所喜，[三][宮][聖]310 無是色，[三][宮]263 大神足，[三][宮]294 行不善，[三][宮]310 戒清淨，[三][宮]379 眼云何，[三][宮]397，[三][宮]1462 骨形長，[三][宮]2060 對然京，[三][宮]2060 聽律每，[三][宮]2121 五百人，[三][宮]2121 言欲作，[三][聖]125 飲食爾，[三]185 有，[三]292 大光明，[三]1582 智無礙，[三]2125 師子座，[三]2149 鏡也，[聖]397 如來善，[聖]1509 初以舍，[宋][宮]398 凡夫之，[宋][明][宮]、植[元]310 衆德本，[宋][元][宮]1462 出，[宋][元]721 放逸心，[宋][元]1227 處，[宋]125 姓望，[宋]2110 諸，[宋]2122 異者唯，[宋]2154 廣義法，[乙]2231 數無始，[乙]1736 有離合，[乙]2218 出大意，[乙]2231 心性本，[乙]2393 初夜分，[乙]2408 圖，[乙]2408 出之同，[元][明][知]418 至誠時，[元][明]263 名普聞，[元][明]292 八正路，[元][明]292 三脫，[元][明]309 德如，[元][明]1649 中間名，[元][明]2016 四種緣，[元][明]2016 有無，[元][明]2110 體自然，[元]222 三十二，[元]591 世界名，[元]1442 室破悉，[元]1443 事説時，[元]1571 用，[元]2122 體節節，[原]899 説，[原]1764 有身戒，[原]2196 如先也，

[原]2196 心自在，[原]2339 六義，[知]384。

掘：[甲]1000 地中若。

厥：[三][聖]211 年二十，[聖]211 年二十，[聖]2157 德跋摩，[乙][丙]2092 中雖休。

覺：[三]、[宮]398 悟解。

可：[宮]656 進亦不，[甲]1925 識性以，[甲]2087 詳驗焉。

空：[乙]2190 等惠逸，[原]2190 平等惠。

來：[三]196 衆。

了：[宋]171 不肯死，[原]2208 義也。

力：[明]2121 人。

立：[原]1851 法之異。

量：[甲]2275 不越父。

鈴：[明][甲][乙]994 音。

令：[三]375 見。

媒：[三][宮]1425 中有。

冥：[宮]2049 自居闇，[另]1453 默然故，[宋]585 有案如。

命：[元][明]1331 終時。

某：[丙]2381 面前，[丁]2244 君，[宮]1809 月法別，[宮]483 所悉，[宮]1452 小月餘，[宮]1453 罪又十，[宮]2122 卒富而，[甲]2255 師其，[甲][己]1958，[甲]914 宗反娜，[甲]1249，[甲]1700 城中次，[甲]1813 恐不，[甲]2129 鹿反玉，[甲]2195 方，[甲]2219 劫其，[甲]2425 世界中，[明][宮]1610 師其，[明]1428 婦言某，[明]1442 食彼苾，[三]、[宮]263 時，[三]154 處

聚合，[三][宮]、是[另]1435 家乞食，[三][宮]349 作佛時，[三][宮]1458 衣我亦，[三][宮]1470 可食九，[三][宮][另]1435 舍莫非，[三][宮]286 菩薩得，[三][宮]342，[三][宮]376 契，[三][宮]403 所行，[三][宮]483 自歸爲，[三][宮]606，[三][宮]1421 草布地，[三][宮]1421 和尚阿，[三][宮]1421 悔過，[三][宮]1421 女所著，[三][宮]1425 家便往，[三][宮]1428 家問，[三][宮]1442 處賊復，[三][宮]1443 年月安，[三][宮]1451 處有諸，[三][宮]1453 殄靜望，[三][宮]1462 處若比，[三][宮]1810 院及諸，[三][宮]2122 日而，[三]22 有居，[三]152 犯盜，[三]154 處空閑，[三]202 林中優，[三]212，[三]222 字爲，[三]1331 身中不，[三]1331 誦持自，[三]1462，[三]2060 處無，[聖]、某[甲]1851 時當出，[聖][另]1453 默然故，[聖][另]1453 默然故，[聖][另]1453 銷殄，[聖]222 開士，[聖]1425，[聖]1425 所左手，[聖]1425 中燒熟，[聖]1440 福甚，[聖]1453，[聖]1462 化作，[聖]1851 時當出，[聖]2157 月訖僧，[另]1442 處將興，[另]1443 事云何，[石]1509 光明是，[宋][宮]224 罪最重，[宋][宮]1434 折伏後，[宋][元][宮]483 一切諸，[宋][元][宮]2059 手接得，[乙]1821 姓等生，[乙]2396，[元][明]212 萬物日，[原]1796 處用可，[原]2347 蒙祐四。

寧：[三][宮]322。

女：[三][宮]1435 身時彼。

期：[宮]292 祿厚世，[甲]2035 學者橘，[甲]1736 時應用，[甲]2255，[明]、明註曰死期期藏作其今正 2087 將至菩，[三][宮]377 痛哉此，[三][宮]1546 心觀外，[三][宮][聖][知]1579 心故便，[三][宮][聖]703 真妙我，[三][宮]895 心心不，[三][宮]2103 露，[三][宮]2103 作交門，[三]5，[三]100 得出要，[三]360 所行殃，[三]361 然後自，[聖]354 善法，[宋]6，[宋][元]2040，[宋]5 疾乎佛，[宋]174 年壽，[乙]1909 度殺害。

祈：[三][甲][乙]970 請其子。

淇：[甲]2087 心烈士。

碁：[甲][乙]2194 説所以。

齊：[原]1205 七世父。

旗：[元][明][聖]224 幡三昧。

勤：[元][明]、懃[聖]754 心不動。

曲：[三][宮]2121 杖爲最。

取：[明]200 舍利造，[三][宮]1425 上若持，[三][宮]1462 伴耶須，[聖]200 舍利造。

去：[三]2145 阿難皆。

却：[甲]2271 謬深也。

人：[宮]598 力無限，[三][宮]2122 善三，[三][宮]1459 飡，[三]1 類死生，[三]152 王惻然。

如：[宮]416 加護令，[三]1331 世間人，[宋][宮]598 知愚癡。

汝：[三][宮]389 心。

入：[三][宮]813 正見者。

若：[博]262 有讀誦，[明]、以

[聖]1433 住處衆，[三][宮]1451 在家當，[三]1。

三：[乙]2263 世也。

色：[明]2123 非常即。

善：[原]1869 惡邪正。

上：[宮]2040 王死七，[甲]1821 形上立。

舌：[聖][另]790。

身：[明]352 所有，[明]1450 傍邊便，[明]1450 脹滿而，[三][宮]2104 中暢於，[聖]190 體令坐，[宋]328 口臭言。

甚：[宮]269 慧，[宮]292 心顯遍，[宮]397 悲心亦，[宮]784 大無外，[宮]2074 多不可，[宮]2074 怒明晨，[甲][乙][丙][丁][戊][己]2092 異之遂，[甲][乙]1822 相無邊，[甲][乙]2250 爲不應，[甲]1120 色隨身，[甲]1736 空疏二，[甲]1851 深心故，[甲]1912 深法作，[甲]1922 爲可愍，[甲]2067 崇佛法，[甲]2214 深祕藏，[甲]2219 順矣華，[甲]2266 好等文，[甲]2270 深義宗，[甲]2339 深妙故，[甲]2362 正除遣，[明][宮]532 獨尊諸，[明][甲]1276 深密法，[明]220 感通也，[明]278 少分莊，[明]1687 慚，[三]220 光顯是，[三]220 遠即奔，[三]311 難可修，[三]1513 多義或，[三]2060 爲異域，[三]2145 微奧爲，[三][宮]285 清淨功，[三][宮]292，[三][宮]292 自憍慢，[三][宮]376 奇特各，[三][宮]403 痛無量，[三][宮]425 快善，[三][宮]616 爲至近，[三]

[宮]811，[三][宮]816 多安過，[三]
[宮]1509 非常即，[三][宮]1546 於老
無，[三][宮]2040 可憐便，[三][宮]
2040 已願樂，[三][宮]2045 痛難忘，
[三][宮]2058 數其多，[三][宮]2060
哀婉，[三][宮]2112 釋迦盛，[三][宮]
2121 彼潤賴，[三][宮]2121 毒氣攻，
[三][宮]2122 難，[三][宮]2122 偉大
在，[三][宮]2123 痛二，[三][聖][宮]
234 痛熱衆，[三][聖]178 久乃得，
[三]125 過乎，[三]154 樂乎威，[三]
193 苦滅處，[三]193 香潔清，[三]
206 愁甚劇，[三]212 善，[三]362，
[三]682 奔電難，[三]1425 蔭厚密，
[三]2063 知主皆，[三]2106 餘者一，
[三]2122 濫，[三]2122 衆後遂，[聖]
[另]1458 二種與，[聖]224 壽復盡，
[聖]361 無央數，[聖]425 惡，[聖]425
柔順佛，[聖]425 吾大神，[聖]1509
福，[聖]1509 自多之，[聖]1548 心開
悟，[聖]2157 思，[聖]2157 欣所遇，
[另]1509 便不一，[宋][宮]221 法雖
作，[宋][宮]624 有不聞，[宋]185，
[宋]624 智甚尊，[宋]1096 持呪者，
[宋]2145 輕耶即，[乙]1709 迅速守，
[乙]2391，[乙]2408 難也故，[元][明]
310 深法，[元][明]2145 奇訪，[元]
186 尊功德，[元]2087 日天像，[原]
1773 有道理，[原]1796 光鮮，[知]
266 疑網所。

生：[甲][乙][丙]1866 根欲示，
[甲]2255 本，[乙]1816 文，[乙]1821
戒名勝。

聖：[甲][乙]2309 意如何，[原]、
[甲]1744 權實及，[原]1744 所得相。

時：[甲]2748 發心樂，[三]152 奴
報，[三]190 般遮會，[三]202 瞻養復，
[聖][另]1428 夜辦具，[宋][元]1。

實：[甲]1736 身內，[原]2263 用
故定。

世：[三][宮]268 界名喜。

事：[宮]2122 事臺中。

是：[宮]560，[宮]659 過去所，
[甲]1828 無間又，[甲]1065 時汝等，
[甲]1731 異而臺，[甲]1735 處非處，
[甲]1736 開發之，[甲]1828 故彼彼，
[甲]1913，[甲]2223 金剛劍，[甲]2250
離，[甲]2270 故外道，[明]682 所立
名，[明][宮]382 性，[明]278 眞實相，
[明]312 詮表悉，[明]663 國內，[三]
[宮][另]1435 事強者，[三][宮]313 三
千大，[三][宮]397 諸菩薩，[三][宮]
403 心念而，[三][宮]606 方便諸，[三]
[宮]637 意不可，[三][宮]1425 上事
具，[三][宮]1548 事是名，[三][宮]
2034 歲滅魏，[三][宮]2040 五人次，
[三][宮]2104 壁畫千，[三][宮]2121 宜
我法，[三][甲]1332 界有諸，[三]21，
[三]64 像三昧，[三]125 義對曰，[三]
1428 所謀即，[三]1552 增上生，[宋]
2122 長七，[乙]1834 唯識所，[元][明]
[聖]223 毒如是，[元][明]627，[元]
2016 義也但，[原]2428 其一一。

水：[三][宮]227 上梟鶫。

説：[三]375 種種。

斯：[宮]425，[甲]2305 意也問，[甲]2748 佛果是，[三]、期[宮]386 太速世，[三]1545 方便不，[三]2121 不但今，[三][宮]523 百歲夜，[三][宮]2104 功德奉，[三][宮][聖]1451 盛，[三][宮]345，[三][宮]398 應，[三][宮]403 樹悉寶，[三][宮]416 人速成，[三][宮]606 冥當觀，[三]186 威神即，[三]810 墮如，[三]1568 能益，[三]2102 濫乎故，[另]1442 學。

隨：[乙]2249 一也雜。

遂：[三]956 金剛杵。

所：[三][宮][聖]227 起，[三][聖]178 欲與之，[三]186 念即隱，[三]186 言行者，[宋][元]154 舉動取，[元][明]624 作甚猛。

他：[三][宮][聖]1579 心生憂。

臺：[甲]2408 上觀，[乙]2254 曰。

天：[甲][乙]1822。

童：[明]190 子禪定。

王：[明]1336 王供，[三][甲]1332 請愍衆，[三]118 身疲弊。

威：[三][宮]657 德默然，[三]192 儀滅除。

爲：[甲]1717 五邑號，[三][宮]585 墮二。

我：[三][宮]746 腹出其，[三]1532 過故以，[三]2085 母即放。

吳：[甲]2128 公也又。

無：[甲]2775 不然可，[三][宮]2123 恒，[宋][宮]、－[元][明]848 名，[元][明]2122 邊椎胸，[原]2362 業報。

五：[甲]1821 散。

悟：[甲]1799 因由。

先：[甲]2266 旨外道。

現：[明][乙]994 所作能。

相：[明]2102 浮議若，[三][宮]410 知見安，[乙]1724 事時多。

像：[宮]901 像藏著。

心：[甲][乙]1822 所應於。

興：[甲]2298 義門會。

修：[三]2108 身名爲，[元][明]425 藥氏寂。

宣：[甲]1721。

玄：[甲]2339 第七識，[甲]2339 二愚者，[甲]2339 種，[原]2290，[原]2339 門之義。

學：[元][明]626 問具足。

亞：[三]205 次於王。

言：[甲]2262 感彼別，[甲][乙]1822 文不正，[甲]2195 前後文，[甲]2195 實事也，[乙]1816 有實塵，[原]2263 斷於前。

揚：[三][宮]434 名號而。

要：[三][宮][聖]1443 法如是。

一：[明]310 心初無，[三][宮]317 處如是，[元][明]292 劫世無。

衣：[三][宮]1425 手即往。

已：[三][宮]749 鼻火燒。

以：[甲]1717 便其，[甲]2036 苗裔帝，[明]1669 加力不，[三]1058 無名指。

矣：[原]2271 審。

亦：[三][宮]2053 未嘗出，[原]2387 色青黑，[原]2208 非諸佛。

異：[丁]2089 鄭山東，[宮]1571 體，[宮]2121 王奉事，[甲]2195 義自嘆，[甲]2371 義，[三][宮]223，[三][宮]2122，[元]、淨[明]1549 事樂初，[元][明]1509 形，[原]2270 有即是。

意：[宮]1421 故具答，[元][明]624 亂。

有：[宮]659 不信受，[宮]1530 五趣因，[甲]1736 四會，[甲][乙]1832 一人具，[甲]1730 二義一，[甲]1736 純眞不，[甲]1863 漏生無，[甲]1924 心體義，[明][甲]1177 情性遍，[明][聖]291 風者自，[明]291 衆生，[明]360 今世先，[明]2112 實案此，[明]2122，[三][宮]1545 賊來推，[三][宮]1646 體何者，[三][宮][乙][丙]2087 所，[三][宮]1435 所，[三][宮]2034 優者即，[三][宮]2103 實矣至，[三][宮]2104 然乎莫，[三][宮]2122 所欲即，[三]1004 中位而，[聖][另]1451 夜夢見，[宋][宮]2040 學道更，[宋][宮]1664 所得相。

于：[三]1 頭面無，[三][宮]2122 小姊，[三]154 仙人失，[乙]1092 藥精項，[乙]1822 所迷。

於：[甲]1717 塵數若，[甲]908，[甲]909 治地如，[甲]2837 色法中，[明]219 四種若，[明]481 佛所奉，[明]1096 瓶内彩，[明]2103 迷途一，[三]375，[三][宮]342 宛轉如，[三][宮]534 塗炭，[三][宮]537 地身體，[三][宮]606 賊，[三][宮]624 尊，[三][宮]2040 口作此，[三][宮]2059 淫祀，

[三][宮]2121 園外邊，[三][甲]955 胸臆印，[三][聖]311 形，[三][聖]375 世，[三][知]418 善師，[三]68 下時王，[三]99 形壽純，[三]99 中間欲，[三]125 中受苦，[三]156 微妙五，[三]157 座名曰，[三]1424 遊方諮，[聖]224 中壽盡，[宋][元][宮]、于[明]721 上閻魔，[乙]1736 身中如。

與：[宮]1571 今，[甲]1830 第六識。

垣：[三][宮]227 墙七重。

緣：[元][明]1579 所應諸。

云：[宮]2112 濫觴老，[乙]2393 像前壇。

在：[甲]1736 性無常，[三]26 道，[三][宮]2103 然，[三]186 左右時，[宋][元][宮]765 岸上作。

則：[甲]2035 意何，[甲]2036 事事無。

彰：[三][宮][甲]2053 同。

掌：[原]2385 中也有。

者：[甲]2195 實唯一，[三][甲]1080 愛敬如，[乙]2263 壞劫等。

眞：[宮]279 少分功，[宮]310 誰慢誰，[宮]263 妙法當，[宮]292 顛倒無，[宮]322 道意者，[宮]737 患現耶，[宮]2080，[甲]1781 調伏或，[甲]1799 實名爲，[甲][乙]1821 自性但，[甲][乙]2259 如相起，[甲][乙]2296 性，[甲][乙]2296 性而爲，[甲]895 世尊所，[甲]1030 狀如常，[甲]1112 言而俱，[甲]1781 侍也文，[甲]2204 中應受，[甲]2217 實非實，[甲]2266 説

雖復，[甲]2305 識心隨，[甲]2339 俱生者，[甲]2434 法全別，[明]376 性眞妙，[明]2016 知之，[三][宮][聖]376 解脱者，[三][宮]671 如證法，[三][宮]1530 心清淨，[三][宮]1599 義與分，[三][宮]1602 自性及，[三][宮]2123 有法法，[三][甲]1195 梵本有，[三]24 頭上左，[三]152 心無外，[三]1341 義雜非，[三]1509 實分先，[三]2122 性，[三]2154 本未違，[宋][元]374，[乙]2219 心淨住，[原]、眞[甲]2006 道事乃，[原]973 法界眞，[原]1776 中無此，[原]2196 人。

正：[明]1635 正法攝，[三]、求[宮]895 東而坐。

之：[甲]2195 事難甚，[甲]2195 喻又顯，[明]2087 必矣時，[三][宮]397 所宣説，[三][宮]2121 體不端，[三][宮]434 人等悉，[三]211 喜故此，[三]375 而作霜，[聖]211 義云何，[知]418 功德於。

直：[甲]2396 不會詰，[三]193 相殺害，[三]2060 五百靜。

值：[宮]626 根上。

旨：[三]2145 歸者也。

至：[甲]、其[甲]1782 所見後，[甲][乙]1821 親命，[甲]1709，[甲]1733 地相於，[明]2122 春分以，[三][宮]2122 普通七，[三][甲]1003 毘盧遮，[聖]、其[聖]1733 唯虛空，[聖][甲]1733 佛法證，[聖]1428，[另]1721 身長大，[原]、[甲]1744 不二，[原]、[甲]1744 此章明，[原]、[甲]1744 空

義隱，[原]1818 思念道，[原]1840 逐。

智：[三][宮]1523 不可得，[乙]1821 慧翻入。

置：[三][宮]811 無明愼。

中：[甲]2214 臺此，[三][宮]588 水廣。

重：[三]156 恩故常。

衆：[宮]397 中衆生。

諸：[甲]2015 掌勸諸，[明]624 音復問，[三]220 所須悉，[三][宮]671 夜叉妻，[三][宮]263 根原，[三][宮]660 境界所，[三]196 侍女詐，[三]985 眷屬令，[聖]227 餘衆生，[聖]234 法本彼，[原]2408。

茲：[宮]2008 寶。

姿：[三]187 性調柔。

自：[甲][乙]894 灌頂，[明]2103 俸祿以，[明]2103 然也故，[三][宮]1452 分食之，[三][宮]1546 命問曰，[三]945 居我於。

字：[三]、一[宮]635 修權慧。

最：[宮]676 甚。

作：[三]310 作想於。

奇

部：[宋][元]1464 甚特。

疇：[明]2059 多所遺。

存：[宋]125 甚特此。

等：[三][宮]2034 倫緣是。

帝：[三][宮]397。

高：[三][宮][甲]2053 子乳哺。

荷：[宋][宮]2123 苦若見。

機：[甲]2223 甚爲希。

伎：[三]205 自念曰。

寄：[甲][乙]1239 特，[甲]1735
二如是，[甲]1825 住便是，[三][宮]
2103 極昤蕭，[宋][元]150 亦兩壞，
[原]1776 彼以彰，[原]1849 尚無始。

可：[甲]1735 特名即，[明]2149
之令守。

難：[三][宮]263。

欺：[宮]626 哉諸法。

岐：[元][明]278 杖威儀，[元][明]
1339 喻聲聞，[元][明]1509，[元][明]
2123 木頭鏡。

祇：[三]2110 支之服。

琦：[明]184 而故專，[明]186 相
衆好，[三][宮]263 寶衆珍，[三][宮]
285，[三][宮]817 乃迸走，[三][宮]
2060 佩服，[三]26 充滿其，[三]186
珍作好，[聖]291 特善哉，[宋][宮]612
物亦一，[宋][元]、綺[聖]210 草芳花，
[宋][元][宮]2121 有異，[宋]206 所作，
[宋]262 雜寶而，[元][明][宮]2122。

騎：[甲]2882。

綺：[宮]1507 雅是不，[甲]2273
者奇，[三][宮]263 愍念衆，[三][宮]
2122 雅，[宋]186 雅。

棄：[甲][乙]2263 之人，[甲]1782
但現八，[甲]1813 捨若觀，[甲]1813
捨一者，[甲]2263 置不可，[乙]2263
之，[乙]2263 法付過。

求：[明]261 諸神通。

善：[三][宮]397 哉恩愛。

深：[三]220 微妙方。

受：[宋]60 我等當。

獸：[三][宮]1464 復欲代。

殊：[三]184 特。

巳：[原]2339 前所留。

特：[明]1336 特。

玄：[乙]2215 妙。

焉：[聖]2157 爰命道。

倚：[甲]、掎[乙]1239 特，[三]
1352 目。

錡：[元][明]2121。

音：[甲]1782 樂，[元]1451 獲。

歧

岐：[明]190，[另]1451 路邊一，
[元][明]720 利叉種。

奇：[宋][宮]720 戟其色。

枝：[三][宮][聖]1595 二廣平。

祈

初：[宋][元]1579 願離自，[乙]
2092 請以金。

禱：[三]2154 祀諸廟。

幾：[宋]、畿[元][明][乙]1092 日
內外。

期：[甲]1089 雨須青，[三][宮]
307 得滿足，[三]205 心願一，[元]
[明][乙]1092。

祇：[三]1440 物若自，[三]1440。

所：[宮]1799 爲開示，[宮]2053
加護願，[宮]2122 恩但猶，[宮]2122
請有瑞，[甲]1030 求是故，[甲]2266
斫殘有，[三][宮][乙]2087 願或遂，
[元]901，[元]2061 羽化雖。

體：[宮][丁]1958 菩。

析：[宮]2059 現報同，[宮]2087 禱風，[明]2110 觀音乞，[明]2154 念藥師，[宋]2108 妙果於，[元]2122 可遂乃。

新：[聖]2157 請亦，[原]1205 牛糞以。

折：[宋][元][宮]、析[明]2102 既，[宋]2040，[元]1211 願遍數。

祇

被：[甲]1805 繫命，[三][宮]1459 物內外。

城：[三][宮]1464 乞，[聖]1428 耆闍崛。

低：[宮]2066 樹天階，[三][宮]1451 揖見其。

坻：[三][宮]427 達菩薩。

抵：[原]2126 施設不。

底：[明]1442 波。

柢：[元][明][宮]408 那闍。

都：[宋]、祁[元][明]1346 里反。

伽：[宮]1463 二名，[三][乙]2087，[乙]973 者觀已，[原]973 速成尊。

揭：[聖]1 夜經受。

竭：[三]212 支安陀，[宋][元][宮]1434 支覆肩。

鬘：[三]375 物故四。

桛：[宋][元][宮]、柰[明]1463。

耨：[三][宮]1487 名阿提。

祁：[三]2154 四時布。

奇：[三]2122 所集故。

祈：[三][宮]1519 虔牟尼，[聖]1440 作破亂，[宋]152 靡不悲。

耆：[三][宮][聖]1425 經佛言，[三][宮]814 闍崛山，[三][宮]1464 世，[三][宮]1618 柯部名，[三]196 達多智，[三]2066 山本願，[三]2153 多蜜譯，[聖][另]1435 人不聽，[宋][元][宮]1443 波逸。

蚔：[明]221 有蛇蚚。

企：[甲]1708 耶已證，[甲]1733，[甲]2339 而言於。

咭：[聖]1509。

薩：[聖]1441 國不知。

舐：[三]1331 人。

數：[甲][乙]2381。

私：[宮]1522，[甲][乙]894 寧手印，[宋][宮][聖]664，[原]1744 納音。

所：[宋][元]125 樹給孤。

提：[三]192。

唯：[甲]2207 遵一路。

我：[宋]99 林樹。

心：[甲]2337 斷心等。

袟：[明]2102 服盱。

衣：[聖]1452 帔與諸，[宋]1452。

折：[聖]1440 物一人。

者：[三][宮]625 闍。

泜：[三]1343。

祇：[宮]1805 文爲四，[宮][甲]1912 假爲道，[宮]2059 樹息蔭，[明]2131 圖答問，[明]1014 反二，[明]1101 儞莎囀，[明]2131 點一法，[明]2131 分段變，[明]2131 如梵王，[明]2131 是界如，[明]2131 是三德，[明]2131 是實相，[明]2131 是違順，[明]2131 俗不有，[明]2131 由忘智，[三]

[宮]1438 多國夏，[三][宮]2112 如三世，[三][宮]2122 入山游，[宋][宮]1435 倫，[宋][元]、秖[明]、只[宮]2112 有三，[宋][元]866 底毘歌，[原]2001 是舌頭。

祗：[宮][甲]1998 待師云，[宮]1998 對有人，[宮]2103 天下怪，[甲]2039 林寺住，[甲]下同 1715 我此意，[明][乙]1092 虵曳反，[明]193 城中，[明]883 大乘祕，[明]983 對作法，[明]997 夜和伽，[明]2034 多蜜二，[明]2034 陀共爲，[宋][元]2103 樹菴園，[元]893 喇迦北。

秪：[宮][甲]1912 一等者，[甲]1973 令，[甲]1973 引下下，[明]1450 可分自，[明]2102 在設教，[明]2131 見空遺，[三]1442 緣此故。

只：[甲]1718 增，[甲]1718 是識或，[甲]1719 出世上，[甲]1719 合明所，[甲]下同 1717 是祕藏，[甲]下同 1717 一涅，[元]945 毀。

抵：[宋][元]、抵[明]、柢[宮]443 匙音多。

泜：[三]1336 呼。

紙：[三][宮]397 反二十。

子：[三][宮][聖]425 其佛光。

俟

伺：[明]2076 王來呈。

侯：[三][宮]、俟徒[三][宮]2122，[三]2149 氏少而，[宋][聖]2034 氏少而。

候：[三][宮]2111 其光彩。

擬：[三]212 必有傷，[三]212 我項曰。

士：[元][明]152 相。

事：[乙]1736 東歸。

侍：[宋][元]、擬[明]212 王頸項。

天：[三][宮][聖]2034 懿於。

誤：[甲]1918 更。

俠：[宮]227 盡論其。

族：[宋]2151 氏師事。

耆

長：[三]145 尊神。

肩：[宮]2121 河水漲。

看：[宮]283 兜波菩。

老：[宮][聖]1425 舊青衣，[三]192 者力劣，[三][宮]1442，[三]202 盲，[原]1898 者奪其。

祈：[宋]、祇[元][明]、耆域祈誠[宮]2121 域醫王。

祇：[三][宮]1549 作是，[三][宮]2121 部勤學，[三][聖]1435 達婆羅。

少：[明][宮]2123 年相。

奢：[三][宮]664 摩帝阿，[三][宮]1546 佉嬰孩，[三]1332 暮。

嗜：[聖]1462 婆鳥。

宿：[宮][石]1509 舊有德。

逸：[三][聖]99 多枳舍。

者：[宮]2025 闍崛山，[宮]2034 經一卷，[甲]2130 華鬘也，[明]1507 域治之，[明]2153 經，[三]2154 經一卷，[聖][另]1442 宿苾芻，[聖]397 阿修羅，[聖]626 非陀，[聖]626 樹而有，[聖]1441 梨山中，[宋][宮]635，[宋]

[元]1435 羅河。

支：[甲]、者[乙][丙]、旨[丙]2163 那國此。

蚑

岐：[知]741 行。

跂：[明][宮]225 行喘息，[三][宮]606 蜂之屬，[三][宮]1478 行之類，[三][宮]2102 行蝨蝚。

蚑：[宮]1545 行蜂等。

峠

歸：[甲]2130 成實論。

秖

祇：[三]1336 阿婆羅。

萁

箕：[三]2145 之能克。

畦

佳：[三]202 田於。

毘：[聖]1442 作如是。

跂

跂：[甲]909 物垂腳，[甲]1912 得非想。

跂：[三]、跂物垂腳甲本作本文908 物垂。

屐：[聖]1441 廁上座。

屍：[聖]1441 小便上。

崎

踦：[明]1457 二形，[明]1459 拳，

[明]1459 有兩拭。

峙：[甲]2087 舊曰僧。

琦

寶：[三][宮]453。

寶：[知]384 珊瑚。

伎：[宋][宮]、妓[元][明]263 鼓樂自。

珂：[宮]529 物又，[聖]291 不。

奇：[明][聖]225 樹上有，[明][聖]318 寶好衣，[明]125 寶物皆，[三][宮][聖]481，[三][宮][聖]285 珍於衆，[三][宮]263 玟珞周，[三][宮]263 妙塔寺，[三][宮]263 珍長者，[三][宮]263 珍明月，[三][宮]285 異上好，[三][宮]285 瓔，[三][宮]285 珍爲繩，[三][宮]285 珍一心，[三][宮]338，[三][宮]433 異七寶，[三][宮]459 珍異寶，[三][宮]635，[三][宮]664 異物而，[三][宮]2121 異即呼，[三][宮]2121 之如妙，[三][聖]211 寶物郊，[三][聖]211 草芳華，[三]1 盡，[三]125 異物，[三]177 異之物，[三]187 衆雜寶，[聖]224，[聖]225 物海，[另]1721 異之物，[元][明]425 異扇貢。

綺：[三]154 寶好物。

倚：[三]202 明淨曜。

椅：[甲]2223 反。

棊

纂：[宮]2059 棊曰斫。

基：[宮]2060 是也由，[宋][宮]2103 羨門式。

碁：[宮]2122 至北閣，[甲]1921 書呪，[三][宮][聖]272 博，[三][宮][聖]1428 局博掩，[三][宮]2122 諷。

棋

碁：[丙]2087 布巖林。

祺

棋：[宋][明]969 見聞招。

碁

基：[宋]、棊[元][明]190 雙。
棊：[聖]1441 子著餘。
棋：[三]375 波羅塞。

頗

傾：[原]920。

蠚

基：[甲]2128 變爲鶉。

綦

其：[元][明][宮]2060。

齊

食：[乙]2408 噉之苦。
段：[三][宮]670 住無生。
付：[甲]2410。
高：[甲][乙]1822 平如冠，[甲]1816 等。
漢：[宋][元][宮]、此[明]754 言辯。

黃：[甲]1763。
齎：[甲]2128 咨涕洟，[三]1 象王爲。
濟：[聖]1851 度一切。
際：[高]1668 故如本，[高]1668 發起無。
劑：[丙]1184，[宮]664 如法安，[宮]1547 限謂彼，[甲][乙]1929，[甲]1928 相似又，[明]842 頭數如，[明]1421 限，[三][宮]1421 限受家，[三][宮]2121 耳又藥，[三][宮]2123 若食他，[三][宮]2123 限住家，[三][甲][乙]1069 膝除其，[三][聖]375 衆生，[三]190 知如是，[三]553 耳王曰，[三]2125，[三]2154 差，[宋][元][宮]1547 限耶若，[宋][元][宮]1552 有三種，[宋][元][甲]953，[乙][丙]2231 未來際。
濟：[宮]741 十五天，[甲]、齊[甲]1782 修定散，[甲]、齊[甲]1782 令，[甲]1963 我一心，[甲]1700 自他故，[甲]1709 證解忍，[甲]2053 致此妄，[甲]2073 率獲粟，[甲]2073 猶依六，[甲]2263，[甲]2354 等雖不，[甲]2362 之教故，[明]2076 禪師錢，[明]2076 禪師，[三][宮][聖]425 無數億，[三][宮][另]285 護於衆，[三][宮]288 轉三惡，[三][宮]585 衆生斯，[三][宮]627 有爲所，[三][宮]1562 此故有，[三][宮]2121 二儀愍，[三]202 一人也，[聖]1458 一尋，[宋][元][宮]、一[明]2103 又，[宋][元][宮]2122 上賢如，[宋][元]1 之原歷，[乙]2087 風雨

之，[元][明]1458 後半，[元][明]1577 施令彼，[原]1776 名爲法。

穭：[三][宮]2040 王。

晋：[三]2145 言佛賢。

覺：[宮]310 香花寶。

看：[甲]1851 情外有。

來：[宮]1958 功也。

累：[三][宮][甲]901 押左，[三][甲]901 作井。

禮：[乙]852。

流：[丙]2231 轉滅義。

臍：[宮]304 三昧地，[宮]579 密六十，[甲]1828 處故出，[甲][乙]2390 等相，[甲]1007 已還即，[甲]1728 腰見天，[明][乙][丙]857 輪合並，[明]856 諸輪密，[明]1199 輪合並，[三][宮]303 三摩地，[三][宮]620 中出水，[三][宮]669 文如，[三][宮]681 菩，[三][宮]901 下，[三][宮]1453 下掩雙，[三][宮]1509 爲中四，[三][宮]1545 法是故，[三][宮]1547 上，[三][宮]1562 心如次，[三][宮]1563 心最後，[三][宮]2122 於心意，[三][宮]2123 於心意，[三][宮]下同 619，[三][宮]下同 1462 爲初心，[三][甲][丙]1132 下以進，[三][甲][乙]1075 中其色，[三]1005 輞具足，[三]1509 入若記，[三]2125 胸宜須，[三]2146 化出菩，[三]2153 化出菩，[三]2154 化出菩，[宋][元]、齋[明]2149，[乙]1796 輪上各，[乙]1796 響出時，[乙]壇 1796 以下現，[原]、原本冠註曰、齊下經有輪字 2425 中放光，[原]1065 上持寶，

[原]1212 下產門。

秦：[三]2145 言童壽。

聲：[三]2125 鷲峯，[元][明]440 佛南無。

時：[明]、濟[宮]1808 行用未。

衰：[三]721 中若殺。

宋：[三]2145 言功德，[宋][元][宮]2122 釋，[元]2122 琅瑯。

蕭：[三]2060 而成昔。

所：[三]1549 限。

聞：[宮]1549 一句人，[三]1549 一句説。

亦：[甲]2195 如。

應：[三]1544 能造作。

有：[甲]2748 同上依，[聖]1425。

云：[宮]1435 何名富，[明]220 何。

再：[甲]2281 問。

齋：[德]26 決定知，[丁]2244 弘多設，[宮]1545 何名菩，[宮]1552 本音，[甲]1973 修，[甲][乙]1822 爾所時，[甲]1804，[甲]1805，[甲]1805 背像安，[甲]1821 是名曰，[甲]1852 永明十，[甲]1906 法或一，[甲]1918 此約愛，[甲]1969 毀戒却，[甲]1969 忌禮文，[甲]1969 則勤修，[甲]2039 作，[甲]2128 也當腹，[甲]2191 之教也，[明]24 形，[明]2106 州釋志，[明]2110 中千眼，[三][宮]1552，[三][宮]2122 旋繞而，[三][宮]1521，[三][宮]1550 無説如，[三][宮]2059 等及造，[三][宮]2060 集百師，[三][宮]2060 手，[三][宮]2104 行道，[三][宮]2122 法

經不，[三][宮]2122 或稱名，[三][宮]2122 沐浴，[三][宮]2122 上聖僧，[三][宮]2122 繞不杖，[三][聖]125 難陀，[三]23 齊王有，[三]186 戒讀經，[三]212 見諸行，[三]2122 麥唯六，[三]2145 法集之，[三]2146 法清淨，[三]2149 經，[三]2149 經第二，[三]2149 經西涼，[聖]26 是得知，[聖]361 等適小，[聖]1563 何應知，[聖]1582 從和，[宋][宮]、此[明]2122 言功德，[宋][元]2122 沙門，[宋]2149 王，[乙]1723 法不持，[乙]1796 整著三，[乙]1821 對治道，[乙]2120 特賜名，[乙]下同 2218 時是人，[元][明][宮]2122 誌云，[元][明]5 肅亦爾，[原]2126 主讚歎，[原]920 於如來，[原]1064 破戒破，[原]1079 日不須。

旗

旇：[原]2216 旗密號。
旅：[乙]1796 於菩提。
期：[三][宮]2109 學仙而。
其：[明]1459 王。
簅：[甲][乙]2390 寶處寶。
槍：[原]、槍[甲]2006 一掃絕。
辛：[三][宮]721。
斾：[三]987 那波梨。

蹟

箕：[三][宮]2103 踞父兄。

騏

麒：[元][明]407。

斯：[三][宮]721。

騎

乘：[三][宮]2122 在後甥。
馬：[三][宮]2121 兵共鬪。
綺：[三][宮]770。

臍

付：[甲]2410 輪字。
脊：[三][宮]607 根一種。
歷：[甲]2239 中有一。
欞：[三][宮]721。
齊：[宮]2123 已上煖，[宮][聖][另]1428 下高者，[宮][聖]1537 風嘔鉢，[宮]310 輪深且，[甲][乙]850 而，[甲]867 成虛空，[甲]867 如入奢，[甲]1039 立手執，[甲]1039 取左置，[甲]1039 誦一洛，[甲]1124 二膝又，[甲]1579 三並皆，[甲]1733 輪，[甲]1796 而在空，[甲]2125 右手牽，[久]485 中出諸，[明]1174 與腰二，[三][宮]279 天王得，[三][宮][聖]278 藏菩薩，[三][宮]310 輪，[三][宮]443 如來南，[三][宮]1536 或食麥，[三][宮]1562 宗豈得，[三][宮]2122 乳頤頸，[三][宮]2123 心四門，[三][甲]901 腰，[三]1005，[三]1056 運想從，[聖]278 放若干，[聖]1354 下病，[聖][另]1442 入若說，[聖]190 而出，[聖]222，[聖]480 而入佛，[聖]643 相如來，[聖]643 中出大，[聖]1199 輪中，[聖]1421 後至腰，[聖]1425，[聖]1428 七日中，[聖]1459，[聖]1537 輪下膝，[聖]1562

心最後，[聖]1579 處中間，[聖]1582 兩脅兩，[聖]下同 643 臍生六，[聖]下同 643 遊佛心，[聖]下同 643 有二面，[聖]下同 1442 入若説，[另]310 深腹不，[石]1509 深，[宋]、次[乙][丙]873 兩膝，[宋][宮]1435 下冷消，[宋][宮]1508 風臂風，[宋][宮]2122 入説降，[宋][宮]2123 下即便，[宋][元][宮]317 諸曼之，[宋][元][宮]2122 名爲，[宋][元][宮]2122 下即便，[宋][元][宮]2122 以下分，[宋][元]1005 顰眉向，[宋][元]1039 誦一俱，[宋][元]1167 下拓鉢，[宋][元]1442 入若説，[宋]220，[宋]1173 而上至，[乙]2408 前物，[乙]1736 僕翻，[元][宮][聖]1451 間嘔逆，[元]873 而。

前：[三]1087 下散誦。

齋：[宮][另]1451 而入藉，[聖]354 下陰上，[宋][元][宮]1435 是名爲。

簸

旗：[甲]2426 光蓮。

乞

叉：[甲]850 灑二合。

吃：[甲][乙]850 底二，[甲]850 芻二合。

乏：[石]1509 皆，[原][甲]1781 那名爲。

勾：[宮]551 食食已，[宮]2123，[三]152 馬以馬，[三]171 之則是，[三]1532 少欲頭。

化：[明]1450。

惠：[三][宮]1425 一毛。

可：[宮]2025 垂情謝。

令：[原]2349 入房次。

毛：[聖]1437 縷使非。

迄：[宋][元]2061 今年別。

氣：[原]2001 如胼拇。

訖：[甲]1072 諸佛威，[甲]1736 入山修。

請：[明][甲]1988 師指示。

求：[甲]1736 悉與有，[三][宮]1425 食初入，[三][宮]2122 丐得耳，[三][聖]1426 新鉢爲，[三]154 者何。

色：[聖]566 家所居。

食：[三][宮]1443 者得。

是：[甲]1728 人等彼，[甲]2207。

説：[三][宮]1425 羯磨人。

索：[宮]263 無獲窮，[三][宮]1425 如酥中。

無：[宮]2060 補夏，[宮]2060 受具足，[明]1450 求遠道，[三][宮]222 求輕便，[原]1744 子。

先：[三][宮]1455 解。

言：[宋]1809 大德僧。

乙：[宋][元]1075。

巳：[三][宮]237 還至本。

與：[甲]974 貧病人，[三][宮]1435 是人持，[聖]1433 覆藏羯。

元：[宮]1808 綿作衣。

宅：[另]1442。

止：[乙]2397 芻察此。

著：[三][宮]1435 食置庫。

走：[三]425 求。

企

代：[宋][元][宮]、伐[明]2109 儒墨之。

爾：[甲]951，[甲]2348 摩次優，[三][宮]1462 摩企，[三]1336 三末汦，[聖]1199 孕安頭，[宋][元]1579 耶方得。

金：[宮]866 伽。

躃：[宋]、[元][明]1343 修目呋。

念：[聖]1509 盧。

祇：[甲]2223 耶華嚴，[甲]2337 耶是其。

跂：[三]1423 行入白。

企：[宋]1017 莫企。

呋：[三]1343 目呋波。

仙：[三][宮]1545 具足第。

劜：[宋][宮][福]370，[宋][宮][福]370 八，[宋]1014。

秖：[乙]1723 耶此云。

杞

柏：[甲]2036 遂能。

杷：[甲]1059 葉是也。

無：[宮]901 小者是。

杏

杳：[宋]2061 婆。

起

愛：[聖]1544 欲色界。

包：[三][宮]221 四顛。

報：[甲]2262 住不復，[三][宮]1548 集聲音，[三]26 陰已得。

怖：[元][明]22 毛竪執。

常：[三]982 慈。

超：[宮]1530 謂大宮，[宮][聖]1552 次第入，[宮]263 於建立，[宮]272 彼貪欲，[宮]321 化現身，[宮]672 諸見相，[宮]810 聖慧宣，[宮]1509 於禪而，[宮]2087 館周三，[和]293 邪思，[甲]1735 勝用十，[甲]1828 中劫者，[甲]1833 先成，[甲]2249 緣者爲，[甲]2255 百非不，[甲]2366 一代之，[甲]1724 故下云，[甲]1736 疏有時，[甲]1781 入佛境，[甲]1781 聖故非，[甲]1821 一味得，[甲]2039 立，[甲]2157 經一名，[甲]2266，[甲]2266 地速成，[甲]2266 第四禪，[甲]2339 三昧，[甲]2386 過左母，[甲]2837 於眞而，[明]310 慈悲施，[明]2032 支阿羅，[明][甲]997 動念故，[明]293，[明]324 大雨有，[明]1546 第三禪，[明]2034 四，[明]2145 群方智，[三]159 神通，[三]220 菩薩無，[三]220 一切有，[三]1545 下諸有，[三][宮]1547 彼初禪，[三][宮][甲]901 音二合，[三][宮][聖]324 大火上，[三][宮][聖]381 現于世，[三][宮]263 三脫門，[三][宮]266 俗事其，[三][宮]278 或號善，[三][宮]324 劫燒天，[三][宮]384 七度衆，[三][宮]445 光如來，[三][宮]469 所求聲，[三][宮]606 躃，[三][宮]670 自心現，[三][宮]813 山頂菩，[三][宮]1558 頌曰，[三][宮]1562 此聚即，[三][宮]2053 步之花，[三][宮]2059 暢微言，[三][宮]2122

居淨國，[三][聖]158，[三][聖]210 度
自覺，[三]99 於無學，[三]194 諸苦
惱，[三]220 無量種，[三]291 度無
極，[三]291 度諸心，[三]606 得佛，
[三]1579，[三]2102 於玄極，[三]2110
于九，[聖]291 風御風，[宋][明]1017
信法門，[宋]1579 思擇不，[宋]2110，
[乙]1822 此下一，[乙]2394 尊以蓮，
[元][明]461 光德本，[元][明]1336 首
如來，[元]1579，[元]2122 七火災，
[原]853 義此中，[原]1289 世間世，
[知]598 無起法。

朝：[三][宮]1425 來欲禮。

成：[甲]1795 人天道，[宋]、滅
起[宮]2060。

持：[宮]632 恭敬意。

出：[三][聖]189 使兩面，[聖]211
燒山樹，[聖]227 不見諸，[聖]1464 阿
闍世。

初：[元][明]196 學欲度。

處：[宮]1545 智見知，[甲]1736，
[元][明]1500。

從：[宮]1552。

得：[明]1546。

地：[甲]2262 可不能，[甲]1873
准十地，[甲]2266 等既應，[甲]2266
種子等，[三]1667 行至淨，[乙]、起
[乙]1744 者剎那，[乙]2263 五識者。

等：[宮]1566 何以故，[甲]、等
[乙]1821。

頂：[宮]1425 禮佛足。

定：[明]2076 袒膊當，[三][宮]
618 悉，[原]1764 下就善。

都：[宋][宮]476 作一切。

鈍：[甲]1851 煩惱煩。

而：[宮]2042 八萬四，[三][宮]
653 去舍利，[三]99 去，[聖]310 去佛
語。

發：[甲][乙]1822 於中唯，[甲]
[乙]2263 之，[明]2059 群英間，[三]
125 歡喜，[三]632 菩薩意，[乙]1909
大乘心。

法：[甲][乙]1822 籍。

犯：[甲]916 三支口，[三][宮]
1435 本所作。

分：[三][宮]1562 所攝受。

夫：[三][宮]586 貪著我。

伏：[原]1834 欲鬼神。

赴：[宮]2103，[甲]1766 火喻妄，
[甲]1918 慈悲誓，[甲][乙]2070 本心
食，[甲][乙]2254 彼言笑，[甲][乙]
2263 無不，[甲]1728 從虜，[甲]1778，
[甲]1924，[甲]2053 來相慰，[甲]2196
嬰兒也，[甲]2255 火自墜，[三][宮]
[聖]1562 無能應，[三][宮]486 機緣
之，[三][宮]1562 非無此，[三][宮]
2058，[三][宮]2102 所志，[三][宮]2122
隣曲知，[三]2110 伽藍又，[三]2122
即燋爛，[聖]1788 菩薩機，[宋]138 善
具足，[乙]872 化城以，[乙]2393 也，
[原]1844 火或時。

復：[明]310 作興，[三][宮]1425
正身坐，[三]192 隨喜心。

供：[乙]2408 依。

共：[三][宮]1435 鬪諍相。

故：[甲]1846 由是義，[甲][乙]

1822 聲等近，[甲]1828 觀末那，[甲]
1830 說爲緣，[原]2416 文。

觀：[甲]2266 此減有。

歸：[原]2339 入無餘。

果：[三][宮]1558 性若無。

後：[原][甲]1833。

化：[甲][乙]2263 現種種，[甲]
2259 別緣用。

即：[宮]263 令樂必，[甲]2261
以之爲。

既：[甲][乙]1832 名唯識。

紀：[甲]1512 名，[甲]2250 思時
謂。

記：[甲]2218 心王，[甲]2261 煩
惱名，[甲][乙]1822 於業道，[甲][乙]
2263 不忘爲，[甲]1816，[甲]1828 此
即頌，[甲]1828 執不善，[甲]1863 多
聞聞，[甲]2244 中篇所，[甲]2250 時
亦得，[甲]2250 於果若，[甲]2259，
[甲]2259 現行隨，[甲]2266 必依於，
[甲]2266 第四說，[甲]2266 乃有三，
[甲]2266 業及無，[甲]2290 業也故，
[甲]2339 無覆有，[乙]2218 等當彼，
[乙]2263 故但相，[原]、述[原]2264
之可見。

加：[三]2154 塔三層。

見：[明]1537 邪見見。

建：[甲][乙]1909 憍慢幢，[三]
[宮]2034 立僧坊。

劫：[甲]2204，[三][宮]2103 余
以爲。

結：[乙]1909。

界：[乙]1822 非諸身。

經：[明]2153。

就：[聖][甲]1733 勝行所。

舉：[三][宮]1428 者，[聖]1429
者。

絕：[三][宮]2121。

類：[甲]2262 者無疑。

立：[宮]263 於，[甲]2266 共相
不，[甲]2410 七寶塔，[三][宮][聖]
376 菩提因，[乙]2350 堂達師。

論：[甲]2266 約。

羅：[宋]310 深信以。

滅：[三]2123 刀風解，[原]2339
隨鹿八。

能：[甲][乙][丙]2249 損由彼，
[明]721 智慧燈。

念：[三][宮]606 以是之，[石]
1509 畢竟智。

配：[甲]2250 愛於，[乙]2263 無
因後。

破：[乙]2249 之。

其：[甲]1969 忻慕作。

豈：[甲]2837 得明淨。

啓：[甲]1735 末門三。

契：[宋]1530 諸寶山。

棄：[三][宮]2059 家入道。

器：[甲]2787 行。

前：[甲][乙]1821 能修此，[甲]
1848 論云爲。

遣：[宋][宮]1435 若驅。

勤：[甲]1736 精進策。

趨：[三][宮]606 行喜淨。

取：[元][明]2123。

去：[三][宮]653 謗佛法，[宋]、

云[元]1548 不善心。

趣：[宮]310 城是初，[宮]1545，[宮]222，[宮]278 令一切，[宮]310 亦非有，[宮]1545 第二心，[宮]1545 故四勝，[宮]1545 盡無生，[宮]1545 無色，[甲]1736 行即屬，[甲]1832 異立為，[甲]1861 自無始，[甲]2323 唯一性，[甲][乙]2186 故者但，[甲][乙]1799 果無受，[甲][乙]1822 非離於，[甲][乙]1822 六欲天，[甲][乙]2228 業，[甲][乙]2296 於中初，[甲]1709 故然此，[甲]1728 無緣慈，[甲]1733 天聲亦，[甲]1736 向阿耨，[甲]1782，[甲]1782 盡，[甲]1782 入門，[甲]1782 四生而，[甲]1782 隨念，[甲]1782 贊曰二，[甲]1828 入，[甲]1828 一念蘊，[甲]1830 者能發，[甲]1830 之中但，[甲]1832 說不起，[甲]1965 入未至，[甲]2120 滄海，[甲]2246 堅信法，[甲]2263 者唯，[甲]2266 此境境，[甲]2266 大乘諸，[甲]2266 所治二，[甲]2266 應唯，[甲]2266 中造感，[甲]2270 自境義，[甲]2337 生，[甲]2339 惡業，[甲]2339 是漸教，[甲]2362 内作意，[甲]2397 化，[別]397 心心性，[明]220 最尊最，[明]293 十不可，[明][宮]310 法其無，[明][宮]310 向福焰，[明]228 求而生，[明]310 慧光明，[明]1661 方便心，[三]、赴[甲][乙]2087 菩提樹，[三]186 善惡業，[三]220 種種身，[三][宮]、[聖][石]1509，[三][宮]、赴[聖]234 靜定向，[三][宮][聖]1585 故究竟，[三]

[宮][聖]1552 法念處，[三][宮][聖]1579 心謝滅，[三][宮][西]665 信解大，[三][宮]221 大乘，[三][宮]278 法門而，[三][宮]278 世間趣，[三][宮]285 惱熱燒，[三][宮]401 無起，[三][宮]606 惡法則，[三][宮]618 二支牽，[三][宮]660 一乘十，[三][宮]767 手莫為，[三][宮]811 去患難，[三][宮]1462 自取教，[三][宮]1522 功德法，[三][宮]1530 事業一，[三][宮]1545，[三][宮]1545 眞淨覺，[三][宮]1546 上義是，[三][宮]1546 者不知，[三][宮]1546 者是人，[三][宮]1548 去來屈，[三][宮]1549 三惡道，[三][宮]1552，[三][宮]1553，[三][宮]1562 義中有，[三][宮]1563 彼定以，[三][宮]1596，[三][宮]1606 故第一，[三][宮]1659 精進若，[三][宮]2060 莫，[三][宮]2121 時舍利，[三][宮]2122 不無染，[三][宮]2122 地獄等，[三][聖]99 哀，[三][別]1548 是勝是，[三]1 於是長，[三]26 至出要，[三]125 之心彼，[三]159 大捨無，[三]194 時世惡，[三]212 是故說，[三]220 慈俱心，[三]1167，[三]1560 迷道及，[三]1562 推度意，[三]1564 去法去，[三]1579 分別亦，[聖]627 行者金，[聖][別]1541 心行於，[聖]268 思量知，[聖]324 嚴淨，[聖]613 顛，[聖]1509 隨喜，[聖]1562 彼忍亦，[聖]1562 能發生，[聖]1579 我我所，[聖]1595 聞熏習，[聖]1733 求生愛，[聖]1788 生所依，[聖]1788 遠質以，[宋][宮]223 是趣不，

[宋][宮]268，[宋][聖]99 貪，[宋][元]1545，[乙]2215 故云也，[乙]1821 餘無漏，[乙]2263 此執之，[乙]2263 有雜故，[乙]2370 大乘故，[元][明]813 餘異口，[元][明]310 於一切，[元][明]397 涅槃道，[元][明]2121 渴急飲，[原]、[甲]1744 入故，[原]、趣[甲]1700 善名爲，[原]、說[原]、說[甲]2339 相始，[原]1851 行故說，[原]1863 大何須，[原]2339 愚第三，[知]1579 如是相。

然：[乙]1909 顛倒行。

熱：[聖]1435 欲心故。

日：[宮]1435 如是惡。

入：[明]220。

灑：[三]2043 王王得，[元][明]2043 之少時。

生：[宮]223 無作故，[甲][乙]1821 此名願，[甲][乙]1821 樂覺者，[甲][乙]1822 正理云，[甲]1775 肇曰見，[甲]1821 則此部，[甲]1881 無，[甲]2255 過去現，[甲]2812 謗言夫，[三][宮][聖]1436 如草，[三][宮]672 更非餘，[三][宮]1435 悔心呵，[三][宮]1579 染著說，[三][宮]1659 已生惡，[三]1560 餘通依，[乙]1909 大慚愧，[乙]2218 色法，[乙]2263 者豈無。

時：[甲]2266， [聖]643 以水澆。

是：[甲]2262 下尋伺，[明]220 亦無，[三][宮]2121，[三]159 無上菩，[聖]668 如是二。

勢：[甲]2052 風魖魅。

釋：[甲]2266 愁等。

手：[三][宮]1435 行。

說：[甲]2266 超者阿。

死：[宮]397 屍惡鬼，[明]1656 互相由，[原]1074 六莎去。

甦：[乙]2396。

隨：[乙]1736 一相不。

他：[甲]2263 佛者。

退：[宮]294 衆生相，[明]1562 自，[三][宮]345 法忍佛。

我：[原][甲]1851 傍陰故。

臥：[三]184 須人目。

喜：[甲]2299 生。

現：[甲]1851 於中分，[甲]2305 也故下，[聖]279 如來行。

相：[甲][乙]1822 更互相，[三][宮][聖]1509 無作非，[乙]2261 諸法故。

行：[甲][乙]1821 者釋後，[明]220 憍慢輕，[聖]1585 不障善。

性：[甲]2263 上執爲。

興：[甲][乙]2185 大雲譬，[三][宮]810 於時，[三][聖]125 居世尊，[三]125 瞋恚興，[三]125 欲心向，[聖]371。

修：[明]220，[乙]1821 一故苦。

也：[甲]1823 頌曰，[甲]1829，[甲]1828 還滅因。

依：[甲]1782 之，[三][宮]1562 色如。

疑：[宮]、越[聖]1425 作是說，[三][宮]1545 無，[三][宮]1563 無明，[原]2271 者此亦。

已：[宮]618 善。

以：[三]1604 四求一，[聖]1428 瞋恨以。

義：[甲]2339 無記。

引：[甲]2263 悲願八。

有：[三][宮]1545 百千衆。

於：[三][宮][聖]310 怖畏已。

與：[三][聖]125 居輕利。

語：[三]185 也佛到。

欲：[三][宮]1428 出去外。

遠：[甲]2036 長樂信。

曰：[甲]1717 脩。

越：[宮]813 立在處，[宮]425 我想如，[宮]425 以了本，[宮]1451 疲勞，[甲][乙]1822 期心故，[甲][乙]1709 生死流，[甲][乙]1822 上道以，[甲][乙]2390 大護相，[甲]1239 方鬼書，[甲]2266 彼於餘，[甲]2266 是名所，[明]1549，[明]2154 長者悔，[三][宮]2104 因爲造，[三][宮][聖]225 燒一里，[三][宮]221 第一禪，[三]1648 有人樂，[三]2149 起未詳，[聖]223 無生無，[乙]2261 自他不。

運：[宮]1799 始雖起。

造：[宮][知]1579，[宮]1594 一者分，[甲][乙]1909 種種罪，[甲]1775 同於虛，[明]220 隨喜迴，[明]1571 作用更，[三][宮]2040 一塔塔，[三][宮]1521，[三][宮]2103 惡惡人，[三][宮]2121 金像以。

趙：[聖]1563 謂自界。

者：[甲]1736。

知：[丁]1831 十種果，[甲][乙]1822 此現前，[聖]1733 化無礙，[宋]721，[乙]1724 故或同。

執：[宮]419 棄綺可，[三]2103 斷常之。

志：[三]1394 心興舍。

致：[三]212 憂或爲。

智：[甲][乙]1822 一剎那，[甲][乙]1822，[甲][乙]1822 斷得，[甲][乙]1822 若現在，[甲][乙]1822 下，[甲][乙]1822 業時惡，[甲][乙]1822 於此畏，[甲]1828，[甲]1828 有強弱，[乙]1821 故者釋，[乙]1822 違逆聖，[乙]2309 品有佛，[乙]2309 者得覺，[乙]2309 資糧能，[原]2271 慧名爲。

跱：[宋][宮]、峙[元][明]741。

種：[甲]2263 卽名新。

走：[三][宮]2121 東行至，[聖]1435 去諸比。

作：[聖]1425 屋基作，[石]1509 福德離。

啓

裔：[宋]、裔五十四[元][明]1016 薩。

豈

愛：[三][宮]2121 念法故。

必：[明]220 不能得。

不：[明]2076 妨流水。

蚩：[甲]1718 而。

出：[甲]1863 不同於。

答：[甲]1733 須人間。

當：[甲]1922 知但以，[原]2404 生。

定：[甲]2266 得第四。

何：[三][宮]1442 非今日，[三]171 惜一食，[乙]2263 熏黃種。

或：[乙]1821 有未曾，[原]1840 不總以。

既：[原]2362。

皆：[宮]681 咸在一。

今：[三][宮]627 所見佛。

覺：[原]、覺[甲]2006 是無反。

可：[乙]2263 唯本有，[原]2248 是義開。

肯：[明]2076 度伯牙。

空：[甲]1796 是一花，[甲]1830 不許得，[甲]2299 得稱法。

量：[甲]1816 非以取，[甲]1816 即有實。

寧：[甲][乙]2263 非別相，[甲][乙]2263 離識，[甲]1929，[甲]2195 有外道，[原]1840 定。

起：[甲]1789 用外道，[明]1571 離香味，[明]1571 能住他。

實：[甲]2266 不論言，[明]2110。

是：[甲]2195 非了義，[甲]2262 彼經中，[甲]2262 別觀察，[甲]2262 不見耶，[甲]2262 但有種，[甲]2262 無五根，[甲]2262 欲界業，[甲]2271 非，[甲]2271 何量耶，[甲]2317 不律儀，[宋][宮]657 異人乎，[乙]1822 唯六境，[乙]2261 應正理，[乙]2263 非俱生，[乙]2263 楞伽經，[乙]2263 一念不，[原]2416，[原]2271 汝所許。

室：[宮]2059 非福耶。

思：[宋]1562 不廣論。

無：[另]1721 虛妄。

延：[甲][乙]1822 不與願。

言：[甲]1724 云無數，[甲]2195 諸苦盡。

業：[宋][宮]2060 其爾。

宜：[乙][丙]2092 卿魚鼈。

已：[甲][乙]1822 非所。

益：[甲]2400 唯。

意：[甲]2299 契大。

責：[三][宮]1507。

置：[乙]2249 如言也。

足：[甲]2837 待緣盡。

啓

白：[聖]200 此事毘，[聖]200 父母求。

答：[明]2121 父曰諸，[宋][元][宮]2103 北齊文。

而：[三][宮]398 受。

稽：[宮]2122 四八之，[甲]951，[明][甲]1177 白吼，[三][宮]338 受奉行，[三][宮]2105 首具說，[三][甲]、請[甲]951，[元][明][宮]310 佛并餘。

即：[聖]200 白王言。

具：[聖]200。

披：[三][宮]560 陳此何。

破：[三][宮]1628 斯妙義。

启：[明]1092 白願言。

起：[甲]1735 四門一，[甲]1735 五門，[明]76 吾，[明]1174，[明]2053 處，[明]2122 十方大，[明]2154，[元][明]379 請生此，[元]2122 馳散日。

契：[甲]2010 心平等。

屈：[三][宮]895 請與諸。

設：[甲]2089 敬。

聲：[三]2121 言。

示：[宮]1503 甘露。

所：[聖]200 白。

咸：[三][宮]381 度，[三][宮]398，[三][甲]1332 言善哉，[宋]403，[知]741 受歸命。

序：[宋][元][宮]2103 沙門釋。

欲：[甲]952 問如來。

曰：[三][宮]2104。

重：[三]2103 謝上降。

綺

亂：[三]2063 之年而。

訛：[三]20 語譜入。

縛：[三][宮]640 三者住，[宋]99 飾壞語，[原]1776 故名解。

幼：[宋]、幼[元][明]2060 年出俗。

歸：[原]1744 語餘者。

觭：[元][明]2145 綺歲孝。

奇：[三][宮]1515 悅可於，[三]2060 還返京，[元][明]210，[元][明]612 好人死，[元][明]2121 廣積德，[元][聖]211 廣積德。

琦：[三][宮]2121 寶即，[宋][元]、奇[明]682。

騎：[明]2103 季之出。

弱：[三]2151 年穎悟。

停：[甲]2068 供養王。

妄：[三][宮][聖]222 語貪嫉。

猗：[宋][宮]、倚[元][明]292 因此菩。

欹：[宋][元]606 顧其身。

倚：[三][宮]1452 帶或僧，[三][宮][甲]901 反八十。

迄

乞：[聖]2157 于今。

訖：[三][宮]1610 至此道。

延：[三]987 稚婆稚。

造：[甲][乙]2393 後暗是。

汔

訖：[三]1498。

弃

乖：[三]6 恩情絕。

舉：[三]203 不噉自。

捨：[三]211 身滅意。

厼

殺：[甲]2035 之術三。

泣

哀：[三][宮]530 哽塞不。

而：[三]171 且歸語。

號：[三][聖]375 啼哭阿。

喚：[聖][另]1435 諸比丘。

叫：[三][宮]1451 而住佛。

哭：[宮]653，[宮]664，[宮]2122 欲令耶，[明]201 墮淚敬，[明]2121 懊惱復，[明]2123 曰，[三][宮]523 痛徹骨，[三][宮]1442，[三][宮]2042 時長

者，[三][宮]2043 懊，[三][宮]2122，[三][聖]423 自責悔，[三][乙]1075 求自走，[三]99 受其報，[三]375 苦哉，[聖]26 垂淚而，[宋][元][宮]2122 不欲還。

苦：[三]375 之人涕。

淚：[三][宮]2104 乃手製，[三][宮]2121 滿目呻，[三]6 言天王，[三]185 交流謂，[三]362 轉，[聖][另]790 向，[聖][另]790 曰王。

涼：[三][宮]2060 歎其神。

涼：[元][明][宮]2060 拂衣東。

流：[乙]1022 淚俱放。

猛：[三]185 隨路而。

泗：[三]152 交，[三]152 交頸曰。

涕：[三]152 淚流面。

位：[甲]1805 一日不，[明]664 與於百，[聖]2157 情既恨，[元][明]2060 而無厭。

心：[三]192。

泫：[甲]2039 然涕泣。

嚘：[聖]125 不可稱。

淫：[元][明]1508。

注：[元]423 見天龍。

註：[丙]2286。

契

抱：[宮]2060 神情。

辨：[甲]1834 中道由。

喫：[甲]1239 以用小。

出：[三][宮]2104 玄機獨。

幢：[乙]2391 同私云。

等：[甲][乙]2391 行者悉。

方：[甲]966。

縛：[甲]2386。

共：[甲]2305 首尾眞。

慧：[甲]1733 相應名。

皆：[甲]2262 諸法非。

潔：[乙]2390 白觀第。

戒：[宋]、界[元][明]375 經鳩留。

界：[甲]2415 汝。

妙：[三]1562 經言一。

曠：[宋]2145 其無生。

企：[甲]1735 故楞伽。

闕：[三]202 闊求索。

熱：[甲]1280 如火若，[甲]2217 有佛無。

聲：[甲]2067 又更。

勢：[甲]893 吒於，[甲]1724 經等義，[原]904。

爽：[乙]1736。

通：[聖]2157 圓寂密。

望：[甲]2266 經説非。

揆：[甲][乙]2194 機而能。

形：[甲][乙]2393 加持五。

修：[宮][甲]2008 自識本。

印：[甲]2229，[乙]922。

有：[三][宮]1585 經説八。

執：[三][甲]903 印幖。

珠：[原]1112 已以自。

砌

際：[宋][元]1421 地安床。

氣

稟：[三][宮]2122 孝慈息。

彩：[三][宮]2122 氛氳至。

癡：[甲]2084 人所殺。

而：[三][宮]2122 復蘇其。

飛：[三][宮]2034 前後。

氛：[甲]2400 馥妙悦，[甲][乙]957 馥妙悦，[甲]2052 以爲志，[三][宮][甲]2053 而獨逝，[三][宮]2102 唯心玄，[聖]2157 麗空是。

風：[甲]2266 名爲身，[三][宮]1425 等蛇若，[三][宮]2122 出聲若。

急：[宮]2122 急身。

季：[乙]2207 和。

剪：[三]2103 庶得仙。

菊：[宋]409 光佛那。

亢：[三][甲]1097。

悶：[三][宮]2121 絶良。

普：[三]606 照天。

起：[乙]2263 依處習。

器：[甲]2075 畫，[明]2122 高邈器，[三][宮]2102，[三][宮]2102 而器不，[元][明][宮]387 常不滅。

乳：[三]1339 處能悉。

時：[三]2122 和爲通。

無：[宋]、熱[元][明]201 猛焰燒。

吸：[三][宮]2103 則浮雲。

養：[甲]1728 精神鬼。

義：[明]2087 勇伽藍。

氳：[宋][明]2122 一月留。

訖

畢：[甲]2269，[三][宮]2034 壬子六，[三]2154。

吃：[甲][乙]2393 哩二合，[三]

[宮][甲][乙][丙][丁]848 底丁以。

純：[乙]2317 依何聖。

從：[甲]1744 何以故。

紇：[甲]2132 里，[甲][乙]11214 哩二合，[甲]1030 㗚覩幡，[甲]1828 闍呂，[甲]2237 唎二合，[明][甲][乙]1260 哩二合，[三][乙]1092，[三]1033 哩二合，[元][明]2088 栗瑟摩，[原]923 哩二合。

極：[知]418 生天上。

記：[宮][聖]397 時於，[甲]2128，[甲][乙]2070 一去無，[甲]1830 自下第，[甲]2128，[明]1114 底二合，[三][宮][甲][乙][丙][丁]866 印，[三][宮]2053，[三]2034 見寶唱，[三]2145，[三]2145 僧純於，[聖]1442 已爲間，[聖]1471 無異座，[聖]2157 勑太子，[聖]2157 沙門智，[乙]850 當示根，[乙]1816 只如。

羯：[甲][乙][丙]1211 囉二，[乙]867 訖囉。

竟：[三][宮][知]266 即白佛，[三]202，[三]203 擲鉢。

了：[甲]、畢[乙]2263 何以正，[甲]2284。

論：[原]1829 指如攝。

乞：[明][乙]1110 叉，[三]、記[聖]158 我頭面，[原]2098 入山。

迄：[甲][乙]1909 此章後，[明]2087 見小窣，[三]188 無有可，[三]2122 至樓至。

乾：[和]261 闍婆城，[甲][乙]

1092 馱那俱。

說：[丁]1958 即皆結，[宮]226，[宮]895 恒思六，[宮]901，[宮]2059 明晨詣，[宮]2121 問須達，[甲]1912 神，[甲][乙]1821 餘師總，[甲][乙]1822 云有說，[甲][乙]1822 自述，[甲]917 然後於，[甲]952 於頂上，[甲]1032 懺悔發，[甲]1700 至應，[甲]1709，[甲]1709 總名一，[甲]1763，[甲]1821 示正義，[甲]1828 十淨者，[甲]1830 相應心，[甲]2184 餘未見，[甲]2266 故此不，[甲]2266 決擇鈔，[甲]2266 所以將，[甲]2270，[甲]2271 因喻略，[甲]2339 十信以，[明]1442，[明]1808 將往僧，[明]2123 行澡水，[三]190 已却住，[三][宮]556 竟七女，[三][宮]618 至復，[三][宮]656 不具足，[三][宮]1425 非法人，[三][宮]1442 應捨惡，[三][宮]2122，[三]144 皆歡喜，[三]1093，[三]1257 已左手，[三]1335 竟第六，[三]1571 無常得，[三]2154 佛境界，[聖]310 事訖眷，[聖]613 於般涅，[聖]983 蘭二合，[聖]1199 以是眞，[聖]1436 迦絺那，[聖]1443 鄔陀夷，[聖]1763，[宋]25 汝等須，[宋][宮]2049 此，[乙]2394 勞三龍，[元][明]1425，[元]26，[元]1509 即得無，[原]2339 所立乘，[原]2408 底或。

託：[甲]1820 高勗下，[甲]2035 見，[三]1099 哩二合。

脫：[三][宮]1646 若不知。

詑：[原]1089 已。

已：[高]1668 而助教，[三]168 諸弟，[三][宮]1451 却住一，[三][聖]99 洗鉢澡。

遇：[乙]2309 緣退。

證：[甲]1782 不能斷。

之：[三][宮]2049 眾人咸。

至：[三]2103 散華品。

足：[三][宮]2049 後以五，[聖]190。

葺

緝：[明]293 令其成，[宋][元]2061 修寺宇。

棄

辨：[甲]1735 欲界諸，[原]2262 世諦何。

稟：[三][宮]2102 道果。

并：[甲]2299 苦極降。

乘：[宮]1911 五蓋四，[甲]2035 輪王位，[甲]2266 下乘而，[三][宮]556 身體去，[三]419 已被人。

畜：[三][宮]2122 捨百千。

垂：[明]784 去垢成，[三][宮]1462 布施善。

毒：[聖]190 捨。

發：[元][明]212 三十四。

辜：[宋][元]、姑[明]152 著竹中。

疾：[另]1509。

集：[元]1579 捨止所。

舉：[三][宮]1470 之，[三][宮]2122 不敢食，[三][宮]2122 佛。

苦：[三]1451。

來：[甲][乙][丙]2089 施此國。

爛：[三][宮]1435 藥汝盡。

離：[三][宮]1488 身命。

弄：[宮][甲]1805 失諸根。

奇：[甲]、寄[甲]1782 緣起分，[甲]1816 後二，[甲]1816 捨，[甲]2217 背生死，[甲]2217 捨而點，[甲]2217 捨二由，[甲]2217 諸蓋○，[甲]2217 諸蓋故，[甲]2263 彼說不，[甲]2290 背自本，[原]1840 已功故。

氣：[三][宮]811。

牽：[三][宮]611 萬物亦。

去：[三][宮]1428 之，[三][宮]1458 即此，[三][宮]1470 膝上巾，[三][宮]2034 世未及。

捨：[三][宮]263 愛欲永，[三][宮]263 販賣業，[三][宮]425，[三][宮]2121 我欲詣，[三]171，[聖]476 是，[乙]2232 故名大。

事：[三][宮]598 何等五。

受：[甲]1921 行，[聖]1425 四跋渠。

素：[聖]225 國位爲。

忘：[另]1721 大而便。

臥：[明]375 糞掃氈。

喜：[三][宮]1488 飲食者，[三][宮]1650 捨。

葉：[宮]225 去入應，[宮]1452 中飲見，[甲]2290 有著空，[甲]1763 若聲聞，[甲]1806 法，[明]1472 之，[宋][元]1451 擲因此，[元][明]2122 而茂生，[元]2122 佛第三。

業：[甲]1736 而不住，[明]1579，[三][宮]440 結佛南，[三][宮]657 貪愛縛，[聖]292 捐所止。

移：[三]375 盡力不。

墜：[三]2122 三。

縱：[甲]1718 捨不爲。

愒

憩：[三][宮]2122 廬山同。

磧

積：[元]2060 石。

磧：[三][宮]2122 而卒形。

碃：[甲][乙][丙]1073 所須。

器

本：[甲]2312 漸次說。

鐘：[三][宮]1451 若不將。

果：[乙]1909 身心安。

忽：[甲][乙]1822 速多非。

利：[宮]848 物。

礫：[三][宮]1489 不可修。

爐：[甲]1067 嚴身如。

盆：[原]1821 相雜而。

甌：[聖][另]790 如是慚。

品：[宮]292 想願濟，[甲]952 食不得，[甲]1512 身，[甲]2402 蓮花，[三][甲]1080 若欲一，[三]159，[聖]1582 成阿耨，[宋][元]、品經[明]2145，[原]、品[甲]1828 是第一。

瓶：[明]1428 泥器樹。

氣：[明]613 從虛妄，[明]2102 耶

馬有，[明]2103 作元貞，[三][宮]
2059。

攝：[聖]1582 八者地。

土：[乙]2263 以最劣。

物：[聖]1435 作僧水。

喜：[甲]2191 饒饒三。

興：[乙]、富[甲]1816 有行無。

宜：[三]360。

益：[甲]1816 天親云，[甲]2261
不受道。

異：[甲]2290 次後二。

友：[三][宮]2121 復以化。

憩

歇：[三]190 時梵德。

薺

惹：[甲][乙]982。

齋：[三][宮]2122。

礛

濕：[原]、砥[原]、矼[甲]1158
呬二合。

扨

劫：[甲]2128 聲扨音。

洽

洽：[甲]2128 緘反介。

治：[宋]2145 之功微。

恰

恰：[宋]2122 具如平。

洽

給：[甲]2207，[甲]2393 也祕
密。

涵：[聖]383 潤於枯。

合：[三][宮]1425 塗地若。

袷：[甲]2227 反刺也。

冷：[宋]2087 風俗淳。

令：[三]1097 一切無。

洛：[宮]2108 九儒之。

治：[宮]2034 劉恢殷，[甲]1806
五穀，[甲]2128 反說文，[明]2121 以
天監，[元]、洽反[宋][元][宮]、切[明]
665 下同，[元]2108 六親澤。

恰

袷：[元][明]2122 來曰此。

却：[甲][乙]2003 救得猫。

舸

珂：[元][明]671 鼓種種。

千

百：[宮]328 菩薩俱，[三][宮]263
姟喻，[三][宮]461，[三][宮]721 千莊
嚴，[三][宮]2060 餘皆一，[三]1058
八遍者，[三]2110 僧，[聖]2157 七十
八，[元][明]397 年名聞。

半：[三][宮]2121 由旬高。

不：[甲]952 嬈惱以。

才：[元][明]1161。

禪：[甲]2196 爲水災。

大：[三]220，[三][宮]2122 阿僧
祇。

方：[聖]157 佛土如。

干：[宮][甲]1805 件數津，[宮]1509 國土中，[宮]2033 年至第，[宮]2053 祈伏，[甲]1715 人者總，[甲]1789 論，[甲]1736 疏一如，[甲]1782 諸佛至，[甲]1805 天也初，[明]305 由，[明]338 劫不可，[明]1451 軍萬衆，[明]2149 萬有似，[三][宮][聖][另]310 佛所得，[三][宮]401 萬數遙，[三][宮]1522 百億劫，[三]1644 那入水，[另]1442 踚繕那，[宋][元]158 須彌以，[乙]2408 反寸皆，[元][明][知]418 億珍寶，[知]418 劫莫得。

光：[乙]2263 師之釋。

汗：[乙]2397 栗多者。

明：[宋]、時[元][明]、向[宮]2041 佛合掌。

年：[明]213 變等除，[三][宮]400 諸魔衆，[三][宮]2123 命不毀。

七：[明]321 寶藏從，[元][明]310 雙。

遷：[甲]2250 歷。

切：[宋][宮]414 諸衆生。

三：[元][明]2122 心。

十：[丙]2087 里至那，[丙]2087 餘里國，[丁]2244，[宮]397 億土有，[宮]1509 萬名億，[宮]1509 牙野干，[宮]2026 比丘，[宮]263 億諸佛，[宮]309 萬劫佛，[宮]310 婇，[宮]310 劫後於，[宮]310 樓高峻，[宮]384 萬億稱，[宮]425 歲一會，[宮]815 城其州，[宮]1650 倍，[宮]2040，[宮]2040 比丘是，[宮]2040 萬里極，[宮]2111 門萬戶，[宮]2121 人罪不，[宮]2122 年之後，[宮]2122 餘所僧，[甲]2128 人曰英，[甲]2250 日夜爲，[甲]2266 部竝，[甲][乙][丙]、千一作千[甲][丁]2092 軀太后，[甲][乙][丁]2092 騎欲奔，[甲][乙][丁]2244 里相師，[甲][乙]1822 問品中，[甲][乙]2194 餘里土，[甲][乙]2211 種瓔珞，[甲]1709 對所治，[甲]1717 人三云，[甲]1871 比丘頓，[甲]2036 人持五，[甲]2087 餘里國，[甲]2087 餘人習，[甲]2195，[甲]2261 共傳一，[甲]2309 三億四，[甲]2397 二王子，[明]165 象而爲，[明][宮]、明註曰千字北藏作十字1549 義是相，[明][甲]1988 品萬類，[明][聖][甲][乙][丁]1199 萬遍能，[明]1 由旬，[明]125 六萬八，[明]158，[明]220 分不及，[明]264 二百舌，[明]310 俱胝歲，[明]643 無數天，[明]721 由旬種，[明]731 六百四，[明]1341 大千世，[明]1522 光，[明]1988，[明]2122 萬雜類，[明]2131 劫，[明]2145 偈又得，[明]2154 偈未有，[三]2154 難經一，[三][宮]721 乘車載，[三][宮]1509 那由，[三][宮][聖]268 大蓮花，[三][宮][聖]397 億那由，[三][宮][聖]1452 二頌總，[三][宮]263 比丘復，[三][宮]288 之清淨，[三][宮]357 億那由，[三][宮]371 億衆諸，[三][宮]374 萬不足，[三][宮]384 七萬二，[三][宮]397 眷屬金，[三][宮]410 五那由，[三][宮]416 年中廣，[三][宮]

453 萬由旬，[三][宮]626 劫行禪，[三][宮]635 億人都，[三][宮]661 九億一，[三][宮]721 由旬洪，[三][宮]721 由旬鳥，[三][宮]721 由旬水，[三][宮]731 億萬歲，[三][宮]1421 張施諸，[三][宮]1435 六及五，[三][宮]2040 萬而授，[三][宮]2041 里龍有，[三][宮]2053 餘里至，[三][宮]2103 聚，[三][宮]2103 年無餘，[三][宮]2121 里諸菩，[三][宮]2121 億佛剎，[三][宮]2122，[三][宮]2122 二，[三][宮]2122 人昇，[三][宮]2122 由旬拘，[三][聖]99 萬而授，[三][聖]375 萬不足，[三][乙]2087，[三]1 由旬園，[三]109 垓天皆，[三]154 人惟先，[三]157 萬兩金，[三]186 億人令，[三]190 步，[三]642 萬劫勤，[三]721 犁在彼，[三]732 億萬，[三]1058 臂印法，[三]1227 八遍止，[三]1262 數子逃，[三]1341 百千等，[三]1365 俱胝諸，[三]1509 里石山，[三]1548 想成就，[三]2088 五里至，[三]2088 餘並學，[三]2088 餘里都，[三]2088 餘里寺，[三]2103 佛像及，[三]2112 卷後陸，[三]2122 年皆向，[三]2154 千九卷，[聖]125 六一灰，[聖]224 萬人無，[聖]649 眾生皆，[聖]1462 里圍二，[聖]2157 萬廣頌，[聖]2157 五百，[聖]2157 餘人並，[石][宮]1509 菩薩諸，[宋]1510 四億那，[宋][宮]382 菩薩得，[宋][宮]2102 得道俱，[宋][明]245 劒輪往，[宋][元]、于[明]26 意所，[宋][元]208 四百偈，[宋]

[元][宮]1648，[宋][元][宮]2121 里内人，[宋][元]2061 匹至可，[宋][元]2110 室之邑，[宋]186 百種嚴，[宋]945 佛圍繞，[宋]2061，[宋]2122 五百餘，[宋]2122 餘，[乙]1772 六萬歲，[乙]2087 餘里國，[乙]2376 餘里伽，[乙]2391 大比丘，[元]、于[明]26，[元]2016 鉢大教，[元]2016 名號隨，[元][明]397 億法及，[元][明][宮]310 二，[元][明][宮]444，[元][明]1043 萬劫生，[元][明]2016 車共，[元][明]2016 萬佛過，[元]200 日心懷，[元]474 人發無，[元]475，[元]901 八遍并，[元]1488 二百萬，[元]1644 歲三者，[元]1817 光，[元]2016 法耶以，[元]2103 及請凡，[原]2248 文又劉，[原]1774 九小劫，[原]2068 偈云云。

世：[明]2122 界珍寶。

手：[宮]2025 徐徐擊，[甲]、手[乙]970 持諸香，[甲]930，[甲]2878 步滿中。

守：[甲]2366 聖説故。

數：[三]186 劫。

歲：[乙]2309 所習諸。

天：[明]579 子皆，[宋][宮]、大[元]2058。

鐵：[宮]2121。

萬：[甲][乙]2396 四千法，[甲]2367 人或六，[三][宮][聖]416 歲，[三][宮]305 由旬或，[三][宮]440 同，[三][宮]639 敷置經，[三][宮]2103 而至若，[三]1，[三]643 戶戶有，[三]2087 數莫之，[三]2088 五十藏。

文：[原]1849 釋迦是。

虛：[三][宮]2103 子夏蔑。

一：[宮]415 欲界，[三]1227 斤，[宋][元]786 具六親。

以：[另]1509 二百五。

億：[甲]2075 日，[三][宮]305 由旬或。

紆：[三][宮]2102 千聖聽。

于：[甲]1805 里者弓，[甲][乙]1736 怕爾無，[甲]1781 百千珍，[甲]2067 碑陰以，[甲]2073 鵲，[甲]2128 二反通，[明]26 意所，[明]26 意所惟，[明]1332 世界其，[明]2088 百年又，[明]2104 徒齊，[明]2112，[明]2122 吉能祈，[明]2145 佛稽受，[明]2154 有餘人，[三][宮]672 億，[三][宮][聖]292 通慧力，[三][宮]263 四或有，[三][宮]266 三千世，[三][宮]266 無數人，[三][宮]1424 受竟前，[三][宮]1546 闍那二，[三][宮]2043 遮那，[三][宮]2122 百億國，[三]2149 闍從天，[乙][丁]2244 陀，[元][明][宮]585 佛土，[元]309 身定從。

與：[甲]1782 佛爲怨。

諸：[明]2076 聖外迴，[三][宮]666。

子：[甲]1735，[甲]2183 述別序。

作：[三]184 具僕從。

仟

仃：[甲]2266。

阡：[三]、仟綿芋[宮]2103 綿。

迁

遷：[三][宮]2122 記。

扜

扜：[甲]1731 託爲土。

栖：[甲][乙]901 那座九，[甲]893 那播斃，[三]100，[三]201 遲如將，[元]893 那播斃。

捿：[甲]、棲[乙]2087 神寂定。

棲：[三]100 止守空。

招：[三]2149 集同志。

牽

亳：[甲]1718 長五尺。

掔：[三][宮]537 盲兒。

率：[甲]1896 挽等，[甲]1805 從儒士，[甲]1828 稱，[三]2154 課贏，[聖]211。

棄：[聖]1428 十七群。

遣：[博]262 將還于。

拔：[聖]1428 比丘。

索：[三][宮]1435 出。

擅：[三][宮]、棒[另]1453 口出半。

繫：[宋]374 縛色相。

幸：[宮]1549，[三][宮]630 化愚，[聖]425，[宋][元]603 不受不，[宋]1694 不受不。

掌：[三]2103 王役魯。

障：[甲][乙]1822 同分相。

掔

攬：[乙]1723 說文作。

挲：[三][宮]2121 我入三。

鈆

剒：[三]99 割斫截。

愆

逼：[三]2059 佛賢有。
罵：[三][宮][知]598 無畏。
譽：[明]231 失心修。
忍：[甲]1782 贊曰五。
言：[明]1450 願容恕。
衍：[聖]1471 負又到。
罪：[元]2016 供。

鉛

銘：[明]2087 錫氣。

僉

檢：[宮][甲]1805 知不可。
今：[宋][宮]398 共堪任。
命：[三][宮]742 曰大善。
念：[聖]425 共讚歎。
儉：[三]1485 然而敬。

慳

性：[甲]2266 垢威被。
怪：[明]721 獸及水。
嫉：[甲][乙]1822 極爲惱，[三]1546 爲斷如。
堅：[宮]397 心善思，[甲]1733 著者物，[甲]2792 牢二善，[三][宮]1546 著問曰，[聖]158 結，[聖]1509 貪嫉姤，[另]1509 惜聽法。
憍：[宮]310 嫉誑貢。

愧：[明]1554 掉舉是。
慞：[甲]2261 意詮拔。
恪：[甲]1709 非戒非，[明]1450 心舉，[三]、[宮]223 惜聽法，[原]1851 惜不捨。
惱：[宮]702 施心增，[宮]1488 恐有空，[三][宮]1648 瞋此謂，[三][宮]2123 故名爲，[原][甲]1851 天人故。
生：[元][明]1546。
貪：[甲]1851 戒治毀，[甲]2801 種，[三][宮]721 嫉故自。
性：[聖][另]1543 貪等生。

搴

褰：[乙]2427 日光金。

遷

逼：[甲]1820 迫集則。
變：[甲]1851 遷名之，[原]1067 化亦現。
還：[甲]2035 白蓮大，[甲]2128 者爲涛，[甲]2299，[三][宮]274 住一面，[三][宮]309 現中陰，[三][宮]2060 殿閣房，[三][宮]2122 殯兼營，[聖][甲]1723 動可隨。
化：[宮]2111 動自可。
迹：[三]2059 時屆異。
迁：[宮]1985 化去市。
遷：[宋][宮]2122 之徵也。
迅：[宋][宮]2060 記某處。
迁：[甲]1736 禪師所。
於：[三][宮]2060 南山。
主：[甲]2036 祭之無。

咎

　愆：[三][宮]411 陽，[三]2110 自
責至。

褰

　寒：[宮]1483 三衣禮。
　鶱：[宮]1435 縮不正，[宮]2103
來果非，[明][甲]1177 鼻怒目，[三]
[宮]1425 不得著，[三][宮]1463 衣過
膝，[聖]1428 衣渡水，[宋][元][宮][聖]
1425 衣袒臂，[宋][元][宮][聖]1425 衣
一手，[元][明]2103。
　攐：[宮]1435 縮佛言。

謙

　識：[三]2145 譯出，[三]2149 出
般若，[乙]2157 魏白延。
　護：[明]2154 之後莫。
　諫：[宋][宮]2060 請乃下。
　謹：[甲]2792 敬慎過，[聖]100 順
柔軟。
　鎌：[甲]1828 五者盡。
　論：[甲]2299 釋。
　慊：[三][宮]285，[三]221 苦行
菩，[元][明]、識[聖]224 苦是為，[元]
[明]221 苦，[元][明]221 苦求阿，[元]
[明]221 苦甚，[元][明]221 苦行不，
[元][明]224 苦行菩，[元][明]224 苦
欲得，[元][明]224 苦作是，[元][明]
225 苦求明。
　庶：[宋][明]、遮[元]2145 抑邪
流。

　嫌：[宮]2025 今岐而，[甲]1828
四，[明]337。
　言：[三][宮][聖]278 我説是。
　之：[甲]1736 卑天下。

籤

　僉：[甲]1969 判曾公。

鴿

　嘴：[三][宮]2122 其。

鐱

　劒：[三]下同 1336。

籤

　箭：[三][宮]1435 竹。
　筌：[宮]2112 題之名。

前

　彼：[甲][乙]1821 釋紅是。
　便：[宮]374，[三][宮]534 首罪
五。
　辯：[三]193 降。
　別：[甲]、分[乙]2192 四由是，
[甲][乙]1822 法是行，[甲][乙]1822
難兼，[甲][乙]1822 説，[甲][乙]1822
位中雖，[甲][乙]1822 文中復，[甲]
[乙]1822 問云此，[甲][乙]1822 義者
不，[甲]1733，[甲]1839 故至，[甲]
2249 位中畢，[甲]2266 義也，[甲]
2400 念誦之，[三][宮][聖]1579 分別
縁，[三][宮]1488，[聖]1733 中先釋，
[原]1776，[原]2317 其果亦。

蒴:[三]125 王身終,[元][明]318 隶成無。

并:[乙]2394 弓箭摩。

並:[甲]1805 列二十,[甲]2299 具真妄,[明]2154 附出,[乙]1736 爲枝末,[乙]2254。

不:[甲][乙]1822 言眼有,[甲]2299 二爲理,[聖]1733 名伏忍。

藏:[甲]1736 相釋,[原]2339。

側:[甲]2035。

曾:[甲][乙]2397 於王,[明]212 聞是故,[三]202 行知海,[乙]2397 三因。

長:[三][宮]557 跪問言,[三][宮]581。

初:[甲]、所[甲]1816 六後二,[聖]125 夜後夜,[聖]1721 句明欲。

處:[甲]2195 從劣至。

此:[甲]2814 說其理,[明]997,[乙]1736 無量時。

次:[乙]2391 亦。

從:[元]1070 後。

叢:[三]118 樹四衢。

麁:[甲]2339 二解脫。

存:[原]、[甲]1744 略或可。

當:[元]1581 方便頓。

道:[宮]1545 故問何,[明]1464 所誦者,[三][宮]1552 有怖畏,[三]418 有導如,[三]560 過六十。

得:[甲]1828 於無間。

第:[三][宮]1604。

頂:[聖]200 禮佛足。

而:[乙]1736 釋之昭。

二:[甲]2337 分別名。

法:[三][宮]1458 應。

符:[三]2146 秦建元。

復:[聖]200 白佛言。

故:[甲]2217 二義中,[乙]2263 不可爲。

訶:[宮]866 所以作。

何:[甲]2266 已説文,[三][宮]1562 所説於。

後:[宮]618,[甲]1736 義即善,[甲]2271 宗違,[甲]2274 常宗故,[甲]2299 者三論,[三][宮]673 識,[乙]2396 佛,[乙]2408 依八曼,[原]2262 解不然。

煎:[三][宮]2122 驅使妄,[三][宮]2123 惱四大。

簡:[甲]1830 所引五。

件:[甲]2167。

見:[甲]1729 二乘名,[三][宮]285,[三][宮]285 住。

箭:[甲]1823 險,[甲]2400 頭略六,[甲]2837 射,[乙]2408 者唯。

節:[三]186 觀之無。

界:[甲]1863 教小乘。

來:[甲]1781,[甲]2006 依他作,[明]2076 疑遮漢,[三]196 佛告五。

離:[乙]2223 應知,[原]1744。

力:[三][甲]1227 密言相。

劣:[甲]2266 劣後。

門:[宋][元]2061 氣已絕。

明:[甲]1709 伏斷如。

南:[明]293 行至三。

起:[甲][乙]、前文細註[乙]2263

或本後。

去：[原]2262 既各菩。

然：[甲]2001 白雲覆。

忍：[甲][丙]2381。

如：[原]1289 是語時。

若：[甲]2195 據權說，[甲]2217 依成實。

僧：[宮][甲]1804 坐一五。

刹：[宋][宮]、利[聖]639。

善：[宮]1545 心命終，[乙]2350 至心發，[原]1851 利於所。

上：[宮][聖]1421，[宮]1581 說是名，[甲][乙]894 側相著，[甲]2217 引當知，[甲]2263 隨應受，[明][乙]983，[三][宮]397 說，[三][宮]1581 愛敬百，[三][宮]1581 說，[三][宮]下同1581 所說二，[三]2153 二經同，[三]2153 四經同，[乙]2215 所云五。

身：[甲]1735 十身，[三]901 印若作。

聲：[甲]2271。

師：[明]1545 說此中。

時：[甲]1709 當時緣，[明]1610 未有空，[乙]912 吉祥相。

事：[三][宮]1443 應知。

侍：[聖]99 者抱。

是：[甲]1735 之例有，[甲]1822 所說，[甲]2263 已說云，[三]220 所說當，[三][宮]411 所說十，[三]1604 五根障。

視：[宋]2045 視地無。

首：[三]6 白言今。

受：[甲]2255 人。

疏：[甲]2270 記云若，[甲]2298 文云體，[乙]2263 二義之。

斯：[甲]1823 事，[三][宮][另]1459 亦得吐，[三][宮]345 因緣三，[原]2317 念不能。

所：[宮]1435 作羯磨，[甲]2305 不識繩，[甲][乙]2259 以何有，[甲]1089 儀，[甲]1700，[甲]1816 問可知，[甲]1863 教同此，[甲]2207 說眾，[甲]2217 引儀軌，[甲]2250 起問舊，[甲]2266 念識相，[甲]2277 量因望，[甲]2305 滅眞者，[甲]2305 熏能生，[甲]2305 言，[三]158 立願意，[三][宮]633，[三][宮][聖]268 得聞此，[三][宮]657 亦如是，[三][宮]1425 頭面禮，[三][宮]1435 說兩可，[三][宮]1507，[三]99 禮拜供，[三]203 王見此，[石]1668 中或蘊，[乙]1287 灑之三，[乙]2261 字力展，[乙]2394 二法攝，[乙]2404 三印身，[原]、[甲]1744 入是其，[原]1818 說前第，[原]1744 佛爲王，[原]2270。

天：[原]、天[甲]2006 轉側木。

頭：[原]、頭[甲]2006 涉互深。

外：[甲]2229 此是總。

微：[甲]2339。

爲：[甲]1735 識種復。

文：[甲]2223 後正說。

昔：[甲]1781 有人犯，[元][明]、首[宮]415 於茲無。

先：[甲]2290，[甲][乙]1821 行列或，[甲][乙]2250，[甲][乙][丙]2249 解爲勝，[甲][乙]1821 果故名，[甲]

[乙]1822 已辨故，[甲][乙]2259 後何云，[甲][乙]2263 後有二，[甲][乙]2263 六種轉，[甲][乙]2263 業所感，[甲][乙]2328 後耶答，[甲]1065 無異但，[甲]1698 住後降，[甲]1722 修習學，[甲]1734 法後二，[甲]1823，[甲]1841 自云雖，[甲]2195 後，[甲]2263 後定以，[甲]2263 據斷迷，[甲]2312，[甲]2339 後汝奈，[甲]2367 所許云，[甲]2408 説但，[甲]2814 後，[明]201 死，[明]2103 後，[三][宮]1435 住者波，[三][宮]1442 所，[三][宮]1464 禮佛足，[三][宮]1646 世造，[三]1568 説復次，[聖]26 日王共，[聖]1721 略標，[聖]1733 一總辨，[宋][元][宮]2121 身以一，[乙]1736 出經意，[乙]2263 法，[乙]2263 陳無性，[乙]2263 後耶唯，[乙]2263 集所生，[乙]2263 説三性，[乙]2263 引之明，[原]、[甲]1744 所，[原]1744 所得地，[原]2271 後取局。

獻：[明][乙]1092 供養。

向：[甲][乙]2250，[三][宮][聖][石]1509 所説者，[原]1818 處分易。

行：[甲][乙]2250 名爲習，[甲]1816 未能，[甲]2250 即有法，[甲]2266 疏不同，[甲]2339 與種，[三][宮]1563 十六識，[三][宮]1563 無間復，[三][石]2125 初置聖。

言：[甲][乙]1816 明與慈。

堯：[甲]2250。

也：[甲][乙]1822 兩。

疑：[甲]2195 義。

亦：[甲]1268 名塔堙，[甲]1731 明，[甲]1813 二通又，[甲]1816 耶定，[原]2408 號甘。

有：[宮]1805 濫次約，[三][宮]1562 六離繫，[三]2152 序永昌。

於：[宮]1558 所説眼，[甲][乙]2254，[甲]1736 黑黑業，[甲]1736 念以解，[甲]1736 五地取，[甲]1816 九種迴，[甲]2274 表等者，[聖]1788 異相，[乙]1736 四亦，[乙]1736 同時亦，[乙]2261 堪達二，[原]1818 師而示，[原]2271 一分無。

餘：[乙]1822 位。

與：[甲]1839 犯於若。

喻：[甲]1736 機感隨，[甲]1736 釋成論，[甲]1828 蘊魔或，[甲]2274，[乙]2309。

在：[宮]761 修行陰，[甲]1705 有住則，[甲]1708 大智光，[明]220 相續故，[明]1541 必起心，[明]2076 三昧師，[明]2145 勤修精，[三][宮]1428 僧轉與，[三][宮]1428 自知得，[三][宮]1552 及境界，[三][宮]下同 1435 僧中，[聖]1435 三比丘，[石]1509 受記或。

則：[宮]263 謂智積，[甲][乙]2391 當應結，[甲]1736 雙，[乙]2391 見智身，[元][明]425 盡滅興。

者：[甲]1816 二慧修，[乙]1822。

正：[乙]2228 法輪。

支：[甲][乙]1822 五識有，[甲]2814 地獄亦。

中：[甲]1722 正，[三][宮]410 數

數開，[三]200 發大誓。

足：[甲]2087 願受最。

虔

愛：[聖]1582 重恭敬。

處：[甲][丙]948 誠作禮，[甲]1174，[明]1451 誠合掌，[聖]2157 敬無，[乙][戊][己]2089 州。

度：[宮]2123 爱至髮，[三][宮]2122 撰，[宋][元][宮]2103 三靈，[宋]2066 誠於東。

犍：[明]191 連曰汝，[明]2154 承和五。

竭：[三]220 誠供養。

虐：[宮]2103。

乾：[三]2103 意以衫。

輕：[甲]1921 心三寶。

慶：[宮]2078 者一曰。

投：[三][宮]276 心表敬。

虛：[宮]2122 伯後爲，[三][宮]527 心恭敬。

殷：[三][宮]2122 仰遂感。

虞：[甲]2281 記釋此。

乾

朝：[甲]2120 綱而載。

踔：[元][明]309。

從：[三]49 連亦在。

竿：[宮]2121 竹。

干：[三][聖]1428 枯，[聖]1 糞尋自，[聖]26 娑羅木，[聖]663 竹刺頸，[聖]1428 痟五者，[宋][宮][聖]、于[元]1421 棗便買，[宋][宮]397 竭衆

生，[宋][宮]397 枯不能，[宋][元][宮]901 薑，[宋][元][宮]1425 痟病，[宋][元][宮]1425 者應以，[宋][元]1425 落。

戟：[宋]125。

堅：[三]375 相火爲。

犍：[明][宮]397 連言汝，[明]156 闥婆，[明]190 陟馬王，[明]190 陟聖子，[明]190 陟向家，[明]190 陟項悲，[明]190 陟亦復，[明]401 杳和阿，[明]489 連即從，[明]829 連摩訶，[明]1450 連見梵，[明]1544 連言具，[三][流]366 連摩訶，[三][宮]314 子等諍，[三][宮]1546 陀城豐，[三][宮]531 諷誦一，[三][宮]685 連始得，[三][宮]721 闥，[三][宮]721 闥婆城，[三][宮]721 闥婆王，[三][宮]721 闥婆衆，[三][宮]721 陀羅仙，[三][宮]下同 2040 佛若先，[三][聖]189 羅夜那，[三]4，[三]137 連比丘，[三]945 連摩訶，[三]1336 吒波尼，[三]1340 連，[聖]190 陟，[石]1509，[宋][元][宮]、揵[明]721 闥，[宋][元][宮]、揵[明]721 闥婆城，[元][明]190。

建：[三]、健[聖]125，[三][宮]1581 闥婆阿，[三]2088 連也滿，[聖]、－[宮][石]1509 連等教。

健：[明][和]261 闥婆迦，[三][宮]、揵[聖]1463 提熱得，[三][宮][聖]1579 達縛若，[三][宮]848 達婆阿。

揵：[宮]1462 闥婆阿，[甲]1736，[甲]1789 闥婆城，[甲]2300 城，[明]

26 波羅牢，[明]670 闍婆幻，[明]830 連摩訶，[明]1435 陀羅呪，[明]1450 連在南，[明]1463，[明]2121 陀王捨，[明]下同 1463 度經如，[三]、健[聖] 125 連及大，[三]、健[聖]125 連離越，[三]26 連白曰，[三]26 連尊者，[三][宮]379 闍婆阿，[三][宮]657 闍婆等，[三][宮]1545 連入如，[三][宮] 1546 度，[三][宮][聖]381 杳愁世，[三][宮][聖]1428 闍婆羅，[三][宮][聖]1546 樹無根，[三][宮]358 子等一，[三][宮]374 連而，[三][宮]459 杳，[三][宮]478 闍婆等，[三][宮]657 闍婆阿，[三][宮]671 闍，[三][宮]1435 陀羅呪，[三][宮]1491 闍，[三][宮] 1545 連化使，[三][宮]1646 闍婆城，[三][甲]1028 吒婆尼，[三][聖]125，[三][聖]125 連便作，[三][聖]125 連當與，[三][聖]125 連遶城，[三][聖]125 連聞，[三][聖]125 連於彼，[三][聖]125 連自相，[三][聖]375 連而作，[三]1 杳和神，[三]26，[三]26 弟子師，[三]26 經第九，[三]26 連比丘，[三]26 連所，[三]26 連與比，[三]26 塔想，[三]55 常不坐，[三]64 連亦在，[三]67 連夜於，[三]100 若提子，[三]101 連比丘，[三]125 連又復，[三]135 連神足，[三]139 連比丘，[三]264 駄若，[三]402 闍婆阿，[三]984 闍婆軍，[三]984 闍婆王，[三]1014，[三]1043 闍婆城，[三]1327 連比丘，[三]1393 朱羅第，[三]1441 闍婆女，[三]健[聖]125 子恒計，[聖]

[另]1463 度是此，[聖]211 一人發，[聖]383 闍，[聖]383 闍婆阿，[宋][元]、揵[明]140 陀越國，[宋][元][宮]、揵[明]415 連尊者，[宋][元][宮]、揵[明]657 闍婆阿，[宋][元][宮]、揵[明]721 陀羅二，[宋][元][宮]、揵[明]1563 連不能，[宋][元][宮]310 闍婆等，[宋][元][聖]、揵[明]125 連比丘，[宋][元]24 闍婆皆。

揵：[宋]、揵[元][明]945 連此須，[宋]、揵[元][明]375 所見如，[宋]、揵[元][明][聖]375 子等我。

就：[宮]1672 盡。

連：[元][明]2123 立皮肉。

千：[石]1509 羸瘦。

虔：[原]974 心供養。

牭：[三]66 連爲世。

邪：[三][宮][聖]383 消鬼。

軋：[甲]1733 城無礙，[宋]278 闍婆王。

藥：[聖]953 闍婆阿。

于：[宮]656 樹皮亦，[三]201 薪煙即，[聖]1354 枯樹結，[聖]125 薪火轉，[聖]1421，[石]1509 涸第六。

元：[宮]2025 至哉。

鈴

鉢：[宮]699 法藏翼。

鈴：[明][和]293 阿婆，[明]293 阿婆。

鉗

餌：[甲]1728 鎖不復。

甘：[三][宮]374，[三][聖]375。

鈎：[三][宮]620 拔舌令。

擒：[三]192 取食。

砧：[宋]、鉆[元][宮]、鉆[明]2122 正赤以。

鉆

鉆：[明]2128。

鉗：[明]26 椎赤土，[三][宮][聖]1462 鉗竟然。

怗：[宋]、牒[聖]200 其上發。

砧：[三]2154 上使力。

潛

遍：[明]2016 流即似。

憯：[宋][元]2103 寒暑以。

藏：[三][宮]2060 形東郡。

濟：[甲]2261 情。

潛：[三]2145 無所繫。

僭：[宋][宮]2034 據涼土，[宋][元][宮]2059 兇。

諧：[三][宮]2060 聲諮問。

潏：[甲][乙]1833 淵。

贊：[甲]1851 難測故。

瓚：[宮]1805 匿王與，[甲]1805 故，[甲]1921，[三][宮]2122 污中鬼。

讚：[三]、譖[宮]820 入白之，[原]2262 化成就。

譖：[三][宮]411 謀猜貳。

潛

浸：[三]20 漬不碎。

黔

黎：[明]2104 元令。

錢

財：[甲]1736 寶七畜，[明]100 寶以不，[三][宮]1425 物買一，[元][明]2122 寶云何。

殘：[元][明]1440 屬塔不。

故：[三]54 是皆貪。

鏡：[宮]2121 著上持。

前：[宮]639 於千萬。

鐵：[宮]337 破百分，[甲][乙]1822 聚上置，[甲]1238 煮取汁。

外：[聖]1462 使眾僧。

文：[明]397 亦不相。

線：[甲]2073 動逾信。

軒：[三]2103 玲瓏煙。

義：[原]2248 分明僧。

銀：[宮]1442 數有百，[三][宮]2121 飲食與，[三][聖]99 寶物況，[元]2085。

直：[三]196 合集寄。

淺

殘：[三][宮]1461 薄羯磨，[乙]1775 則永出。

法：[元]201 近。

海：[甲][乙]2174 智難解。

牋：[乙]913 香八兩。

賤：[甲]1781 而作閣，[甲]2312 撥無皆，[明]2045，[乙]1723 法若不。

踐：[乙]1724 者由貪。

滅：[甲]2266 也乃至，[三]100

明了知。

　錢：[甲]1988 僧。

　權：[乙]1736 智豈有。

　少：[三][宮]1451。

　深：[宋]1 七人六。

　識：[三][宮]2049 即於此，[三][宮]2102 神凝繫。

　儀：[甲]2300 智夫出。

遣

　邊：[甲]1924 即。

　承：[甲]1816 慈氏。

　達：[丙]2286 於大隋，[宮]2103 窮言極，[甲]1718 大悲，[三][宮]2060 竟。

　道：[宮]1509 小人導，[三][宮]1649 中間處，[三][宮]2102 所在領，[宋]6 法如是，[宋]2123 左右覓，[元]2122 人往。

　遞：[明]1450 占此兒，[三][宮]2104 上仍僧。

　過：[甲][乙]1736 矣既不。

　或：[甲]2262 然於修。

　建：[甲]2434 立造作，[三][宮]263 行無數，[三]2063 僧局齎。

　進：[三]1 力。

　令：[宮]1425 信往喚，[三]2034 苟悦撰。

　迷：[甲]2434 迷而可，[乙]2261 云云。

　迫：[明]220 無執。

　其：[甲]2036 驍。

　起：[甲]1706 願下明，[三]1014。

　譴：[三][宮]2060 榮曰禪。

　違：[宮]398 心追，[宮]1452 十二種，[甲]、－[聖]200 悴叵看，[宋][元]193 悴，[宋][元][宮]2121 悴而，[宋][元][宮]下同 1443 悴形容。

　唯：[三][宮]820 己樂無。

　惟：[元]757 悴漸次。

憍

　僑：[三][宮]1428 客在此。

橋

　福：[中]440。

　憍：[甲][乙]2207 薩羅國，[甲]1778 梁令他，[明]2027 桓鉢在，[三]418 曰兜菩，[三]1043 梵波提，[三]2027 桓鉢所，[聖]2157 賞彌國。

　矯：[三][宮][聖]1563 賊中事。

　喬：[三][宮]2112 山。

　嶠：[三][宮]2103 山之。

　山：[三]、殿[宮]2121 沒正法。

　圖：[甲]2879 拯濟。

樵

　見：[聖]120 者見已。

　焦：[宮]1644 猶。

　燋：[甲]2196 煩熱還，[三][宮]2121 木但，[三][宮]2123 骨沸髓，[聖][另]1435 著火中。

　藍：[甲]2087 蘇蘊火。

　蘸：[宮]278 濕則能。

　薪：[三][宮]1452 而。

譙

謙：[明]2122 王義季。

誰：[三]2154 爲，[聖]2157 王劉義，[元]2060 國人也。

推：[宋]、樵[元][明]、誰[宮]2060 合呂梁。

顦

腄：[宋]、[元][明]171 鼻正匾。

焦：[甲]1718 悴名苦。

憔：[三][宮]1442 悴如斷，[元][明][宮]374 悴當觀。

巧

持：[甲]2195 用故接。

德：[元]446。

等：[明]1544 由此便。

斷：[甲][乙]1822 還同未。

工：[三][宮][聖]1509 師多有，[三][宮]606 妙，[三][宮]2034 匠三，[三][宮]2053 建立中，[三]375 匠，[聖]224 談語魔，[醒]26 言多識，[元][明][宮][聖][另]310 幻師幻，[元][明]950，[元][明]1664 巧等云。

功：[宮]318，[宮]1559，[甲][乙]2215 德，[甲][乙]2296 自無所，[甲]850 嚴麗聖，[甲]864 濟金剛，[甲]1723 智用故，[甲]1733，[甲]1735 業故言，[甲]1828 用作者，[甲]1830 義非離，[甲]2053 藝盡衡，[甲]2263 修七最，[明]228，[三]2154 方便經，[三][宮]1591 利構玆，[三][宮]2122 相人也，[三][宮]2123 遣衆毒，[三]

152 衆珍之，[三]2108 沒，[聖]310 知時能，[聖]2157 便，[宋][宮]、匠[元][明]2122 猶且不，[宋][宮]310 微密亦，[宋][元][宮]1425 能以此，[乙]1830 便善謂，[乙]2296 而隱，[元]2016 密布權，[原]2196 德善根，[知]1579，[知]1579 通達其。

何：[甲]2434 建立出。

幻：[甲]1828 者於諸，[明]2121 點多能。

教：[聖]1723 三歸五。

界：[明]220 又諸菩。

了：[甲]1833 知業果。

力：[乙][丙]2092 窮造形。

茂：[甲]2202 旨深統。

門：[甲]1781 名爲方。

妙：[三][宮]345 寶嚴身。

乃：[三]2122 指床上，[元][明]310 入諸法。

撓：[三]606 節相和。

能：[三][宮]2121 讚唄有。

切：[聖]953 法時無。

權：[三]384 方便解。

施：[三][宮]724 風吹活。

算：[三]2110 曆所不。

行：[甲]1733 相集成，[甲]1925 解從容，[聖]1733 三巧成，[聖][甲]1733 別義性，[聖]1733 故云方。

朽：[原]1872 亦通事。

坥：[三]、把[宮]2121 風入腹。

增：[甲]1733 攝起八，[原]1764 益之義。

愀

炭：[甲]2053。

峭

陵：[宋][甲]2087 峻巖谷。

且：[明]2076 巍巍時。

削：[三][宮]2060 未是倫。

帩

峭：[明]1988 草鞋問。

殼

穀：[甲]2128 省聲也。

誚

墮：[三]、惰[宮]2102 之賓因。

請：[三]2103 學儉得。

消：[甲]2087 以爲世。

肖：[三][宮]2122 輕重苦。

撦

檄：[元][明]、[宮]402 幻諂妄。

鞘

筲：[宋][宮][甲][乙]866 既成就。

矟：[甲]2317 長丈八，[三][宮][聖]1451 口從先，[三][甲]972 右手爲。

相：[甲][丁]1141。

翹

翅：[甲]1772 於一足，[乙]901 左足立。

剋：[甲]1031 竪。

蹻

蹻：[三][宮]1546 足而立。

顤：[三][宮]2053 顤之至。

竅

窔：[三]2088 引明其。

竅：[三][宮][聖]1579 摩呾理。

窌：[三]375 孔頭爲，[聖]1723 孔頭爲，[宋]374 孔頭爲。

且

並：[甲]1731 問何者。

怛：[三][宮]838 怛。

且：[宮]、俎[聖][另]790 飯委地，[宮]1804 淨，[宮][甲]1805 至，[宮]310 至食於，[宮]1442 眠餘十，[宮]1804 橫骸神，[宮]1804 偏袒，[宮]1804 受正食，[宮]2112 太極，[甲]2128 反患也，[甲]2128 反聲類，[甲]1786 二初約，[甲]1912 百歲貌，[甲]1912 息二者，[甲]1973 爲社首，[甲]2001 吹秋過，[甲]2039 也曾住，[甲]2128 反嘆吟，[甲]2128 聲亦作，[明][乙]1260，[明]2131，[明]2131 慈霆洋，[三][宮]2122 此小兒，[三][宮]621，[三][宮]1451 時住處，[三][宮]1451 爲出家，[三][宮]1477 辭親行，[三][宮]1481 來不久，[三][宮]2121 差自，[三][宮]2121 屈德就，[三][宮]2121 無我無，[三][宮]2122 將渡輒，[三][宮]2122 顯居國，[三][宮]2122 現二魚，[三][甲][乙]982 覰囉二，[另]1428 起疾捉，[宋][元]2061 垂眸子，[宋][元]2121 留心坐，[乙][丙]973，

[元][宮]2103 越，[元][明][宮]1481 來不，[元][明][宮]2122 妻密遺，[元][明]1462 當試大，[元][明]1470 過澡手，[元][明]2102 殊姿陽，[元][明]2103 感丹書，[原]2131 印度謂。

但：[丙]1277 不能速，[甲]1829 難初二，[甲]1848 各就一，[甲]2311 心者雜，[甲][乙]1822 說與蘊，[甲][乙]1822 依二地，[甲][乙]2261 諸煩惱，[甲]1512 止其見，[甲]1700 如初二，[甲]1782，[甲]1816 依麁相，[甲]1821 依至，[甲]1873 從下說，[甲]1964 發願未，[甲]2266 依此，[甲]2266 以大等，[甲]2270 見瓶，[明]2076 不附一，[三]、且[宮]2122 列外中，[三][宮][聖][另]1509 壞其大，[三][宮]403，[三][宮]477 住人中，[三][宮]721 起，[三][宮]1425 與，[三][宮]1545 說邪見，[三][宮]1606 於欲界，[三][宮]2060 得支身，[三][宮]2102 希玄慕，[三][宮]2112 道家經，[三][宮]2121 自安寐，[三][宮]2123 置華洗，[三]170 觀我諸，[宋]1539 能爲因，[宋][元][宮]1563 非諸無，[宋][元]1562 與，[元][明]630 當修奉。

豆：[宮]2122 舞鼓動。

而：[甲]2396 法華經，[三]192 平。

耳：[甲]2266 十一德。

亘：[宋]2102 爲。

互：[甲]2128 聲，[甲]1816 說中容。

桓：[三]、一旦[聖]211 自解。

廻：[原]2262 觀智。

迴：[甲]2299 觀智者。

即：[甲][乙]2263 初得色。

既：[三][宮]2122 歸語其。

見：[甲][乙]2223 笑想以，[宋][明]125 如自歸。

就：[三]203。

置：[甲]1813。

具：[宮]415 置一切，[宮]2103 三界迴，[甲]1717 如境妙，[甲]1735 前故二，[甲]1830，[甲]1709 如性境，[甲]1717 存自行，[甲]1717 依古人，[甲]1717 依之以，[甲]1719 足今意，[甲]1736 定答云，[甲]1828 義，[甲]1830 據地，[甲]2266 據此，[甲]2270 謂語所，[甲]2274 者邑云，[甲]2290 顯闇文，[甲]2337 如過去，[甲]2397 如五佛，[明]、明註曰具宋南藏作生2122 如一鉢，[明][甲]1177 說聖智，[明]312 身業，[明]1579 說十力，[明]2149 已備在，[明]2154 依舊第，[三]1562 見道，[三][宮]1545 隨本文，[三][宮]720 說爲災，[三][宮]1459 陳其一，[三][宮]1631 記時事，[三][宮]1690 翼叉王，[三]22，[三]99 向涅槃，[三]201 小住我，[三]291 興毀壞，[三]2121 已見諦，[三]2122 可我今，[聖][另]1442 食此物，[聖]1562 據圓滿，[聖]1717 如下文，[聖]1733 約男聲，[倉]1458 止少時，[另]1451 留於，[宋][明][宮]1579 依勝義，[宋][元]、其[明]196 明至心，[宋][元]

2154 依舊録，[西]665 説如是，[乙]、俱[乙]2192 爲能表，[乙]2157 顯，[乙]2404 就身分，[元]、明註曰且南藏作具 379 受五欲，[元][明][知]418 欲斷時，[元][明]309 捨珍寶，[元][明]1562，[元][明]2122 述法依，[原]2271 標九過，[原]2271 引義纂，[知]418 觀是四。

俱：[三]1 默聽此。

兩：[明]2154 兩存其。

目：[甲]2035 據此地。

其：[甲][乙]1822 等無間，[甲]1733 人中，[明][甲]1177 國土衆，[乙]2408 舉求。

取：[明]2076 道參簡，[聖]1462 前請食。

日：[三]2122 稱急即，[宋]、且[元][明]2106 從，[宋]、而[元][明]152 行仰天，[宋][宮]、先[元][明]2060 溲，[元][明]1451 當與半，[元]1590 爾若許，[元]2016 解方契。

上：[甲]1715 長行中。

生：[甲]、一[乙]1724 彼不。

是：[宮]721 住一月，[甲]2204 是示大，[甲]2271。

思：[甲]2305 彼文初，[甲]2305 説無其，[乙]2261 總説等。

檀：[甲]1851 在初地。

五：[明]1669 過患七。

息：[宋][元]、思[宮]2122 止勿啼。

一：[甲]1736 約地分。

宜：[甲]2223 舉意業，[明]2104 然酒不，[三][宮]2121 聽我言，[三]2154 依舊定，[元]2122 還家所。

以：[甲]2400 用有四。

亦：[甲]、亦且[乙]2317 有若輪，[甲]2277 不可信，[甲][乙]1822 若無，[甲][乙]1822 於一，[甲][乙]1929 空修梵，[甲][乙]2261 持業四，[甲][乙]2261 依自，[甲][乙]2261 有此言，[甲][乙]2263 名異生，[甲][乙]2263 釋二乘，[甲][乙]2263 云假，[甲][乙]2309 其二子，[甲][乙]2391 初地二，[甲]1722 猶是一，[甲]1841 簡取現，[甲]2130 云，[甲]2183 或云一，[甲]2195 經説無，[甲]2195 須陀洹，[甲]2195 正欲會，[甲]2217 就欲界，[甲]2217 以三密，[甲]2261 各差別，[甲]2261 説二生，[甲]2261 通三耶，[甲]2261 無名數，[甲]2263 隨轉小，[甲]2266 有何故，[甲]2271 外聲如，[甲]2273 明現量，[甲]2300 隨俗之，[甲]2305 爲通乎，[甲]2395 著一處，[乙]2391 是賢劫，[乙]1821，[乙]1821 對隨相，[乙]1821 非有，[乙]1821 據現起，[乙]1822 非有覆，[乙]2261 本疏云，[乙]2261 同彼釋，[乙]2261 應徵云，[乙]2261 約總説，[乙]2263，[乙]2263 簡第七，[乙]2263 六識中，[乙]2263 依有變，[乙]2263 以隨一，[乙]2263 緣非色，[乙]2396 攝今宗，[乙]2397 約部主，[原]2317，[原]1205 名地，[原]1744 無四智，[原]1851 成八根，[原]2220 當。

因：[甲]1828 白言當，[甲]2266 依勝定。

用：[元][明]1563 同分眼。

逾：[三]2122 一萬所。

曰：[甲]2339 約文相，[三]1562 彼許有，[宋][元]1424 開十法。

月：[元]2016 小乘誰，[元]186 當觀。

在：[明]2076 前進及。

暫：[甲][乙]2263 脫略之，[乙]2263 云。

早：[三]143 嚴服往。

眞：[三][宮]2102 殊。

直：[宮]565 賢者衆，[甲]1795 見，[明]1530 説，[三][聖]1440 輕重，[乙]2215 如行者，[乙]2263 舉，[元][明]1521 長節隱。

只：[甲][乙]2263 指第十，[甲]1821 叙權許，[甲]2281 易。

主：[聖]1670。

自：[明][宮]1985 問取他。

足：[聖]2157 經等同。

阻：[三]177。

切

乘：[聖]272 智處文。

勅：[明]374 令心生。

初：[宮]1421 不得，[甲]2084 改，[甲]2261 所，[明]1549 心色增，[三][宮]1648，[元][明]1562 下染不，[原]2196 自在義。

此：[三][宮]1523 黑法對。

促：[三][宮]847 執見有。

大：[明]310 鐵圍。

刀：[三][宮]657 割備受。

刎：[宮]2060 並不欲，[甲]2266 似，[聖]310 爾時，[宋]、初[元][明][宮]2102 敷引外。

地：[甲][乙]1822 彼因彼，[甲]2266 貪斷不，[三][宮]302 種降一，[三]1545 正見正，[宋][宮]、池[元][明]613 蓮華及。

法：[甲][乙]2190，[原]1840 有。

反：[丙]917 引疊，[宮]1912 設使借，[宮]1912 亦句音，[宮][聖]279 字時入，[宮]279 字時入，[宮]402，[宮]402 六哂利，[宮]1912 第三門，[宮]1912 高舉貌，[宮]1912 今濮州，[宮]1912 潰者散，[宮]1912 是十二，[宮]1912 有目無，[宮]1912 與五行，[宮]1912 越次之，[宮]1912 呪不翻，[宮]1912 喝字竹，[甲]1786 癡也二，[甲]1912 若作貸，[甲][乙][丙]948 引史捉，[甲][乙][丙]1184，[甲][乙]2207 伎能在，[甲][乙]2250 梵語也，[甲]975 娑縛賀，[甲]1122 惹吽，[甲]1719 下方物，[甲]1786，[甲]1786 慚也二，[甲]1786 蒼頡云，[甲]1786 及也見，[甲]1786 均也，[甲]1786 聲類作，[甲]1786 下以章，[甲]1786 又音釋，[甲]2035 鼎屬周，[甲]2035 窺漢，[甲]2035 茫然無，[甲]2035 起佛祠，[甲]2129，[三]1288 栗跢羅，[三][宮]2122 即，[聖][另]1721，[宋][宮][聖]279 字時，[宋][元]939 吽引，[宋][元][宮][甲][乙]866 迷疊羯，[宋][元][宮][乙]

866 播哩，[宋][元][宮]2060 各切反，[宋][元][甲]1163 具灑引，[宋][元][聖]664，[宋][元][乙]950 八阿鉢，[宋][元]191 以姓，[宋][元]264 一檀陀，[宋][元]1006，[宋][元]1057 耶一娜，[宋][元]1185 拔，[宋][元]1253 下同寧，[宋][元]1264 里蜜帝，[宋][元]1682 三去麼，[宋][元]下同 1095 姪徒也，[宋][元]下同 264 多瑋七，[宋][元]下同 1082 二合囉，[宋][元]下同 1154 瓢二唵，[宋]1027 民禁，[乙]2207，[元][宮]866 哩穰而，[元][甲]866 坻，[元][宋]368 曷切一，[元][乙]866 焰帝提，[元]1057，[元]1131 那三拶，[元]1338 哩部卑。

分：[三][宮]1562 無明等。

佛：[三][宮]278 國土中。

根：[宮]1435 衆生。

功：[內]2120 德，[甲][乙]1822 理應順，[甲]1268 不得行，[甲]1805 德衣即，[甲]2120 格昊穹，[甲]2266 能七支，[甲]2339 用等心，[三]2149 教不許，[聖]627 德本諸，[宋]585 悉歸脱，[宋]1187 祕密名。

恒：[三][宮]2122 憂悲悲。

斛：[三][宮]397。

劫：[宮]278 世界，[明]293 法光王，[三][宮]263，[三][宮]387 身三昧，[三][宮]398 共嗟嘆，[三][宮]618 盡磨滅，[三][宮]821 之罪結，[三][聖]125 不可療，[三]291 而建立，[三]385 入定意，[三]632 當爲佛，[三]1441 皆一劫，[聖]222 聲聞辟，[聖]379 諸天

世，[乙]1736 入多劫，[乙]2250 如上具。

剋：[三][宮]493 絶之。

劣：[宋]1545 色問此。

毛：[三]、鴇[宮]2103 羽關關。

門：[甲]2371 諸法自。

千：[三][甲][乙][丙]903 菩薩。

巧：[甲][乙]1822 難應設。

且：[明]2076 喜勿交。

竊：[宋][元]1092 考梵音。

劬：[三]、砌[宮]2060 躬事率。

勸：[甲]2036 呵責聞。

确：[原]1782 有餘故。

人：[三][宮]397 所作惡，[三][宮]2122 衆生悉，[三]154 所安往。

如：[甲]2412 如來前，[乙]1796 妄執也，[元][明]2016 何。

身：[宮][聖]278 充滿一，[明]278 莊嚴清。

勝：[三][宮]2122 會得飯。

十：[三][甲]1101 六瓶皆。

時：[甲]1361 者謂於，[甲]2434 遍照如，[明]643 皆是執，[三][宮]1545 失壞，[三]643 衆生所。

世：[三][宮]414 界，[宋][宮]1509 法如相。

物：[甲]1724 衆生所，[三][宮]402 如法自，[三][宮]1596 識體見，[三]201 蕩，[三]1604 名等皆，[宋]1694 所是。

相：[甲]2299 者，[三][宮]276 無相法，[三][宮]445 世界等，[三][宮]671，[三][宮]1545 法忍是，[聖]279 異

以無，[石]1509 如先説，[石]1509 相故於。

向：[宮]1530 無障智，[宮]1808 時遊行，[甲]、向[原]1832 約緣縛，[甲][乙]1822 皆名能。

心：[丙]2381 諸罪性，[宮]309 諸漏不，[宮]263 禪寂然，[甲]2230 善淨修，[三][宮][聖]425 脱門定，[三][宮]278 世間無，[三][宮]403 善權喜，[三][宮]657 修習如，[聖]1509 智心無，[聖]1579 永斷，[原]899 修學何。

仰：[聖][另]790。

一：[甲][乙]1822 相望展，[明]220 智，[明]1435 有衣食，[三][宮]286 世界中，[三][宮]671 外道依，[三][宮]1522 衆生一，[三][甲]、一[丙]1056，[三][甲][乙]1022 如來一，[三][聖]158 佛土中，[三]1462 聚有一，[聖]1509 法如幻，[聖]1509 法無相，[聖]1582，[乙]2296 衆生無。

音：[宋][元]1057。

引：[明]1197 迦嚩囉，[三]242，[三]242 盎唵引。

印：[乙]865 不應指。

曰：[元]1488 布施有。

在：[甲]、佛地論本文亦爾 2266 作用斷。

者：[宮]1579 勝解，[另]1522 法有無。

正：[聖]376 教能隨。

字：[甲]2164 如來蓮，[三]955 最勝成。

卒：[三][宮]2121 起吹折。

郄

恑：[甲][乙][丁]2092 焉是以。

郗：[三]2149 超孫綽，[三]下同 2149 嘉賓竺。

隙：[三][宮]2060 言必詳，[三][宮]2123 之所侵，[三]1 其心當，[宋][明]201 猶能利。

姜

妻：[甲]2087，[三][宮]2122 生一男，[三]198 女見佛。

妄：[丙]2120 聚尼衆，[宮][甲]1805 引故注，[甲]1805 也準下，[甲]1805 自改作，[三][宮]1461 語彼人，[三][宮]1472 有所過，[三][宮]1547 言意中，[三][宮]1559 語兩舌，[三][宮]1602 計解脱，[三][宮]1660 説其，[元]2122 桃英殊，[元]475，[元]1579 所而爲。

我：[三][宮]569 所施必。

子：[三]2103 之禮又。

怯

怖：[宮]722 恒非安。

法：[宮]347 人見，[甲]1816 弱於求，[甲]1851 依四，[明]1562 弱獲得，[聖]1579 懼次能，[聖]1579 劣故奉。

懷：[甲][乙]1821 怖畏故。

劫：[宮]840 賊投涅，[三][宮]294，[宋][聖]、却[宮]1509 不疑信。

老：[明]156。

懅：[元][明]2060 人眉長。

恰：[宮]440 聲佛南，[甲][乙]2396 法之罪。

佉：[甲]2217 弱義所，[乙]1796 弱諸菩。

却：[宮]221 爲行般，[三][宮]221 是爲菩，[宋][元][宮][聖]、怖[明]224 不難不。

性：[宮]653 自，[宮]2060 而能濟，[甲]1830 後無功，[甲][乙]2219 弱之心，[金]1666 弱當念，[三][宮]398 故，[三][宮]1579 勇如是，[三]624 弱是故，[聖]231 弱所說，[聖]292 又其菩，[聖]1546 弱佛作，[另]790 不習戰，[石]1509 弱人舉。

帙：[元][明][宮]2060 吐納機。

挈

掔：[三][宮]2042 網。

潔：[三][宮]2059 長量短。

刻：[明]2110 船待。

契：[乙]1086 輪手能。

愜

逗：[甲]1733。

篋：[三][宮]834 陀羅尼。

怗：[宋]、協[元][明]2145 衆情是。

竭

劫：[甲]2244 羅哺窣。

竭：[三][乙]1008 乳羅樹，[乙]2390 誐是。

渴：[甲]2401 伽并有。

嚓

際：[明]2122 嘯鉢囉。

篋

策：[宮]2103 自課之。

道：[宮]1425 中有一。

函：[元][明]227。

筐：[三]1435 中有殘。

籭：[宮]1425 等在架。

器：[三][宮]618 亦然。

匛：[甲]2128 械也從。

炭：[三]375 毒蛇夢，[宋]374 毒蛇夢。

意：[元][明]660 陀羅尼。

竊

便：[三][宮][聖]676 作是念。

盜：[聖]125。

叕：[原]2271 觀論勢。

橋：[宮]2112 太。

切：[博]262 盜如是，[甲]1969 勿貢高，[甲]2879 似奴婢，[三][宮][聖]1435 問竊。

窮：[三][宮]2122 偷佛語。

實：[三][宮]542 聞佛道。

私：[乙]1723 說一句。

霧：[宋][宮]2060 比則事。

杳：[三]185 冥冥天。

侵

得：[元][明][宮]374 出如來。

假：[甲]2817 擾具斯，[聖]1442 我，[另]1442 害亦無。

浸：[甲][乙]1822 潤令不，[三][宮]2121。

漫：[甲]2261 七林反。

欺：[元][明]1509 誑奪人。

同：[明]2104 蒲柳方。

已：[宮]821 害心毀。

優：[明]157。

嶔

簁：[元][明]23 峨動搖。

鎮

頷：[明]167 頭可之。

芹

芥：[元][明][宮][甲]901 胡椒胡。

芩

芩：[三][甲][乙]1092 陵香。

秦

比：[明]、秦言勇軍四字宋本營本俱作本文 707 言勇軍。

蔡：[宮]2122 世。

察：[元][明]1428 敵梨蓼。

春：[聖]2157 主姚氏。

此：[明]745 言解脫，[明]1336 言度脫，[明]1440 言壞色，[明]1505 言今賢，[明]1505 言夜半，[明]1505 言志眞，[明]1509 言，[明]1509 言大般，[明]1509 言大膝，[明]1509 言忍辱，[明]1509 言思惟，[明]1509 言性善，[明]1509 言續，[明]1509 言一，[明]1509 言正心，[明]1509 言種種，[明]1549 言財施，[明]2122 言能，[明]2122 言善宿，[明]下同 614 言，[明]下同 614 言如阿。

湊：[三]186。

等：[宮]2034 録及高。

奉：[宮]2034，[聖]2157 年，[聖]2157 始皇時，[聖]2157 姚氏傳，[乙]2408 瑜祇經。

恭：[甲]2039 父智訂，[甲]2266 鈔。

晉：[三]2149 法堅譯，[三]2154。

晉：[宋][元]、此[明]202 言白也，[宋][元]、此[明]202 言福增。

涼：[三]2145 州。

奈：[聖]2157 錦褥鋪，[元][明]984 持夜。

拳：[甲]893 明妃右。

太：[三][宮]1509 小白言。

泰：[甲][丙]2163 若有，[甲]950 波羅奢，[甲]2266 山越北，[明]2122 徐義者，[明]2131 建譯五，[三][宮]2060 始之，[三]1301，[三]2060 州岱岳，[三]2103 州表云，[聖]2157 翻譯僧，[聖]2157 撰，[宋][元][宮]2104 國福供，[宋]2106 嶺竹林，[元]2061 望山圓。

先：[三][宮]517 佛時王。

興：[乙]2092 時幡從。

榛：[明][甲]1988 之徒佇。

奏：[明]2110 曰。

聆

聆：[三][宮]2060 嘉聲而。

捡

捡：[甲][乙]1822 捉。

㯹：[三]、擒[宮]2122 捉而此。

琴

笒：[宮]2040 婆羅門，[聖]125
聲小鼓，[聖]125 與音，[宋][元][聖]
125 歎如來。

禽：[三][宮]2060 臺之侶。

瑟：[甲]1918 迦葉起，[明]2145
者也元，[三]2145 歌唄第。

禽

奮：[甲]2036 斃于地。

鳥：[三][宮]1421 獸四子，[宋]
[明][宮]2122 旋塔人。

擒：[三][宮]2122 龍等，[三][宮]
2122 勝乃募，[三]99，[三]2103 開，
[原]、[丙]973 狩等所。

檎：[原]2006。

蠄：[宋][聖]190。

獸：[三]172 異鳥清。

貪：[三][宮]322 諸進入。

榛：[宮]1425 獸無。

勤

常：[三][聖]1427 精進求。

誠：[三][宮]2059 篤勵終。

勅：[甲]923 四天王。

慈：[宮]397 精進，[三][宮]657
心菩薩，[三]202 心。

當：[元]410 修習種。

道：[宮]380 善修習。

勦：[宮]659 其事憎，[宮]2121 是
三勦，[甲]1786 前行名，[甲]2362 精
進云，[明][乙]1092 應自，[明]721 修
精進，[明]2028 加修精，[三][宮]1644
出妙音，[三][宮]309 念及其，[三][宮]
1579 到彼岸，[三][宮]2121 作風普，
[聖]224 苦，[乙]1796 修行以，[元]
2122 道，[原]2196 一切煩，[甲]2274
能立缺。

斷：[宮][聖]271 四如意，[三]26
四如意。

對：[宮]1673 修習，[甲][乙]1822
策律，[甲][乙]1832 治就業，[甲]923
念誦印，[甲]1709 修不，[三][宮]1523
如意，[聖]1602 者謂多，[乙]2227 相
對六，[知]1579 修。

懃：[三][宮]2121 異。

而：[宮]425 無異。

方：[甲]1579 修觀解。

觀：[三][宮]1523 令修菩。

歡：[三][聖]361 樂慈孝。

慧：[三][宮]425 力上首。

疾：[三][宮][聖]376 學四。

極：[明]360 苦之處。

堅：[三]375 發如是，[元][明][宮]
374 發如是。

謹：[宮]425 修勸助，[宮]1433
修三業，[三]202 走使莫，[宋][元]395
慕度世。

進：[宮]1602 修靜定，[明]310 修
學行，[明]2122 修習得，[三]、懃[聖]
26 謂無智，[三]26 舉心斷，[三]99 時

時學，[三][宮]415 初不休，[三][宮]618 後則生，[三][宮]1428 不懈得，[三][宮]1463 修學得，[三]1，[三]100，[三]105，[三]192 善自修，[三]374 令我得，[另]1509 者人身，[宋]99 修習四，[宋]374 持戒善，[宋]374 修持禁。

觀：[宮]1673 修正見，[宮]2060 在道念，[三][宮]263 視今現，[三]682 觀乃能。

精：[三][宮]657 進力堅，[三][宮]657 進行菩。

敬：[和]293 匪懈質。

勒：[宮]310 七者正，[宮]2102 務唯佛，[甲]、對[乙]2261 方斷煩，[甲][乙]2261 速斷煩，[甲]1772 苦非吾，[甲]1782 勇猛，[甲]1805 劼終無，[三][宮]2122 者於州，[三]1327 蟒梵天，[宋][元]2155 報經後，[元][宮]、勵[明]2060 本業遂，[元]2122 經業卒。

嘞：[三][宮][甲]901 又九阿。

勵：[三]361 佛世堅，[宋][宮]1537。

論：[聖]425 修遵行。

勉：[三][宮]、當與意諍勉[知]741 力精進。

難：[明]2034 報經一，[三][宮]310，[三][宮]606 獲何所，[宋][宮]721 請問，[元][明]2154 報見長。

內：[三]2060 精學業。

勲：[燉]262 修習助，[甲]1710 修

正願，[甲]1717 教其半，[別]397 苦追求，[別]下同 397 不惓如，[三]589 慕求乃，[三][宮]269 開心，[三][宮]414 習九次，[聖][石]1509 修不息，[聖]26 得，[聖]26 得增上，[聖]125，[聖]125 比丘少，[聖]125 後悔無，[聖]125 精進，[聖]125 行後悔，[聖]125 用心不，[聖]190 勞須，[聖]190 劼發，[聖]190 四如意，[石]1509 布施自，[宋]、－[聖]190 劼精進，[宋][宮]397 國土付，[宋][宮]657 精進勿，[宋][聖]190 劼保持，[宋][元][聖]190 劼笑哭，[宋][元][聖]190 求彼解，[宋][元]190 劼是時，[宋][元]190 劼圍遶，[宋][元]190 修法行，[宋]397，[宋]397 加精進，[知]384 苦汝怠。

勸：[宮][甲]1805 止也，[宮]1545 觀察內，[宮]1810 作衆事，[宮]2123 念生，[甲]2299 證自轉，[甲]1709 供養佛，[甲]1782 常令寶，[甲]1786 修四，[甲]1816 修自行，[明]316 喜又若，[明]1428 修於佛，[明]2131 求水不，[三][宮][聖]476 進修行，[三][宮]484，[三][宮]630 之却者，[三][宮]2121 行十善，[三][宮]2122 進令善，[三][宮]2122 請調御，[三]311 請於説，[三]1018 化諸衆，[三]1092 求修習，[石][高]1668 加行添，[乙]1816 慧之心，[乙]2296 發無上，[元][明][宮]397 行十善，[元][明]285 化衆生，[原]2196 諸衆生。

舍：[三]2103 奉舍利。

生：[三][宮][別]397 欲法已。

勝：[三][宮]1579 所攝。

勢：[聖]1509 力如大。

數：[三]170 悦生死。

歎：[甲]2128 箋曰不。

信：[聖]211 修道用。

行：[明]400 修治大。

修：[三][宮][知]1581 學除。

勗：[三]192 勉勿令。

薰：[元][明]157 心皆專。

勯：[聖]425 修念濟。

殷：[丙]1202 勤莫間，[三]1425 勤至三。

鄞：[三][宮]2122 鄭剡。

應：[明]261 加精進。

至：[三][宮]425 獲諮受。

衆：[明]397 苦地獄。

助：[三]125 衆事如。

專：[乙]1909 意朝。

擒

摘：[元][明]2145 賦經聲。

撿：[三][宮]1562 捉而殺。

接：[甲]2053 光憑高。

禽：[甲]2036 之曰即，[甲]2035 母乙斬，[三][宮]2034 休屠王，[聖]125 得者或，[聖]125 獲然沙，[聖]125 獲云何。

檎：[甲]2128 俗字也。

檎

摛：[甲]2039 虎樓頭。

懃

匱：[明]、劇[宮]、遽[久]1488 當知是。

勲

讀：[三][宮]2121 誦此經。

進：[三][宮]402 常修定，[三]212 猶有放，[元][明]1582 苦者菩。

勒：[甲]、勤[乙]2092 東被于，[甲]1816 二行作，[三][宮]397 泥六阿。

虔：[宮]2074 信敬一。

勤：[燉]262 精進志，[宮]263 苦無量，[甲]1828 中精，[甲][乙]2393 觀其微，[甲]1708，[甲]2223 專心修，[明]190 是法明，[三][宮]263 苦怖懼，[三][宮]341 精進如，[三]125，[三]125 捨貪欲，[三]186 修不，[三]186 修正行，[三]203 啓請唯，[三]203 修習得，[三]210 事天下，[三]223 精，[三]2145 罔立而，[三]下同 223 精進乃，[聖]1723 不縱逸，[宋][明][宮]263 攬攝佛，[乙]1821，[乙]2296 修精進，[元][明]26 行憶瞿，[元][明]190 苦而獲，[元][明]190 求菩提，[元][明]190 行梵行，[知]567 苦愁惱。

勸：[甲]1958 觀佛者，[元][明][宮]276 化力故。

愍：[三]2102 懃廣自，[乙]966 誠發願。

重：[三][宮]2053 所從二。

勤：[甲]2297 求佛，[甲]2792 修威儀。

寝

寐：[三][宮]398 食言辭。

寢

覆：[三][宮]2103 恐檀越，[聖]1471 息各異，[宋][宮]2122 於地見，[原]、竀[原]905 寫。

寖：[甲]2035 疾唯念。

盡：[三][宮]2121 臥竊起。

寐：[明]481 臥，[明]2131 中神游。

侵：[聖]125 内室門。

使：[宋]99 食。

通：[三][宮]2102 源既情。

惺：[明]、明註曰惺南藏作寤吾→星 293 寤心欣。

沁

心：[甲]2006 園春浩。

青

白：[甲]1203 羊，[甲]2192 黃。

表：[甲]2218 色也矣。

赤：[宮]1509，[三]1096 色衣持。

初：[三]153 蓮當于。

垂：[三][宮]2122 楊細柳。

得：[聖]1427 黑。

荒：[原]1986 草不知。

黃：[甲][乙][乙]2390 次第三。

精：[宮]2103 園服膺，[三][宮]2122 骨死當。

靜：[三][宮]1428 林中住，[三][宮]1443 處觀影。

盲：[宮]2123 色。

乃：[甲]2128 庭莊子。

普：[甲]2255 第二念。

清：[宮]2112，[甲][乙]2263 丘太賢，[甲]2036 獻趙公，[明][甲]1175 光爲綠，[明]316 潤翁爵，[明]375 見青，[明]1128 潤樹枝，[明]1579 瘀乃至，[明]2122 海内有，[三][宮]1610 白則，[三]991 淨褌張，[三]1527 盲非但，[三]2145 門外精，[聖]125 色見已，[聖]125 在牛，[聖]190 草其草，[聖]1470 衣不，[聖]1509 蓮華，[石]1509，[石]1509 衣夜叉，[宋][宮]688 琉璃間，[乙]1069 木香油，[乙]2092 陽，[乙]2092 陽門，[元][明]25 體潤毛。

情：[三][宮]1592 等知所，[三]1625 時無黃。

色：[三][宮]721 暈輪日。

線：[元][明]1336 結作十。

宵：[宮]2060。

有：[三][宮]2103，[元][明]1549 色。

責：[聖]613 膿黃。

卿

佛：[三][宮]221 欲得阿。

即：[宮]2045 非國主，[三][宮][聖][另]1451 如刹利，[三][宮]2122 尋歸懺，[三]153 作，[宋][元][宮]269 所説是，[乙]2092 中國之，[元][明]2060 尋歸懺。

輕：[三]125 無上至，[三]196 無上正。

汝：[三]171 耶婆羅，[三]196 心何但，[三]375 若不能，[三]375 先。

我：[三]2121 今欲。

鄉：[甲]2084 人，[甲]2128 逆反顧，[明]162 等皆去，[三][宮]2059 山就之，[宋]2122 等對問。

於：[三]196 形瓶沙。

蹴：[元][明]152 所堪爾。

圊

圓：[宮]2123 厠施便，[宋]、清[宮]2122 厠人民，[宋]、清[宮]2122 厠無不。

溷：[宋][明][宮]、圂[元]1425 厠。

清：[宮]1478 厠上當，[宮]2122 厠施便，[聖]125，[聖]375 厠既得，[聖]375 厠無不，[聖]375 厠中有，[宋]374 厠既得，[宋]374 厠無不。

請：[宮]1462 便轉應。

清

不：[宮]263 淨億千，[三][宮]1425 淨者清。

猜：[三]185 自生自。

傳：[甲]2167 涼山略。

得：[三]2121。

德：[三]1336 叉伽鬼。

法：[甲]1926 淨妙法，[甲]1799 明云何，[甲]2183 寺惠苑，[明]997 淨無垢。

好：[原]1205 淨室中。

濟：[甲]1723 淨三業，[甲]2339 緣一上，[宋]186 澄不流。

見：[三][宮][聖]1421 淨而諸。

皆：[三][宮]1646 淨。

戒：[三][宮]660 淨謂諸。

進：[乙]2227 淨法。

精：[甲]2269 淨涅槃，[明]293，[明]293，[明]293 寶能長，[明]2087 高眾賢，[三]1340 苦攝心，[三][宮]285 妙清淨，[三][宮]384 進，[三][宮]607 血熱惱，[三][宮]2059 苦皆此，[三]26 苦行苦，[三]425 修燕坐，[三]2063 苦法，[三]2154 苦兼明，[元][明]401 微柔和，[元][明]2060 苦耆年，[原]2266 珠置於。

淨：[甲]1828 勝，[甲]1828 有情想。

淨：[高]1668 白品法，[宮]221 淨身口，[宮]744 自歸三，[和]1665 白純淨，[甲]950 信及發，[甲]1059 水三升，[甲]1733，[甲]1828 與染相，[甲]2183 素，[甲]2227 復有毘，[三][宮]660 信心，[三][宮][聖]385 濟度阿，[三][宮][知]598 悉平等，[三][宮]278 淨或淨，[三][宮]285 善權神，[三][宮]310 信有大，[三][宮]310 行若欲，[三][宮]342 行愍傷，[三][宮]416 持禁戒，[三][宮]434，[三][宮]590，[三][宮]818 潔光明，[三][宮]1681 善種現，[三][宮]2123 掃庭中，[三][甲][乙]950 淨遍淨，[三][甲]1360 信善男，[三]44 修梵行，[三]170 潔意我，[三]196 志行是，[元][明][聖]

586 淨無我，[元][明]342 修亦無，[元][明]414 妙無瑕，[元][明]474 宣示同，[知]1579 淨故名。

靖：[明]729 安舒戒。

靜：[明]318 定恒一，[三]193 心聽報，[元][明][乙]895 室更誦。

鏡：[明]2076 云勿奈。

決：[聖][知]1581 淨律儀。

涼：[三][宮]2109 臺之側。

凌：[明]1450 晨縱。

明：[三][宮]572 旦。

乃：[宋]220 淨若一。

能：[三]196 淨志二。

淺：[元][明]403 義。

青：[宮]338 和悅充，[宮]425 行善思，[甲][丁]2092 陽門內，[明]2103 臺之側，[明]2103 柳輕，[三][宮]272 色摩尼，[三][宮]606 天猶，[三][宮]721，[三][宮]721 池，[三][宮]2060 厚驗之，[三][宮]2060 雲財，[三][宮]2103 衿表，[三][甲][乙]2087 藏，[三]193 林村落，[三]291 琉，[三]365 白分明，[三]1332 盲鬼名，[三]1336 黛傳之，[三]2110 一氣白，[三]2111 漢之間，[聖]223 是，[聖]292 白法觀，[聖]425 白是曰，[宋][元]86 欲行趣，[元][明][東]643 白分明，[元][明][聖]643 白石想，[元][明]158 葉髻，[元][明]991 悉使瓶，[原]1992。

圊：[甲]1828 服之大，[三][宮]374，[三][宮]374 厠有善，[三][宮]2102 厠如郭，[三][宮]2121 中鬼面，[三]2060 厠乘應，[三]2106 厠一鬼，

[元][明]807 便現人，[元][明]2102 度厄竟。

情：[宮]1648 如呪，[甲]1805 此一既，[甲][乙][宮]1799 而問待，[甲]853 一分還，[甲]1781 淨故，[甲]1805 多少謂，[甲]1805 二物相，[甲]1805 隔具下，[明]1299 受戒布，[三][宮]292 和寂靜，[三][宮]403 澹泊而，[三][宮]607 入心如，[三][宮]1482，[三][宮]2102 其順，[三][宮]2102 實漸，[三][宮]2103 異心同，[三]192，[三]2103 以，[聖]1733 淨六令，[宋][宮]403 和後不，[乙]1866，[元][明]2016，[元][明]2063 安貧婁。

晴：[明]721 中眼生，[三][宮]1425 月。

請：[丙]2089，[宮]2122，[甲]1782 傳通二，[甲]1786 經曰貨，[甲]2035 鶴勒那，[明]2103 戒以畢，[三][宮]2060 素接軫，[三]2110 齋期七，[乙]2087 論玄奧，[原]1707 二一切，[原]1309 入坐煎。

清：[三][宮]2103 之序前，[宋][明][宮]2103 朝夕供，[元][明]2123 竭誠木。

親：[明]1336 淨如白。

染：[甲]1733 淨緣起，[甲]1828 淨得失，[甲]1873 淨，[三]210 淨能御，[原]2416 污貪義。

設：[三][宮][聖]397 淨二者。

深：[甲]2036 虛無事，[三][宮]357 淨心信。

聲：[甲]2239 淨智能。

聖：[甲]2181 範。

時：[三]192 和氣調。

事：[元][明]、清淨淨事[宮]626 淨其功。

渧：[三]1585 八寅演。

天：[甲]2006 光。

我：[聖]375 淨作是，[元][明][宮]374 淨作是。

香：[三]2110 臺之下。

消：[甲]2214 除是故，[三][宮]285 心明開，[三][宮]292 滅衆塵，[三]186 心，[元]190 淨無有，[原]2248 文所以，[原]1764 先喻後。

性：[三]1982 淨法身。

修：[三][宮][聖]397 淨復有，[宋][元][宮]1648 淨持戒。

異：[甲]1731 淨即本。

郁：[宋]、都[元][明][宮]2122 雅羽衞。

張：[三][宮]2060。

證：[甲]1735 淨法界。

治：[甲]2036 河宣王。

諸：[甲]1782 穢惡故，[甲]2266 淨等者，[明]220 淨故一，[三][宮]1501 淨信長，[三][宮]325 苦法歡，[三][宮]566 苦行故。

莊：[乙]2218 也靜攝。

瀆：[甲]1802 之也法，[甲]2128 也玉篇，[甲]2901 汝等菩，[明][甲][乙]1110 神線拼，[三]1336 流若諸，[乙]1797 閼伽水，[元][明]407 陀梨七。

淸

慧：[甲][乙]2263 影同之。

淨：[甲][乙][丙][丁][戊]2187 以下三。

傾

便：[宮]2103 鳥散奄。

遍：[明]2103 覆海浪。

側：[原]1960 布黃金。

頂：[宮]2034 王六年。

頓：[宮]2074 忽暴。

復：[聖]224 曲躬。

顧：[三]193 不爲象，[元][明]212 欲取我。

顨：[元][明]2122。

輕：[宮]1509 動復次。

頃：[宮]2074 忽然不，[三][宮]1425 臥身露，[三][宮]2103 世文，[三][宮]2109 王治六，[三][宮]2122，[三][宮]2122 風飇燁，[聖]1428 動南西，[宋][明][宮]2122 歷，[宋][元][宮]2102 兩儀頹，[宋][元]2061 心歸重。

喪：[三]2060 哀。

碩：[甲]1721 一。

項：[甲]1921 二。

寫：[原]1898 銅盤内。

須：[宮]2122 殄雖得，[三][宮][聖]292 仰人而，[聖]125 動，[石]1509 動者若，[知]384 邪。

移：[三][宮]656 動是時。

願：[三][宮]1548 向彼以。

輕

并：[三][宮]2122。

暢：[甲]2402 慢也經。

毀：[甲]2195 慢者○。

經：[宮]517，[甲][乙]1821 苦因能，[甲]1512 受未來，[甲]1805 行處反，[甲]1830，[明]1501 毀不深，[明]1562 安以滅，[三][宮]769 自大去，[三][宮]811 惠施無，[三][宮]1562 擧，[三][宮]1632 疾聽者，[三][聖]125 時節舍，[聖]1733 法之過，[宋][明]263 慢品第，[元]2122 爲無識，[原]1960 而得生。

蘭：[三][宮]2123 故四分。

聊：[三][宮]2102 率鄙懷。

輪：[三]2122 至。

能：[甲]2006 擊斷故。

傾：[三]192 動惟此。

軟：[三][宮]1648 性此謂，[三][宮]1425 衣我貪，[三]192 下心除，[三]1342，[聖][另]1442 我耶我。

雖：[甲][乙]1822 微而餘。

誣：[三][宮]1548 謗諸梵。

繫：[聖]1458 棄應安。

向：[宮]1421 如來無，[三][宮]1421 如來面。

於：[宮]397 是童子。

在：[宮]434 弊惡親。

暫：[三]630 來禮。

輒：[三][宮]588 身往，[三]2034 敢妄述，[三]2110 迺頌云，[聖]1421 脫不覺，[石]1509 慢謂爲，[元][明][聖]224 反用是，[元][明]702。

輙：[三]1130 生改換，[宋][元]

2123 賤之故。

輕：[聖]1509 細無。

種：[宋]1559 安樂於。

轉：[宮]2122 漂，[甲][乙]1822 苦爲樂，[甲]2261 種，[三]100，[三]203 罪時，[聖]1509 賤説法，[元][明]1562 轉時名，[原]1782 故頂禮，[知]1579 性於大。

自：[三]1331 懷狐疑。

縦

雖：[原]1205 不思。

勌

剝：[三][宮]2104 敵仍參。

情

憒：[聖]1421 復作是。

差：[三]220 別不善。

常：[甲][乙]1822 法非受。

塵：[明]2123 之網未。

誠：[宮]2053 冀法流，[三][宮][甲]2053 深喜。

惛：[甲]1896 情自謂，[甲]1813 三覆有，[甲]2255 以此二，[甲]2266，[三][宮]2122 去高下，[三][宮]2102 學業迄，[三][宮]2122 散也寧，[聖][石]1509 所不能。

墮：[三][宮]1647 忘由，[三]2145 心識經。

憤：[三]2060，[元][明]憒[聖]172 小歇時。

根：[三][宮]1543 意命。

故：[甲]1736 故世親。

恒：[甲]1782 作救心。

懷：[三][宮]2103 百時如，[三][宮]2121，[聖]1452。

壞：[三][宮]2102 安。

回：[三][宮]2103 浪飛雲。

机：[乙]1796 加。

積：[甲]1775 塵之。

假：[原]、－[原]、情假[甲]1782 情以。

精：[甲][乙][宮]1799 妙心中，[甲][乙]2391 適悅歡，[甲]952 進發菩，[甲]2068 將盡矣，[甲]2207 也麻果，[三][宮]1509 求道門，[三][宮]2060 非巧能，[三]489 進我所，[三]2145 詣尋，[聖]2157 朗徹莫，[聖][另]790 當露至，[宋]152 猥流淚，[元][明]152 獲孝婦。

淨：[丙]2397 識入，[高]1668 心之鏡。

漏：[甲][乙]2250 於中有，[甲]1816 者世。

倩：[甲][乙]2194 動於中。

清：[宮]1509 所著而，[宮]1545 出無明，[宮]2104 虛釋，[甲]1799 慮識總，[甲]1816 者能度，[甲]2001 禪師，[甲]2299 難又屬，[甲]2434 冷水波，[明]220 淨，[三][宮]848 信解上，[三][宮]2060 通三事，[三][宮]2060 遠依隨，[三][宮]2060 貞抱素，[三][宮]2060 置列贍，[三][宮]2102 妙且興，[三][宮]2102 神滅之，[三][宮]2102 心樂盡，[三][宮]2121 想善權，

[三]2060 望群宗，[三]2102 致美但，[聖]1509 説法中，[聖]1859 雅理致，[宋][元]1603 淨説，[宋][元]2102 奧每研。

晴：[甲][乙]2288 最下祕，[甲]2266 攝藏此，[甲]2266 者是識。

請：[甲]1268 即燒白，[甲]1723 三開斯，[甲]1789 云言説，[甲]1795 後，[甲]2068 流水還，[明]2026，[明]2103 義並以，[三][宮]2066 三藏，[聖]1721 故須，[聖]1788 勅聽二，[宋][宮]2059 無所悋，[宋][宮]2123 彼依業，[原]1763 也就第。

愼：[宮]310 安樂願。

勝：[甲]2262 劣於煩，[甲]2266 劣文義。

時：[甲]2261 疑等者，[甲]2266 縁山等。

水：[明]220 生已。

聽：[三][宮][聖][另]1459。

惜：[宮]416，[甲]1781，[聖]1763 故也此，[聖]2157。

點：[三][宮]2123 人殺，[三]2122 人殺心。

現：[甲]2262 示現種。

想：[乙]2249 天受生，[元][明]220 天天眼。

消：[三][宮]683 無遺。

心：[甲]1736 名爲有。

行：[聖]125 錯亂言。

性：[丙]1201 種種障，[宮]1442 生，[甲]2370 闡提當，[甲][乙]2397 非情，[甲][乙]2397 界中更，[甲]1709

解此，[甲]1709 破煩惱，[甲]1709 種種性，[甲]1724 色受大，[甲]1736 世間故，[甲]1816 爲境故，[甲]2217 偏多此，[甲]2290 體故本，[甲]2362 人天耶，[甲]2397 樂以彼，[甲]2412 清淨依，[甲]2412 體者自，[明]2016 煩惱解，[明][甲]1177 衆，[三]246 佛及，[三][宮][聖]221 有所倚，[三][宮]1530 無二實，[三][宮]1558 必由分，[三][宮]1562 無中根，[三]2063 理恬明，[聖]1579，[乙]1821 生厭離，[乙]2261 本若有，[乙]2296 無涅槃，[乙]2370 大悲闡，[元][明]2059 聰敏加，[原]、性[甲]1782 情等道，[原][甲]1851 以辨道。

逸：[宮]2123 憍蕩。

憶：[三][宮]2122 乃將。

幽：[甲]1909 深雖復。

輿：[明]2103 下重閣。

緣：[宮]1605 自體二，[三][宮]657。

責：[三][宮][聖]1421 重，[三][宮]2045 至深寧。

增：[甲]1833。

止：[甲]1830 之。

指：[甲]2230。

志：[三]2103 否跋踏。

重：[甲][乙]2192 者當知。

衆：[甲]2255 以是故，[三]、一[宮]310。

諸：[三][宮]2122 理父答，[宋]1694。

晴

暗：[甲]2266 故既不。

晴：[宮]1799 則有狂，[明][甲]2131，[三]1007 上應時，[元][明][乙]1092 瞻不。

精：[宮]721 動受大，[三][宮][知]384 墮無數，[三][宮]721 腦髓熱，[三][宮]1648 肉揣白，[三]1340 明頓覩，[石][高]1668 徐自命。

清：[宮]310 明時淨，[甲][乙]2194 夜觀星，[明]1545 路現人，[三][宮]606 除有明，[三][宮]2059 霽及至。

時：[甲]2120 是華夏，[三][宮]2122 燥夕當。

修：[甲]1828 生天眼。

陰：[三][聖]1 尚不。

綮

驚：[甲]2036 乘輿汝。

擎

驚：[三][宮]737，[三][宮]1464 揵尾急，[宋]202 怒視菩，[宋]1191 蓋誦。

警：[宮]2059 慷慨含，[三][宮]2103，[宋][宮]2103。

敬：[甲]2255 舉合掌。

能：[三][宮]461 此鉢於。

拈：[明]2076 舉意便，[元][明]2016 舉意便。

勤：[明]2076。

綮：[明]1453 綮在前。

取：[甲]1783 鑪時香。

撽：[聖]1 幡蓋。

掌：[原]、掌[甲]2006 月勢云。

執：[三][宮][西]665。

頃

頂：[甲]、項[乙]1816 充滿十，[甲]、須[甲]2339 説名行，[明]2110 峻始學，[三][宮]1562 世尊能，[三]682 心生希，[聖]953 滅壞亦，[乙]1822 加行應，[元]2059 見一光。

頓：[甲][乙]1736 遍無盡，[明]1545 即，[三][宮]1563 現在前。

獲：[甲]2083。

間：[三]153 家人即。

敬：[三][聖]210 事戒者。

久：[三]2059 之什母。

領：[三]194 無，[聖]2157 痛間遣。

前：[三][宮][聖]476 是無。

傾：[甲]1784 盡一切，[三][宮]2103 朱紫一，[三][宮]2104 世濫行，[三]2122 城過賈，[宋][元]2061 不見菩，[元]2016 既，[知]266。

乳：[三][宮]2121 而八味。

誦：[甲]1112 便見心。

現：[聖]953 以。

項：[高]1668，[宮]2103 王六年，[甲]1799 得無數，[甲]1719 者，[甲]1733 故時雖，[甲]1733 周四天，[甲]1735 故時雖，[甲]1851 具生住，[甲]2039 寺也其，[甲]2087 之迴信，[久]1486 必定當，[明]384 接，[明]585 乃達到，[明]2060 日感夢，[聖]663 即至我，[宋][元]20341，[乙]2120 因指喻，[元]2154 之名德。

須：[宮]1545 觀察佛，[宮]310 之間漢，[宮]383 來失於，[宮]1463 後有白，[宮]2122，[宮]2122 見有貴，[宮]2122 去城不，[宮]2122 之便見，[甲]1960，[甲]2081 證大日，[甲]2087 之復，[明][宮]2122 道業之，[明]460 悉知見，[三][宮]620 諦觀令，[三][宮]1442 得勝皆，[三][宮]2121 彌勒佛，[三][宮]2122 及斬，[三][宮]2122 之清果，[三]2088 便爲講，[三]2121 念以，[三]2122 之畢成，[聖]1579 瞬息，[聖]223 超越劫，[聖]1425 在佛前，[聖]1602 一切種，[石]1509 六十生，[宋][宮]、聞[元][明]744 維耶離，[宋][宮]221 能有留，[宋][元]2122 之護遘，[宋]2059 又，[乙][丙]2777 有六十，[乙][丙]2081 因餘暇，[乙]1709 之間王，[元][明][宮]2060，[元][明][宮]2060 便祈，[原]2208 記所存，[知]414 忽然不。

願：[三][宮]2122 令惡道。

磧

纇：[三][宮]1536 或著茅，[三][宮]1536 有慚有。

請

陳：[三][宮]309 説名號，[三][宮]1451 謝向逝。

誠：[乙]1174 心結金。

從：[甲]951 一切菩。

待：[原]2349 和上令。

得：[聖]99 遮羅。

讀：[甲]2227 之法必，[三]2149 識譯經，[宋]、猜[聖]、倩[宮]425 無。

翻：[原]1815 戒本識。

供：[宮]2121 僧。

呼：[三][宮]790 字字。

護：[甲][乙]2387 火天印，[元][明][乙]1092 祐神通，[元][明]422 諸衆生。

講：[明]2131 將了見。

精：[甲]、譜[乙]2376 練已，[甲]2036 栴檀瑞，[甲]2255 霙妙道，[三][宮]1451 將，[宋][元]192 目明鑒。

淨：[三][宮]478 毘舍離，[三][宮]1459 應知，[三][宮]1462 人，[宋]186 說大法。

靜：[元][明]381 觀。

據：[甲]2075 此無住。

靚：[宮]2060 講暨三。

論：[宮]2103 其文則，[甲]1735 中風畫。

覓：[三][宮]1435 諸比。

謀：[乙][丙]2092 計於徽。

乞：[甲]1987 師賑濟，[明]2076 師一言。

倩：[甲]2036 女用，[甲]1863 善思之，[甲]2073 村人犁，[三][宮]2121 作屋男，[三][宮][聖]1421 擔衣鉢，[三][宮]1425 比丘佐，[三][宮]1425 人迎食，[三][宮]2121 我白，

[三]196 母熟之，[宋][元][聖]1，[元][明]26 如來爲，[知]2082 君還爲。

清：[宮]657 唯願如，[甲]1112 印二想，[甲]1709，[甲]1782 白法藏，[甲]1782 所，[甲]2053 問經法，[甲]2087 如來常，[明][乙]848 白，[明]2076 谿闍梨，[三][宮]2060 對，[聖]1763 淨法也，[宋]、呼[宮]2123，[宋][元]、情[明]2110 業質疑，[乙]2087 業周流。

情：[宮]656 令各有，[甲]1735 取故即，[甲]1781 故示有，[甲]2036 至十六，[甲]2039 同，[甲]2792 忍亦和，[三][宮][聖]1579 怖於王，[三][宮]2060 同，[三][甲]1228 願受持，[三]76，[宋][明]2145，[原]973 爲法界。

求：[三][宮]1458 教授，[三][宮]1581 要作方，[元][明]125 一沙門。

設：[甲][乙]2070 百僧王，[甲]1823 客先求。

食：[宮]1435 佛默然，[三][宮]1458。

識：[明]2121。

世：[元][明]415 尊修何。

試：[三][宮]2059 耶舍令。

受：[原]1803 我請是。

誰：[宮]1428 諸長老，[另]1435 比丘爲。

説：[三][宮]271 已佛告，[三]993 是事諦，[三]1162，[聖]190 莫疑惑，[宋][宮]、－[元][明][甲]901 十六。

誦：[甲]1225 火天直，[甲][乙]

[丙]1184 召眞言，[甲][乙]2227 其，[甲]893 本眞言，[甲]2157 求男女，[明]、諸[甲]893 眞言法，[明]1110 火天，[明]2122，[三]1007 而安之，[原]1248 時結印。

隨：[聖]397 法師敷。

投：[明]2076。

謂：[宮]626 文殊師，[甲]1763 脩常樂，[甲][乙]2087 天軍重，[甲]893 句，[甲]1763 耶僧亮，[明]1441 比丘比，[明]1648 可供養，[三]1579 問記，[三][宮][聖]234 賢者爲，[三][宮]1443 許，[三][宮]2060 世結，[三]6 賢者阿，[三]71 歸相撿，[三]1532 於梵天，[三]2154 崛多笈，[聖][另]1733 決意求，[宋][宮]278 衆生悉，[乙]2391 一切聖，[乙]2408 以，[元][明]1443 求，[元][明]2103 僧一會，[元]15 問願佛，[元]1428 受後請，[知]2082 問。

文：[甲]2195 證八品。

問：[甲]1792，[明][甲]1177 毘盧遮。

詣：[宮]2025 方丈請，[甲]2084 像前啼，[甲]2087 王，[甲]2084 中印度，[三][宮]415，[三][宮]1435 佛及別，[三][宮]1443 世尊曰，[三][宮]2121 佛經，[三]152 承，[三]203 五百辟，[聖]125 毘舍羅，[元][明]189 來，[元][明]1442 佛及僧，[元][明]2103 可付外。

語：[明]377 大衆及，[三][宮]376 良醫言，[三][宮]1421 住答亦，[三][宮]2058，[三]150 比丘比，[三]152 之曰吾。

欲：[三]375 説一喻。

願：[三][宮]2103。

讚：[宮]836 曰，[甲]1909 佛南無，[甲]2396 演，[三][宮]263 説法及，[三][宮]1425 唄聞歡，[三][宮]2085 衆僧令，[乙][丙][丁]865 語入，[乙]2227 心不涉。

責：[宮]263 求。

債：[聖]425 之。

召：[三][宮]1464 諸比丘，[三]211 諸大臣。

指：[甲]1811 諸佛爲。

諸：[宮]2040 善相婆，[宮]586 菩薩光，[宮]2046 比丘説，[甲]1361 菩薩而，[甲]2217 心相句，[甲]2337 不俱生，[甲][乙]1816 本皆無，[甲][乙]1816 菩薩起，[甲][乙]1816 菩薩修，[甲][乙]2393 受持，[甲]893 眞，[甲]897 僧次而，[甲]911 地法修，[甲]923 證成就，[甲]973 轉大法，[甲]974 後學者，[甲]975 佛難調，[甲]1227 尊次金，[甲]1708 難下對，[甲]2068 來，[甲]2290 詳文，[甲]2339 乘差別，[明]151 囚囚黠，[明]536 佛持毒，[明]992 十方一，[明]1421 家門皆，[明]2123 佛及僧，[三]1982 佛功德，[三][宮][聖]1462 語而得，[三][宮]276 佛轉法，[三][宮]402 衆生行，[三][宮]1435 處，[三][宮]1451 所賜物，[三][宮]2042 尊者迦，[三][甲]901 天等安，[三][乙]1092 願便候，[三]108，[三]193 神祇，[三]1441 四

事，[三]1982 佛功德，[三]2063 聖僧
果，[三]2103 此事皆，[三]2122，[三]
2122 名僧，[聖]278 衆生，[聖]1428
佛及僧，[聖]1451 處時六，[聖]1462
童子隨，[聖]1463 安居安，[聖]2157
奘初，[另]790 說一事，[宋]、詣[元]
[明]202 衆僧求，[宋][宮]、説[元][明]
285 如來所，[宋][宮]2060 業授，[宋]
[元][宮]1808 懺悔主，[宋]190 遠離
聚，[宋]2088 佛放雨，[宋]2154 佛經
唐，[乙]1796 佛以自，[乙]2174，[乙]
2223 教令人，[乙]2404 文意總，[乙]
2408 金剛，[元][明]、清[宮]848 勝善
逝，[元][明][宮]1507，[元][明]310 佛
功德，[原]2408 尊也。

諸：[三][宮]415 問甚深，[三]
[聖]157 受妙。

尊：[三]187 憶昔日。

諸：[甲]2266 勘梵，[甲]2778 法
退還。

謦

謦：[宮]、[聖]425，[三]2153 欬
徹十，[宋][元][宮]318 揚大音。

謦：[明]814 欬之聲，[宋][宮]
433 揚大音。

聲：[甲]923 咳，[宋][宮]810 揚
大音。

清

清：[元][明]187 澡。

虩

靜：[甲]952。

慶

愛：[宮]664 作如是，[甲]1828
物名喜，[三][宮]1525 十，[三][宮]
1545 見此希，[三]5 王，[三]202 心
無，[宋][宮]2066 有懷於，[乙]2408
染，[乙]下同 2263 著處謂。

褒：[甲]2195 義云自。

變：[宋]2122 故使臣。

塵：[另]279 雲。

處：[三][宮]2122 共繁星。

度：[甲]1816 慰慶，[甲]850 而
奉於，[甲]1733 下半舉，[甲]1983 此
人身，[甲]2036 天二元，[甲]2266 聲
聞身，[三][宮]263 仁者國，[三][宮]
2122 之日一，[三]186，[三]2109 撰
宣驗，[聖]2157 二年正，[聖]2157 五
年於，[乙][丙]2231 因舉轉，[知]384
思惟平。

廢：[甲]1733 背欲惡。

廣：[甲]2837 大無邊。

歡：[甲]2261 喜三末。

卿：[聖]2157 雲陳表。

盛：[三][宮][甲]2053 是知穹。

喜：[宮]2103 兆民賴，[三]200
求，[三]200 與共同。

祥：[乙]1796 之事亦。

欣：[三][宮]2121 遂致太。

益：[甲]1775 何則。

憂：[甲]1828 故故。

災：[宮]2112 逮。

磬

鼓：[宮]263 大鼓箜。

槃：[元][明]2103 於海。

詟：[宮]292 揚大音，[三][宮]2121，[元][明]585 揚聲善。

磬：[甲]2191 無不，[明]456 演說歸，[三][宮]2103 窘盜他，[乙]1796 捨此身，[元][明]2063 無以，[元][明]2103 捧有兼。

憗：[宋]、磬[明]2060 折不受。

聲：[甲]952 或有，[甲]1123 四攝成，[三][宮][聖]285 暢柔和。

親

部：[乙]2157 嚫供噎。

嚫：[甲]2130 那波多，[三][宮][聖]1549 第一之。

此：[甲][乙][丁]2092 比略始。

逮：[三][宮]477 至眞無。

觀：[明]856 見者，[元]1579 昵分別。

附：[三][宮]1421 近即便。

觀：[宮]582 報之對，[甲]2266 勝故所，[甲]2266 證眞如，[甲][乙][丙]2089 禮誠如，[甲][乙]1822 目於義，[甲][乙]1822 因，[明]893 事法取，[甲]1065 驗菩，[甲]1830 因緣，[甲]1960 於此三，[甲]2204 因緣義，[甲]2288 聽受，[明]1546 近復有，[三][宮]292 奉諸佛，[三][宮]1547 不厭恚，[三][宮]1548 調，[三][聖]125 視，[三][聖]397 知諸法，[三]425 諸覺意，[三]440 佛，[三]1549 餘者常，

[聖]310 近行具，[聖]2157 覩梵，[乙]850 羽持，[乙]2249 見佛或，[乙]2249 於離質，[乙]2393 羽執五，[原]2247 所緣論，[原]2262 證二空，[原]2323。

歡：[甲][乙]1822 亦。

家：[明]1451 更勿評。

見：[三][宮]1647 境起常。

覲：[三][宮]2121 省唯願，[宋][元]1549 近諸行，[元][明]2121 俱種恩。

境：[甲][乙]1822 亦發惡。

君：[明]2102 尊親法。

禮：[三][宮]385 事供養。

列：[明]2102 者則。

龍：[宮]2121 友，[原]2362 光科判。

期：[明]2149 一。

視：[宮][甲]1805 人者謂，[宮]342 抱所有，[甲]、現[乙]1269 惡人同，[甲][乙][丙]2163 萬里住，[甲][乙]2309 熱惱便，[甲]1246 父母心，[甲]2036 天下猶，[三][宮]462 見時，[三][宮]1451 爲敬禮，[三][宮]1548 不於障，[三][宮]2104，[三]202 仰今般，[三]211 欲爲安，[乙]2393 開目，[知]786 軍旅亦。

説：[明]1585 所緣定，[中]440。

雖：[甲][乙]1822 由識濟。

現：[甲]2253 起意識，[明]、觀[宮]1563 因非彼，[三]、觀[聖]278，[聖][另]1442 爲説法，[宋][元]1421 族蔭樂，[宋]99 里覺人，[元][明]1579

近修習，[元][明]2016 證眞如，[原]2339。

相：[明]2104 談論共。

心：[甲]、親[甲]1781 平。

新：[丙]2381 教師及，[宮]1579 之所説，[甲]2266 辨果亦，[甲]2299 翻地論，[明]12 近承，[聖]953 近，[原]1776 覩就新。

姓：[三][宮]790 蒙慶。

顏：[甲]1969 慨衆苦。

養：[宮]687。

雜：[宮]1509 屬是我，[甲]2261 菩薩十，[甲]2266 阿毘，[甲]2266 第七，[甲]2792 明看青，[倉]1458 尼自受，[宋][元]、明註曰親宋南藏作雜 2122 之死入，[元]220 旃茶羅，[原]2202 對佛知。

眞：[聖]375 善。

自：[和]293 近諸佛。

族：[三][宮]1464 王未有。

磬

磬：[宮]1421 竭共作，[宮]2060 竭泉府，[宮]2087 心歸信，[甲]1718 有待多，[甲]2087 龍宮之，[宋][元][宮]2103 鳧洲故，[元][宮]454。

聲：[聖]1443 盡世羅，[宋]、磬[宮]、御[知]598 衆穢。

卬

筇：[三][宮]2059 竹杖，[三][宮]2122 杖投身。

印：[宮]2060，[三]、即[宮]2060 蜀開化。

穹

窮：[明]2122 谷枯泉。

悙

筇：[明][和]293 獨無憂。

窮

礙：[三][宮]1509 無邊須。

穿：[甲]2129 河源其。

獨：[明]1336 精舍佛。

乏：[三]202 復值歲，[聖][石]1509 者心生。

縛：[元][明]2121 四日國。

躬：[甲]1733 同世間，[三][宮]2034 述，[三][宮]2103 不令絶，[宋][明][宮]2060 冠小乘，[元][明]2106 六萬而。

寒：[甲]2897 生離死，[三][宮][另]1442 人寧有。

覈：[原]1764 之眞心。

家：[三][宮]310 四者。

賤：[三]125 家生無。

賤：[甲]1736 又復思。

盡：[三][宮]398 四曰則，[三][宮]2109 域內者。

究：[甲]2250 之過若，[甲]2266 非恒具，[甲]2266 生死。

空：[三][聖]157 乏衆生。

窟：[甲]2299 最爲先。

寬：[元][明][宮]1546 無容處。

窺：[三][宮]2060 子史彤。

匱：[三]125 時彼婦。

貧：[宮]374 人負他，[明]2121 乏無，[三]1 乏減損。

竅：[甲]1920 問心是，[原]竅[甲]1833 故先無。

竊：[甲]2255，[甲][乙]2207，[甲][乙]2296 惟基師，[甲]2266 以至海，[三][宮]2060 謂分明。

勤：[宋][元][宮]2103 六經孝。

穹：[三][宮]2059。

求：[甲]2250 所解或。

實：[甲]1718 子聞父。

窈：[三]76 不達得。

徵：[三][宮]2122。

最：[甲]1785。

瓊

寶：[甲]1924 臺思。

瑷：[元][明]2063 尼，[元][明]2063 尼傳第。

丘

比：[元]1548 責此比，[原]2408 良木。

兵：[宮]2041 劫起，[元]1462，[元]1470 欲起沙，[原]2196 聚魚有。

荔：[宮]402 囉叉若。

凡：[聖]1440。

更：[明]471 更增毀。

尸：[三][宮][聖]1421。

互：[三][聖]311 舍比丘。

近：[甲]2266 疏中引，[三][宮]1809 清淨衆，[三][宮]2102 舜之形。

來：[宮]1463 未犯罪。

老：[甲]2075 所説多。

立：[宋][元]620，[元]1808 前聞第。

利：[甲]2130 陀婆遮。

泣：[三][宮]2103 山林改。

邱：[甲]2092，[甲]2092 道，[甲]2092 赴火而，[甲]2092 惠生向。

坵：[甲]1728 壚是名，[三][宮]1425 壚園林，[聖]125 荒猶如，[宋][宮]2029 壚。

軀：[三][宮][聖]1425 牟提衣。

日：[宮]263 欲求善。

色：[甲][乙]1822 身歸。

上：[甲]2128。

舍：[三]1301 種乎呭。

市：[三]2154 山。

文：[三][宮]2102 之博約。

五：[甲]1805 分善見。

岳：[三][宮]2041。

正：[宮]765 觀。

證：[明]2112 曰吳王。

知：[三][宮]2034 何。

至：[甲]1239 大苦。

邱

丘：[乙][丙][丁]2092。

坵

丘：[三][宮]2045 荒坐壞，[元][明]606 壚平之。

秋

白：[甲]2001 大。

春：[乙]2092 令卿因。

冬：[三][宮]2122 者。

利：[宮]2104 崖含霽。

林：[甲][乙][丙][丁]、秋一作秋夾註[甲][丁]2092 花共色。

鷟：[元][明]152。

釋：[甲]2207 氏曰發。

狹：[甲]2129 冬例然。

夏：[原]1311 之月用。

蚯

蚰：[三][宮]562。

萩

荻：[三][宮]310 葦中因。

鷟

鵝：[甲]2087 鷟于當。

鷟：[甲]2362 子，[甲]2362 子得記，[甲]2362 子靈，[甲]2362 子領解，[甲]2362 子五不。

囚

閉：[甲]1733 等障五，[甲]1733 是違縁。

固：[三][宮]2108 在我倒。

困：[甲]1733 眾生下。

內：[三][宮]2122 輒打，[乙]2092 之則違。

同：[宮]2108 俱言釋，[三][宮]398 時會中。

罔：[原]974 知。

因：[宮]606 臨死求，[宮]729，

[宮]1647 無依愛，[三]2106 禁數十，[三]2122 之論爲，[聖]1425，[聖]1509 應死有，[乙]1816 以自，[知]2082。

曰：[宮][聖]1547 獄不復。

自：[聖]272 閉不得。

卒：[聖]1425 前。

求

本：[三]152 舊君於。

辦：[三]、靜[聖]125 衣食彼。

冰：[三]98 矜十二。

不：[三][宮]2122 落髮不，[三]22 應莊校，[三]26 齊限，[聖]99 樂解脫。

財：[宮]2028 謝他人。

察：[甲]2262。

長：[明][宮]618 想。

趁：[三][宮]2123 大官。

稱：[聖]211 名而已。

成：[甲][乙]2309 佛時具，[甲]2192 佛道。

承：[甲]1965。

持：[明]1810 刀授與。

次：[三][宮]225 作佛佛，[三][宮]2108 共諍邪。

得：[丙]862 自得汝，[甲]2370 體權實，[三]1339 天眼反。

定：[甲]1828 故名爲。

度：[甲][乙]1822 名見擇，[甲]2263 用是以。

而：[聖]1509 一切智。

爾：[三][聖]190 耳。

法：[三][宮]482 無戲論。

非：[甲]1828 前二如，[甲]2250 入淨居，[宋]220 如是一，[乙]1723 也於高。

伏：[元][明]1521 智慧應。

丐：[宋]、匃[元][明]193。

卉：[甲]2129 也傳本。

共：[甲][乙]1821 皆名乞。

乖：[甲]1775 之愈遠。

豪：[三][宮]736 快富滋。

換：[三]1442 好物令。

夾：[宋][元][宮]2040 至。

皆：[甲]1246 香氣遍。

淨：[三][宮]1521 寂滅不。

救：[三][宮]323 無恃者，[三][宮]397 援助彼，[三][宮]1428 世尊世，[三][宮]2059 命已，[三]192 於萬事，[宋][宮]1509 義有人，[宋]267。

決：[宮]228 阿。

軍：[甲][乙][丙]2164 護法眞。

口：[甲]2898 誦此經。

來：[宮]656，[宮]2122，[甲]1805 法應何，[甲]2035 請入般，[甲]2036 禮覲文，[甲]2266 諫謝不，[明]363 生佛告，[明]2042 受禪法，[明]2131 生神通，[明]100 福德故，[明]191 淨處進，[明]232 菩提相，[明]624 則爲一，[明]896 行人所，[明]1284，[明]1442 時諸苾，[明]1442 相撲答，[明]1662 妙法身，[明]2103 參焉於，[明]2131 請唯幼，[明]2145 那跋摩，[三][宮]618 既生有，[三][宮][聖]350 有學經，[三][宮]325 索頭目，[三][宮]768，[三][宮]1548 禪若人，[三][宮]1548 禪無益，[三][宮]2060 欻起惡，[三][宮]2122 共語同，[三][宮]2122 索我之，[三]26 因是有，[三]137 知足或，[三]187 請須自，[三]211，[三]2122 寄宿廟，[三]2123 抱我脚，[三]2123 現福難，[聖]190 索出家，[聖]99 問云何，[聖]211 作沙門，[宋][明]1272 於成就，[宋][元]603 等生從，[乙][丙]2092 號洛，[乙]1796 佛地智，[乙]1796 其便俱，[元][明]2125 出家和，[元]125 方便得，[元]1435。

覓：[甲]2227 過故逐，[明]293 大威猛。

末：[宮]262 食，[宮]1435 陀迦旆，[甲]2128 也説文，[甲]2337 相依生，[明]681 那各差，[三][宮]607 絶應當，[三]682 那各差，[三]682 那有二，[元]、求末末妄[明]2016，[元][明]991 利陀二。

沫：[三][宮]459 度者吾。

木：[宮]2059 含丹防。

念：[三]212 他供養。

判：[宮]1421。

婆：[三]、一[醍]26 求河從。

其：[甲]2053 珍寶然。

祈：[宮]2112 仙恣。

乞：[宮]279 者普滿，[三][宮]1442 飲食易，[三]1509 者求。

起：[甲]2266 分別伺。

裘：[三][宮]1428 園比丘，[三]152。

賕：[宮]598。

藥：[三]、渠[宮]671 及葱女。

取：[甲]1964 劣業行，[三][宮]263 七寶，[三][宮]2040 舍利分，[三]100 妻婦，[聖]26 遊，[聖]211 寶時海，[聖]225 明度。

人：[三]209 利養復。

任：[宮]2034 巧於工。

上：[元][明]310 無上菩。

少：[三][宮]310 世間資。

生：[明]297 渴仰獲，[三][聖]397 憍慢如。

失：[三][宮][聖]606。

施：[三]2122 與一餅。

食：[三][宮]1428 難得時，[三][宮]1443 難得時。

收：[三][宮][聖][另]1442 謝王曰。

手：[三][宮]721。

受：[聖]1579 若已作。

束：[甲]2266 上生。

述：[宮]2121 道厥勞。

水：[甲]、等[原]861 無垢令，[甲]1847 潤未熟，[甲]2266 心即於，[三][宮]1577，[三][宮]2122 願時，[三][宮][聖]1425 食食已，[三][宮]2123 食食已，[三][聖]190 願時彼，[元][宮][聖]310 若能等，[原]2327 上分別。

死：[三][宮]329。

索：[甲]1805 七日終，[三][宮]1421 同去又，[三][宮]1425 衣不自，[三]171 太子，[三]171 太子王，[三]374 還遇同，[聖]1509 佛道當。

貪：[三][宮][聖][另]1442 呪故審。

體：[三]2108 極必由。

外：[宮]1421 道如弟。

往：[甲]1961 生西方。

妄：[原]1098 非過。

爲：[和][內]1665 善之與，[明]475 床座耶。

未：[宮]、來[石]1558 如彼理，[甲][乙][丙]973 解，[甲][乙][宮]1799 曾有教，[甲]1821 生有故，[甲]2259 解空時，[甲]2269 欲業，[明]1808 聞令聞，[三][宮]1536 證得，[三][宮]2122 來世成，[三]125 得利養，[三]201 得解脫，[聖]1581 者，[乙]2157 受具人，[元]1604 眞實次。

我：[三]190 以衣服。

悉：[三][宮]278 究竟成，[三]375 不。

相：[甲]1828 知無我，[乙]1822 表呼專。

想：[甲]、相[乙]1246 一切事，[三][宮]638 斯則。

向：[明]220 一切智。

行：[三][知]418 心以清，[三]152。

須：[三][宮]397 我當與，[三]153 供養，[聖]1425 水。

學：[甲]2297 者甚希。

尋：[甲]2204 云云。

詢：[聖]200 道爾時。

業：[甲]1766 惡業佛。

疑：[原][乙]2259 於。

營：[三]2125 活命無。

永：[宮][聖]627 不見鉢，[宮]225 安闍士，[宮]351 離欲不，[宮]1537 樂故於，[甲]1816 佛教故，[甲]1911 異前之，[甲]1925 斷此識，[甲]1969 離惡道，[甲]2193 隨緣故，[甲]2337 斷，[明]1 成無上，[明]261 得安隱，[明]589 捨塵欲，[三]1104，[三][宮]411 斷自煩，[三][宮]477 無法界，[三][宮]589，[三][宮]635 無著作，[三][宮]1550 離苦樂，[三][宮]1563 涅槃障，[三][宮]1579 出離想，[三]193 第一常，[三]635 無欲行，[三]1339 得，[三]2110 歎之魂，[三]2145 均于弱，[三]第一義 192 盡第一，[聖]285 無等侶，[另]1721，[宋][宮]292 慕佛慧，[宋][元]2047，[乙][丙]2134 振，[乙]2227 離，[乙]2397 離捨故，[元][明]397 斷，[元][明]1579 棄捨諸，[原]1772 害煩惱，[原]2369 流龍樹。

有：[三][聖]200 水馳。

於：[甲]1929 涅槃又，[甲]2195 大乘眾，[三][宮]、來[聖]485 彼所有，[三][宮]1547 功，[元][明]1509 時不得，[原]1183。

欲：[三]、展[宮]329 展轉，[聖]99 爲瘡疣。

緣：[三]99 唯無爲，[另]1509 佛道善。

願：[三][宮][敦]450 一，[聖]200。

樂：[宮]310 釋位歡，[三][宮]397 精進不。

占：[甲]2404 壇地。

者：[甲]1828 不能斷。

之：[甲]2195 也義決。

知：[和]293 善知識，[明]220，[明]293 利智犁。

袟：[三]987 帝達摩。

衆：[宮]1421 應得處。

著：[甲]1863 有人亦。

緇：[乙]2426 瑕儒素。

自：[宮]671 佛道又，[宮]1431 清淨故。

作：[明][甲]1216 先本誓，[三]、所[宮]1548 向謂因。

酉

首：[甲]2087 豪力競，[三][宮][甲][丙]2087 長每，[三][宮]2108 抽簪奉，[三]2103 四表無。

尊：[宋]2053 長係仰。

遒

道：[三][宮]1656 淨。

逈：[宮]1577 不。

乃：[宮]2111 睠於此，[宮]2112 末俗之，[明]322 却入廟，[三][宮]322。

毬

毧：[三][宮]1484 擲石投，[三][聖]125 地獄。

遒

道：[三][宮]2108 華敷陳，[三]

[宮]2108 通峻調，[三]2063 瞻爽，
[宋][宮]2053 健該古，[宋][元][宮]
2059 亮文字。

通：[三][宮]2053 文而探。

遵：[明]2110 遠。

裘

俱：[三][宮]2121 夷是。

求：[三][宮]2123 夷是獵，[三]
[宮]下同 370，[聖]1428 園中見。

瞿：[三][宮]2121 夷是時，[三]
[宮]下同 2121 夷意疑，[三]2040 夷
所生。

裳：[三][宮]2122 在市乞。

賕

財：[三][宮]2060 俗府非。

区

躯：[乙]1744 別壽期。

樞：[三]2110 可以瞻。

曲

凹：[三][宮]397 菩薩。

並：[甲][乙][丁]2092 危與曲。

典：[甲]1007 瘦惡皮，[甲]2053
包，[甲]2068，[甲]2087 女城國，[甲]
2266 據言捨，[三][宮][聖]310 令心
質，[三][宮]1464 相似如，[三][宮]
2060 禮三，[三]2102 法細誡，[三]
2145 儒則，[三]2149 得聖義，[三]
2149 然莫測，[聖]1733 巧方知，[聖]
2157 順時俗，[元][明][宮]1595 難辯
盈，[知]384 腳天宮。

惡：[三][宮]425 穢是皆，[元]
[明][宮][聖]410。

國：[甲]1775 皆。

回：[甲]1007 瘦惡經，[乙]2391
初分二，[原]2404 珠。

屈：[甲]2006，[三][宮]313 低向
阿。

蛐：[元][明]741。

申：[甲][乙]2261 表彰。

雙：[聖]1788 結。

四：[甲][乙]2296 木以自，[聖]
2157 曰企望。

偶：[三][宮]270 當知世。

西：[三]2088 又東北。

細：[甲][乙]2263 如前問，[甲]
2081 餘部所。

向：[甲]1717 及叢林。

興：[元]、典[明]2122 文殊依。

亞：[甲][乙]1796 屈空。

伛：[三]194 身體極。

由：[宮]2123 不端而，[甲][乙]
2391 如彈，[甲]2266 有四門，[甲]
2270 別論以，[明]1563 穢濁故，[三]
[宮]1428 內向佛，[三][宮]1545 穢濁
故，[三]2150 備朱，[宋][宮]2122 實
情後，[乙]2391 縛進力。

油：[宮][甲]1805 生酥蜜。

子：[三]158 黃金爲。

佉

偖：[原]1251 誐陀。

法：[宮][聖]1452 多上座，[宮]
397 流支夜，[宮]1435 陀尼殘，[宮]

2042 沙國彼，[宮]2121，[甲]1736
上，[甲]1744 經等爲，[甲]2250 彌伽
羅，[甲]2262 大通人，[甲]2266 性如
是，[甲]2401 阿闍梨，[甲]2425 弟子
雨，[久]397 沙國娑，[三]440 丹法
聲，[三]468 字出虛，[三]1336 衍削，
[聖]125 比丘尼，[聖]1452 多已來，
[聖]1547 沙，[聖]1763 爲有所，[宋]
1559 所立變，[宋][元]671 等妄説，
[宋][元]901 囉蓮花，[宋][元]1092 字
門解，[宋]354 離汁生，[宋]903 陀羅
木，[宋]1257 禰囉木，[宋]1509 經廣
説，[乙]2157 尼譯益，[元][明]158 彌
樓，[元][明]1191 囉嚩悉，[元][明]
2016 衞世九，[原]1796 是空義。

伽：[甲]2132 平生十，[甲]2236
此云無，[甲]2399 殃仰等，[明]1435
鹿子母，[明]1458 鹿子母，[明]2049
論亦，[三][宮]397 十三盧，[三][宮]
671 毘世師，[三][宮]1646 有二十，
[三]157，[三]1191 鉢囉二，[三]1257
瓶如菩，[三]2151 尼阿離，[乙][丙]
973 或如乳，[乙]2390 對二難，[原]
1072 一娑曩。

賀：[三]、一[甲][乙]982 嚇六伽。

佶：[宮]901 伽訶薩。

迦：[甲]2167 金剛述，[乙]852
嚩。

結：[聖]953 吒網。

怯：[甲]2266 奢薩怛。

去：[宮]、[甲]901 澁陀五，[甲]
1335 步佉步，[三][宮]901 澁二合。

呿：[三][宮]1425 披梨漿，[三]

[宮]1435 利波羅，[三]374 者名非，
[三]1343，[三]2063。

却：[宋]100 陀羅刺。

臥：[原]1251。

呭：[甲]966 呭。

唧：[聖]下同 566 盧爲一。

御：[宮]2040 尼。

坥

亘：[三][宮]565。

岨

阻：[宮]2060 有礙北，[三][宮]
2060 躬事填，[三][宮]2103 兵三，
[三]100 難何由，[三]212 之中爾，
[宋]152 乎菩薩。

屈

出：[宮]2060，[宮]2087 丹舊曰，
[明][乙]1092，[三][宮]2045 至泥犁，
[三][宮]2059，[三][宮]2060 膝情欣，
[原]1238 頭指三。

第：[乙]1184 三節對。

居：[三]193 界梵志，[原]1141 於
右膝，[原]2359 曲旁土。

局：[甲]2218 兩邊故，[甲]2339
曲平等。

掘：[甲][丙]973 來去三，[宋][元]
2061 指可尋。

崛：[聖]99 摩夜叉，[宋]、掘[元]
[明][聖]26 如。

窟：[原]2001 師子兒。

其：[知]741 鳥其鳥。

曲：[明]1450 今誰屈。

群：[三]2063。

入：[甲][乙]1225 願力。

弱：[甲]1736 者亦。

世：[三][宮]2121。

屬：[甲]2219，[甲]2266 曲不能。

握：[三][宮][甲]901 右手五。

屋：[甲]1030 入室入，[甲]2130，[聖]1451 親近供，[另]1721 曲者上，[宋]、尼[元][明]、101。

展：[三][乙][丙]873 當額從，[乙]1276 翅勢結。

折：[三]2108 憂戒寶。

祛

會：[甲]1821 聲論。

祛：[甲]1969，[明]100 不信心，[明]1147 遣部多，[明]2145 十惡終，[三]1147 遣部多。

去：[明]2059 取亦異。

却：[明]1147 遣部多。

祛

杜：[宮]2060 封滯清。

法：[明]2087 蒙滯將，[宋]2125 石蜜沙。

祛：[甲]1969 未悟，[甲]1969 有漏心，[三][宮]2122 邪務，[三]1107 多亢誐。

袪：[甲]1737 疑滯答。

社：[甲]2125 寒暑耳，[三]2153 經一。

壯：[宮]2060 鄙悋之。

區

遍：[甲]1924 分不同。

分：[三][宮]2102 中土稱。

匤：[甲]2290 至于東。

匨：[甲][乙][丙]1184 而翼。

漚：[甲]1733 樓頻螺，[元][明]1331 恕，[原]1780 和是故。

歐：[三][宮]2122 氏漢王。

巨：[原]1780 尋故。

軀：[明]2088 又京下，[三]、駈[宮]2122 造新像，[三][宮]2122 可高尺，[三][宮]2122 寫十二，[三][宮]2122 自餘別，[三]2154 太后以。

軀：[聖]1733 分五內。

驅：[宋]、軀[元][明][宮]2122 治故寺，[宋][宮]、躯[元][明]2122 度。

遙：[甲]2195 分。

之：[三]2145 赤。

蛆

胆：[宮]1558，[聖]1562 臭穢難。

疽：[三]201 虫土食，[三]1341，[三]1341 虫出，[三]1341 蟲悉如，[三]1341 戶還以。

疽：[甲]1718 蠅若種，[三][宮]613 諸蟲所，[三][宮]1548，[三]190 蟲穿穴，[宋][聖]99 蠅不競。

蠅：[元][明]263 竝出厭。

軀

次：[三]2110 鑄不成。

鋪：[甲][乙][丙]2163。

区：[聖]2034 太后信。

區：[三][宮]2060 夾紵像，[三][宮]2060 勒碑樹，[三][宮]2060 五十，[宋][元]2060 坐高一。

馭：[宋]2110 龍首之。

驅：[宮]2121 巍巍第，[宮]2053 無爲是，[宮]2108，[宮]2122 體金色，[甲]2035 道，[明]210 猶雀藏，[明]225 神亦入，[三][宮]1509 不可得，[宋]43 體苦痛，[宋][宮]、區[元][明]2123 別六趣，[宋][宮]2053 無爲是，[宋][宮]2060 命謂之，[宋][元][宮]2060，[宋][元][宮]2060 舉高丈，[宋][元][宮]2123 命，[宋][元]2060 搆塔五，[宋]2060 稟陰陽，[元][明]1466 棄犯三。

身：[甲]1736 命，[聖][另]790，[宋]、娠[元][明]553 王實是，[元][明]475 命種諸，[知]741 體一由。

體：[宮]263 心常憂，[甲]2089 六扇，[三]603 物，[三][宮]606 其，[三][宮]606 如，[三][宮]790 輔相不，[宋]26 隨所遊，[宋]1015。

物：[三][宮]2122 也六日。

嫗：[三][宮][聖]1462 陀那伊。

馭

躯：[明]2110 除氛祲。

麹

麴：[三][宮]1509 甘蔗汁，[宋][明][宮]、穀[元]1425 屑水和。

駈

馳：[三]99 往反汝，[三]200 令遠棄。

口：[三][宮]2121 老。

躯：[三]184 遊被法。

驅：[三][宮]2103 竊自。

斬：[三]152 耶常處。

駐：[甲]2068 言異香。

毆

打：[三][宮]2042 我頭上。

歐：[三][宮]2122 擊人乘，[三][宮]2122 殺之此。

嘔：[三][宮]2122。

謳

掘：[三][宮]2122 於富貴。

屈：[三][宮]285 方便而。

趨

趂：[聖]190 欲嚇菩。

赴：[宮]2060 時之士。

起：[三]202 雨集須，[宋][宮]2059 爾無甚。

趣：[宮]2121 欲鬪當，[甲][乙]1822 正道謂，[甲]下同 1820 得供事，[明]2087 通謁伏，[三][宮]606 走給使，[三][宮]1545 前指樹，[三][宮]2122 以愚代，[三][宮]2122 詐心意，[三][知]418 惡道時，[三]193 庠序如，[聖]1442 走城門，[宋][宮]770 行，[宋][元]2061。

欲：[三]2087 澆俗莫。

軀

軀：[宋][元][宮]、漚[明]2103 鄉
委化，[宋][元][宮]2041 牛首九。

體：[三][宮]2040 皆痛佛，[三]
[宮]2103 收一生。

麴

麴：[另]1442 酒或以。

麴：[三][宮]、麴[另]1435 用米
或，[三][宮][另]下同 1435，[三][宮]
1537。

驅

馳：[明]1450 逐作是，[三][宮]
2121 走足皆，[三]2087。

房：[三][宮]2103 所寄後。

立：[宮]2121 人履之。

遣：[三][宮]1458。

蚯：[三][宮]2122 蚑蝸蜾。

軀：[三][宮]1425 牟提衣，[三]
[宮]2122 命恐在。

駈：[宋][元]220 逼非人。

軀：[明]2016 方，[三][甲]2103
明光錦。

驗：[宋][宮]2103。

遮：[三][宮]1428 却衆人。

駐：[聖]953 擯。

劬

雊：[宮]397 摩耶婆。

拘：[三][宮]1521 樓孫佛，[聖]
425 自致。

勞：[三][宮][聖]1579 處苦七。

力：[三][宮][聖][另]285。

勸

勤：[明]100 勞寒暑。

瞿：[三][宮]1509。

約：[聖]1723 也極也。

樂：[三]158 生死嶮。

朐

句：[三]187 形舉手。

渠

仇：[三][宮]1464 末水坐，[三]
[宮]下同 1464 末。

爾：[原]、爾[甲]2006 眼古德。

其：[三][宮]2122 善心爲。

磲：[明]789 念珠，[三][宮]1428。

雜：[宮]263 馬腦奴。

絇

絇：[甲]2196 練。

蕖

渠：[甲]2036 以嬉人，[三][宮]
376 及蒜若。

鴝

鸜：[三][宮]374 鴝鸚鵡，[三]375
鴝鸚鵡。

櫷

據：[甲]2128 也亦杖。

櫨：[宋]2061 梲傾。

瞿

憍：[聖]1428 曇彌汝。

拘：[三]154 夷是子，[三]1464 舍

彌比，[聖]1428，[元][明]125 翼當知。

　昫：[元][明]2104 脯斯。

　懼：[三][宮]2122 國時。

　摩：[三][宮]443 拏王如。

　裘：[宮]2121 夷是時，[三][宮]2122 夷是獵。

　胊：[三][宮]2060 脯斯。

　衢：[甲]1931 耶尼壽。

　習：[三]1331 陀無。

　耀：[宋][元][宮]626 吒其佛。

罹

　衢：[乙]1796 衆也㗛。

甀

　毛：[三][宮]1428 甀上十。

衢

　徽：[宋][元][宮][聖]221 道化作。

　街：[三][宮]607 中墮一，[三][宮]2121 道中殺，[三]186 路四徽。

　術：[宮]2060 會曰未，[三][宮]2104 詳觀風。

　行：[宮]2060 然以。

鷗

　鴝：[三][宮]、鸖[聖]1428 鴒鳥初，[三][宮]1579 鷗鴒百。

取

　愛：[元][明]397 滅取滅。

　般：[三]185 泥洹，[原]2339。

　半：[宮]1425。

　報：[三][宮]1442 商人曰。

彼：[明]1511 應知故，[元][明]1511 應知。

　便：[宋]187 豈得凡。

　捕：[三][宮]2123 魚魚既。

　不：[三]1428 與説法，[乙]2396 得。

　成：[乙]1816 識寧有。

　承：[三][宮]2034 聲有楚。

　持：[宮]1435，[明]1669 讀誦有，[明]1636 明之人。

　恥：[聖]210 清白避。

　處：[甲]2312 生死名。

　吹：[三][宮]2122 我法螺。

　此：[三][宮]1565 著故相。

　從：[甲][乙]2219 因爲名。

　麁：[原]、取散乃至遍十四字乙本作本文 1287 散杖誦。

　存：[原]2205 何必更。

　撮：[三][宮]606 眼而食。

　噉：[甲]2396 之。

　到：[三]1579 故三者。

　盜：[三]100 疑欲愛，[宋]100 及疑網，[宋]100 疑斷三。

　道：[聖]1548 以。

　得：[甲]1828 勝隨，[三][宮]478 諸佛法，[三][宮]1425，[三][宮]1425 得取亦，[三][宮]1425 他女不，[三][宮]2122 龍毛長，[元]220 故是勝。

　定：[元][明]2122 之人隨。

　耳：[宮]318 譬言之，[宮]721，[宮]901 左，[宮]1542 蘊十一，[宮]1577，[甲]1728 譬如乳，[甲]2082 嘉運素，[明][宮]2060 通乎坐，[三][宮]

[聖]221 無有二，[三][宮]1443 諦思敬，[三][宮]1546 鼻舌身，[三][宮]1646 陀羅驃，[三][宮]1648 於是初，[三][宮]2060 然陷師，[三]202 爾時使，[三]2125 入地二，[聖]1 衆咸稱，[聖]272 入諸定，[聖]651 他，[聖]1763 案僧亮，[宋][宮]2060 悟一聞，[宋][元]1451 密絹方，[元][明][宮]310 俱擧二。

分：[甲]1821，[甲]1842 別，[甲]1929 斷屬別。

服：[元]1435 白衣服。

改：[原]2273 他因敵。

敢：[宮]310 往古宿，[甲]904 著此念，[三][宮][聖]419 欲作世，[三][宮][知]598 食之佛，[乙]2296 自作法。

割：[三]200 食其血。

根：[宮]1542 蘊六界，[甲]2255 境。

共：[明]1571 相故若。

酖：[三][宮]、沽[聖]1451 問言是。

故：[甲][乙]1822 正理論，[甲]1512 聲教爲，[甲]1816 一切法，[三]203 即上山。

觀：[甲][乙]1822 此種類。

化：[甲]1733 故云無。

火：[原]1829 之相而。

或：[甲][乙]1724 不盡故。

惑：[明][宮]672。

及：[甲]2035 經函群，[三]220 佛弟子。

即：[宮]421 不著又，[宮]664 出四，[宮]2121 授之阿，[甲]1805 標畔者，[甲]974 好白蜜，[明]1276 蛇頭加，[三][宮]671 一切如，[三]1 涅槃須，[三]1441 證埋藏，[元][明][知]384，[元][明]329 心念言，[原]1764 涅槃相。

計：[甲]1929 見取計。

記：[甲][乙]1821 劣果滅，[甲][乙]1822 語業，[乙]1816 非法説。

見：[甲]1512 福德亦，[甲]1736 上靜慮，[三][宮]1545 非如見。

今：[三]125 命終是。

盡：[三]310 相。

聚：[宮]421 可取如，[宮]448 如來南，[宮]1548 外色，[宮]1648 菓授與，[甲][乙]1822 前生後，[甲][乙]1822 散相故，[甲][乙]1822 一果未，[甲]1512 說二者，[甲]1512 相有漏，[甲]2266，[甲]2266 於後下，[甲]2362 其相以，[明]1442 妻人皆，[明]1462 姓成懺，[明]1462 有人住，[三][宮]1425 華客比，[三][宮]1464 官材段，[三][宮]1505 也二十，[三][宮]1589 分爲體，[三][宮]1608 集一面，[三][宮]1648 亦復如，[三][宮]2060 簡要以，[三][宮]2121 天下財，[三][聖]157 一切，[三]25 沫爲日，[三]99 四箭云，[三]100 財寶衆，[三]141 婦，[三]311 則爲所，[三]1982 直到，[三]2045 焚燒之，[聖]278 無集無，[聖]397 得道無，[聖]664 一象最，[聖]1435 僧伽梨，[聖]1579 愛果義，[聖]1579 積如，

[宋][元][宮]224 證譬若，[元][明]310 亦名寶，[元][明]40 著之王，[原]1089 土少許，[原]2196 集三句，[知]1579。

決：[甲]2298 耳。

可：[三][宮]1459 應湌，[三][宮]2028 與於今，[三]152 以布施。

了：[甲]1828 事之總。

留：[元][明]643 寶珠以。

枚：[聖]1421 分諸比。

目：[三][宮][聖]481 愚冥凡。

內：[三][宮]1425 至初夜。

能：[三][宮]1428 要當至。

其：[明]2122 舍利欲，[三]156 身骨起，[聖]99 於淨，[聖]190，[聖]200 舍利造。

起：[甲][乙]1822 境故此，[三][宮]310 分別，[三][宮]1596，[聖][甲]1851 用先證。

求：[明]2122 設令有，[三][宮]、氷[聖]1428 五錢若，[三][宮]671 水如獸，[三][宮]1509 他意故，[三][宮]2058 積諸香，[三][宮]2059 貪者不，[三]202 珍寶最，[另]1428 利刀自，[元][明]1593 唯有識。

娶：[明]1450 王長，[明]2122 婦之後，[三]155 婦甚爲，[三][宮]1421 不奉法，[三][宮]2121，[三][宮][聖]1421 汝女與，[三][宮]1451 臣曰隣，[三][宮]2040 夫人身，[三][宮]2042 婦竟辭，[三][宮]2112 妻妾其，[三][宮]2121，[三][宮]2121 婦復無，[三][宮]2121 婦未滿，[三][宮]2121 爲妻王，[三][宮]2121 之佛在，[三][宮]2122

婦將入，[三][宮]2123 婦時婆，[三]125 婦何如，[三]125 婦將入，[三]125 婦未久，[三]201 婦嫁女。

趣：[德]26 覆形食，[宮]1462 也何以，[宮]2111 捨必貴，[甲]1792 餘方，[甲]1828 種種自，[甲]2017 於空以，[甲]2261 大中，[甲]2263 境正因，[甲]2266 等一一，[甲]2299 意，[甲]2801 受人明，[甲]2907 於涅槃，[三][宮]1548 身見受，[三][宮][聖]626 之求，[三][宮]223 甘露味，[三][宮]309 足而已，[三][宮]389 自除，[三][宮]618 勝法住，[三][宮]721 得支身，[三][宮]1425 世尊鉢，[三][宮]1428 道，[三][宮]1435 涅槃一，[三][宮]1435 用踐不，[三][宮]1543 證或不，[三]125 涅，[三]475 一切智，[三]682 於境，[三]2145 足者仰，[石]1509 甘露味，[宋][元]、輒[明]22 蔽形食，[乙][丙]2777，[乙]2263 蘊中起，[元][明]196 中無有。

如：[三][宮]273 石女子。

上：[宮]1435 若分不。

捨：[三]202 珠寶還，[原]2264 詮五。

攝：[明]221 之可以，[元][明]1340 終亦不。

身：[宮]656 滅，[三][宮]671，[三][宮]1421 全或言，[三]190，[聖]1435 軟木作。

生：[宮]1435 藕大如，[甲]1735 五。

聲：[三]1335 唱。

聖：[甲]1512 明彼證，[甲]2337 證等者，[聖]2157。

時：[宋]125 證得漏。

收：[甲]1823 六分之。

收：[宮]279，[甲][乙]2254 又正理，[甲][乙]2296 前能化，[甲]2261 耶然要，[甲]2299 有捨謂，[三]、放[宮]458 亦無所，[三][宮]1452 衣鉢新，[三][宮]2059 送縣縣，[三][乙]1145 前樹葉，[三]2105 尚書祖，[三]2122 者盡是，[乙]2249 既法處，[乙]2249 品類足，[元][明][甲]901 二兩粳，[原]1869 故又驗，[原]2339 攝。

受：[甲]1816 善報無，[甲]2037 具一日，[明]220 下劣雜，[三]－[宮]351 取緣，[三][宮][聖]397 不捨衆，[三][宮][聖]1436 乃至三，[三][宮]351 盡取，[三][宮]565 有生老，[三][宮]1428 却皮十，[三]1428 是爲五，[另]1428 足。

數：[宮]1425，[元][明]2103 九者立。

説：[甲]2218 之見爲，[甲]2305 爲證。

死：[三]1424 如十誦。

隨：[原]2395 宗神呪。

所：[甲]、－[乙]1816 生福德，[甲]1830 與故，[甲]2266 一，[甲][乙]1816 佛無上，[甲][乙]2223 餘也金，[甲][乙]2259 緣意識，[甲]1512 有漏，[甲]1724 榮祿等，[甲]1782 捨二名，[甲]1782 有至皆，[甲]1782 住更無，[甲]1816，[甲]1816 此三，[甲]

1816 趣，[甲]1828 斷此師，[甲]1829 一切無，[甲]1830 空體一，[甲]2223 捨，[甲]2255，[甲]2259 起意識，[甲]2266 德喻等，[甲]2266 見非眼，[甲]2266 隨順通，[甲]2266 爲依，[甲]2266 行世俗，[甲]2266 引同時，[甲]2266 緣如是，[甲]2266 自內所，[甲]2266 自性者，[甲]2274 故量果，[甲]2281 許義，[甲]2299 得清淨，[甲]2299 斷乃至，[甲]2299 分別，[甲]2299 依二諦，[甲]2300 得空云，[甲]2339 印，[三]、斫[宮]606 諸罪，[三][宮]1549 證，[三][宮]586 受皆是，[三][宮]1428 乃至，[三][宮]1563 境與果，[三]118 殺狼藉，[聖][甲]1763 以施，[聖]1435 用竟，[聖]1549 事則其，[宋][元]2154 捨兼懷，[乙]2320 捨不定，[乙]1724 喻理車，[乙]1816 此始依，[乙]1816 第一義，[乙]2261 顯理性，[乙]2323 可言説，[乙]2394 謂誓耶，[元][明]268 捨，[元][明]379 著，[原]1780，[原]1780 説義爲，[原][甲]1851 立自性，[原]1781 從也二，[原]2897 求難得。

索：[元][明][宮]374 馬價不。

提：[甲][乙]1929 其耳。

同：[甲]2196 之，[三][宮]2103 捨同辨。

頭：[明]2076 拂子。

脱：[甲]1816 説若爾，[元]、持[聖]397 一切衆。

爲：[乙]2263 指南矣。

臥：[三][宮]512 別如來，[三]198

住著空，[聖]1440，[元][明]212 冷石宛。

物：[三][宮]1595 此物。

下：[元][明]200 兒便爲。

限：[甲]2263 第八。

邪：[宮]1546 見若取，[甲][乙]1822 又如非，[三][宮]671 見畢竟，[三][宮]814 分別於，[三][宮]1552 之受也，[三][宮]1562 見無漏，[三][宮]1602 境界故，[三][聖]566 見一切，[三]22 之法畜，[聖]125 命終人，[乙]1822 也有人。

修：[甲]2362 善知識。

須：[三][甲]1003 涅槃者。

嚴：[三]23 種種。

眼：[三][宮]397 無屋宅。

耶：[宮]234 滅證耶，[宮]1435 是彼所，[甲]1700 是名爲，[甲]1700 莊嚴，[甲]2266 答准，[甲]2266 爲往有，[甲]2290，[甲]2299 故，[甲]2299 來西方，[三][宮]1546 答曰緣，[三]682，[聖]953 摩，[石]1509 或以二，[原]1212。

也：[三][宮]237 世尊實。

夜：[甲][乙]1822 果名現。

依：[原]2264。

以：[甲]2195，[甲]2299 意故知，[明][乙]1146 水精念，[三][宮]1435 鐵銃，[三]1 一小座，[乙][丙]2777 受陰起，[元][明]653 所緣相，[元]221 死人而，[原]1289 彼死人。

憶：[元][明]614 持還至。

引：[原][甲]1825 眼曾見。

迎：[丙]1246 呪師若。

用：[丙]2397 第，[宋][元]1057 五色縷。

有：[甲]1059 白昌蒲。

於：[三][宮][聖]1509 聲聞辟。

歟：[甲]2262 可書之。

與：[甲][乙]1821 亦。

願：[甲]1830 所得非，[甲]2290 事相妄。

約：[甲][乙]1929 大品三。

云：[甲]2271 作法先。

在：[宮][聖]381 經卷著。

杖：[甲]1736 爲業謂。

照：[甲]2263 本質。

輒：[甲]1913 異求異，[三]、最[宮]2060 異儕童。

輙：[甲]2082 過所度，[元][明]125 輕毀之。

執：[甲]1298 刀左手，[甲]2814 著領納，[乙]2218 故所治，[乙]2219 所取二，[乙]2263 他境，[原]1251 香爐，[原]1834 成。

種：[甲]2266。

衆：[甲]1775 法寶使。

諸：[宮]279 衆生。

著：[甲]908 前。

轉：[元]1579 轉次於。

捉：[三]1435 鉢杖若。

足：[三][宮]2103 爲夫至。

最：[甲]2250 識也非，[明]310 三昧，[三][宮]398 爲慧黨，[三][宮]425 英神足，[三][宮]1681 上句飲，[三][宮]2103 老舊者，[三]202 端正才，

[三]384 空一相，[聖]272，[聖]566 應供受，[宋][宮]471 爲決定，[宋][元]1566 施設而，[元]1453 籌次下，[原]2339 極微細。

作：[宮]221 有所，[聖]310 證，[乙]1069 五色線。

娶

聚：[甲]2261 婦生，[聖][另]1442，[聖][另]1443 豈不樂，[聖]1509 金色女，[元]2122 便遣一。

取：[宮]2121 婦既，[甲]1821 妻，[明]1450 時彼女，[明]1450 一女當，[三][宮]1559 妻妾此，[三][宮][聖]1428 彼女彼，[三][宮][聖]1425 婦輸錢，[三][宮][另]1435 婦，[三][宮][另]1543 婦爲孫，[三][宮][石]、聚[聖]1509 豪貴家，[三][宮]1425 婦，[三][宮]1425 婦皆借，[三][宮]1435 者耶，[三][宮]1462 婦五者，[三][宮]1543 婦生，[三][宮]1558 妻，[三][宮]1559 婦并救，[三][宮]2042 妻字眞，[三][宮]2121 婆羅門，[三][宮]2122 二婦若，[三][宮]2122 婦字眞，[三][聖]211 婦俱不，[三]156 婦犯此，[三]188 婦太子，[三]190 女子與，[三]202 其婦嫉，[三]203 婦已復，[三]212 婦女欲，[三]1341 納以爲，[三]1426 婦若私，[聖][石]1509，[聖]211，[另]1443 妻者皆，[宋]188 婦是女。

趣：[宋][元]1336 產生怨。

陬：[宋][元][宮]2103 與。

蝸

蟺：[宋]、齲[元][明]1336 經。

齲

蟲：[三]2149 齒或云。

齲：[三][宮]1459 齒眼不，[三][宮]1442 齒報時。

去

案：[元][明]2122。

八：[宋]、入[元]、入聲[明][乙]1092 囀囉。

步：[明]440 佛南無，[元][明]440，[元][明]440 佛南無，[元][明]440 照明佛。

昌：[甲]2039 之後相。

出：[宮]2123 舍里餘，[甲][乙]2350，[甲]2337 來詣佛，[明]1435 得偸蘭，[明]2076 師問一，[明]2122 又說，[三]1441，[三][宮][聖]1425 或是彼，[三][宮]602 家下，[三][宮]1425 故僧不，[三][宮]1428 不可呵，[三][宮]1428 應爲檀，[三][宮]1435 還到精，[三][宮]2121 家耳華，[三][聖]190，[三]100，[三]201 味等法，[三]375 如恒河，[三]2087 於此命，[聖][另]1435 入已故，[宋][元]220 絕。

除：[三][宮]397 於根。

此：[三]211。

大：[原]、大[甲]1782 生故佛。

到：[元][明]2123 已後恐。

二：[宮]1550 及未來，[三]、[宮]1551 及未來。

發：[明]2076 石頭。

法：[宮]1545 與住睡，[宮]656
復有菩，[宮]901 鉢即出，[宮]1549
行無常，[甲]1805 中標云，[甲]1805
二十歲，[甲]2339 爲表顯，[明]1463
不成諫，[明]26 禪思惟，[明]144 五
百比，[明]212 亦無處，[明]1484 佛
去時，[明]2088 關吐，[明]去來[宮]
675 禪波羅，[三]382 志菩薩，[三]22
有想有，[三]210 勝已勝，[三]1808，
[聖]125 當至何，[聖]223 處善男，
[聖]361 莫誰，[聖]1509 四大遠，[宋]
[元]1810 依止閣，[宋]310 又於二，
[宋]656 更樂，[乙]1866 即失，[元]
[明]1559 謂隨有，[元][明][宮]1548
障礙法，[元][明]309 苦痛無，[元]
[明]1548 不還日，[元][明]1808 准毘
尼。

方：[甲]2339 許爲能。

非：[宋]1545 未來得。

夫：[宮][甲]1804 登尸羅。

告：[甲][乙]1822 何反此，[明]
1450 勿罪我，[乙]2795。

公：[明]2123 夜不得。

共：[另]1428 我與汝。

古：[甲]2010 來今。

故：[明]1435 語言此，[三][宮]
1649 若說中。

國：[聖][另]1435 阿耆達。

過：[三][宮]657 此，[另]1428 者
則。

後：[三][宮]1428 聽食菴，[聖]
1428 與比丘，[另]1428 勿復來。

悔：[三][宮]2103 然有殃。

積：[三]22 珍寶求。

吉：[甲]1112，[甲]2266 羅言七，
[元][明][甲]901 呪。

寂：[明]261 已滅未。

滅：[明]、[聖]223 是趣不。

腳：[三]982。

來：[宮]2034 承明來，[甲][乙]
2087 應謂此，[明]2076 處也曰，[聖]
475，[宋][元]220 亦復不。

了：[明]2076 馬。

離：[甲]1792 心孝子。

力：[三]202 私情甚。

立：[三]2110 表。

流：[三]1339 復問此。

其：[甲]1851 乃至最，[甲]2409
壇上花，[三][宮]1458 衣，[三][宮]
2040 結使入，[三]125，[乙]1250 處
無障。

起：[元]99。

棄：[三][知]418 自大行。

遣：[三][宮]1442 如。

怯：[甲]1735 劣。

佉：[三]1335。

祛：[三][宮]638 婬怒癡。

袪：[元][明]2103 疑並皆。

呿：[明]893。

却：[甲]2270 斥不正，[三][宮]
1459 餘罪方，[三][宮]1509 五欲樂，
[三][聖]643 百億八，[三]203 惡法成，
[三]277 百萬億，[原]2006 成知有。

任：[原]923 出道場。

如：[甲][乙]1822 付法藏。

若：[明]2131 有。

山：[三][宮][知]384。

上：[甲]2036 此，[甲]2396 乃至四，[明][甲]1177 聲具引，[明]261 聲囉耶，[三][宮][甲]901 音迦，[三][宮][甲]901 音，[三][宮][甲]901 音五十，[三][宮]340 聲迷十，[三][甲]1024 聲毘瑟，[三]974 娑上麼，[宋]、去聲[明][乙]1092 囉，[宋][元]、上聲[明]1038 耶，[宋][元][甲]、上聲[明]1038 娑囉娑，[宋][元][乙]、上聲[明]1092 扼，[乙]1171 嚀五素，[乙]2261 無漏觀，[乙]2263○即無，[乙]2263 既轉依，[乙]2263 菩薩定，[乙]2263 若得菩，[原]881 怛隸。

生：[宮]656 貪具足，[三]125 復從何，[三]201，[聖]310 無衆生，[聖]222 亦。

聲：[明]1058 曳十九。

失：[甲]1828 名爲除，[甲]2782 者是生，[三][宮]541 所天孤，[三][宮]1421 大價衣，[三][宮]1558 自在謂，[三][宮]1563 性極遠，[聖]1428 句亦如。

十：[甲]2035 四品明。

士：[三]199 沙門無。

示：[宮]1912 不得此。

世：[三]484 及未來，[聖]586 有劫名。

釋：[三]186 五威。

土：[甲]1248 若須飲，[三][宮]1462 作是念，[聖][知]1441 若聽去，[宋]、上[元]、上聲[明]848 急呼薩，

[元]、上聲[明]891 尾旦引。

退：[明]99，[三][宮]403，[三][宮]463，[三][宮]813。

外：[三][宮]1435 不盡七。

亡：[甲]1709，[三]、七[宮]2121 往難國。

往：[三][宮][聖]383 處必無，[三][宮][乙]2087 來六趣，[三][宮]2042 阿恕伽，[聖]639 來現在。

未：[甲][乙]1822，[甲][乙]1822 來煩，[甲][乙]2263 等是獨，[甲]1828 境以起，[甲]2274 世是何，[明]220 來今及，[明]1539 未來亦，[三][宮]1562 來緣異，[宋][元]1562 來性不，[宋]1545 現在比。

我：[聖]311。

五：[宮]1435。

昔：[三][聖]627 往古吾。

顯：[甲]2187 故不明。

現：[甲][乙][丙]931 三世，[甲]2250 俱爲。

行：[三]203 祖母，[三]2154 後朕奉，[石]1509 見衆香，[乙]1250 處乃至。

玄：[甲][乙]2394 不相稱，[甲]1781 章中釋，[甲]1828 測法師，[甲]2036 道藏庶，[甲]2036 師背上，[甲]2036 朔漠有，[甲]2339 十，[三][宮]2053 離取有，[原]1856 有同何。

也：[甲]2075 我法我，[三][宮]2122 右一驗。

一：[明]、云[聖]210 千百非。

引：[甲]1072 耶八十，[甲]923

婆，[甲]1120，[明]1170 昂引曩，[三][丙]、去引[甲][乙]930 哩野二，[三]1056 麼曳，[三]1056 嚩五素，[三]1107 濕，[宋][宮]、去聲夾註[明]848 迦引，[乙]2385 索。

與：[甲][乙]2263，[甲]1723 之以方。

遠：[三][宮]588 離冥塵。

云：[宮]310 十無數，[宮]402，[宮]1545 耶若見，[宮]1552 未來現，[宮]2121 陀舍是，[甲]1805 罪是可，[甲]2128 奢也愚，[甲]2128 示誨也，[甲][乙]1822 無漏差，[甲][乙]2317 類更無，[甲]1512 來爲無，[甲]1709 此五怖，[甲]1784 以聞名，[甲]1821 無能礙，[甲]1851 人以取，[甲]2036 居南，[甲]2039 所瑟山，[甲]2128 聲俗字，[甲]2250 此呪求，[甲]2250 村落，[甲]2266，[甲]2266 麁楔，[甲]2266 虛妄留，[甲]2266 眼識云，[甲]2339，[甲]2339 如來不，[甲]2408 之，[明]1432，[三][宮]481 無明自，[三][宮]1810，[三][宮]2121 翁鬢鬘，[三][宮]2122 至家當，[三]619 諸佛盡，[三]2034 矣即命，[三]2122 歲長年，[聖][另]1543 無現變，[聖]2157 後尋却，[宋][元][宮]2121 遠王大，[宋][元][宮]2122 佛告比，[宋][元]1452 苾芻答，[宋]1442 其不遠，[宋]2121 已來於，[宋]2145 滋味一，[乙]1796 點等但，[乙]2408 作法得，[元]1559 故何者，[元]1579，[元][明]1236 威力於，[元][明]1462 者優陀，[元]99，[元]1435 坐立飮，[元]1451 便往寺，[元]1451 之後鄥，[元]1471 飯是爲，[元]1483，[元]1579 麁穢堅，[元]1809，[元]1810 聽安居，[原]1159 汝等諸，[原]1781 凡。

在：[明]2076 曰紹修，[三]397。

者：[甲]1709 釋提桓，[甲]2266 有漏心，[甲]1512 也有如，[甲]1718 別釋也，[甲]1733 而報漸，[甲]1783 是即空，[甲]1816 坐臥彼，[甲]2068 其人，[甲]2195 不久，[甲]2195 故爲不，[甲]2217 是風七，[甲]2266 測法師，[甲]2271 而名法，[甲]2367 也，[甲]2400 以此四，[三][宮]626 亦無有，[三][宮]1428 無犯無，[宋]202 至波羅，[元][明]675 之所明，[原]、法[甲]2339 如是諸，[原]2339 何以次，[知]2082 大安仍。

着：[宮]761 以無住。

之：[甲]1238 即去，[三][宮]534 於是六，[三][宮]2122 田間作。

知：[甲]2219 如是等，[三]99 本際諸，[乙]1724 佛未遠，[乙]1724 涅槃界。

止：[三][宮]1546 無利得。

至：[甲]2068，[三]、云[宮]2122，[三][宮]309 劫戒德，[三]193，[三]202 見阿藍，[三]203 他處爲，[聖]1428 彼比丘，[石]1509，[乙]下同2237 歡平等。

志：[聖]1509 竟更來，[乙]、一[丙][丁]2089 退心道。

終：[三][宮]2060 矣索水。

住：[元][明]310 比丘是。

走：[丙]1076，[甲]2196 無畏師，[三][宮]2123 避之去。

坐：[明]1433。

呿

法：[聖]222 之門一，[宋][宮]2103 羅一。

欠：[明]1687 則以手。

佉：[甲]1512 漢云無，[明]1336 七阿秕，[三][宮]1462 闍尼者，[三]200 釋種及，[三]1336 阿，[三]1336 二阿，[三]1336 羅多，[三]1343 肥竭，[三]2063 羅一稱。

去：[聖]376 頻申身。

吐：[甲]2217 驚怖群。

趣

報：[甲][乙]1822 論，[甲][乙]2263 酬善業，[甲]1830 別報業，[甲]2217 皆惡果，[甲]2266 八，[甲]2266 行不，[乙]2263 生是一。

弊：[甲]1828 了知善。

暢：[三][宮]2060 各有清。

超：[甲]*2339 者二乘，[甲]1848 一如人，[甲]1733 下益佛，[甲]1782 世六根，[甲]1828 復有越，[甲]2217，[甲]2266 劫或是，[甲]2287 入不二，[明]220 入四種，[三][宮]274，[三][宮]292 嚴度無，[三]159 眞覺猶。

城：[宮]1451 郭。

趍：[宮]225，[甲]2006 闕下歸，[三][宮]741。

處：[甲][乙]1822 中有已，[甲]1782，[甲]2035 無想五，[明]1515 觀察體，[三][宮]721 衆生早，[三][宮]1558 中有頌，[三][聖]100 涅槃，[三]125。

湊：[三][宮]585 萬川四。

逮：[三][宮]345 無。

道：[甲]1708 問如何，[甲][丙]2381 四生皆，[甲]1736 者推之，[明]99 中如沈，[三][宮]268 以何因，[三][宮]379，[三][宮]720 復作此，[三][宮]2123 生於人，[三][宮]2123 又云若，[三]360 惡趣，[三]366 舍利弗，[聖]200 天上人，[聖]223 乃至，[宋][明]971 地，[乙]1816 門何因，[原]2396。

地：[三][宮]2121 便往趣。

都：[甲][乙]1822 等處豈。

惡：[甲]2339 中不名，[原]2408 趣護摩。

發：[甲]2204 菩提場，[聖]586 如如。

法：[三]26 定趣正。

赴：[宮]、起[聖]1425 祇洹語，[宮]721 河渠陂，[甲][乙]1929 機利物，[甲][乙]1929 期就死，[甲][乙]1929 緣而説，[甲]1958 萬機名，[三][宮]721 望救望，[三]118 王宮告，[原]、[甲]1744 群機念。

歸：[甲]2195 向亦無，[三]203 向聖。

軌：[甲]2174 深妙。

廻：[三]1582 向。

極：[三][宮]624 足自制。

緊：[明]、所[聖]663 故使國。

境：[三][宮][聖]1617 向大乘，[原]、境[甲][乙]1822 故若。

就：[三]20 智慧常。

聚：[明]1450 時，[乙]2092 以，[元][明]379 娑，[元]婆[明]212 耶王召。

類：[原]2263 耶諸阿。

滅：[明][宮]309 癡滅則。

乃：[三][宮]309 使衆生。

惱：[甲]2068 萬死萬。

能：[三][宮]411 入深廣。

普：[三][宮]309 使衆生。

起：[宮]410 一切種，[宮]657 即知佛，[宮][聖]231 一切種，[宮][聖]1602，[宮]223 大，[宮]239 無上菩，[宮]278 王菩薩，[宮]309 逮得聖，[宮]309 二乘云，[宮]318 平等乎，[宮]342，[宮]342 照曜諸，[宮]400 大悲心，[宮]722 善道，[宮]817 塵欲之，[宮]1509 大乘故，[宮]1514 我想有，[宮]1545 得非擇，[宮]1545 壞亦是，[宮]1552 應答言，[宮]1596 趣於彼，[甲]1735 彼名發，[甲]1736 菩薩戒，[甲][丙]2397 差別之，[甲][乙]1822 以，[甲][乙]2250 他攝想，[甲][乙]2263 順決擇，[甲][乙]2296 象馬現，[甲]923 苦疾，[甲]1709 向涅槃，[甲]1724 苦若受，[甲]1724 三退隨，[甲]1728 空門識，[甲]1728 意是，[甲]1733 一切機，[甲]1733 證，[甲]1781 解衆生，[甲]1782 何乘三，[甲]1816 究竟果，[甲]1816 菩薩乘，[甲]1823 北俱盧，[甲]1828 現，[甲]1851 向之方，[甲]1873 皆有於，[甲]2223 聲聞乘，[甲]2253 因云，[甲]2262 等，[甲]2266 故諸賢，[甲]2266 或，[甲]2266 散心思，[甲]2290 道相兼，[甲]2323 義也云，[甲]2339 寂二乘，[甲]2428 迷故即，[甲]2434 神變皆，[明]220 大乘不，[明][甲]1177 道實性，[明]310 慈悲，[明]310 於非家，[明]1636 衰老常，[明]2103 必同歸，[三]125 所以然，[三]194 一切諸，[三][宮]637 但爲倒，[三][宮]1443 無上菩，[三][宮]1545 行智力，[三][宮]1546 厭離者，[三][宮]2103 皆緣意，[三][宮][另]717 身語二，[三][宮]222 無有足，[三][宮]278 處處生，[三][宮]278 所作法，[三][宮]288，[三][宮]398 是爲慧，[三][宮]440 佛南無，[三][宮]588 所有爲，[三][宮]618，[三][宮]618 寂止樂，[三][宮]618 究竟成，[三][宮]618 緣是説，[三][宮]656 亦復然，[三][宮]745 欲捉月，[三][宮]1478 邪冥履，[三][宮]1523，[三][宮]1545 皆有身，[三][宮]1545 明所通，[三][宮]1545 異熟器，[三][宮]1545 知，[三][宮]1547 等亦，[三][宮]1552 及衆具，[三][宮]1562 因故非，[三][宮]1563 從障解，[三][宮]1563 三業并，[三][宮]1563 下慢則，[三][宮]1648 或取相，[三][宮]1648 是有煩，[三][宮]2060 爲禮或，[三][宮]2121 悉入器，[三][聖]125 想

著之，[三]1 解，[三]1 能盡苦，[三]
26 向法次，[三]99 等，[三]125 於本
無，[三]193 出臨觀，[三]196 不審，
[三]220 無上，[三]220 無上正，[三]
1342 最上之，[三]1562 入正性，[三]
2103 分條散，[三]2145 會秦尚，[聖]
311 極惡處，[聖]1602 求三令，[聖]
26 第四，[聖]225 之道極，[聖]279
向大乘，[聖]476 大悲，[聖]1509 大
乘復，[聖]1579，[另]1522，[石]1509
惡處故，[宋][宮]310，[宋][宮]606，
[宋][宮]1509，[宋][宮]1509 滅故亦，
[宋][明][宮]449 惡道者，[宋][聖]1585
攝三邪，[宋][元][宮]448 佛南無，
[宋][元][宮]1648 向，[宋][元]1536
他勝罪，[宋][元]1562 必無是，[宋]
213，[宋]220 大，[宋]1536 非當一，
[宋]1562 故此善，[乙]2254 結不爾，
[乙]2254 爲上，[乙]2261 四，[乙]2261
五果故，[元][明]2016 唯一實，[元]
[明]212 諸有亦，[元][明]626 亦，[元]
1579 入地云，[原]1744 入究竟，[原]
1781 大小緣，[原]1829 上定厭，[知]
598 身有所，[知]1579 入故，[知]
1785。

切：[甲]1735 中有，[明]212 如
淵流。

趨：[甲]1912 問也撙，[甲]1973
此之行，[明]212 向跪各，[明]2060 合
度，[明]2103 無辭上，[三][宮][甲][乙]
2087 儼然而，[三][宮][甲]2087 歸路
女，[三][宮][聖]1579 有二種，[三][宮]
2059 巫祝及，[三][宮]2108 玄門者，

[三][宮]2121 作，[三][宮]2122 爾無
甚，[三][宮]2122 者是人，[三]2060 請
法素，[三]2103 仰惟，[元][明][宮]614
從何道。

取：[宮]614，[宮]2060 起不得，
[甲][乙]2259 空者亦，[甲][乙][丙]
1866 空也問，[甲][乙][丙]1866 矣，
[甲]1717 以此俱，[甲]1736 空，[甲]
1823 一分故，[甲]1969 淨然後，[甲]
2255 即是正，[甲]2304 義無耳，[明]
220 不善，[明]220 不善，[三]、趣滅
度也畢竟永滅[宮]374 滅度也，[三]
[宮]671，[三][宮]341 不捨不，[三][宮]
1545 一方而，[三][宮]1546 中何，[三]
[宮]1548 一切無，[三][宮]1579 出世
間，[三][聖]310 支身命，[三]46 得，
[聖][另]790 事能立，[聖][另]1543 阿
那含，[聖]613 樹所諦，[聖]1562 結
生有，[元][明]2016 皆寂若，[元][明]
310 有不著，[元][明]783 蓋形不。

娶：[三][宮]1507 毀先人，[宋]
[明]186 釋女俱。

生：[三][宮]1644 地獄畜。

所：[三]1529 得供事，[原]2339
入者有。

題：[原]1872 焉。

顯：[甲]2261 可觀故。

心：[乙]2263。

修：[甲][乙]2328 無上正，[甲]
904 方便然。

業：[宋][元][宮]1558 北洲無。

依：[甲]2195 聲。

已：[聖][甲]1733 詣於中。

遊：[宋][明][甲]967 入。

于：[宋][元]208 其。

越：[宮]322 世間，[宮]425，[宮]606，[宮]1425 舉一即，[甲][乙]1822 苦，[三][宮]1425 與人應，[三][宮]1464 得免，[三][宮]292 所化威，[三][宮]1425 舍衞城，[三][宮]1425 五通聚，[三][宮]2122 大海如，[三]23 摩醯和，[三]194 彼惡道，[聖]285 滅盡亦，[聖]292 亦識壞。

樂：[三][宮]1606 釋難。

趙：[三][宮]2102 門欣欣。

輒：[甲][乙]2296 爾難辨，[甲]2434 俄不可，[三][宮]403 見人根，[三][宮]下同 1428 以一小。

輙：[甲]911 然建立，[甲]1919 臍號曰，[甲]2036 斬之刃，[甲]2298 引一文，[三][宮]2122 使其售，[聖]1425 人邊作。

證：[明]220 無上正。

旨：[甲][乙]2263 者諸難。

中：[甲]1736 不一即。

種：[甲]1823 轉性搖，[甲]2434 衆生云。

走：[三][宮]817 門哉無。

奏：[宮][聖]425 猶月。

最：[三][宮]285 逮致法。

麩

麩：[三]2125 漿起麵。

覰

趣：[三][宮]2122 或變。

悛

改：[三][宮]2122 數。

棬

勝：[三][宮]1428 像若作。

圈

桊：[三]、攣[宮]2121 其夫取。

全

遍：[三][宮]1453。

曾：[明]2103。

差：[元][明]、合[宮]1545 別類是。

純：[明]2076 是妄君。

爾：[甲]2290 如鏡。

分：[乙]1821 離色染。

含：[宮]2060，[聖]1733 攝可知。

合：[宮]2112 成偽迹，[甲]1736 同若刹，[甲]2270 取行，[甲]2337 爲其一，[三]2154 本後出，[乙]1254 不語者，[元]、今[明]2154。

今：[甲]1924 體復作，[甲][乙]1822 取天眼，[甲]2217 文歟若，[三][宮]1459 無共住，[三][宮]1549 受一劫，[三][宮]1558 離欲入，[三][宮]2060 寺頹滅，[宋][宮]2060 身也僉，[宋][元]、今[明][宮]2108，[宋]1545 并無爲。

金：[甲]1969 身不爲，[甲]2269 至圓淨，[甲]2290 收之義，[甲][乙][丙]2163 等圖，[甲][乙]2087 石，[甲][乙]2263 器作餘，[甲]1736 疏八以，[甲]1881 眞喻，[甲]2412 身舍利，

[甲]2837 波爲水，[明]、令[宮]2034 典從大，[三][宮]278 或名究，[三][宮]710 器中而，[三][宮]2103 軀，[三]908 竪半肘，[三]2088 石其國，[宋]1562 無有果，[原]2199 篇金仙。

襟：[宋][元][宮]2121 凍之不。

久：[元][明][宮]374 時優婆。

可：[三][宮]1588 令無。

空：[原]2339 性空即。

牢：[乙][丙]2092 城戰無。

零：[元][明]745 舍利諸。

令：[宮]2034 異亦名，[宮]347 閻浮提，[宮]1509，[宮]1542 一蘊少，[宮]1544 無因或，[宮]1552 何等法，[宮]1585 界一，[宮]1817 虛妄，[宮]2041 不降志，[宮]2059 相付所，[宮]2060 本資攝，[宮]2122 氏，[宮]2122 志，[甲]1733 事無分，[甲]1821 得以少，[甲]2249 不生全，[甲][乙]2254 信故言，[甲][乙]1724，[甲][乙]1821 無有心，[甲][乙]1822 能至，[甲][乙]2286 不違背，[甲]1333 不得食，[甲]1705 依今以，[甲]1709 第四少，[甲]1733 比非等，[甲]1733 盡無以，[甲]1733 失自體，[甲]1733 體顯現，[甲]1816 不能除，[甲]1816 未伏我，[甲]1828，[甲]1921 分寶但，[甲]1965 同至無，[甲]2266 諸衆生，[甲]2270 不許者，[甲]2298 是顯，[甲]2362 不於所，[甲]2362 違上下，[甲]2434 別，[明]293 在一極，[明]1562，[三][宮]1558 離故有，[三][宮]2122 濟爲隨，[三][宮][聖][另]1563 發語無，[三]

[宮]397 示現須，[三][宮]618 其長亦，[三][宮]639 具由佛，[三][宮]1421 爲，[三][宮]1462 三宿亦，[三][宮]1555 無喜則，[三][宮]2060 不留，[三][宮]2122 此鵝命，[三][宮]2122 滅，[三][宮]2122 輕慢報，[三]125 不，[三]190 斷一切，[三]201 捨離譬，[三]1451，[三]2063 之弘震，[三]2122 檀所作，[聖][甲]953 身，[聖][另]790 戒無爲，[聖]125 具漏，[聖]125 眼，[聖]200，[聖]475 身舍利，[聖]1428 命，[聖]1451 與直何，[聖]1509 濟無所，[聖]1562 無可得，[聖]1563 離惡行，[聖]1733 屬初地，[聖]1851 無心不，[另]1721，[石]1509 戒利重，[石]1509 禁戒如，[石]1509 汝當安，[宋][宮]、今[元]1425 足衣與，[宋][元]、[宮]1558 無此信，[宋][元][宮]2122 命無功，[宋]1545 不成就，[宋]1594 永，[乙]、全可[丙]2231 配十地，[乙]1830 常等理，[元]、今[明]2145 典故全，[元][明][宮]1558 離，[元][明]643 觀圓光，[元][明]1421，[元][明]2060 楚弘宣，[原]、合[甲]1863 將爲不，[原]2337 一入多，[原]2339 本身肉，[知]1579 未得一。

論：[甲]2323 上全文。

乃：[三]2154 異尋其。

念：[宮]2102 一戒者，[甲]1512 不取不。

洽：[明][宮]2034 僧會欲。

前：[甲]1736 同疏，[甲]1799 不知有。

荃：[三]2145 而次之。

詮：[甲]1805 並同程。

甚：[三]2108 矣若復。

生：[明]2076 清淨之，[宋]、令[另]1552 二趣三。

仝：[甲]1735 是彼一。

同：[乙]2249 彼師救，[原]2006 施計略。

爲：[甲]2274 答彼。

余：[原]1149 可反三。

餘：[甲]2266 是説爲，[甲][乙]2259 大用答，[甲][乙]2263 有有見，[甲]1830 分有者，[甲]2250 同光記，[甲]2263 六識之，[乙]2249 斷道論，[乙]2249 非論義，[原]2307 大乘經。

眞：[乙]2263 言者不。

知：[知]1579 一界一。

至：[甲][乙]1822 不相當。

佺

經：[聖]2157 首末。

詮：[宋][元]2155 等撰上。

荃

荃：[三][宮]1656 提寢息。

泉

皋：[明]2087 濕稼穡，[三]2088 濕城。

帛：[宋][宮]2103 布賣天。

承：[丙]2397 水散洒。

池：[三][宮]2121 周圍山。

皇：[聖]2157 寺僧。

泊：[三]2088 貞觀譯。

界：[三][宮]1546 六道六。

全：[明]2103 注圖雲。

是：[宮]2122 水爲空。

水：[甲][丙]2089 寺宿明，[三][宮][聖]1442 乃至以，[三]192，[元][明]658 可止渴。

永：[宮]2103 亭光顯。

衆：[甲]952 側，[明][乙]2087，[三]1 源淵池，[三][宮]317 水想浴，[三][宮]585，[三][宮]2060 盤，[三]24 脈流布，[聖]272 流河池，[聖]278 水或作，[元][明]26 宮殿住。

拳

棒：[三]53 或以石，[石]、捲[宮]1509 打。

傳：[明]1545 故告。

奉：[甲][乙]2391 獻雲海，[聖]1199，[乙]2391 送時，[乙]2394，[元]1451 縮受大，[原]2001 花枝作。

會：[甲]2400 三誦三。

擧：[甲][乙]2390 印於五，[甲]1065 當左乳，[甲]2400 散之眞，[乙]2408 頂上，[乙]2390 也又云，[原]1899 拂口。

卷：[宮]244 菩薩左，[乙]950 旋如螺，[元][明]190 曲。

捲：[宮]、倦[聖]1602 馳走見，[宮][聖]1579 無所隱，[宮]1421 手一肘，[宮]1425 打手擬，[宮]1545 離即非，[甲][知]1785 若一指，[三][宮]1545 青圓殊，[三][宮]1435 打居，

[三][宮]1462 肘廣二，[三][宮]1548 觸鞭杖，[三][宮]1548 捶打，[三][宮]1579 馳走見，[三][宮]2122 年滿五，[聖]125 相加便，[聖]1582 刀杖惡，[聖]125 殺彼比，[聖]125 瓦石刀，[聖]125 相加面，[聖]125 以詆小，[聖]1452 打車軸，[聖]下同 1425 打掌刀，[石]1509 不可得，[石]1509 法生答，[石]1509 詆小兒，[宋][宮]1425 觸十六，[宋][元]、棒[明]、捧[宮]2122 相打。

捧：[甲]、捲[乙]1239 捺著二，[聖]125 加之亦。

棬：[聖]1462 打。

捧：[聖]125 相加瓦，[聖]1721 度。

鬈：[元][明]190 卷而旋。

權：[聖]125 打此沙。

如：[三]866 牢。

手：[乙]2390 以風中。

笑：[乙]2391 安口左。

擁：[聖]26 扠石擲，[宋][宮]721。

掌：[丙]2392 風以下，[乙]2391 竝著額，[乙]2391 側相合，[乙]2391 舒，[原]973 雙下三。

之：[乙]2391 面向下。

轉：[丙]1056 如舞當。

痊

疾：[甲]2087 差先承。

全：[三][宮]2060 遺文累。

疹：[宮]2087 愈從此。

惓

怠：[三]1。

廢：[宋][元][宮]、癈[明]425。

捲：[三][宮]1581。

倦：[宮]371 心，[宮]403 四曰所，[明]1217 暫時止，[明]190，[三]、勸[聖]190 心今念，[三]156 以慈修，[三]190 故，[三]190 耶，[三]201，[三][宮]222 至，[三][宮]285 求最上，[三][宮]294 一切如，[三][宮]308 爲首方，[三][宮]403 何謂等，[三][宮]433 世尊顧，[三][宮]657 習無依，[三][宮]1581 多思惟，[三][宮]2121 貧賢者，[三][宮]2121 婆羅門，[三][宮]下同 403，[三][宮]下同 403 其心鮮，[三][宮]下同 425 梵天，[三][宮]下同 425 故問十，[三][甲]1335 擁護呪，[三][聖]99 波斯匿，[三][聖]99 佛告阿，[三][聖]158 使其中，[三][聖]211 則智學，[三]1 不答曰，[三]26 得止息，[三]31 令得止，[三]100 堅固求，[三]100 汝今擾，[三]125，[三]125 亦無所，[三]125 意常貪，[三]125 欲還詣，[三]152，[三]152 命終，[三]154 念佛功，[三]154 與俗無，[三]156 耶即請，[三]184 壽終上，[三]186，[三]186 受持是，[三]190 何以故，[三]190 心阿，[三]190 又復，[三]192，[三]192 求床座，[三]193，[三]193 免離衆，[三]203 時有諸，[三]220 不證無，[三]263 時作國，[三]398，[三]398 亦復未，[三]398 諸聞是，[三]

401 不懷怯，[三]643 但爲降，[三]2028 欺調百，[乙]2309 而省略，[元][明]158 善男子，[元][明]158 終至置，[元][明][宮][知]1581 能具足，[元][明][宮]下同 403，[元][明][宮]下同 403 故所以，[元][明][宮]下同 403 消盡衆，[元][明]190 我等共，[元][明]220 何以故，[元][明]397 菩薩於，[元][明]397 諸佛世，[元][明]657 心，[元][明]1341 我欲諂，[元][明]勸[聖]190，[知]1581 心常歡。

苦：[宮]1451。

拳：[元][明]158 尊等隨。

惓：[三][宮]1579 齊何應。

筌

遷：[三][宮]1644 提或眠。

荃：[元]190 提在菩。

詮：[甲]1782 之天沼，[明]279 遐該於，[明]2016 賞之以，[明]2060 釋章部，[乙]1736 會旨今，[元][明]2053 也化城。

神：[三][宮]2122。

絟

詮：[聖]、絟緒詮結[另]1721 緒如髮。

搼

捧：[甲]1156。

跧

潛：[原]2001 棲巖竇。

詮

從：[甲]2253 論及。

許：[甲]1841 離實等。

基：[甲]2183 東云十。

經：[甲]1782 緣起，[甲]1828 前中言。

具：[甲]2410 法。

冷：[甲]1839 處。

論：[宮]2060 法師湌，[甲]、詮[甲]1782 談旨一，[甲]1718 理城爲，[甲]1863 執無不，[甲]2266 能詮教，[甲][乙][丙]2778 戒定惠，[甲]1709 一切法，[甲]2183 師依智，[甲]2274 中但云，[三][宮]2060 發新異，[聖]2157 等筆受，[宋][元]2112 咸歸僞，[乙]1796 一一本。

諂：[甲]2339 目如大。

僉：[三][宮]2122 量衆内。

全：[甲]2261 制十惡。

痊：[宮]2122 述如汝。

筌：[宮]2103 理之謂，[三][宮]2060 乃以永，[原][甲]1825 多小。

銓：[宮]1912 故名，[三]、鈐[宮]2108 空藏，[三][宮]2034 名録，[三][宮]2053 序伏惟，[三][宮]2060 譯人之，[三]2122 定是非。

示：[甲]1811 理事名。

説：[宮]2112 説在僞，[甲]2249，[甲]2266 境名意，[原][乙]1830 皆不。

雖：[甲]2195 一乘理。

謂：[甲][乙]1821 諸法自。

誣：[乙]2192 聖。

宣：[三][宮][知]、宜[聖]1579 說如是。

議：[甲]1735 義義即。

詅：[聖]1763 以入理。

語：[甲]2263 所不定。

珍：[三][宮]2103 詮控三。

證：[宮]659 過音聲，[甲][乙]1724 之智證，[甲][乙]1822 義依此，[甲][乙]2397 云云，[甲]1512 證義二，[甲]1709，[甲]1733 法界名，[甲]1851 達旨解，[甲]1929 一實諦，[甲]2261 何自性，[甲]2266 共相義，[甲]2266 色惡色，[甲]2266 爲唯識，[甲]2266 正理亦，[甲]2277 也，[甲]2337 顯眞名，[甲]2337 眞理非，[甲]2362 而義得，[甲]2362 唯證實，[三][宮]1571 故如世，[三][宮]1592 事，[三]1570 何故緣，[聖][甲]1733 詮十地，[聖]1788 若大乘，[宋][元][宮]1571 是故共，[宋]1591 諸法皆，[乙]1736 解究竟，[乙]2227，[元][明]2016 絕，[原]1723 四慧皆，[原]2410 也故。

註：[甲]1771 中假故，[甲]2261 文義得，[乙]2396。

銓

釣：[三][宮]2060 相次而。

鈴：[宮]2060 本勒成，[甲]2068 二十五，[聖]2060 品時事，[知]1579 量決擇。

齡：[三][宮]2060 僧十二，[三][宮]2060 姓蕭氏。

詮：[宮]2122，[宮]2122 序，[甲]1804 次列之，[甲]2036 次也中，[明]2076 量者諸，[明]2103 明有終，[明]2110 含名法，[明]2145 定文旨，[三][宮]1563 量眾內，[三][宮]1604 定義學，[三][宮]2087，[三][宮]2103 一大德，[三][宮]2103 嶷爾圓，[宋][元]2146 品譯材。

權：[甲]1841 衡八藏。

蹐

卷：[宋][元]、[聖]捲[聖]375 脊蹐地。

拳：[明][甲]1177 腳隨時，[宋]、[元][明]、捲[聖]375 脊蹐。

線

源：[乙]2194。

攉

攤：[三]2066 居佛逝。

權

催：[聖]1442。

摧：[宮]1656 時，[宮]2060 之有據，[宮]2122 鳳皇三，[甲]1763 實相關，[甲]2190 變之牛，[甲]2199 其力彌，[三][宮]2102 去，[聖]1723 教名爲，[聖]1763 也，[宋]、椎[元][明]2060 衡櫓自，[宋][宮]、攤[元][明]2060，[宋]246 化有情，[知]384。

定：[甲]、定拳[乙]973 風幢加。

二：[甲]2128 救其急。

根：[甲]1782 饒益不。

橫：[甲]1727。

護：[甲]1239 化而生，[知]1579 持當悔。

獲：[甲]2300 通道，[甲]2337 利故有，[甲]2837 在涅槃，[明]186 化衆清，[三]159。

爅：[三][宮]630 開令入。

機：[三][宮]2104 之瑞清，[乙]2296。

懼：[元][明]22。

捲：[甲]2255 等譬亦。

拳：[三][宮]2121，[三]1301 方，[宋]187 捷騰跳。

權：[甲]2006 喜。

勸：[甲][乙]2092 上太后，[聖][另]285 合。

攉：[三]2102 其輕重。

攝：[甲]1719 之所由。

聖：[甲]2036 御極導。

雖：[甲]1709 彼實亦。

推：[宮][乙][丁][戊]、催[己]1958 息，[甲]1782 迹故舊，[甲][乙]1821 難第一，[甲]2299 巧，[三][宮]280 呵天，[三][宮]398 不能解，[三][宮]2111 遷鶴林，[三]2102 其輕重，[宋][宮]、惟[元][明]635 敬，[宋][元]220 之方土，[乙][丙]2777 維摩，[元][明]2103 能使累。

惟：[另]1721 身實是。

喜：[宋]1013 慧書若。

揖：[三]154 略察此。

檐：[甲]1763。

擁：[甲][乙][丙]2163 法護國，[甲]1007 結界者，[甲]1722 而非實，

[甲]1782，[甲]1782 衞初復，[甲]1782 滯賛曰，[甲]1912 群臣餓，[甲]2068 俗，[甲]2087 立科條，[甲]2244 攝化興，[三][宮]2103 開似敵，[三][宮]2103 網遝籠，[三]2060 經，[元][明]598 度無極，[知]598 方便成，[知]598，[知]598 方便滅。

爰：[三]2103 及朝臣。

圓：[乙]1736 實。

種：[甲]1782 方孕道。

犬

大：[宮][聖]1462 者取，[宮][另]1428 皮若墮，[宮]544 不可數，[宮]657 若作駝，[甲]2128 從自自，[甲]2128 故犬，[甲]2128 豕曰豥，[甲]2128 作豔也，[甲]2128 廣聲，[甲]2128 青聲，[甲]2128 去聲下，[甲]2128 豕曰豥，[甲]2128 水居食，[甲]2129 作豹非，[明]293 王有六，[明]489 住處樹，[三][宮]278 及，[三][宮]649 最妙入，[三][宮]2103 愚惑嬰，[三][甲]1227 肉和芥，[三]1227 肉祀羅，[三]2122 跡，[聖]1451 去向彼，[宋][元]2061 譯諸，[宋][元]1227 骨和犬，[宋]231 唯逐，[宋]2060 馬齒隆，[宋]2122 馬病賣，[元][宮]1451 咬枯骨，[元][明]1459 牛不許。

吠：[甲]1238 咬人以，[三][宮]1549 若善行。

夫：[甲]2129 馬也非，[明]1636 皰等。

戈：[甲]2128 規反考。

狗：[三][宮]2122 徑突入。

人：[原]1238 相爭呪。

笑：[三][宮]332 不知。

夭：[甲]2128 聲譜文，[甲]2128 聲竹爲。

狀：[三]2106 如。

沭

汰：[三]2145 道林聲。

沃：[甲]2128 反堯父。

綣

卷：[明]1463 縮欲。

券

篆：[三]1435 文應作。

勸

勅：[甲]2196 二正付，[三][宮]2123 二夫人，[三]202 勵精進。

初：[乙]2394 發此。

得：[三][宮]461 一切智。

動：[甲]、歡[乙]1822 長者作，[甲]1723 也方言，[原]2208 入觀不。

非：[甲][乙]1821 觀。

分：[乙]1736 該羅方。

敷：[三][宮]2104 揚。

觀：[丙]2286 汝遠涉，[高]1668 俱轉，[宮][聖]292 化凶危，[宮]324 立善道，[宮]398 諸衆生，[甲]1912 修中三，[甲]1709，[甲]1709 人發菩，[甲]1763 行此即，[甲]1782 而濟利，[甲]1816 發心者，[甲]1816 行，[甲]1816 諸學，[甲]1828 行者以，[甲]

1960 修生諸，[甲]2193 觀照，[甲]2217 喻之以，[甲]2230 憶念一，[甲]2400 之次初，[明][宮]310 一切智，[明]292 助捨其，[明]381 化衆生，[明]997 衆生起，[明]2103 善了無，[明]2154 轉輪王，[三][宮]1545 彼應觀，[三][宮][聖]397 諸衆生，[三][宮]310 道，[三][宮]606 心如是，[三][宮]639 他故云，[三][宮]2103 化度人，[三]212 食，[三]1018 修此總，[三]1545 彼難者，[三]1562 了知諸，[聖]310 請以是，[聖][甲]1763 行厭，[聖]211 白王今，[聖]285 化衆，[聖]1454 讚令死，[聖]1788 空也，[宋]1562 作，[元][宮][聖]222 發無智，[元][明]2016 者開朗，[元][明]292 衆人以，[原]1776 土菩薩，[原]2196 知發時，[知]266 人不可。

歡：[宮]1581 十者不，[宮]2122 樂修善，[甲]、修[乙]2397 習是第，[甲][乙]2309 喜是名，[甲]1579，[甲]1782 喜，[別]397 行令非，[明]1562 長者作，[三][宮]263 悅斯等，[三][宮]292 樂，[三]196 白，[三]2059 沮不能，[聖]1763 人修行，[聖]223 喻安慰，[聖]224 德，[聖]425 樂度，[聖]476 憶所修，[另]1721，[宋][宮]225 樂闍士，[宋]2145 沮不能，[乙]1796 修，[元][明]656 樂度無，[原]2369 喜地已，[知]1581 發故無。

進：[三]1 勿復爲，[聖]99 思惟得。

勒：[甲]1717 發中取。

力：[三][宮]606 勉。

勵：[宋]220 導。

勤：[宮]461 助一切，[宮]1509，[甲]1733 修學五，[甲][乙]850 勇被白，[甲]938 修然後，[甲]1709，[甲]1782 不惰，[甲]2035 論方施，[甲]2230 知定慧，[甲]2266，[甲]2270 也換胡，[明]293 修一切，[明]310 助德本，[明]1458 專念，[三][宮]292 法器若，[三][宮]822 教一人，[三][宮]1523 故怯弱，[三][宮]2121 喻曉彼，[三]418 教力行，[聖]1429 死咄男，[石]1509 喻以憂，[宋][元][宮]292 人精進，[宋]2110 不待季，[乙]1816 勵雖成，[乙]2207 精，[乙]2393 囑言汝，[元][明][宮]263 閑居，[原]1816 修不退。

勤：[甲]、勤[乙]1775 積衆德，[聖]99 勇猛。

請：[三][宮]1581。

親：[乙]1821 言此色。

權：[聖]291 化衆生。

歎：[甲][乙]1709 受持，[甲]1763 昔無常，[甲]1958 歸極，[明][和]293 親近承，[明]220 勸言是，[三][宮]2103 揚妙典，[三]375 説妙法，[宋][宮]2103 思患而。

務：[三][宮]2112 農桑君。

消：[甲]1778 證義宛。

劾：[三][宮]345 棄離財。

知：[甲]2266 勵讀美。

勤：[甲]2219 精進諸。

缺

敵：[乙]2263 我爲所。

斷：[宮]309 漏答曰。

關：[甲]1735 初二即。

毀：[三][宮]425 諸法顯。

減：[乙]2254 一日也。

決：[明]1562 減者爲，[三][宮]1674 定慧便。

鈌：[甲]1772 二乘種，[宋][元][宮]1451，[宋][元]556 減今不。

快：[宮]327。

虧：[甲]2274 故加合，[三][宮]1435。

沒：[三][宮][知]598 無畏戒。

齧：[三]212 財物然。

破：[三][宮]1421 不復任。

欠：[甲]1848 一報也。

關：[甲][乙]2309 此義不，[明]190 減，[明]190 無禪無，[明]293 犯修諸，[明]293 漏戒不，[明]293 善男子，[明]2122，[明]下同 1579 減或有。

釋：[甲]2339 一別字。

胸：[明]156 骨平滿。

飲：[另]1451 處飲令。

轉：[三][宮]586 是菩薩。

闕

礙：[三]2063 年八十。

闍：[甲]2255 故名。

動：[甲]2879 處處村。

鬪：[甲][乙]、闍[丙]897 迦乾陀。

闍：[甲][乙]1822。

閣：[三][宮]2060 色，[三]190 臺

殿宮。

關：[甲]1736 第五恐，[甲]2183 界未能，[甲]2298 承習見，[明]1458 事故，[明]2060 則世亂，[三][宮]1451 防援怖，[三]2110 義府，[宋]2060 本隨得。

間：[三]1132 常與，[乙][丙]873。

結：[甲]2386 三昧耶。

厥：[三][宮]2122 妖。

鈌：[宮]2080 更後。

開：[高]1668 故如本，[宮]656 諸法相，[宮]1805 提舍義，[甲]2400 散是，[甲]2296 正性問，[三][宮]1592 少因衆，[宋][宮]、關[元][明]2102 子長之，[乙]2261 故力勢。

門：[宮]2122 山，[甲]1736 不相捨，[聖]2157 以天后。

闢：[三]2145 矣根立。

缺：[宮]2080 然亦猶，[宮]2122 漏似有，[甲][乙]1822，[明]、閑[宮]649 於布施，[明]190 少，[明]310 則不生，[明]824 少者説，[明]1442 乏上座，[明]1442 懷憂而，[明]1442 時，[明]1442 時諸少，[明]1442 于時世，[明]1451，[明]1459 乏處隨，[明]1545 少云何，[明]1602 少故現，[明]2106 而不載，[明]2121 少眼見，[明]下同 1563 餘得故，[三]、渴[宮]2085，[三]、闕[宮]2060 復沿江，[三]1602 隱故義，[乙]1929 一四宗，[元][明][聖]190 七世。

闢：[三][宮]2122 可容人，[宋][元]、缺[明]953。

失：[三][宮]693 譯，[宋][元][宮]2121 王名。

受：[三]384 常樂閑。

同：[甲]2195 略有人。

違：[原]2377。

聞：[甲]1830 無尋，[甲]1816 少智資，[聖]1763 一問説，[宋][宮]2102 在彼哉，[宋]24 十二由，[宋]167 終墮地，[乙]2157 城十二。

問：[宮]2102 何故，[甲]2281 敵者不。

無：[甲]1828 前三義。

閑：[另]1451 遺雖復。

閒：[甲][乙][丁][戊][己]2092 居寺。

有：[甲]2263 此。

圓：[甲]2290 焉十中。

却

便：[三]、各[聖]125 退而去。

部：[三]322 一。

從：[三][宮][甲][乙][丙]2087 後七日。

到：[三][宮][甲]2053 還法師。

都：[甲]2271 無彼以，[甲][乙]1822 問也，[甲][乙]2261 無此中，[甲]2261 無者，[甲]2271 非，[甲]2271 後顯同，[三]382。

端：[三]895 坐須。

復：[明]2076 問師如。

各：[三][宮]309 謂泥洹。

更：[乙]1909 入三。

還：[三][聖]189 歸所止。

後：[明]2123 九不得。

及：[三][宮]2122 呵不。

即：[宮]541 住問曰，[明]187 住一面，[三][宮]310 退一面，[三][宮]1421 坐一面，[三][宮]1507 起恚心，[三][宮]2123 退至家，[三][甲][乙]972 繞腰後，[三]26 坐一面，[三]158 自思，[聖]211 坐王位，[元][明]2122 住叉手。

腳：[宮]1435 走，[三][宮]1435 蟲還著，[三][宮]1470 踞床二，[三][宮]2122 踞。

劫：[甲][乙]1822 一分，[甲]1179 陀羅木，[甲]1719 均平故，[甲]1719 指，[甲]1735 生死重，[甲]1816 成前修，[甲]2128 也顧野，[甲]2130 具娑華，[甲]2261，[甲]2266 斷下惑，[甲]2339 若三一，[甲]2339 義路，[甲]2792 具衣三，[明][和]261 榮華如，[明]784 道人見，[三][宮]337 後當為，[三][宮]1579 有過患，[三][宮]2122 殺此人，[三]98，[宋][宮]624 後以太，[乙][丁]2244 比羅或，[乙]2174 粒方法，[元]333 活。

覺：[三]210 之為賢。

齧：[乙][丙]2134。

偏：[甲]2006 於浪裏。

起：[宋]、印[元]180 後十四。

遷：[三]474 住一面。

怯：[明]224 不恐不，[三][聖][石]1509 不難不，[三]1509 何以故。

佉：[三]1336 尼尼佉。

祛：[三][聖]100 何法獲。

祛：[三]100 於色想，[宋][元]、祛[明]100 無明盡。

取：[明]2076 來年事。

去：[三]143 邪態八，[三]1191 曠野處，[聖]26 坐一面，[乙]2173 文。

施：[三]202 魔王復。

肆：[宋][元]638 一面坐。

遂：[明]2076 取拂子。

退：[三]99 坐一面，[三]100 坐一面。

物：[宋]1694 疑不解。

郤：[甲]2128 也除也。

瀉：[宮]1998 下瑠璃。

仰：[明]212 偃是時，[三]1132 至臍次。

已：[三][宮]2122 後四五。

印：[甲]2120 俗弟子。

於：[元][明]263 後無。

欲：[聖]2157 至南天。

御：[三]192 風寒臥，[三]196 好醜不。

約：[三]125 勅治之。

知：[元]2106 頭髮即。

至：[三][宮]2121 後七日。

智：[甲]1708 觀分段。

雀

崔：[宮]2103 艇鳥則，[甲]2039 弼等降，[聖]1723 桾差音。

鶴：[甲]923 王迦毘。

萑：[乙]2391 北臺。

鳥：[三][宮]393 鳳凰或。

鵲：[甲]1782 雀雛。

省：[明]1552 等衆鳥。

确

榷：[宋]、摧[元][明]152 首苟辱，[宋]、推[元][明]152 其首遂。

舄

瀉：[三][宮]2087 鹵稼穡，[元][明]2087 鹵地利。

推

確：[三][宮]2108 群議沈。

愨

愨：[甲]2163 法。

碓

碓：[甲]2131 執苟以。
豂：[甲]1781 然大悟。
推：[三][宮]2104 由來銓，[三][甲][乙]2087 微言抑。
礁：[乙]2408 也豎。

闃

關：[宮]2060 當年情。

鵲

散：[宋][明][宮]2122 鬪也。

確

推：[三]2110。
確：[三][宮]1562 陳何等，[三][宮]1585 陳此信，[元][明]1585 陳成此。

困

囨：[三]2060 許漸漸。
堌：[宋][明]、囷[元]2122 許漸漸。
因：[甲][乙]2376 制不親。

逡

返：[宋][宮]2103 悠悠化。

帬

裙：[明][和]293 能令見。

裙

愴：[甲]1708 也六副。
錦：[宮]901 以羅。
裾：[宮]2060 一帔。
郡：[甲]2125 與大衆。
帬：[知]384 裏齧。
群：[三][宮]2060 襦服同，[聖]1451 及僧脚，[另]1451 佛。

群

傍：[三][宮]1421 臣言我。
彼：[甲]、－[乙]2223 印出。
蒼：[甲]1710 生誠爲。
羣：[聖]1509。
臣：[三][宮]、具[聖]515。
大：[三]2121 愚不自。
都：[甲]、郡[乙]1816。
寶：[三][宮]2059 羯亂交。
眷：[三]192 屬合掌。
君：[甲][乙]2087 臣拜賀。
郡：[丙]2163 邪見形，[宮]425 意，[宮]2122 僚下，[甲][乙]850 生，

[甲]850 生，[甲]2039 臣乃問，[甲]2087 爾其物，[甲]2157 牛譬經，[明]2149 部之要，[三][宮]425 辯才，[乙]1744 生無盡。

類：[三]125 實不。

六：[聖]99 賊來必。

辟：[甲]1719 輩此乃，[三][宮]385 方三千。

譬：[甲]1728 品耶又，[另]1721 狗也競。

徒：[三][宮]2122 衆漸多。

洋：[三]99。

有：[三][宮]2103 均此妙。

餘：[甲]1929 獸遠。

衆：[宮]263 生，[宮]754 生令行，[宮]1428 比丘語，[甲]1775 生，[甲]1775 生而生，[三][宮][甲]2053 生不有，[三][宮]623，[三]153 鹿前聞，[三]187 生我以，[三]196 生王問，[三]2110 生故能，[元][明]294 生。

諸：[三]203 臣聞已。

肤

狀：[甲]1784 名二赴。

R

然

安：[三]985。

彼：[原]1764 色等法。

邊：[原]2339 者非同。

鉢：[宋]1054 囉二合。

不：[甲]2195 付之神。

藏：[甲]2299 攝門非，[三][宮]2060 持操，[原]1849 不。

成：[宮]1571 若法初，[宮]1610 何以故，[甲]2227 其難況，[三][宮]1610 若是。

熾：[元][明]286 不燒隨。

愁：[甲][乙]1822 感。

處：[甲]2250 對法論。

此：[甲]2401 者猶如，[乙]2396。

麁：[甲]1828 非彼意。

當：[甲]1333 為火以。

德：[甲]2217。

燈：[宮]224 炷亦非，[三][宮]1566 可然品，[三][宮]1509 燈雖有，[三][聖]190 尊佛邊，[宋]、挺[元][明]2122。

而：[甲][乙]2259 此論，[三][宮][另]1458 去者謂，[三][宮]606 反畏之，[三][宮]630 淨不，[三][宮]810 無，[三][宮]2034 安正當，[三]125 彼衆生，[三]375 此日。

爾：[丙]1823 從此展，[甲]2195 慶慰，[甲]2323 如對解，[甲][乙]2254，[甲][乙]2263 設以大，[甲][乙]1822 至對預，[甲][乙]2250 故廣章，[甲][乙]2259 或有奉，[甲][乙]2259 破此義，[甲][乙]2263 本，[甲][乙]2263 見無性，[甲][乙]2263 先付初，[甲][乙]2263 又有漏，[甲][乙]2263 自證分，[甲][乙]2288，[甲][乙]2288 者以闡，[甲][乙]2296 似事幻，[甲][乙]2309 也，[甲][乙]2328 夫以真，[甲][乙]2328 所謂於，[甲]1163，[甲]1731 釋迦既，[甲]1863 成唯識，[甲]1961 所愛境，[甲]2195，[甲]2195 但見經，[甲]2195 而爲破，[甲]2195 而依，[甲]2195 法，[甲]2195 否凡上，[甲]2195 高貴德，[甲]2195 經既言，[甲]2195 未迴心，[甲]2195 者何不，[甲]2195 者何對，[甲]2195 者可有，[甲]2195 呪總持，[甲]2250 故，[甲]

2263，[甲]2263 次，[甲]2263 也，[甲]2263 有爲諸，[甲]2266，[甲]2266 彼亦何，[甲]2266 如何不，[甲]2266 雖假説，[甲]2266 文義演，[甲]2266 者，[甲]2266 者是俱，[甲]2266 諸法應，[甲]2273 下疏主，[甲]2274 故前解，[甲]2287 以一心，[甲]2299 從本論，[甲]2299 佛所説，[甲]2299 則波，[甲]2339 則，[甲]2371 無明品，[甲]2371 也云，[甲]2371 也云觀，[甲]2371 也云今，[甲]2371 也云淨，[甲]2371 也云十，[甲]2371 也云一，[甲]2371 也云者，[甲]2371 也云止，[甲]2371 也云縱，[甲]2371 有因緣，[甲]2371 者無障，[甲]2399 耶答未，[甲]2434 具足義，[甲]2434 也本經，[明][聖]225，[三][宮]376 其有善，[三][宮]616 復次外，[三][宮]656，[三][宮]676 爾時世，[三][宮]721 而至既，[三][宮]1581 者一法，[三]1564，[三]1564 何以故，[乙]1821 若，[乙]2263 依，[乙]2263 何例同，[乙]2263 旣許法，[乙]2263 依之有，[乙]2296 十，[原]2208 者其義。

法：[三][宮]1425。

非：[甲][乙]1822，[原]2306 是涅槃。

伏：[三]1545 能緣定。

父：[甲]1848 之教乃。

更：[三]193 自撿整。

故：[原]1700 不令斷。

海：[甲]1736 唯約説。

號：[甲]1924 澄明内。

後：[三]、然後[宮]606，[三][宮]2060 狎附不。

及：[明]189 彼火性。

極：[宮]263 將無菩，[三][宮]2122 患頭痛，[三]2123 爲可愛。

兼：[乙]2376 傳大乘。

燋：[甲]1728 諸天宮，[三]153 其心。

結：[甲][乙]1822 以山徑。

經：[甲]1724 亦通，[甲]2219 生此不，[三][宮]1453 堂上高，[聖]361 燈懸。

就：[甲][乙]1821 初釋根，[甲][乙]1822 八萬者，[甲][乙]1822 若有四，[甲][乙]1822 同類者，[甲][乙]1822 位本無，[甲]1736 二，[甲]1828 答中應，[甲]1921 十界百，[甲]2186 此，[原]2359 地上者。

可：[宮]1646 當。

來：[甲]2263 無間道。

落：[宮]1460，[明][宮]1429，[三][宮]1431。

律：[三]97 中不呵。

滅：[三]1 歸滅度。

默：[宮]2034 後入滅，[三][聖]99 無，[三]1，[聖]2157 若，[元][明]202，[原]1760 可。

難：[三][宮]810 人身。

能：[甲]1911 照境如，[甲][乙]1821 非義合，[甲][乙]1822，[甲][乙]1822 見諸諦，[甲][乙]1822 經部，[甲][乙]1822 留他壽，[甲][乙]1822 爲種種，[甲][乙]1822 因中有，[甲]

[乙]1822 諸，[甲]1861 問，[甲]1963 不離念，[甲]2266 至所許，[三][宮]1558 修梵行，[三][宮]1604 壞因畢，[乙]1821 六字者，[乙]2309 持，[乙]2309 有任持。

念：[甲]1821 多心中，[甲]1728 持名故。

普：[三][宮]660 皆令得。

起：[甲]1828 何緣一。

恰：[三][流]360 快樂不。

前：[乙][丙]2003 遠禪床。

胅：[明]1216 種種病。

燃：[敦]1957 燈散華，[宮][甲][乙][丁][己]1958 燈懸繒，[和]261 智慧炬，[甲][乙][丙]1002 除滅若，[甲][乙]1978 智慧炬，[甲][乙]2087 大火熾，[甲][乙]2087 燈佛敷，[甲][乙]2087 正法炬，[甲][知]1785 燈佛得，[甲]867 光明勇，[甲]913 即須別，[甲]1072 火取一，[甲]1717 燈授記，[甲]1785，[甲]2120 於中來，[三]125，[聖]26 火及離，[聖]100，[聖]190，[聖]190 譬如美，[聖]190 其體或，[聖]1509 後可知，[聖][另][石]1509 是人諸，[聖]26 火彼豆，[聖]26 時天，[聖]99 流通，[聖]99 如來正，[聖]99 施樂於，[聖]99 終不得，[聖]100 其心，[聖]100 身，[聖]100 我苦體，[聖]125 高三十，[聖]125 火，[聖]157 當至其，[聖]157 火熟食，[聖]157 正法滿，[聖]189 須太子，[聖]190，[聖]190 燈如來，[聖]190 盡如是，[聖]190 猛焰火，[聖]190 如是

行，[聖]190 憂悲之，[聖]190 猶如猛，[聖]190 雲下而，[聖]190 智慧大，[聖]223 燈燒，[聖]375 終不放，[另]1509，[石]1509 燈佛得，[宋][宮]445 燈世，[宋][元][宮]425 是時雨，[宋][元][宮]2121 臂濟諸，[宋][元][宮]2121 而盛守，[宋]2061 一燈，[乙]867，[乙]1866 燈佛所。

熱：[明]2122 斫身八，[三]152 釘釘其，[聖]643 鐵城。

忍：[宮]659 但爲求，[甲]1512 音聲言。

如：[三][宮]585 答曰普，[三]211 後正人，[宋][元]2061 而化。

若：[甲]2006 築起，[三]221 念從初，[三]375 我法中。

殺：[三][宮]1647 雖，[三][宮]2123 數百身，[三]211 棺，[聖]566 得以是，[石]1509 但爲衆。

善：[三][宮]1660 增不減。

上：[甲]2434 與端嚴。

燒：[三][宮][石]1509 二火。

燒：[宮]665 妙香令，[甲]893 香熏之，[甲]952 火持，[三][宮][聖]1428 佛講堂，[三][宮]606 爛皮捨，[三]1564 若爾者，[元][明]658 大炬火。

神：[三]185 尚。

生：[宮]2121 之金，[三][宮]276 今亦不。

盛：[三]25 猛焰洪，[聖]663 即示王。

時：[三][宮]1549 彼等方。

熟：[甲][乙]1822 異熟因。

説：[甲]1920。

思：[原]2317 於欲界。

死：[甲]2255 無殺有。

巳：[三][宮]1507 復還看。

雖：[甲]2003 未曾。

體：[甲]2362 勘決指，[甲]1708 即是慧，[甲]1733 無二也。

同：[乙]2263 釋上不。

爲：[聖]211 增色力。

位：[甲][乙]1822 常。

無：[三]656 終始度，[宋]、然可[石]1509 其言如，[宋][元][宮]1558 且應反，[元][明]1632 雖不可，[原]1778 其本地。

喜：[三][宮]425 以明。

邪：[三][宮]1505 也他喜。

欣：[三]152 靡不稱。

焉：[三][宮]2103 如醉斯，[三]2063 泣涕仍。

言：[三][宮][聖]754 唯諾脱。

葉：[乙]2092 凡爲五。

亦：[甲]1782 出是香，[甲]1834 我，[甲]1863 二乘種，[甲]2261 十五里，[甲]2261 一音義，[甲]2266 法執熏，[甲]2412 本有之，[乙]1816 有三段。

應：[三][宮]1458 須看守。

猶：[甲]2128 忽也義。

有：[乙]2092 金色光。

於：[宮]2078 其會中，[宮]2122 而生初，[三][宮]2085 小小不。

與：[甲][乙]2261 於自宗。

怨：[甲]1782 十，[甲]2266 無。

願：[三][宮]263 世尊默，[三]125 世尊。

約：[三][宮]1563 後可知。

樂：[聖]26 我此。

云：[宋][元][宮]2104。

紜：[三][宮]2104 足爲天。

隕：[三]152 豈況國。

在：[敦]1957 復，[甲]2434 燬，[三][宮]656 度無極，[三][宮]1494 逮清淨，[宋][元][宮][聖][另]285 執正幢，[乙]1202 出現凡。

羋：[原]2196 法師云。

照：[丙]2120 等上表，[宮]2123，[甲]、燃[乙]1709 生死諸，[甲][乙]2296 猶未，[甲]1709 有爲相，[甲]2010 不勞心，[甲]2261 乃至終，[甲]2261 失玄源，[甲]2266 漢文帝，[三]2088 帝釋，[三]158 明三昧，[宋][元][宮]2123 惜財不，[乙]1909 日出須，[原]2001 廓爾常。

之：[甲]2371 也其上。

知：[甲]1906 寧過邊。

治：[三][宮]2102。

終：[三][宮]270 不磨滅，[三]1340。

種：[聖]613 安隱快。

諸：[原]2395 家翻之。

狀：[甲]、－[甲]1816 故知有，[甲]1816 菩薩行。

燃

吹：[宮]1472。

燈：[宮]1648 燈如從。

烘：[宮]1644 炙殺人。

然：[燉]262 之，[煌]262，[煌]262 燈佛等，[煌]262 種種燈，[宮][聖]231 離名寂，[宮]2123 懊惱何，[甲]1733 戒能息，[甲]893 燈諸，[甲]1733 救惡，[甲]1929，[甲]1929 猶有，[明]159 心常懺，[明]193，[三]155 千燈，[三][宮]2121 身處病，[三][聖]210 愚好美，[三]26 燈因緣，[三]125 若我見，[三]155 百千萬，[三]155 燈坐禪，[三]184 意燈自，[三]192 燈終無，[三]192 甚於世，[三]193，[三]193 熱鐵索，[三]193 淵海波，[三]198 佛即時，[三]198 火，[三]375 木滅已，[三]375 諸燈，[三]2110 燈備彼，[三]2122 一臂於，[聖]99，[聖]125 無根枝，[聖]190 如，[聖]211 大火聚，[聖]397 處閑靜，[聖]1723 極燒然，[元][明]328 富貴無，[元][明]2016 火及霆，[元][明]2016 天天不。

熱：[甲][乙]2309 地獄七，[聖]1723 七極燒。

燒：[三][宮]2121 手指乃。

冉

染：[三][宮]2034 閔三十，[宋][宮]2059 閔纂，[宋][宮]2122 閔之亂。

染

愛：[明]220 著由斯。

被：[甲]2190 一切煩。

擘：[宮]1435，[宮]1435 尼薩耆，[三]1435 尼薩耆。

淬：[宮]397 賢天女。

得：[甲][乙]1821 者應成。

地：[甲][乙]1821 離繫，[甲]2263 定未能。

斷：[甲]、[乙]2263 也念，[甲]2266 無明故。

惡：[甲]2290 無記三。

法：[宮]310 心如，[甲]1830 述曰自，[甲][乙]1822 色等不，[甲]2266 惡作何。

浮：[宮]2103。

垢：[甲]1733 謂不雜。

果：[甲]2255 稱爲世。

壞：[乙]2427 清淨法。

浣：[宮]1435 尼薩耆，[三][宮]1425 和，[三][宮]1425 具寄比。

惑：[甲]2266 故爲道。

漸：[甲]1847 住餘義。

浄：[甲]1828 第四度。

淨：[甲]1709 菩提動，[甲]1782 污久遠，[甲]2814 而常淨，[乙]2263 無記與，[原]2290 緣起如。

練：[甲]2068。

戀：[明][甲]997 妻子貪。

流：[聖]310。

滿：[甲][乙]1822 至不名。

滅：[宮]、結滅[聖]1523 故言不。

明：[甲]1736 淨例。

沫：[三][宮]443 帝甄達。

漆：[三][甲]1227 木是合。

傾：[甲]874 壞。

冉：[元][明]2122 閔篡位。

柔：[明]1549 和誨之。

若：[宋]1559 污行於。

色：[三][聖]1。

裟：[明]159 令壞色。

善：[甲][乙]1822 心不下，[甲][乙]2219 下釋隨，[甲][乙]2250 言已簡，[甲]1828 法種子，[甲]1828 及無覆，[甲]2266 爲下但，[乙]1823 喜故唯。

深：[宮]656 或復善，[宮][聖]1428 無犯無，[宮]278 著，[宮]310 淨，[宮]656 著在三，[宮]1509 著心，[宮]2122 著愛戀，[甲]1067 海色，[甲]1830 淨土，[甲][乙][丙]1056 玄色，[甲]1512 著勿謂，[甲]1709 境中起，[甲]1724 淨對第，[甲]1735 淨之法，[甲]1830 衆生，[甲]1851 愛名之，[甲]1851 故得此，[甲]1876 不垢修，[甲]2266 清淨戲，[甲]2266 心，[甲]2266 作證故，[甲]2290 識和合，[甲]2748 重已説，[久]761，[明]1450 欲垢中，[明]1563 污二心，[明]2131 智則胸，[三][宮][聖][另]1458 青色或，[三][宮]394 著於，[三][宮]656 要，[三][宮]656 著有假，[三][宮]1464 著法心，[三][宮]1521 著色身，[三][宮]1523 淨退益，[三][宮]1525 退地法，[三][宮]1546，[三][宮]1546 著顛倒，[三][宮]1552 著於名，[三][宮]1579 愛心有，[三][宮]1648 性答三，[三][宮]2103 甘腴爲，[三][宮]2104 剃爾日，[三][宮]2122 心不求，

[三][聖][石]1509 著故若，[三][聖]99 著問諸，[三][乙]865 我禮金，[三]192 著五欲，[三]194，[三]212 著榮，[三]439 沒野於，[三]440 佛南無，[三]2103 不頓除，[聖]1595 以過聚，[聖][甲]1763 也今悉，[聖][另]1442 愛請世，[聖]99 樂著欲，[聖]99 著，[聖]125 著之法，[聖]211 著，[聖]223 涅槃，[聖]223 污何，[聖]310 著於，[聖]410 如衆華，[聖]485 愛迷著，[聖]613 不爲色，[聖]613 著貪受，[聖]1421 著誠如，[聖]1429 擘羊毛，[聖]1440 佛法力，[聖]1440 心不以，[聖]1441 衣已忘，[聖]1458 心中作，[聖]1462 袈裟不，[聖]1542 黄衣若，[聖]1544 時最初，[聖]1562 爲先則，[聖]1595 由是彼，[另]1451 木令染，[另]310 根，[另]1442 師白佛，[另]1458 欲次一，[另]1459 心應知，[石][高]1668 緣決疑，[石]1509，[石]1509 愛厚能，[石]1509 心隨，[石]1509 著法説，[石]1509 著或有，[石]1509 著空聚，[石]1509 著心是，[石]1668，[宋]2154 三年，[宋][宮]2122，[宋][宮]2102 眞塗塵，[宋][聖]99 著，[宋][元][宮]2121 心視他，[宋]212 污其心，[乙]2215 愛從於，[乙]2228 勇智光，[乙]2232 智菩提，[元][明]410 罪，[元][明]658 著我見，[元][明]1582 諸行觀，[原]1780 妙，[知]1579 著安足。

沈：[宮]2066 風疾以，[三][宮]2066 痼。

時：[三]99 而不著。

疏：[原]2271 意又問。

碎：[宮]2103 之施如。

違：[甲]1924 性而説。

維：[宋][元]448 蓮花德。

味：[三][宮]278 著菩薩。

下：[甲]2253 不生上。

污：[三][宮]582 華受施，[三]212 中間禪。

餘：[三][宮]1545 無記想。

與：[明]2103 不取不。

欲：[三][宮]1558 道説，[宋][元]1545 時已解，[乙]2249 捨耶，[乙]1821 勝進容。

源：[另]1552 著境界。

緣：[甲]2290 義説然，[元][明]1545 無記善。

悦：[明]401 心耶曰。

樂：[宮]1443 欲婆羅，[明]99 身著永，[三][宮]1548 非梵淨，[聖][另]1458 心故。

再：[聖]1440 纏綿無。

瞻：[甲]850 上。

之：[甲]2263 惱心故。

著：[甲][乙]1821 吉祥智。

燃

燕：[明][乙]1254 支四枚。

穬

襄：[宋][元][宮]1425 有穀然。

攘：[甲][乙]2087 滅。

儴

蘘：[三]、欀[宮]1649 伕。

襀：[乙]1723 伕與彌。

攘：[宋][宮][聖]480 伕輪王。

蘘

穬：[三]26 或，[宋][宮]、蓑[明]2121 眼如。

壤：[宋]125 作枙依。

蓑：[甲]2168 虞利童。

孃

娘：[明]、懷[宮]2122 懷智今，[明]190，[明]1000 二合，[明]2122 矩吒蟲，[元][明][宮]2122 承奉不。

攘：[明]1019 輕呼上，[三]1020 上囉。

禳

摧：[三]201 災患唯。

穰：[宋][元]2061 止請銀。

攘：[宮]2105 光變當，[宮]2122 絶而猶，[宮]2122 惡永與，[甲]1786 除，[三]152 之而不，[三][宮]664 却使其，[三][宮]744，[三][宮]2122 災禍也，[三]155 却災害，[三]184 不祥，[三]186 不祥，[聖][宮]664，[聖]125，[聖]1354 災，[宋][宮]590，[宋][宮]2122，[宋][宮]2122 乎米，[宋][宮]2122 之又興，[宋][元][宮]2122 災齋戒，[宋]2122 災禍有。

欀：[宋]190 災解除。

穢

囊：[聖]211 草之中。

孃：[甲]996 播囉弭。

禳：[明]1299 祭，[明]2131 災次名，[三][宮]392 世顛沛。

瓢：[元][明][乙]1092 煎以爲，[元][明][乙]1092 上安悉。

壤：[三][宮]402 以此善，[宋][明][乙]1092 上譏，[宋][元][宮]392 欣懌無，[宋]152 非戒之。

攘：[甲][丙]2397 多亦是，[三]183 佉轉輪，[三]2087 舍羅唐，[宋][宮]、禳[元][明]2122。

讓：[宋][元]1264。

瓢

穢：[三][宮]1608 生法中。

壤

壞：[元][明][宮]333 若離女。

壞：[宮]278 一切，[甲]1805，[甲]2018 我神靈，[甲]2250 而已死，[甲]2434 失故立，[明]1435 中令縷，[明]1450 土用無，[明]2122 形，[三]999 衆生生，[聖]190 船舶我，[宋]2123 之中雖，[元][明]2122 土等和，[元]2122 多曳六。

晉：[三][宮]2060 緇素慶。

囊：[元][明]186 起高出。

孃：[甲]1065 二合曩。

穢：[明][宮]387 若時焰。

攘：[甲]2250 此翻爲。

乳：[甲]2129 臂而下。

增：[甲]1822 證。

攘

獵：[三]、玃[宮]2122。

瀼：[三][宮]下同 1548 水口名。

禳：[宮]2112 災不無，[宮]2121 却光顏，[明]2088 之周穆，[明]2122 之，[三][宮]1421 其災若，[三][宮]2034 災或禮，[三][宮]2040 也王行，[三][宮]2059 星是帛，[三][宮]2060 除，[三][宮]2060 禍可乎，[三][宮]2060 來禍至，[三][宮]2103 災事多，[三][宮]2121 禍乎鬼，[三][宮]2121 災致福，[三][宮]2121 之而不，[三][甲]1097 災法增，[三]203，[三]733 禍滅怪，[三]1488 却之若，[三]2121 此從今，[三]2153 那跋，[元][明][宮]1451 災悉皆，[元][明]152 矣佛使，[元][明]449 災轉禍，[元][明]1331 災却。

穢：[甲]2017 重寇王，[甲]853 二合怒，[三]1331，[三]2149，[宋]、禳[元][明]、壤[宮]506 災致福，[宋][元]1167 奪三界。

禳：[三]2110 災之急，[元][明]2110 也。

壤：[三][宮][甲][乙][丙]2087 城周三，[三][宮]2122 至此之，[宋][元][宮]2060 無由講，[乙]2157 遂欲汎。

讓：[宋][元]2061 也若屈。

衰：[宮]602 故爲念。

儴：[三]2103 人。

襄：[甲]974 禍欲至。

饟：[三]2110 羊集賓。
養：[宮]1998 却。

讓

護：[宮]2034 德經一，[宮]2059
將非，[宮]2059 之，[宮]2060，[三]152
夜不閉，[三]2110，[元][明]2103 齒虞
庠。

蠰：[乙]1723 佉。
請：[宮]310 坐汝今。
孃：[甲][乙]1072 二合吠。
虛：[三][宮]544 而敬順。
遜：[宮]、讓本字避國諱他做之
八字夾註[宮]2078 丈夫而，[宮]、讓
本字避御名國他做之八字夾註[宮]
2078，[宮]、讓正字避國諱他做之八
字夾註[宮]2078 坐與其，[宮]、讓字
避國諱夾註[宮]2078 去凡三。

嶢

撓：[甲]1964 佛令文，[甲]2128
也，[明]2122 輕弄常，[明]2122 者若
在，[明]2122 晝夜瘖，[三][宮]1509
亂三，[三][宮]1579 亂其，[三][宮]
2026，[三][宮]2122 固其人，[三][乙]
1092 亂，[三]212 亂彼自，[聖]1427
亂使人，[聖]1428 者應平。

惱：[三][宮]1521 亂聽者。
取：[聖]178 我。
擾：[三][宮]2058 亂深入，[三]
[宮]494 亂七毫，[三][宮]1459 是事
靜，[三]1 此是常，[三]99 亂不佛，
[元][明]157 大。

遶：[甲]1239 比丘鬼，[甲]2879
近衆邪，[三][宮]1478 身當復，[三]
201，[宋]、遶[聖]211 神象以，[宋]
[元][宮]、撓[明]1435 害耶即，[乙]
1239 其家無，[乙]1239 亦不橫。

繞：[宮]2040 能安衆，[甲][丁]
2187 以下盡，[甲][乙][丙]1098，[三]
[宮]1579，[三]遶[聖]201 世尊神，
[聖][另]285 害一發，[聖]26 彼之所，
[聖]125，[聖]1509 惱者是，[宋][宮]
2121 彼此德，[宋][元]、燒[宮]1458
亂心故，[宋][元]1341 亂不定，[乙]
1239 亂阿難。

燒：[宮]271 彼衆生，[甲]2261
汝不應，[甲]2311，[明]1336 人民者，
[三][宮]2123 我如蛾，[三]192 我心，
[三]201，[聖]1547 離戰處。

橈

撓：[三]1415 捹。

饒

得：[甲]1999 喝得興。
飢：[三][宮]820 飽賜奴。
僥：[三][宮][知]598 羨不。
鏡：[三]2154。
利：[甲]1718 益諸梵，[三][宮]
512 益其，[三][宮]1425 益事汝，[聖]
[另]410 益，[石]1509。
遼：[三]、遙[宮]2103。
鐃：[甲]1778 益力多。
錢：[聖]1428 財寶。
磽：[原]2393 石瓦礫。

遶：[三][宮]397 葉花大。

繞：[甲]2266 益境西，[明]1428
益乳養，[明]2085 足無所。

燒：[宮]721 焰而毒，[甲]、礆[乙]
897 有樹根，[三]721 鐵鉤彼。

使：[明]2076 通達祖。

譊：[三][聖]361 共。

餘：[宮]1509 益少故，[三]201 益
事，[三]1582 財巨富，[宋][元][宮]
1562 益，[宋]721。

增：[宋][元]220 益有情。

擾

干：[宮][聖]1421。

聊：[宋]、潦[元]、撩[明]1331
亂。

慢：[甲]1816 見苦深。

撓：[聖][另]790 民索體。

惱：[三][宮]403 人應其，[三]
1427 亂故。

屈：[三]2059 靜意不。

嬈：[三][宮]1425 亂其意，[三]
[宮]2042 害百姓，[三][宮]2058 害
然，[三][甲]901 身心如。

遶：[三][宮]2060 佛堂久，[三]
[宮]2060 似如聽。

繞：[三]196，[三]2103 素雉朝，
[宋]、撓[元][明]1093 亂其家。

授：[三][宮][另]1543 彼彼所。

損：[甲][乙]1822 惱三摩。

憂：[宮]263 日月燈，[宮]288 咸
當共，[明]220 惱是四，[明]309 惱其
身，[三][宮]403 惱其身。

優：[甲]1816 濁心故，[三][宮]
263，[聖]1509 心，[石]1558 動心。

櫌：[乙]1736 亂我故。

遶

拔：[宋]、跋[元]、踐[明]2106 山
陳止。

達：[丁]2244 理曰角，[甲]895
黑睛外，[甲]1816 示現佛，[聖]1509
佛復道，[宋][宮]、建[元][明]2122 塔
所屢，[原]1851 無餘名。

兼：[乙]2092 殿內外。

見：[三][宮]227 佛復道。

嬈：[元][明]606 未成定。

擾：[宋][元]374 念念損。

繞：[甲][乙]901 池四邊，[甲][乙]
901 爾時，[甲][乙]901 三匝，[甲][乙]
1822 佛頭蔭，[甲]1698 如帝王，[甲]
2400 即運身，[明]159，[明]316 恭敬
雖，[三]152 之有四，[聖]26 三匝，
[聖]26 三匝已。

燒：[元][明]125 提婆達。

施：[三][宮]2123 百匝十。

違：[甲]1733 三其。

旋：[三][宮][聖]425 而爲說。

遠：[三][宮][甲][乙]848 之，[三]
[宮][聖]1471 塔作禮，[三][宮]2103 山
鳴綠。

轉：[乙]2394 至庚方。

繞

纏：[三][宮]2066 於丹。

純：[聖][另]1442 時。

達：[甲]1728，[甲]2207 佛殿旋。

德：[甲]2400 金剛三。

環：[原]、如環繞[甲]、如環[乙]1796 也有經。

捷：[甲]1802 也五阿。

近：[原]、嬈[原]1098 而爲障。

卷：[三]1340 取置頭。

迷：[三][宮]2122 亂無。

撓：[三][甲]1080 衣能令，[原]1858 生乎。

境：[甲]1709 顯佛法。

嬈：[三]193 遮，[另]1509 城大人，[元][明]2058 從是惱。

饒：[甲][乙]1822 其城即，[甲]2075 州城數。

擾：[三][宮]1579 丹禁而，[三][宮]2122 山陳止，[三]1 虛心靜，[聖]476。

遶：[丙]2092 梁舞袖，[聖][另]1428 腰襦，[宋]、燒[元][明]158 結山，[宋][元][宮]238 作及彼，[宋][元][宮]239 以諸香，[乙]1909 特尊德，[乙]2394 侍衞無，[乙]2394 微笑同，[原]1819 瞻仰。

燒：[宮]2123 念，[甲]1821 身苦相，[明]1092 火光焰。

統：[三][宮]2060 山諸國，[乙]897 用即。

圍：[三]945 壇至心。

繫：[甲]1929 貪愛飢。

續：[乙]2391 次從額。

旋：[明]2122 若，[三][宮]285 從是發，[三]481 而爲説。

綠：[甲]2394 身皆生。

遠：[知]384 著須彌。

知：[原]904 已。

惹

殘：[甲]1120。

慈：[三][甲][乙]982 曳反。

闍：[宋][明][聖]1017。

喏：[乙]1796 哆。

憹：[甲]2400 弱。

諾：[三][甲]1124 三鉢囉。

日：[三][甲][乙]1125 囉二合。

儒：[乙]867 惹十。

入：[丙]1209 嚩二，[甲][丙]1209 嚩二合。

若：[丁]2244 胎湯來，[甲][乙][丙]1073 衆尋即，[甲][乙]1002 娜，[甲][乙]2228 夾摩尼，[甲]850，[甲]850 廿三爾，[甲]974，[甲]1227 七夜，[甲]1304，[甲]2135 麼引怛，[明]、入[甲][丙]1209 嚩二，[三]873 引，[三]1005 并內宮，[三]1005 耶阿，[三]1227 底華進，[聖]953 那，[宋]1027 十娑捨，[宋]1092 始囉徙，[乙]850 字爲舌，[乙]1796 字形現，[乙]2390 八母馱，[乙]2408 只大悲。

弱：[甲]981 吽鑁斜，[三][甲][乙]1125 吽引，[乙]867 惹，[乙]2228 吽鑁斜。

王：[原]1072 位若欲。

悉：[丁]2244 底耶大，[乙]1250 婆薩，[原][甲][丁]2244 底頗里。

夷：[甲][乙][丁]2244 羅河。

著：[甲]1969 四生流。

左：[明]1388 哥囉末。

熱

赤：[甲]1851 鐵黑。

麁：[元][明]25 諸天壽。

埶：[甲]1733 衆鞞等。

獨：[三][宮][聖]1579 那。

梵：[甲]2196 燒行人。

赫：[三]125 盛。

就：[明]310 顛倒苦。

渴：[三][宮]1647 毒逼害。

恐：[聖]663 驚懼怖。

苦：[宮]848 惱，[聖]663 飽食然。

冷：[乙]1238 等病若，[原]1238 病若一。

烈：[三][宮]1644 灰汁河。

惱：[三]375 遠離寂。

能：[三]99 於五受。

磐：[宮]1646 石上諸。

契：[甲]1851 名惱覆。

然：[甲]2266 此就外，[三][宮]1509 金丸色。

爇：[甲]2017 一香炷。

燒：[三][宮]2122 鐵丸飲。

勢：[德]1563 雨各有，[甲]1024 反下同，[甲][乙]2194 畢陵，[甲][乙]2249，[甲]893，[甲]893 羅尊東，[甲]895 不等因，[甲]952 置攞唬，[甲]1724 猛焔恒，[甲]1828，[三][宮][乙]2087 上炎致，[三]425 施名聞，[三]896 無恒或，[聖]210 劇火炭，[聖]425 教訓開，[聖]1440 俱有發，[聖]1509 病以是，[聖]1509 毒蟲不，[聖]1509 天妙見，[另]1721 惱，[宋]2153 地獄經，[乙]、勢力[丁]2244 於四天，[乙]1821 觸亦生，[乙]2394 清涼住，[乙]2394 善現善。

熟：[高]1668，[宮][久]1488，[甲]1828 喩二障，[甲]2324 用煗性，[明]202 肉不經，[明]317 大冷，[明]721 瘡，[明]721 炎鐵，[明]1336 病鬼神，[明]1425 我不，[明]1563 鐵丸能，[明]1573 動各有，[明]2123 時施涼，[明]2131 身如輔，[三][宮]721 豆者有，[三]1435，[三]2121 時有亂，[宋][元][宮]721 鐵塊搏，[宋][元][宮]1425 煮與比，[宋][元]1545 身心離，[乙]2250 業果報，[原]2004 夢未醒。

暑：[明]449 蚊虻日，[三][宮]606 燋草木，[三]196 愚計為，[三]375，[宋][元]374 苦惱其。

溫：[別]397 有幾所。

臥：[三][宮]743 亦極臥。

煖：[三][宮]1551 相風輕，[聖][石]1509 肉與我。

血：[聖]1509。

於：[宋][宮]2040 糞。

怨：[三][宮]310 親。

蒸：[宮]374。

執：[宮]657 鐵丸大，[宮]1425 器來，[宮]1428 載，[宮]1605 有三種，[明][宮]1611 不作清，[三][宮]421 皆悉離，[三][宮]1523，[三]625 無，[三]1559 説名，[聖]1460 時病

時，[石]1509 菩薩爾，[元][明]397，
[元]721 炎鐵。

人

阿：[明]125 羅漢。

八：[甲]868 聖道或，[甲]1786 空
其觀，[甲]1736 行遣此，[甲]2219 部
等世，[甲]2266 天中緣，[甲]2299 到
應辨，[明]225 書，[明]414 所作爲，
[明]1442 者皆得，[明]1808 在前餘，
[三]、入[宮]883 輪位，[宋]278 中彼
諸，[乙]2218 關戒。

般：[宋][元][宮]2121 泥洹。

本：[甲]2367 師偏。

彼：[三][宮]341 空法無。

不：[宮]650 見衆生，[三][宮]656
信施福，[三]42 反縛送，[三]1595 先
已執，[三]2111 善爲師，[聖]1548 於
共解，[元]1428。

繞：[乙]1909 懷惡念。

叉：[宋]、又[元][明]2154 遂。

臣：[甲]2035 不足以，[明]1545
所，[明]2122 曰汝莫，[明]2123 愕然
無，[三]202 民無不。

成：[內]2120 尊在於。

乘：[明]2111 之見也，[乙]2263
可。

癡：[明]721 現得樂。

尺：[宮]321 量以八，[甲][乙]
1822 別論，[聖]2157 至十二。

出：[明]1425。

處：[三]1440 斷故名。

春：[甲]2128 從心作。

此：[明]1299 入移徙。

次：[明]1551 觀受自。

大：[宮][甲]1804 分答佛，[宮]
664 王應著，[宮]1433 結界故，[宮]
1505 云怨上，[宮]2059 體三界，[甲]
2826 涅槃經，[甲][乙]2296 益則，
[甲]1731 非但不，[甲]1805 衣爲言，
[甲]1973 醫王能，[甲]2087，[甲]
2129，[甲]2299 推盡非，[明]278 雄
所行，[明]397 忍三昧，[明]1442 衆
欲何，[明]1546，[明]2103 象願投，
[明]2122，[三][宮][聖]613 衆皆亦，
[三][宮]263 導師充，[三][宮]263 忍
辱柔，[三][宮]278 音聲讚，[三][宮]
397 衆普會，[三][宮]811 聖德普，
[三][宮]1421 力士厭，[三][宮]1453
屏息去，[三][宮]2121 吾無食，[三]
[聖]99 會處具，[三]377 衆悲哀，[聖]
211 神皆得，[宋][元]2061 中衰，[宋]
1431，[元][明]2016 士證者，[元][明]
[宮]374 衆所設，[元][明]125 歎譽
某，[元][明]379 師子右，[元]264 罪
報若，[元]443 帝釋如，[元]1425，
[原]1774 六欲天。

單：[明]721 如是不。

旦：[甲]1736 先觀五。

但：[三][宮]1521 智不能。

道：[甲]1929 也若佛，[甲]2219
得聲聞，[三]1644 若嗅。

等：[甲]2075 隱沒佛，[三]397 熾
然慧。

而：[三]212，[乙]1909 懷惡念。

兒：[聖][另]790 耳，[聖][另]1435 言是中，[元][明]790 所謀。

耳：[三]、－[聖]125 我今。

乏：[三]、－[宮]2102 恥與流。

法：[明]310，[三][宮]1604 法無我，[三][宮]2058 名善知，[三]721 不離說。

凡：[乙]2397 心如合。

煩：[明]994 難解。

夫：[宮][乙]2087，[宮]816 法有所，[甲]2239 心如合，[甲]2397 欲爲善，[甲]2434 併，[明]223 不知不，[三][宮]2123 還歸家，[三][宮][聖][石]1509 虛妄知，[三][宮][聖]1509 若犯國，[三][宮]223，[三][宮]671 豪貴勢，[三][宮]813 篤信斯，[三][宮]1509 不生三，[三][宮]1509 謂此爲，[三][宮]1546 飲蒲，[三][宮]1577 爲，[三][宮]2045，[三]210 使結未，[三]2110 賜辯，[聖][石]1509 皆著二，[聖]1509，[石]1509 法乃至，[石]1509 復次諸。

佛：[宮]760 說深，[原]1819。

父：[明]2103 家于渦，[三][宮][石]1509，[三][宮]263 慰喻具，[三]文[聖]26。

復：[三]125 作是誓。

各：[宮]2034 處不同，[元][明]1982 各。

箇：[甲]2036 不可得，[明]2076 背一面，[明]2076 老漢俱。

根：[宮]2034 本欲生。

公：[三][宮]2103 請問衆。

官：[甲]2075 不信。

合：[三][宮]721 不能修。

后：[宋]2122 不見其。

遑：[元][明]2059。

會：[甲]2195 昔執乎，[三][宮]1521 不爲斷。

火：[甲]2261 作功力，[明]67，[宋][元]1563 又廣於。

或：[甲]1960 下。

及：[三][宮]1484 三，[三]1440 送食也。

即：[甲]2879 得愈無。

間：[三][聖]375 言受，[乙]2408 圖二菩。

今：[宮]1558 誰所成，[甲][乙]1705 日如來，[甲]2035 當以一，[甲]2255 云何言，[三][宮]2121 請以小，[乙]2396 存略而，[元][明]190 云何以，[原]、今[甲]2006 同同得。

井：[宮]1810。

敬：[宋][元]、阿毘曇人[另]1543。

久：[宮]606，[宮]1648 遠離故，[宮]2122 作帝王，[甲]1775 用之獨，[明]374 無所變，[三][宮]384 不識眞，[三][另][石]1509 壽，[三]2112 觸塗多，[宋]、人久[宮]616，[乙]1796 於幻像。

捐：[三][宮]534 棄不見。

客：[明]2121 值摩竭，[三][宮]345 隨，[三][宮]376 各各入，[三][宮]1435 皆悉樂，[三][宮]2085 授麨蜜，[三]185 從山一，[三]199，[三]200 者今五，[聖]1435 出故爾，[宋]202 客

知識。

苦：[明]192 王怖猶。

老：[聖]310 者少。

力：[三][宮]1521 不令眾。

令：[明]1428 僧爲作，[三][宮]816 若有索，[三]607 骨節不，[原]1776 文殊以。

龍：[三]278 八部無，[聖]200 八部之。

面：[甲]2075，[三][宮]2121 飲食與。

民：[甲]1718 説有此，[三][宮]2060 歌春蹊，[三][宮]2103 惡其上，[三][宮]2123 而向屈，[三]1982 安樂禮。

名：[三][宮]1505 樂氣味。

命：[宋][宮]721 則爲勝。

某：[三]1331 門戶宅。

母：[三]1 人與非。

内：[三][宮]2045 盡當茹。

能：[三][宮][聖]397 七日住。

年：[甲]2300 等文義。

念：[宮]1435 必當得。

牛：[明]2076 駕。

女：[甲]1067 相，[甲]1239 治病未，[甲]2787 入林出，[明]594 及彼，[明]2041 正法減，[三]212 抱兒持，[三][宮]397 胎藏安，[三][宮]397 羼，[三][宮]1443 何所用，[三][宮]1545 常所迎，[三][宮]2121 以爲，[三][宮]2122 之體唯，[三][聖]26，[三][聖]200 所有六，[三]125 身體重，[三]

196 心解首，[三]203，[三]374 不知善，[三]1336 時我愧，[聖]125 爾時世，[宋][元][宮]1435 不非是。

其：[三][宮]2122 數若干，[元]223 所須盡。

千：[三]263 同行修。

前：[甲]2036 皆淳和。

切：[三]99 受用者。

勤：[乙]1909 加精進。

求：[宮]1692 本性終，[三]1 救頭燃。

去：[三]212 毀辱不，[原]1776 來來是。

全：[甲]2300 不。

仁：[宮]425 天佛，[宮]425 宜身心，[宮]2122，[甲][乙]957 相，[甲]1718，[甲]1733 王報故，[甲]1734 王經亦，[明]2076 王迎請，[明][和]293 難，[明][甲]901 及諸，[明][乙]1092 粳米小，[明][乙]1276 和猫兒，[明]1336 一斗水，[明]1442 等且應，[明]1450 時甘蔗，[明]1559 次第生，[明]2102 之在己，[明]2122 者，[明]2122 者是菩，[明]2123 義慈善，[三]108 善，[三]190，[三][丙]1202 許芥子，[三][宮]408 者勿行，[三][宮]1442，[三][宮]1455 爲某甲，[三][宮]263，[三][宮]263 案摩手，[三][宮]263 普當學，[三][宮]263 者父我，[三][宮]310 者如日，[三][宮]318 在世而，[三][宮]329 者殺，[三][宮]329 者爲自，[三][宮]383 若欲禮，[三][宮]398 不殺欲，[三][宮]425，[三][宮]425 和

能受，[三][宮]425 將華光，[三][宮]425 力佛在，[三][宮]425 若能逮，[三][宮]425 無我自，[三][宮]425 行者，[三][宮]471 者所説，[三][宮]817 欲，[三][宮]1442 等自可，[三][宮]1521 愛語無，[三][宮]2060，[三][宮]2103 御世英，[三][聖][宮]234 而異，[三][聖]211 安衆生，[三][乙]1092 酥，[三]125 義，[三]186 所行不，[三]193 使入城，[三]210 愛天下，[三]210 聖人所，[三]384 師今乃，[三]1080，[三]1301 種異，[三]1354 輩善哉，[聖][宮]234 化各各，[聖]211 非惡，[聖]2157 不殺經，[宋]100 等，[乙]867 者，[元][明]622 愛利人，[原]1203 王，[原]1796 惠和正，[原]1818 師今作，[知]598 等利一，[知]598 善友信。

任：[三]、仁[宮]657 希有佛。

肉：[三][宮]271 眼見。

如：[宮]278 處大衆，[三]193 牛捨乳，[聖]278 乘船欲。

入：[宮]671 無我自，[宮]890 持誦此，[宮]2066 國向東，[宮][甲]1805 大海漸，[宮][甲]1805 餘心由，[宮][甲]1912 依門得，[宮][聖]278 障，[宮][聖]1460 口中除，[宮]456 前後經，[宮]1425 聚落衣，[宮]1451，[宮]1453 壇場應，[宮]1559 所，[宮]1595 法，[宮]1799 故云妙，[宮]1884 等五蘊，[宮]2025 問訊送，[宮]2060 神爲若，[宮]2123 之妙理，[甲]、人[甲]1782，[甲]2039 宋詣佑，[甲]2128 爲緇案，[甲]2128 謂入此，[甲][乙]957 三，[甲][乙]2192 一以智，[甲]859 事其若，[甲]1071 欲求諸，[甲]1717 者爲，[甲]1718，[甲]1733 法無我，[甲]1733 中思念，[甲]1735 法故二，[甲]1735 位由，[甲]1789 等所熏，[甲]1816 説淨心，[甲]1816 在六，[甲]1821 釋四，[甲]1828 此觀第，[甲]1828 等流果，[甲]1828 金剛心，[甲]1828 如造金，[甲]1828 塗地上，[甲]1912 空智雖，[甲]2015 究竟一，[甲]2128，[甲]2128 也江南，[甲]2128 於闍注，[甲]2195 人滅不，[甲]2219 中，[甲]2255 關中姚，[甲]2255 預表以，[甲]2266 不懷怨，[甲]2266 地心所，[甲]2266 過去即，[甲]2266 極歡喜，[甲]2266 增上也，[甲]2339 之文此，[甲]2362 手但授，[明][甲]1177 住定中，[明]86 口中胥，[明]99 守護林，[明]194 之上花，[明]202 大月大，[明]309 則暢演，[明]387 若，[明]658 財物終，[明]724，[明]1507 耳即，[明]1545 長夜起，[明]1545 苦起樂，[明]1546 者如實，[明]1596 意欲利，[明]2059，[明]2123 天有爲，[明]2123 田薄不，[明]2131 軌則，[明]2151 弘喻有，[明]2154 依諸大，[三]、人入[宮]1428 取比丘，[三]191 來否佛，[三]191 天譯經，[三]213 求於堅，[三]1242，[三][宮]310，[三][宮]310 生樂欲，[三][宮]653 過惡何，[三][宮]656 不闕弘，[三][宮]1549 持以此，[三][宮][甲][乙]901 助護供，[三][宮][聖]1562

心總説，[三][宮][聖][另]1543 持，[三][宮][聖]224 於中有，[三][宮][聖]1421 衣中佛，[三][宮][聖]1541 由，[三][宮][知]384 無人，[三][宮]224 作摩訶，[三][宮]225 如是一，[三][宮]263，[三][宮]292，[三][宮]387 法門入，[三][宮]468 於此生，[三][宮]602 能得三，[三][宮]635 諸佛法，[三][宮]637 意，[三][宮]720 虎口欲，[三][宮]1462 即爛爲，[三][宮]1462 者求一，[三][宮]1505 常闇冥，[三][宮]1506 生想便，[三][宮]1509 身行三，[三][宮]1546，[三][宮]1546 能廣，[三][宮]1549 生彼善，[三][宮]1559 所攝此，[三][宮]2102 唯心所，[三][宮]2122 寺側獲，[三]26 家，[三]99 道具莊，[三]125 惡處不，[三]125 惡趣不，[三]154 便取得，[三]193 盡方便，[三]212 定意善，[三]212 獄其事，[三]278 寶圍遶，[三]292 一切道，[三]468 無業果，[三]1340 中彼攝，[三]1485 習種性，[三]1509 不知病，[三]1532 説彼人，[三]1541 除彼初，[三]1559 般涅槃，[三]1646 有順流，[三]2063 唯見二，[三]2087 宰牧輔，[三]2145 以表同，[三]2154 附梁，[聖]1452 間，[聖]1818 定無，[聖][另]1543 若，[聖]125 令將來，[聖]225 當，[聖]1425 故讚歎，[聖]1425 應語與，[聖]2157 經阿梵，[另]1431 不滿四，[另]1443 引入既，[石]1509，[宋][宮]、－[明]2121 置他方，[宋][宮]1509 知五，[宋][宮]2122 木，[宋][明]1128 修羅窟，[宋][明]2145，[宋][元][宮]、其[明]624 踝，[宋][元][宮]223 至，[宋][元][宮]269 歸故鄉，[宋][元][宮]1428 屋坐其，[宋][元]847 戒失於，[宋][元]1464 教人恐，[宋][元]1558 亦勝亦，[宋]125 或，[宋]212 士夫，[宋]610 不，[宋]632 意令各，[宋]642 者隨他，[宋]1642，[宋]2060 松葉爲，[宋]2103 力無損，[乙]1796 多有資，[乙]2215 觀亦或，[乙]2218 身一，[乙]1816 觀時頗，[乙]2192 雜林時，[乙]2408 佳也，[元][宮][聖]225 壽命，[元][明][知]598 也而爲，[元][明]6 學者當，[元][明]186 見道，[元][明]309 撿道跡，[元][明]671 山，[元][明]1173 須致敬，[元][明]1421 聽，[元][明]1646 迮鬧中，[元]418 若得所，[元]653 不能分，[元]671 無我智，[元]834 即問佛，[元]1492 中時身，[元]1579 能辦能，[元]2061 希瞻禮，[原]1763 涅槃者，[原]2416 名，[知]418 説之菩。

若：[三]99 來詣己。

色：[三][宮][石]1509 共會刀，[三][宮]2122 嬴婆羅。

沙：[元][明][宮]614 先除麁。

上：[聖]176 路超越，[聖]1425 往來便，[宋][元][宮]2060 令會。

身：[甲]2817 身特須，[久]1488 能爲衆，[三][宮][甲]901 其病即，[三][宮]627 悉無所，[三][宮]1581 得無上，[三]68 人死後，[三]125 極爲端，[聖]292 像，[原]1776。

神：[宮]1509 喻人又，[三]360 當雨珍，[宋][元][宮]1458 悉觀見，[元][明]210，[元][明]2122 持天衣。

生：[宮]1458 肉若性，[宮]1650 愛敬同，[宮]2045 所愛，[宮]2121 言船去，[明][宮]374，[明]100 得，[明]721 所稱歎，[明]1450 民，[明]1450 天之因，[三][宮]398 所殖，[三][宮]638 疾應病，[三][宮]1458 聽留墨，[三][宮]1581 當言汝，[三]24 無相害，[三]201 疑對治，[三]291 聞斯響，[三]2112 云亡子，[聖]210 是爲能，[聖][另]1442 即所化，[聖]125 敬仰得，[聖]279 之住處，[石]1509，[石]1509 不，[宋][宮]2122 之所輕，[乙]1723 有二初，[元][明][聖][石]1509 感動群。

聖：[甲][乙]1822 名爲聖。

尸：[三][宮]1435 臭爛青。

失：[三][宮]2102 功協佐。

屍：[三][宮]703 欲何處。

師：[宮][聖]1428 汝似瓦，[宋][元][宮]1428 網魚作，[元]－[宮]609 名，[元][明]24 及占候。

十：[甲]1280 迴還奔。

食：[三][宮]2122 足不勞。

識：[甲]2261 二相於。

使：[三][宮]1435 往喚迦。

士：[宮]730 然後自，[三][宮][聖][另]1451 即阿難，[三][宮]1464 拜唯如，[三]192，[三]212 詣長者。

示：[聖]1788 令知此。

世：[三][宮]585 尊垂慈，[三]202

間常生。

事：[三][宮]1451 白如是。

是：[宮]397，[明]2016 聖行，[宋]657 常。

釋：[甲][乙]2261 一譬喻，[甲]1731，[甲]2195 明前方，[甲]2195 云以後，[乙]2249 意云勤，[原]1744 云王。

水：[甲]2266 如人等。

歲：[三]1435 不。

所：[三][宮]2059 能延。

他：[甲]1921 後己二，[三][宮][聖][另]1443 奪報言，[三][宮][聖][另]1458，[三][宮]1435 拽皆波，[三][宮]1436 舉波夜，[三]1440 舉至地，[另]1428 彼犯罪，[石]1509 行十善。

太：[宋]、本[元][明][甲][乙]2087 仙。

天：[宮]816 界是爲，[甲]2230 願，[甲]1203 不安不，[甲]1239 相爭呪，[甲]1736 壽半劫，[甲]2196 眾集三，[明]99 普設會，[三]2088 中池北，[三][宮]310 趣而來，[三][宮]596 民窮者，[三][宮]721 鬘嚴飾，[三][宮]741 暫得爲，[三][宮]1546 增多阿，[三][宮]2102 絕何數，[三]100 足滿百，[三]210 咨嗟梵，[三]212 身而說，[三]416 龍夜叉，[三]1582 眼有欲，[聖]371 非龍非，[宋]125 中尊眾，[宋]639 中難得，[元][明]1341 眞，[原]2412。

徒：[三][宮]2122 貪求衣。

土：[明]310 苦惱休。

萬：[三][宮]640 不能奪。

王：[宮]534 中王佛，[三][宮]285 各心念，[聖][另]790，[聖]1442 所恥異。

往：[宋][明][甲]1077 持打即。

爲：[三]375 持何。

文：[甲]2195，[甲]2250 面語，[宋][元][宮]1483 云何房，[乙][丁]2244 言對以，[原]1700 立數計。

我：[知]598 無壽無。

無：[三][宮]2121 所貴敬，[三]1559 邪見見，[知]384 天須倫。

物：[三][宮][聖]1451 欲得王，[三][宮]2122 引。

下：[三][宮]1509 主如是，[宋][宮][石]1509 得生。

仙：[明]1336 名曰赤。

賢：[甲]1909。

香：[三][宮]379 華種種。

小：[甲]1893 不見天。

心：[宮]374 護汝心，[甲]2075 惟憎塵，[甲]2217 大三者，[三][宮]425 念神足，[三][宮]671 能離相，[三][宮]1435 病壞心，[三]624 常自制，[乙]2263 十七名，[原]1858 不有不。

行：[三][宮]721 常調伏，[三]125，[三]2122 時疑其。

玄：[宋][元]2109 生知俊。

言：[三]2121 則速別，[三][宮]1458 女人者，[聖]1428 言自責。

也：[甲]2128 説文擊，[甲][乙]2263 或義燈，[甲]1724 曾未聞，[甲]

2362 皆共所，[明]2122，[聖]1763 九者謂，[原]2216 行者入。

夜：[宮]882。

一：[宮]1547，[明]1551 說犯戒，[原]1776 同外道。

宜：[三]375 演説菩。

已：[三]2110 爲，[聖]1460。

以：[宮]2123 親近善，[元][明]310 繩等即。

亦：[聖]211 亦以自。

義：[甲][乙]2263 二釋之，[甲]2263 云延壽。

因：[乙]1909 有三毒。

友：[三][宮]721 不生，[三][宮]2123 則得善。

有：[甲]1718 修五戒，[甲]1828 種種解，[明]1450 此教甚，[三][宮][聖]625 不失果，[三][宮][知]741 視者亦，[三][宮]434 當得立，[三]1509 父母受，[宋][元]220 求見轉，[宋]374 人應，[知]266 毀亂滅。

又：[丙]2396 令，[宮]839 有二種，[宮]1425 復將去，[宮]1509 言人生，[宮]2121 汝今道，[宮]2121 以日出，[甲]1227 以三金，[甲]1851 問若，[甲][乙]1736 晉經性，[甲][乙]1822 順，[甲][乙]2174，[甲]1709 不唯爾，[甲]1709 法空，[甲]1709 無我我，[甲]1717 不知三，[甲]1717 貪其，[甲]1723 得生人，[甲]1723 名不定，[甲]1724 稱出宅，[甲]1734 者第一，[甲]1735 新衣成，[甲]1816，[甲]1816 俱，[甲]1830 中惡趣，[甲]1924，[甲]

2036 踊，[甲]2128 云毘不，[甲]2217
能證此，[甲]2250 壽八萬，[甲]2298
盡撿搜，[甲]2299 民發大，[甲]2400
云上，[明]1217 持焰鬘，[明]2016，
[明]2076 問大師，[明]2076 問如何，
[三][宮][聖][石]1509 畏貪欲，[三]
[宮][聖][石]1509 於中，[三][宮][聖]
1462 欲壞比，[三][宮][聖]1552 色界
五，[三][宮]263 多，[三][宮]1562 契
經等，[三][宮]1646 須陀洹，[三][宮]
2121 以種種，[三]44 以偈復，[三]
152 語，[三]152 曰大王，[三]154 見
微妙，[三]202 聞其令，[三]203 何物
而，[三]322 自磋切，[三]1424 覆藏
等，[三]2149 十，[聖]225 稍稍增，
[聖]271 調無所，[聖]1509 是菩薩，
[聖]1509 行菩薩，[聖]2157 所出經，
[石]1509 漏盡阿，[宋]125 彼云何，
[宋]189 又答王，[宋]467 發菩提，
[乙]1796 學得一，[乙]2218 學得一，
[乙]2249 解西方，[乙]2261 准，[元]
901 二俱向，[元]1425 發喜羯，[元]
1509 彈者此，[元]2122 競問，[原]、
夫[原]1851 須五事，[原]899，[原]
1851 惑在斯。

於：[三][宮][聖]625 道場無。

餘：[三][宮][聖]754 一時傾。

云：[原]2395 諸大乘。

在：[甲]1735 下見敬。

則：[聖]375 具足一。

丈：[原]、尺[原]1828 樹等依。

者：[內]2396 於此，[宮]272 離
諸飲，[甲][乙]2397 亦復如，[甲]922

離障速，[甲]1736 令歸實，[甲]1922
得理，[明][宮]223 懈惰不，[明]1172
一切苦，[明]1339 得路如，[三][流]
365 父王，[三][丙]1211 方便而，[三]
[宮]374 授之薑，[三][宮]720 所不
能，[三][宮]837 復勅長，[三][宮]1425
已與我，[三][宮]1425 捉大網，[三]
[宮]1435 邊受可，[三][宮]1442 既奉
王，[三][宮]1453 起禮既，[三][宮]
1458 而爲觀，[三][宮]1458 齊聲讀，
[三][宮]1458 衆若多，[三][宮]1521
而與言，[三][宮]1521 之所，[三][宮]
1581，[三][宮]1646 皆失世，[三][宮]
2053 令爲法，[三][宮]2059 曰此是，
[三][宮]2122 何笑答，[三][甲][乙][丙]
930 每，[三]125 欲求作，[三]1093 以
妙香，[聖]586 所不能，[乙]1220 年
滿四，[乙]1736 之路若，[元][明]1470
皆不應，[原]1818 請護之，[原]1863
十千劫，[中]223 復次須，[中]223 若
人正。

之：[宮]425 入於佛，[宮]638 生
老病，[甲]1781，[甲]1920 類甚多，
[甲]2299 又其論，[甲]2434 所親見，
[明]322 多惡德，[明]1450 誕，[明]
2112 代，[三][宮]338 所問目，[三]
[宮][甲]2044 民飛鳥，[三][宮]384
謗，[三][宮]425 巧便，[三][宮]606 消
息乃，[三][宮]620 主免欲，[三][宮]
1641 損鼻隣，[三][宮]2121 國中三，
[三][宮]2121 豈是仁，[三][宮]2122
諷，[三]76，[三]125 衆往詣，[三]192
所居，[三]198 莫妄瞻，[三]201 過失

不，[三]212 布教若，[三]220 法速得，[三]1331 若有四，[三]1435 得罪，[三]2060 有求名，[宋]189 答言提，[元][明]1644 或豪猪，[元][明][知]598，[元][明]210 罪報自，[元][明]598 所敬願，[原]1780 宜須。

知：[甲]2075 的實秦。

至：[明]1336 啼四，[元][明]385 不失本。

治：[甲]1512 相者對。

智：[三]1521 除破於，[元][明]1509 者諸天。

中：[宮]263 之尊，[宮]721 鐵鉤釘，[甲][乙][丙]2381 迴心，[三][宮]721 受如，[三][宮]2040 先無過，[三]26 若行施。

種：[甲][乙]2328 病人者，[明]2122 應受信，[三][宮][聖]376 中但使。

衆：[三][宮]1577 生同一，[三]1 心。

洲：[三][宮]721 處欲界。

諸：[三]1547 惡趣中，[乙]2397 天及梵。

主：[三][宮][另]1442 懷憂而，[三][宮]2122 入海採。

子：[宮]263 大梵身，[宮]386 阿修，[宮]2122 皆亦無，[甲][乙]1246 一百八，[明][甲]1177 一，[三][宮]635 皆發無，[三][宮][聖][另]1548 著白淨，[三][宮]1435 身諸女，[三][宮]2122 化爲丈，[聖]125 前後圍。

足：[元]374。

祖：[甲]1973 其二十。

最：[宋]784 尊何者。

坐：[聖][另]1458 鄔陀夷。

壬

丙：[宋]2034 辰建德。

王：[甲]2128 聲也。

仁

不：[宋]152 義心。

傳：[宋][元]、傅[明]2103 鈞先亡。

道：[聖]172 德至重。

二：[甲]2035 義者哉，[三][宮]392 儀清等，[乙]2296，[元][明]682 等應當，[元]1451 等情生。

何：[乙]2263 類。

幻：[甲]2299 義六緣。

七：[元][明]1147 敢。

然：[三]1549 後善根。

人：[宮]318 好樂佛，[宮]635 軟首而，[宮]2112，[和]293 亦當獲，[和]293 者於甚，[甲]1705 王十五，[明][和]293 尊成正，[明]193 之德相，[明]210 不，[明]210 學仁迹，[明]1450 牢王於，[明]2076 一句請，[三][宮]433 壽終時，[三][宮][甲][乙][丙][丁]848 中尊，[三][宮]263 行，[三][宮]263 宣布四，[三][宮]270 當，[三][宮]329 見聽爲，[三][宮]481 諸族姓，[三][宮]638 欲得自，[三][宮]813 何故復，[三][宮]2103 之所愛，[三][宮]2104 所以降，[三][宮]2104 之仁是，

[三][宮]2122 也行必，[三][甲][乙][丙][丁]848 中勝演，[三][甲][乙][丙][丁]848 尊亦然，[三][聖]475 可密速，[三][聖]210 不殺常，[三][聖]291 者如來，[三]186 之器今，[三]186 中尊，[三]197 以卿等，[三]474 故有放，[三]2121 重愛物，[聖][另]790，[聖]99 者應當，[聖]157 等皆，[聖]211 明何謂，[聖]341 者邊作，[聖]425 慈愍諸，[聖]425 和若，[聖]下同425 和不起，[宋][宮]1484 者是菩，[宋][宮]2122 壽年中，[宋][明][宮][丙][丁]848 中尊具，[宋][元][宮]318 今所笑，[宋]152 子矣取，[宋]2153 不殺經，[元][明][宮]310 且聽是，[元][明][聖]210 慎言守，[元][明]656 中聖。

忍：[甲]2339 是姓也。

任：[甲][乙][丙][丁]2092 心自放，[三]86 其人言。

食：[宮]2111 而能反。

他：[明]、作[宮]1545 宗許出，[明]1545 宗說心。

天：[三]152 澤古賢。

土：[三][宮]2121 樂於小。

位：[乙]2192 故名法。

賢：[宋]397 者有十。

心：[三]203 寬善。

行：[三]152 和明，[宋][元][宮]、恩[聖]221 愛三者，[知]266。

依：[甲]1736 王等者。

志：[三][宮]263 欣勇。

忠：[宮]2112 恕廉讓。

住：[聖]953 有大力。

忍

安：[乙]2263 勤也是。

卑：[三][宮]2060 辱愍增。

悲：[甲]1718 故能。

惡：[甲]2312 樂欲心，[明]2149。

恩：[甲]1512 解，[三][宮]598 佛當建。

法：[甲]1828 證。

觀：[乙]1816 中住。

忽：[三][宮]263 貢高自，[三][宮]638 生死斯。

懷：[甲]1775。

慧：[明]293 海精勤，[原]1972 自誤其。

恐：[宮]2122，[宋]2060 樂容止，[元][明]675。

六：[甲][乙]1822 果有漏，[三][宮]397 波羅蜜。

懃：[甲]1909。

念：[明]1543 常不離，[聖]425。

怒：[甲]2266 亦有四。

人：[甲]2434 已上，[聖][石]1509 地見地，[元][明]99 來相難。

仁：[甲]2207 也曹憲，[原]2339。

刃：[三][宮]278 或名生。

刅：[宋][宮]2103 斂衸四。

任：[甲]1744，[甲]2399 法，[明]125 修行死，[明]310 解脫衆，[乙]2250 性故第。

訒：[三]、認[聖]210。

認：[三]、認[聖]211 亦毀中。

辱：[宮]309 者代其。

軟：[三][宮]403 尊敬長。

善：[三][宮]746 以杖打。

時：[三]1425 默然故。

受：[三]、是[宮]2123 諸苦。

順：[原]1149。

思：[宮]222 度無極，[宮]223 能具足，[明]1548 見解脫，[明]261 非眞實，[明]2016 議是出，[三][宮]709 是法此，[三]1660 之，[聖]1509 中間名，[宋][宮]1546 世第一，[宋]1540 樂慧觀，[乙]1816 令成菩，[乙]2249，[元]341 受無瞋。

同：[三][宮]425 是曰忍。

忘：[甲]1736 三。

爲：[三][宮]1545 與不。

無：[甲]1816。

心：[甲]1705 也一，[宋]481 精進一。

要：[宋][宮]309 增於善。

也：[三][宮]341 爲住忍，[三][宮]500 懷忍行。

意：[宮]2045，[三][宮]2103 吞嚼至。

應：[三][宮][甲]901 反揭。

者：[宮]221 攝。

智：[甲]1735 湛然不，[三][宮]1546 俱，[聖][另]1458 及苦法，[聖]1546 滅道比，[原]2264 不。

住：[明]220 波羅蜜，[聖]99 正念正。

注：[宮]273 是則有。

總：[甲]1828 記已方。

茌

任：[三][宮]721。

往：[宋]125 治政。

莊：[甲]2068 縣人住。

苤

翁：[明]293 翠種種。

稔

捻：[三][甲]1227 進火中。

刃

叉：[甲][乙]2250 尸利國，[甲]1814 摩那比，[甲]1920，[原]1744 十。

丑：[另]1459 或可剃。

刄：[甲][丁]2092 加於君。

刀：[宮]2103 而可盡，[甲]、刃[甲]1821 等作殺，[甲]2035 兵，[甲]2035 貫杖銘，[甲]2129 反馬注，[甲]2129 反字書，[明]2059 剌，[三]992 不能傷，[三][宮]1443 勢二，[三][宮]2053 張弓命，[三][宮]2103 是舉體，[聖][石]1509 不傷亦，[聖]224 所中死，[乙]、刄[丁]2092 榮於。

方：[甲]1795。

力：[宮]721，[甲]2128 端也從，[甲]1782 故能爲，[元]901 身。

忍：[甲]1120 側依初，[三][宮][聖]278 枝或名，[三]1052，[宋]1336 除一切，[元][明]425 佛在世。

仞：[三][宮]673 菩薩坐，[三][宮]816 結加趺，[三][宮]2103 虛以應，[三][宮]2103 疑戍百，[三][宮]2103 涌法，[三][宮]2103 擢千尋，[三][宮]2108 以衝天，[三][宮]2123 火坑當，[三]263 經行虛，[三]2103 之一，[元][明]309 極遲經。

佹：[三]2151 干霄風，[宋]、㓟[元][明]2145 目前豈，[元][明]220 翹足引，[元][明]1345 加趺而，[元][明]下同 288 亦現如。

生：[三][宮]581 魂神展，[元]2122 魂神。

印：[甲]2229 互。

刄

叉：[甲]2266 女名曰。

刀：[甲]2401 環圍之，[宋][元][宮]2122 折。

劍：[三]192 臨其頸。

斤：[甲]2129 反玉篇。

矛：[三]192 鋒利箭。

刅

叉：[原]、刃[甲]1744 一刅。

刃：[宮]2058 以淨香，[三][宮]1595 聚燼爲，[三][宮]2060 定心更，[三]1591 飛甍十，[宋][宮]2122 阿若拘，[宋][元][宮]1593 聚燼爲，[宋]309 或有出，[宋]2122 火坑當，[原]1819 以是故。

刄：[宮]309 半極遲，[三][宮]2122 木，[三][宮]2122 七尺。

㓟：[三]2060 筵席洎，[元][明]2104，[元][明]2108 兩儀儒。

仭

㓟：[明]212 復還入。

刃：[宋]2145 昔有人。

刄：[宋][宮]657 其衆華，[宋][元]201 滿中盛。

㓟：[三]、滿[甲][乙]2087，[元][明]2145 房書序。

任

伯：[三]2102 之位祿。

促：[明]1331。

擔：[三][流]360 受持。

但：[甲]2195 品題故。

佳：[三][宮]721 持時諸。

經：[甲][乙]2328 意云如。

亙：[甲][乙]1822 細而論。

堪：[丙]2777 詣彼問。

狂：[甲]2214 己私心，[知]1579 攝受三。

能：[甲]1828 者。

憑：[元][明]2122 杖行此。

普：[三]2110 共流通。

仁：[三][宮]2121 性調善，[三]152 妻到壞。

忍：[甲]1816 等然由，[明]、住[宮]310 諸法，[三][宮]268。

妊：[三][宮]1509，[三][宮]2121 經，[三][乙]1028 不成就，[原]2270 已後，[原]2431 胎產生。

潤：[甲]1863 業定力。

生：[明]403 於善，[明]2103 妙同無。

仕：[甲]2128 郭反説，[甲][乙]

2219，[知]2082 爲。

述：[甲][乙]2263。

順：[明]1459 情安逆。

隨：[三]、住[宮]1583 已智力，[三][宮]581 氣力虛。

枉：[知][甲]2082 我我今。

往：[明]895 行此法，[明]948 出道場，[明]2154 還多寶。

位：[甲]2255，[乙]1816 鏡明依，[原]2339 所斷佛。

無：[甲][乙]1821 住力令，[三]1227 建立之。

信：[甲][乙]1821 住力數，[甲]1080 爲給使。

行：[聖]26 隨所聞。

依：[乙]2263，[乙]2263 論文如。

以：[甲][乙]2249 愚推試。

役：[三][乙]1092 使取諸。

在：[甲]2067 懷有若，[甲]2255 無累中，[甲]2266 見道，[甲]2414 師意樂，[明]、狂[宮]1459 應持或，[明]、任[明]2103 神往苟，[明]513 其本德，[明]1459 當時，[明]2016 是則名，[三][宮]2102 此理者，[宋]99 作何器，[宋]2060 性俊警，[乙]1821 此業力，[乙]2249 此等定，[元]、住[明]1545 持諸有。

住：[宮]279 其自心，[宮]374 紹，[宮]1521 爲法器，[宮]1536 持如是，[宮]1545 自，[宮]1562 持大種，[宮]2028 去者爲，[宮][聖][知]1581，[宮][知]1579 持而得，[宮]279 持菩薩，[宮]310 意而去，[宮]347 持亦復，

[宮]397 爲法器，[宮]410 大乘器，[宮]425 是曰忍，[宮]585 於法精，[宮]790 入國知，[宮]882 持金剛，[宮]882 持衆色，[宮]895 意作之，[宮]901 取勝地，[宮]1428 欲作便，[宮]1462 爲食根，[宮]1463，[宮]1530 運二，[宮]1545，[宮]1545 持有者，[宮]1545 時彼位，[宮]1558 持見道，[宮]1558 持欲，[宮]1562，[宮]1571 持身故，[宮]1594 持若助，[宮]1808 意遠近，[宮]2103 私，[宮]2108 遵釋，[宮]2123，[甲][乙]2261 持故雖，[甲][乙]1072 身中設，[甲][乙]2087，[甲][乙]2259 善淨心，[甲]952 所作法，[甲]1007 自盡滅，[甲]1246 得共語，[甲]1718 若住此，[甲]1733 持根，[甲]1736 持，[甲]1736 持故謂，[甲]1816，[甲]1816 運而，[甲]1816 運加行，[甲]1816 運以修，[甲]1823 長因性，[甲]1830 運分，[甲]1922 六分委，[甲]1925 色陰是，[甲]2037 持不知，[甲]2196 分但有，[甲]2207 管見成，[甲]2214 彼而説，[甲]2217 別憑經，[甲]2261 持佛法，[甲]2261 運趣故，[甲]2261 運相似，[甲]2266 持引，[甲]2266 持故謂，[甲]2266 持所引，[甲]2266 持所有，[甲]2266 性故無，[甲]2266 性能障，[甲]2266 運彼釋，[甲]2266 運平等，[甲]2266 運一皆，[甲]2286 時運不，[甲]2297 初以人，[甲]2299 性無知，[甲]2339 地惑皮，[甲]2399 行者意，[甲]2415 阿，[甲]2792 爲尼説，[甲]2792 作衣者，

[明]201 護持如，[明]220 持相自，[明]316 持了知，[明]400 持過去，[明]1545 杖法，[明]1562 持根令，[明]1636 持於頂，[明][宮]310 頒宣，[明][宮]1545 持令久，[明][甲]1988，[明]192 彼四禪，[明]202 王復勅，[明]293 持一切，[明]316 持故，[明]316 持觀，[明]1424 依恒式，[明]1424 以爲相，[明]1443 意飽食，[明]1451 於何處，[明]1509 入涅槃，[明]1530 持，[明]1530 持因故，[明]1545 持長養，[明]1545 持牽引，[明]1562 持故由，[明]1597 持所餘，[明]1605 持增上，[明]1636 持色相，[明]1648，[明]1648 爲神通，[明]1810 之若與，[明]2060 吹虛舟，[明]2060 弘濟寺，[明]2060 尋更右，[明]2103，[明]2121，[明]2122 土所宜，[明]2125 能禮其，[明]2131 持此身，[三]1530 持一切，[三]1579 持堅住，[三][宮]639 乞求意，[三][宮]1488 用久近，[三][宮]1530 持，[三][宮]1545 持故見，[三][宮]1545 運起不，[三][宮]1606 持攝如，[三][宮]2060 雅有風，[三][宮][聖]1433 現作法，[三][宮]411 持一切，[三][宮]459 吾我處，[三][宮]618 之則自，[三][宮]648 持善決，[三][宮]883 持諸法，[三][宮]1425 知諸比，[三][宮]1428，[三][宮]1459 僧分，[三][宮]1459 現所須，[三][宮]1545 持故有，[三][宮]1552，[三][宮]1563 持令無，[三][宮]1579，[三][宮]1579 持故由，[三][宮]1597 持圓滿，

[三][宮]1613 持攀緣，[三][宮]1661 持自性，[三][宮]2034 持大乘，[三][宮]2060 湘州學，[三][宮]2060 之時復，[三][宮]2060 之魏道，[三][乙]1092 入無礙，[三]26 閑居靜，[三]192 彼宿業，[三]201，[三]398 於此篤，[三]1340 心所行，[三]1521 作導一，[三]1545 持故，[三]1579 持驅役，[三]1579 持勝德，[三]1579 運，[三]1598 持熏習，[三]2059 周此地，[三]2106 憑翊令，[聖]1509 得涅槃，[聖][另]1451 爾自收，[聖]291 三千界，[聖]663 大臣及，[聖]1421 意上有，[聖]1421 意所爲，[聖]1509，[聖]1509 得佛或，[聖]1733 持一，[聖]1733 者是無，[聖]2157 救軍未，[聖]2157 前行遂，[聖]2157 益州僧，[另]1451 其恭慢，[另]1453 己情，[宋]12 持自行，[宋]120 荷我法，[宋]489 持菩薩，[宋][宮]411 持極善，[宋][宮]616 習行是，[宋][宮]1545，[宋][甲]1039，[宋][元]220 持相增，[宋][元][宮]1451，[宋][元][宮]1530 持對治，[宋][元][宮]1579 持謂諸，[宋][元][宮]2122 時隨緣，[宋][元]310 持故於，[宋][元]1563 持者名，[宋][元]1579 持因問，[宋][元]2053 師求法，[宋][元]2063 清簡才，[宋][元]2154 雲不得，[宋]125 己智是，[宋]220 持故作，[宋]220 持所，[宋]318 自虧其，[宋]376 持正法，[宋]398 毀於如，[宋]403 具，[宋]585 自由而，[宋]1092 諸命使，[宋]1340 弘多何，

[宋]1499 更受，[宋]1509 求，[宋]1571，[宋]1579 持功德，[宋]1582 受持菩，[宋]1604 持一切，[宋]2145 雲不得，[乙]2131 無礙塵，[乙]2215 諸法之，[乙]2296 涅槃於，[乙]2297 持所餘，[乙]2381 持此菩，[元]、一[另]1435 往王園，[元]、明註曰任北藏作住 1579 持一切，[元]220 持故為，[元]220 持故作，[元]1579，[元]1579 運轉道，[元][明]566 共相酬，[元][明][宮]374 如是五，[元][明][宮]1545 持緣令，[元][明][石]1509 何以索，[元][明]159 賢集諸，[元][明]212 行當，[元][明]376 持者以，[元][明]680 持一切，[元][明]901 向壇內，[元][明]1425，[元][明]1428 意作報，[元][明]1471 如當言，[元][明]1509 力念，[元][明]1530 持因故，[元][明]1545 持故最，[元][明]1571 運而起，[元][明]1579 持次第，[元][明]1579 持普能，[元][明]1579 持義是，[元][明]1579 持於斷，[元][明]1579 持正法，[元][明]1579 持最後，[元][明]1579 趣證究，[元][明]1597 業轉故，[元][明]1603 持次第，[元][明]1616 自然之，[元][明]2016 持軌生，[元][明]2060 岐州登，[元]190 意選取，[元]415 持一切，[元]591 行，[元]790 四臣，[元]1332 荷負無，[元]1442 汝所，[元]1442 緣而去，[元]1451 持香土，[元]1451 來婢還，[元]1458，[元]1521 化度隨，[元]1571 凶頑反，[元]1579，[元]1579 持不捨，[元]1579 持

對治，[元]1579 持故，[元]1579 持故若，[元]1579 持障礙，[元]1579 性極調，[元]1579 運而轉，[元]1579 運滅斷，[元]1579 證於無，[元]1579 自在等，[元]1602 得所未，[元]1602 運起故，[元]1609 汝於此，[元]1615 群，[元]2060 性行，[元]2122 為食者，[原]1796 持七寶，[原]1796 故須有，[原]2339 不生，[原]2339 出二心，[原]2339 出非無，[原]2425 持正法。

作：[甲][乙]1709 三時相，[三][宮]1577 為作諸，[三][宮]1606 持方便，[三][甲][乙][丙]1202 酥用復，[乙][丙]1210 意讀般。

牞

仴：[三][宮]2060 衢街光，[三][宮]2122 空中告，[宋][宮]2103 畢被侵，[宋][宮]2103 九州豈，[宋][宮]2103 崖巇歲，[宋][元][宮]2122 虛空環。

伭：[宋][宮]2103 封域廊，[宋][元][宮]2060 房宇。

妊

經：[明]1450 至十月。

任：[宮]310 生子於，[宮]1435 身婦人，[宮]2121 身，[聖]1428，[聖][另]790 習不成，[聖][另]1509 身體苦，[聖]26 語其，[聖]99 乳牛數，[聖]99 死士以，[聖]125，[聖]125 婦人，[聖]125 臨欲在，[聖]125 身爾時，[聖]125 是時夫，[聖]125 是時

人，[聖]125 是時日，[聖]125 是時
我，[聖]157 身亦得，[聖]190，[聖]
190 者安隱，[聖]200 足滿十，[聖]
211 十月雙，[聖]223 身體苦，[聖]
310 若以身，[聖]375 男耶女，[聖]
383 會喪身，[聖]397 身不知，[聖]
545 身産苦，[聖]1421，[聖]1421 女
受具，[聖]1423 女受具，[聖]1425，
[聖]1425 身婬欲，[聖]1425 十月生，
[聖]1428 彼欲産，[聖]1440，[聖]1440
故其母，[聖]1440 時夢見，[聖]1441
作方便，[聖]1462 此夫人，[聖]1463
女人，[聖]1763 而作生，[聖]2042 若
生男，[另]1428 王言大，[石]1509 身
難，[石]1509 身菩薩，[宋][元][宮]
2122 未成成，[宋]2122，[宋]2122 月
滿，[萬][聖]26。

娠：[宋][元][宮]2041 將滿作。

娙：[元]1442，[元]1476 女人重。

住：[聖]210 死土以。

袵

紝：[明]2122 脫便。

姙

任：[聖]26 不産生。

如：[甲]2250 以來有。

娠：[明]1569 諸子食。

紃

劍：[原]2410 印。

紐：[三][宮]2060。

靪

輀：[明]2087 載馳歸。

心：[宮]2053 之所祈。

紝

任：[甲]2129 絲也從。

袵：[三][宮]下同 2123 脫。

葚

甚：[甲]2128 生江濱。

椹：[明]2103 之熟因。

紝

紝：[三]2110 之婦必。

袵：[三][宮]1509 脫便言，[三]
[宮]1509 脫。

認

翻：[甲]2305 實者乖。

名：[三][聖]211 反謂我。

謬：[原]、謬[甲]2006 聲色名。

忍：[甲]1813 若他無，[三][聖]
125 王意爾，[元][明]2108 輕發樞。

仞：[聖]1428。

仍：[聖]1440 名比丘。

仍：[聖]1428 當共斷。

詔：[甲]2018 見聞性。

誌：[三][宮]2121 言是我。

仍

成：[甲][乙]1799 就於六。

渡：[宮]397 於眾生。

覆：[三][宮]374 復生疑。

何：[甲][乙]2263 以一釋，[甲][乙]2263 亦云獨，[甲]2266 實者青，[乙]2263 准此難。

假：[原]1825 無體故。

今：[乙]1830 以無明。

刻：[宋][元]、客[明]2060 寓居吳。

乃：[宮]2122 復出門，[甲]1171 爲説法，[明]1191 至夜半，[明]2145 於其舍，[三][宮]1462 説脩多，[三][宮]1482 向漚，[三][宮]2043 説言長，[三][宮]2059 明岑，[三][宮]2060 存友，[三][宮]2060 固請覲，[三][宮]2060 有祇崇，[三][宮]2103 爲不息，[三][宮]2123 依怙，[三][聖]172 復還山，[三]2060 葬彼山，[聖][甲]1763 嫌，[乙]2263 一分者，[元]901 露七寶，[原]2271 預於本。

巧：[聖]2060 別梵設。

仞：[甲]1333 於像前，[元]、尚[明]1442 未制學。

續：[三][宮]626 當在前。

依：[甲][乙]1822 續起此，[乙]、作[乙]2192 佛事定。

以：[甲]1973 遵廬山，[乙]2263 上難尤。

日

白：[和]293 藏摩尼，[甲][乙]994，[甲]994 色光與，[甲]1068 輪右手，[甲]2204 乃至輪，[三]1053 月分照，[三][宮]443 蓮華最，[三][宮]742 光巍巍，[三][宮]1421 時已到，[三][宮]1462 出家，[三][宮]2122 光寤已，[三][宮]2122 四者八，[三][乙]1092 透觀置，[三]99 世尊頗，[三]986 施大仙，[三]2110 光坐此，[聖]190，[聖]99 日身蒙，[聖]1425 有，[石]1509，[宋][元][宮]1432 日來白，[宋][元]1336 服二，[乙]2397 月在輕，[元][明]190 炙何所，[元][明]193 蓋莫不，[原]2248 來應法，[原]2339 月顯了。

百：[甲]1089 即調柔，[明]953 取不壞，[明]1272 後方得，[三][宮]2122 臨時倍，[三][聖]211 木榮，[三]2125 之疑出，[元][明]1227 内摩。

便：[三][宮]2123 遣其夫。

朝：[三][宮][甲]2053 身不，[三][宮]1459 鳴稚，[聖]200 夕時王。

晨：[甲]893 此三。

處：[聖]1425 大會。

旦：[甲][乙]1709 自勵依，[三][宮]2059 乃盡爾，[三][宮]2059 遷柩欲，[三][宮]2121 爲一人，[三][甲][乙]2087，[三][聖]172 遣使齎，[三]196 迦葉復，[三]2060 打鍾初，[三]2154 博問群，[元][明]2060 不眠更。

當：[三]26 含消如。

燈：[甲]1736 照牟尼。

耳：[宋][明]2122。

爾：[三][宮]534 至心。

法：[宋][元][宮]1483 已有事。

反：[三][聖]178 諸親厚。

甘：[宮]607 願至死，[元]1451 擬來亦。

光：[宮]721 出無闇。

絃：[甲][乙]930 哩二。

恒：[三][宮]2122 常供養。

後：[甲]2897 即墮阿。

洹：[明][宮]2040 各嚴。

火：[三][宮]1451 光珠月。

吉：[三]、昌[甲]1139 反㰲㰅。

即：[三][甲][乙][丙]1076 自結。

己：[三][宮]813 往無所。

忌：[三][宮]2108。

甲：[丙]866 也跋折，[另]1451
宜來就。

舊：[乙]2391。

口：[甲]2128 積也説，[甲]1179
中含誦，[甲]1909 佛南無，[甲]2039
日影施，[元]1421 欲共論。

苦：[甲]1963 羸喘急。

力：[甲]2266 更考義。

魯：[乙]1830 顧惟法。

名：[明]2041 悉達即，[三][宮]
2042 佛。

明：[元][明][宮]552 晡時母。

目：[博]262 虛空住，[丁]2244
支隣陀，[宮]263，[宮]1596 得耶此，
[宮]1664 輪放一，[宮]2045，[宮]
2122 法育未，[宮]2122 又有沈，[甲]
1735，[甲]2255 此，[甲]1708 伕褒
折，[甲]1782 淨修廣，[甲]2036 角
龍顏，[甲]2053，[甲]2128 謂須母，
[甲]2266 眩及中，[甲]2269 下攝論，
[甲]2412 云苦果，[明][宮]384 幻化，
[三][宮]、月[聖][另]303 菩薩普，
[三][宮]443 如來南，[三][宮]657 於

病瘦，[三][宮]1451 前事而，[三][宮]
1470 前三者，[三][宮]2053 暉霞凡，
[三][宮]2060 四衆競，[三][宮]2122
觀以崇，[三]649 於諸法，[三]2122，
[聖]2157 藏經十，[聖]2157 同共嗟，
[宋][宮]、自[元][明]425 尊重俗，
[宋][宮]443 如來南，[宋][元]202 栴
檀積，[宋][元]2034 角口大，[乙]
2379 記文耳，[乙]2397 普見一，[元]
[明]2103 中而下，[元]2122 乃歇右。

年：[宮]2034。

念：[宮]279 中悉知。

請：[聖]2157 譯經施。

去：[三][聖]190 不得聖。

人：[三][宮]1458 非長。

日：[宮]2040 即以太，[宮]2053
即當便，[宮]2053 師不須。

如：[三]193 出雲未。

上：[聖]2157 日月流。

身：[乙]1909 端。

食：[甲]2036 之間違，[明]1425
時欲至，[乙][丙]2092 必，[元][明]、
日食[聖]211 減。

時：[甲]2196，[甲]2396，[明]
1463 不得欲，[三][宮]2040，[三][宮]
2121 其王夫，[三]196 因，[三]375 常
於其，[三]2122，[聖]200 天降。

是：[三][宮]338 遠現悉，[三]
1435 諸惡。

巳：[元][明]2123 失。

四：[甲]1828 解眠，[甲]1863 記
云別，[甲]2396 幢，[明]2053 商那
和，[聖]2157 勅興善，[宋]1644 持鬘

於，[乙]2297，[原]1744 種諸釋。

宿：[三]1300 一切事。

田：[甲]2184 新録，[明]、曰[宮]2060 臨睨，[三]2103 益。

同：[甲]1839 法者此，[甲]2250 曰以名，[甲]2281 自書加，[乙]2391。

王：[宮]1428 説戒往，[三][宮]278 競微利。

網：[三][宮]2060 取拔無。

誤：[宋]、謬[宮]2053 師好試。

夕：[甲]1969 於般若，[三][聖]1 來爲我。

昔：[三][聖]125 不造福。

星：[宮][聖]271 一時安，[甲]2195 天也，[三]1300。

言：[宮]2058 此糜雖，[宮]2058 先修多，[三][宮]2040 此，[三][宮]2043，[三]2103 物於己，[原]1851 有論師。

也：[三][宮]453 弟子之。

夜：[明]2122，[三]152 若茲都，[三][宮]414 滿月光，[原]2006 寒風。

一：[三]2149 自手筆，[乙]2250 向南北。

已：[明][甲][乙]856 決定相，[三][宮]377 永涅槃，[三][宮]1425 後，[三][宮]1425 後不聽，[三][宮]1425 後僧上，[三][宮]1425 後應如，[三][宮]1425 後應作，[宋][元][宮]1425，[宋]848 世尊諸，[原]974 文殊師。

以：[三][宮]1425 後不得，[三][宮]1425 後客比，[三][宮]1425 後應，

[三]125 此天女，[宋][元][宮]、已[明]1425 後不聽。

因：[宮]397 病者或，[宮]2103，[甲]1870 多伽此，[甲][乙]1821 何反唐，[甲]2068 稱定慧，[甲]2217 立炎名，[三][宮]638 修展轉，[三][宮]2121 取相一，[三][宮]2122 將暮復，[三]212 有新業，[聖]1512 事興願，[乙]2296 徇先哲。

用：[三][甲]1229 白膠香。

由：[甲]1805 途相攝，[元]1604。

有：[甲]2255 明非有。

曰：[宮]885 囉，[宮]307 光三昧，[宮]397 子菩薩，[宮]443 如來，[宮]607 來呼若，[宮]731 復，[宮]901 前有天，[宮]1670 欲冥王，[宮]2028 善以得，[宮]2034，[宮]2060 劍門雖，[宮]2111 若從外，[宮]2121 今已中，[宮]2121 月神天，[宮]2122 通也，[宮]2122 有數萬，[宮]2123 諸天帝，[甲]、日[甲]1782 殺三，[甲]1763 不見豈，[甲][乙]1822 水，[甲]953，[甲]1719 遊戲原，[甲]1763 非始有，[甲]1772，[甲]1781 不也世，[甲]1816，[甲]1887 故依理，[甲]2193 天珠，[甲]2194 大底略，[甲]2201 羅二字，[甲]2261 名轉法，[甲]2263 我執自，[甲]2266 是故所，[甲]2362 皆成不，[甲]2400 囉二合，[久]1452 人，[明]26 天求見，[明]310 月光與，[明]361 月光復，[明]1340 何緣吹，[明]1646 觸遠，[明]2034 嚴寺沙，[明]2149 抄品重，[明]2149 數百里，[三][宮]、

曰日[聖]1494 無垢光，[三][宮]221 樂四名，[三][宮]425，[三][宮]443 月燈明，[三][宮]656 月盛滿，[三][宮]721 宮殿天，[三][宮]721 沒山日，[三][宮]1462，[三][宮]1470 持爲姓，[三][宮]1507 舉天二，[三][宮]1579 別住盡，[三][宮]1611 相似相，[三][宮]2102 骨肉歸，[三][宮]2103 茲辰弟，[三][宮]2121 月護有，[三][宮]2123 午時是，[三][聖][乙]953 憶念者，[三]191 受用無，[三]602 或七歲，[三]2122 新，[三]2122 行取之，[三]2145 不可，[三]2146 經一卷，[三]2146 難經，[三]2149 銷馨德，[三]2149 周有成，[三]2153 雜難經，[聖]347 爲諸衆，[聖]425 晋曰首，[聖]953 囉二合，[另]1443 一切義，[石]1509，[宋]、自[元][明]212 解脫尼，[宋]883 天二名，[宋][宮]497 有臭米，[宋][宮]556 趣死人，[宋][宮]2122 於席下，[宋][明]1191 名一切，[宋][元][宮]、彼[明]1494 無垢光，[宋][元][宮]1558 言光所，[宋][元][宮][聖][另]1458，[宋][元][宮]222 兜菩薩，[宋][元][宮]885 囉二，[宋][元][宮]1670 朝暮承，[宋][元]493 即，[宋][元]885 林毘，[宋][元]885 囉，[宋][元]2122 將欲沒，[宋]2145 躋講演，[乙]2194 哀泣合，[元][明][宮]1459 增生死，[元][明]434 月英其，[元][明]2121 滿堂皆。

月：[乙]2390 三千日。[乙]2391 天西一，[原]2250 一周天，[原]1840，

[原]1851 乃至一，[原][甲]1986。[原]2196，[原]2196 當。[宮]901 洒浴若，[宮]2103，[宮]2025，[甲]1909 光佛，[甲]2339 成隱被，[甲]2339 應現教，[甲]1782 時歲數，[甲]1804 二日此，[甲]1823 間各出，[甲]1911 陰則雲，[甲]2035 終就寺，[甲]2128 蝕依常，[甲]2290 得彼第，[甲]2300 之照無，[甲]2401 禁而竟，[甲]1733 光奇特，[甲]1893 輪放光，[甲]1912 初分欲，[甲]2219 如日光，[甲][乙]2296 乃炳愚，[甲][乙]1098 焰麼焰，[甲][乙]2219 現，[明]310 出必不，[明]896，[三]193 仁光所，[三]302 燈菩薩，[三]1300 胡麻祭，[三]1300 宜以酥，[三]1335 帝阿羅，[三]618 漸變異，[三]985 或復頻，[三]1301 常有益，[三]2042 之中有，[三]2087 未滿，[三][宮]292 野馬人，[三][宮]445 華如來，[三][宮]1458 分其授，[三][宮]2121 增甚朝，[三][宮]2122 不歇帝，[三][宮]303 以三千，[三][宮]310，[三][宮]606，[三][宮]1463 十五日，[三][宮]1625 數有，[三][宮]2122 故夜，[三][宮]2122 受持清，[三][宮]519 齋戒以，[三][宮]628 幢，[三][宮]1545 出重雲，[三][宮][石]1509 減婆藪，[三][甲]1227 初摩一，[聖]26 常取自，[聖]2157 訖學士，[聖]2157 有勅令，[宋][元]210 精進受，[宋][元]202 光放千，[乙]1796 周遊四，[乙]2089 悟榮叡，[乙]2408，[乙]2390 天

子四，[乙][丙]2092 登葱嶺，[乙][丙]2092 辛巳儀，[元][明]125 雲消，[元][明]1428 若自恣，[元][明]1509 所作事，[元][明][聖]211，[知]598 影現於。

越：[明]下同 0721 人少減，[三]2040 比丘，[三][宮]721 人見之，[三][聖]375 三十。

云：[甲]2195 劫得不。

云：[甲]2299 二月十，[三][宮]2041 時王見。

折：[原]904 羅三摩，[原]904 囉滿馱。

折：[甲]973 囉二合，[甲][丙]973 囉二合。

者：[宮]322 所受者，[甲][乙]1929 眞是聲，[三]153 何所思，[三]190 莫作是，[三]203 以何爲，[三][宮]374 云何不，[三][宮]310 誕一童，[宋][元][宮]2040 唯有此。

旨：[甲]2036 既道。

智：[甲]2434 之身常。

滯：[宋][元][宮]2060 久矣旦。

書：[三]1300 減一分。

住：[明]2076 公朝服，[明]2076 公朝服。

轉：[三]159 輪光照。

自：[原]1986。

自：[宮]2121 促盡言，[宮]2059 輒至水，[宮][甲]1799 炳然故，[宮][聖][另]1453 久卒諫，[甲]1717 就損理，[甲]1736 身則空，[甲]2008 去，

[甲]2229 在前所，[甲][乙]1929 炳然是，[明]394 涅槃世，[明]2040 鐵輪飛，[三]1425 後不聽，[三]、白[宮]2060 登咸嘉，[三][宮]2102，[三][宮]2121 滋倉，[三][宮]2066 中府欲，[三][甲]1039 在之右，[三][聖]190 穿藏彼，[宋][宮][聖]1435 露身不，[乙]1723 已化不，[元][明]1425 到僧中。

馴

驛：[甲]2036 四出周。

戎

成：[甲]2266 辨觀待，[甲]2266 辨觀待。

代：[宮]2103 剖脇而。

梵：[明]2034 道俗五，[明]2034 釋種一，[明]2034 道俗二，[三][宮]2102 方故見，[三][宮]2109，[元][明]2034 道俗十，[元][明]2034 黑白道，[元][明]2034 兼通言，[元][明]2034 語前秦，[元][明]2059 妙得經，[元][明]2145，[元][明]2145 之語乃，[元][明]2149 道俗二，[元][明]2154 兼通音，[元][明]2059 兼通，[元][明]2145 妙得經，[元][明]2145，[元][明]2145 譯文傳，[元][明]2149 語前秦，[元][明]2059 備悉風，[元][明]2149 道俗二，[元][明]2145 音義莫。

戒：[甲]1918 家業等，[甲]2196 仗隱身，[明]2087 馬，[聖]2157 婆揭，[聖]2157 入境夜，[聖]2157 事然張，[聖]2157 主深所，[聖]2157 道俗十，

[聖]2157 胹問罪。

　駴：[三][宮]2103 馬生郊，[宋]
[元]2110 馬之迹。

　戌：[明]2131 陀羅農。

　戌：[三][宮]2059 軍追擒。

肜

　肜：[宋]、肜[元][明][宮]2122，
[宋][宮]2059 曰涉公，[元][明]2034 嘗
小爲。

茸

　茸：[宋][元]2061 白丁矣。

　首：[三]193。

容

　凹：[三][宮]721 舉足還。

　不：[甲]1913 開會。

　答：[甲]1512，[甲][乙]1822 多有
情，[明]1545 有隨眠，[三]2063。

　當：[明]1545 墮惡趣，[三]20 毀
譽不。

　定：[甲]1973 作一路。

　膚：[三][宮][聖]1428 色氣力。

　谷：[宮]2060 掩方壙。

　害：[原]、[乙]1744 已下第。

　害：[乙]下同 2249 隨眠歟。

　害：[甲]2271 量亦無，[甲]2299，
[聖]1425 帝五名，[乙]2296 大應容，
[乙]2249 隨眠歟。

　交：[三]1227。

　盡：[甲]1821 現行無。

　究：[原][乙]2219 極至心。

　客：[敦]361 長者具，[宮]2102
所言當，[宮]1421 得説戒，[宮]2059
使凡厥，[己]1830 識故今，[甲]1733
妄故爲，[甲]1736，[甲]2068 要須與，
[甲]2255 作，[甲]1733 苦不知，[甲]
1772 一准佛，[甲]1821，[甲]2196 立，
[甲]2266，[甲]2261 幾通本，[甲]2266
預勝進，[甲]1828 受性二，[甲]1721
其一足，[明]1517 受多種，[明][宮]
2031 俱現前，[三]192，[三]2103 固
有華，[三]1421 身滿而，[三]1562 計
能生，[三][宮]424 尊者賢，[三][宮]
2060 道俗通，[三][宮]2122 知人之，
[三][宮]746 止而復，[三][宮]2102 而
況三，[三][宮]2108 養之道，[三][宮]
2122 車襲驅，[聖]1451，[聖]1733 持
故云，[聖]2157 使普天，[聖]1428 得
廣説，[聖]1562，[聖]1733 受色相，
[另]1442 廢忘我，[宋]1301 是則爲，
[宋]2061 將器就，[宋][元]2108 節也
去，[宋][元]201 止便橫，[乙]1822，
[乙]1822 自作一，[乙]1822 有已下，
[元][明]193 禮，[元][明]2102 作之
有。

　肯：[三][宮][甲]901 懺悔如。

　空：[聖]1549 受爲空。

　麗：[宮]2058 映蔽金。

　媚：[三][宮]2122 儀如娑。

　密：[三][宮]2102 悉宗炳，[三]
[宮]2102 悉宗炳。

　蜜：[甲]1851 三不與。

　擎：[三][宮]2111 十號。

　窮：[甲]1733 土海五，[甲]1733

二從不，[甲][乙]1822 於欲修。

忍：[聖]1723。

融：[甲]1891。

入：[乙]1736，[乙]1736。

色：[三][宮]263 難可比。

審：[三]1545 非惡見。

寺：[三]2145 對與法。

俗：[明]2145 巨曜於。

所：[三]220 有故菩。

通：[甲][乙]2192 權實文。

無：[三][宮]1558 有心狂。

形：[三]2112 像親自。

言：[聖]2157 詳正勤。

庸：[甲]1828 境欲起，[元][明]657 等有二。

用：[三][聖]211 後悔，[乙]1821 准定由。

正：[三]212 是故。

蓉

容：[宋][元]6。

溶

涌：[甲]2128 也經本。

榮

彩：[三][宮]2102 而。

策：[原]1778 雖殊皆。

策：[甲]2270 勵此名，[三]2103 故息蒲，[三][宮]2102 觀傾資，[三][宮]2122 亦繫在，[元][明]2103 本無橫。

弟：[聖]211 今者富。

勞：[原]1744 修。

勞：[甲]2067 盛莫加，[三][宮]741 冀解三，[宋][宮]403 而在。

宋：[甲]2183 撰內云。

藥：[乙]2092 四法師，[乙]2092 傳。

業：[三]1331。

榮：[原][乙]2250 不朽又。

榮：[甲]2039 陽爲楚，[宋]2061 陽人也，[宋][元]2061 陽，[宋][元]2061 陽人也，[元][明]2060 陽人也。

熒：[丙]2134，[甲]2402 惑囉入。

瑩：[甲]1847 去塵垢，[甲]1963 千珍佛，[甲][乙][丙]2092 之詞也，[宋]2122 哀備焉。

螢：[三]、瑩[宮]2060 朗，[三]、瑩[宮]2060 朗。

營：[原]2897 安置。

營：[甲]2362 法師大，[明]1394 衞使日，[三]2060 供逸聽，[三][宮]2122 厚，[三][聖]211 妻子不。

縈：[甲]2217 求根或。

樂：[三][宮]2121 兄入。

之：[聖]211 樂更共。

融

別：[甲]1735 一雖一。

虫：[甲]1921 一者空。

鬲：[明]2123 下如旋，[三][宮]下同 2123 身遍隔。

隔：[乙][丁]2244 生世自。

鎔：[明]125 銅而灌，[明]25 赤銅汁，[三]201 眞金流，[三]201 眞金注，[三]24 赤銅汁，[三]24 銅汁在，

[三]201 消，[三]25，[三]201 金亦如，[三][宮]383 銅吞熱，[三][宮]1509 金投水，[三][宮]2034 銅灌，[三][宮]423 銅，[三][宮]426 銅左手，[三][宮]613 銅或臥，[三][宮]721 銅㷼，[三][宮]1562 消乃至，[三][宮]2042 銅灌口，[三][宮]2123 銅灌口，[三][宮]749 銅諸比，[三][宮]2121，[三][宮]2122 寫已竭，[三][宮]1507 銅爲，[元]945 銅灌吞。

用：[三][宮]2122 鐵錮之。

鎔

鏡：[甲]2313 文其意。

容：[甲][乙][丙]1866 融。

融：[三]203 金聚，[三][宮]2122，[三][宮]2122 銅，[聖]376 精，[乙]1909 銅百，[元][明]2043 消無有。

冗

無：[甲]1782。

穴：[三][宮]2060 至十六。

坑

坑：[明]2016 菩薩見。

柔

調：[甲]1722 伏。

和：[敦]敦[乙]262。

前：[甲]1733 行後求。

揉：[三]1340 足踐令，[三][宮]1459 當淨濾。

濡：[宮]2121，[宮][聖][石]1509 軟不能，[宋]、忍[元][明]152 度無極。

軟：[三][宮]263 精妙計，[三][宮]624 弱，[宋]、[元][明]152 心言遜。

輭：[甲]1733 根者攝。

雖：[明]1552 軟故無。

隨：[三]201 順於諸。

通：[聖]285 順。

未：[三][宮][聖][另]1548 軟調伏。

業：[乙]2397 識心微。

揉

拍：[三]1435 浣，[三]1435 浣。

柔：[三][宮]1428 便揉，[石]2125 或可微，[宋][元][宮][聖][另]1459 衣。

粏：[甲][乙]2296 砂。

粏

采：[宮]610 皆聽彼。

採：[甲]1700。

隷：[明]992 波闍羅。

染：[三]1598 故用自。

揉：[明]193 牢固王，[三][宮]2122 以胸臆，[宋][宮]1598 乃名可，[乙]2173 鈔三卷。

釋：[甲]2223 論，[甲]2223 論。

蹂

跡：[甲]2128 蒼頡篇。

柔：[三][宮]下同 1442 其腹若，[宋][元][宮]、揉[明]1458。

鞣

柔：[三][宮]1425 治相與，[三]

[宮]下同 1428 治若自。

肉

白：[原]2411 色而乘。

彼：[三]、皮[宮]1425 膚不異，[三][宮]2045 眼爲。

噉：[三][宮]671。

分：[三][宮][聖]1428。

骨：[明]1655 皆銷散。

害：[宮]1451 之時生，[甲]2792 不應食，[三][宮]1428 時琉璃，[三][宮]1452，[宋][元]2155 經一卷。

及：[三][宮]721 皮。

句：[宋]、肉餘法飲[宮]2123 餘習見。

空：[三][宮]2122 我今定，[聖][另]1509 眼。

兩：[三][宮]2122 以爲塔。

脈：[宮]279 筋骨男。

目：[甲]1775 施踰須。

內：[原]2248 異便高。

內：[宮]2122 無人無，[宮]721 血彼既，[宮]1451，[宮]721 以食，[宮]722 心如灰，[甲]2128 上下肉，[甲]2217 教，[甲]2401，[甲]1912 所有，[甲][乙]2397 心中令，[明][甲]1177，[三]、害[宮]1530 眼故顛，[三][宮]1547 及諸濕，[三][宮]2060 外烏隨，[三][宮]2122 流惡，[三][宮]1591，[三][宮]1641 則糅變，[三][宮]2103 躬大布，[三][宮]1610 心孔中，[三][甲]2125 起誠，[聖]1458 及甘蔗，[聖]1512 具能見，[聖]1548 眼

除天，[聖]1452 而去六，[聖]1463 不應食，[聖][另]1451 有脂，[聖][另]1442 不堪食，[聖][另]1442 到穴邊，[石]1509 身無有，[宋][宮]1509 身未得，[宋][宮]721 中有幾，[乙]2397 心中觀，[乙]2194 此四重，[元]1579 段，[元][明]618 段堅厚，[元][明]721 脂中一。

能：[甲]2255 貪滅若。

皮：[宮]1435 各，[宮]656 軟細不，[三][宮]721 中晝夜。

宍：[乙]、完[丙]917 如是等，[乙]、完[丙]917 如是等。

身：[三]201 而用與。

食：[明]2103 遂至食，[三]754 五辛葱，[三]754 五辛葱。

實：[甲]2266 麁重當，[三][宮][聖]1579 麁重當，[三][宮][聖][和]1579 所。

完：[甲]1723 而塗飾，[甲]893 類彼復，[甲]1512 眼等見，[甲]1733 四，[石]1509。

網：[三][宮]1487 相連紫。

五：[三][宮]2123 皰成就。

朽：[三][宮]2122 爛盡心。

血：[甲]2402 色，[聖]376 穢食所。

眼：[乙]1724 是此果。

欲：[明]1648 揣喻。

再：[三][宮]2085 得須陀。

周：[甲]2128 從犬也，[甲]2128 從犬也。

自：[乙]2263 心爲體，[乙]2263
心爲體。

宍

膚：[三]、肉[聖]125 骨，[三]、
肉[聖]125 骨。

害：[原]2220 念誦之。

害：[宮]2040 刑之棄。

失：[甲]1709 慈無限。

完：[甲]1816 煩惱六。

楺

揉：[甲]2128 木柔帚。

如

安：[元]190 閻浮檀。

白：[三][宮]310 鵝行舌，[三][宮]
310 鵝行舌。

本：[原]、〔如〕－[甲]2287 心也
若。

本：[甲]2266 燈光等。

彼：[三][宮]666 巖樹蜜，[三]
[宮]383 諸商人，[三]1532 所説諸。

必：[甲]2281 有，[甲][乙]1822
無間道，[甲][乙]2249 當本有，[甲]
1828，[甲]2263 斷第二，[甲]2313
有，[三]1056 有覺觸，[乙]2249，
[乙]2297 滅答若，[原]2263 許，[原]
2339。

別：[聖]1541 有諍法。

不：[甲]1828 有者謂，[甲]2215
有無俱，[甲]2266 知其名，[三]212 與
愚從，[三]1558 次能治，[乙]1822 次

能治。

妊：[甲]2128 五色花。

常：[明]2076 但一時。

抄：[宮]2060 費氏録。

陳：[宮]468 姓也舍。

初：[甲]2176 玄仁，[乙]1822 行
者漸。

處：[甲]1781 衆無畏，[甲]2269
其所欲。

此：[宮]671，[宮]1509 此人生，
[甲]、－[乙][丙][丁]2089 如海等，
[甲]1828，[甲]2219 處有十，[三][宮]
1443 聖者容，[三][宮]2122 是末後，
[元]1593 此顯現，[原]2339 是。

從：[三]193 是周遍。

答：[明]1545 擇法是。

大：[元][明]279 海佛在。

得：[甲][乙]1751 已應意，[甲]
2266 彼。

地：[宮]721 地獄火。

等：[甲]2254 我之臣，[甲]2195
文次第，[三][宮][甲]901 日，[三]184
爲病答。

斷：[三][宮]1546 長老彌。

對：[甲]1736 前已説，[乙]2263
法舊抄。

而：[煌]1654 解脱，[宮]1595 此
而生，[宮]263 雷震，[宮]263 燒盡，
[宮]529 去，[甲]1828 辨三無，[甲]
2901 到彼岸，[甲]2901 無實體，[明]
221 爲説法，[明]1562，[三]401 嗟歎
言，[三][宮]221 不見復，[三][宮]380
有聞者，[三][宮][聖][另]790 有敬久，

[三][宮]232，[三][宮]263 獨步多，[三][宮]263 來集會，[三][宮]263 兩足尊，[三][宮]263 信樂，[三][宮]266 爲舌，[三][宮]345 化現有，[三][宮]458 得度亦，[三][宮]458 有想，[三][宮]481 令受佛，[三][宮]532 見我供，[三][宮]587 彼寶珠，[三][宮]588 常樂禪，[三][宮]588 等於五，[三][宮]606 垂行步，[三][宮]624 恒，[三][宮]632 言今師，[三][宮]635 説之是，[三][宮]635 無生死，[三][宮]635 值佛世，[三][宮]657 是惡人，[三][宮]657 修習，[三][宮]671 捕取，[三][宮]720 師子吼，[三][宮]810 在燕，[三][宮]1509 衆生實，[三][宮]2105，[三][宮]2121 血流溢，[三][聖]210 嬰疾痛，[三]32 得脱意，[三]170 裏連，[三]170 立一心，[三]170 右旋，[三]186 樂色者，[三]192 影隨，[三]193 會至城，[三]193 雷震，[三]193 照曜薄，[三]361 乞人在，[三]474 往而妙，[三]631，[三]2122 死太子，[聖]224 無，[聖]361 火起燒，[聖]425 冥覩明，[宋][宮]401 幻化察，[宋][明]1017 説頌曰，[宋][元][宮]271 説偈言，[宋][元][聖]361 我名字，[宋][元]361 火起燒，[宋][元]361 我名字，[乙]2777 虛空無，[元][明][宮]263 示聲聞，[元][明]26 汝所説，[元][明]626 不相錯，[元][明]658 般涅槃，[元][明]821 是常出，[知]598 講布施，[知]598 所應善，[知]598 無所起。

爾：[甲]2255 故非寂，[三][宮]

1546 復有，[聖]1428 許時生，[乙]2397。

法：[久]1486 諸佛正，[明]489 水又善，[三][宮]657 通達不，[三][宮]1648 於此已。

非：[甲]2266 理應説，[三][宮]414 彼所知，[三]682 劫比羅。

佛：[甲]1733 説無量，[三]397 功德我，[聖]1509 來因解。

復：[丙][丁]1141 次我今。

伽：[甲]1832，[三][宮]1428 法如毘，[原]905 備是慈。

各：[宮]848 其次第，[三][宮]1521 有所須。

故：[己]1830 顯揚第，[甲]2035 此不求，[三][宮]816 是亦無，[三][宮]1546 凡夫聖，[聖]1562 瓶所依，[乙]、如故[丙]2397 云云若，[元][明]2016 説苦者，[原]2263 前説者。

光：[元]721 螢火蟲，[元][明]352 生如。

害：[三]1581 是。

好：[丙][丁]866 莊嚴自，[宮]1547 見道以，[甲][乙]2259 由乎，[明]816 是皆悉，[明]1012 如來，[三]201 影，[聖]1509 寶，[宋][宮]764 滿月好，[宋][宮]1509 善母般，[宋][元][宮]225 日明遍，[知]1579 有。

何：[甲]2259 何答破，[甲]2274 別耶答。

和：[丙]1184 塗香，[丙]2286 上會釋，[宮]2108 陷君親，[宋][宮]2121 教即竪，[元][明]1331 提字滿。

弘：[三][宮]2121 慈誓曰。

後：[三][宮]847 是無量。

淮：[三]1579 前廣説。

幻：[三][宮]414 化亦如，[三][宮]572 化一切，[三]672 夢及垂。

或：[明]1545 通解脱，[三][宮]1578 是等。

及：[明][甲]1177 小乘之，[元]1566 是等諸。

即：[甲]1799 青白紅，[乙]2218 大歡喜。

加：[宮]263 得逮聞，[宮]1605 緣起中，[甲]、一[甲]2167 五百字，[甲]2266 功勵行，[甲]2325 如受畜，[甲][乙][丙]1201 持本尊，[甲][乙]850 持華遍，[甲][乙]2250 彈駁不，[甲][乙]2261 行智能，[甲][乙]2390，[甲]893 是先作，[甲]951 置淨水，[甲]1027 法一設，[甲]1227 火七，[甲]1709 婆沙論，[甲]1709 行時思，[甲]1736 世界成，[甲]1742 於汝，[甲]1782 其力任，[甲]1816 彼金剛，[甲]1816 第二地，[甲]1816 所不分，[甲]1821 貪，[甲]1828 彼是法，[甲]1828 無量深，[甲]2035，[甲]2035 銀，[甲]2196 云俗不，[甲]2219 文同之，[甲]2250 母愛子，[甲]2250 前八處，[甲]2263 之，[甲]2274 第四本，[甲]2274 論，[甲]2274 言非有，[甲]2281 之言者，[甲]2299 此，[甲]2412 釋迦鉢，[明][甲][乙]1086 持十度，[明]144 於上時，[明]2102 來藏窅，[三][丙][丁]848 此法修，[三][宮]1443 其，[三][宮][聖]1543 已知當，[三][宮]425 藥佛解，[三][宮]1459 增一大，[三][宮]1562 貪等隨，[三][宮]1810 法云大，[三][宮]2060 也到茂，[三][宮]2122 大癰腫，[三][宮]2122 説惠，[三][宮]2122 以極，[三][甲]895 聰明，[三][乙]1200 持念誦，[三]125 思惟不，[三]190 意事事，[三]1301 神呪所，[三]1424 法義加，[聖]211 捶杖者，[宋][明][宮]2122 常王意，[乙]2219 涅，[乙]2408 持供，[乙]2194 以上正，[乙]2261 起者，[乙]2390 初，[乙]2408 寶灌，[元][明]893 以澡浴，[元][明]2016 被，[原]、加[甲]1782 長，[原]、加[甲]1897 意細淋，[原]1862 之恒令，[原]1778 諸比丘，[原]1889 如以局。

迦：[乙]2394 上也莎，[元][明][宮]383 蘭提鳥。

見：[宮]633 是文殊。

皆：[元]1579 是。

今：[甲]1834 佛世尊，[甲]2266。

經：[明]2016 云譬如，[三][宮]2034 來相續。

九：[元]1092 是修治。

來：[甲]1736 法身本。

老：[元][明]97 此之心。

理：[甲]2263 名如如，[甲]2339 隨緣作，[乙]2263 等文此，[原]923 是故説，[原]1723 慈悲心。

劣：[聖]310。

令：[明]99 鐵丸燒，[明]2122 禮拜仙，[原]1834 知自心。

夢：[和]293。

妙：[宮]278 此法門，[甲]1761 理相即，[甲][乙]2207 覺耶觀，[甲]1733 願，[甲]1735 蓮開故，[甲]1736 是信心，[甲]2087 雨雲霧，[甲]2183，[甲]2266 第一識，[甲]2299 聖無二，[明]359 吉祥當，[明][甲][乙][丙]857 色超三，[明]1450 實亦將，[三][宮][聖]397 法不捨，[三][宮][聖]625 行，[三][宮]277 蓮華，[三][宮]455 法至誠，[三][宮]671 之狀大，[三][宮]2041 有恒，[三][宮]2060 願唯，[三][宮]2104 何以空，[三][聖]200 理精，[三]193 天繒，[三]631 不用餘，[聖]279 天鼓恒，[聖]1733 緣起性，[宋]1509 夢，[元][明][宮]1545 此論者，[原]、妙[乙]1797，[原]1899 無比諸，[知]1785 音而讚。

名：[甲][乙]1709 句文次，[甲]1733 虛空，[甲]2273 三支，[明]1563 是已，[宋]、明[宮]585 其心念。

命：[元][明]1486 海吞流。

那：[甲]2250 矛。

乃：[三][宮]2122 誌所畫。

奈：[三]171。

能：[三][宮]636 化能脫。

寧：[明]374 說十，[三]375 說十住。

奴：[甲]2130 多羅華。

女：[宮]1428 是病或，[宮]1562 是已，[甲][乙]1822 人食，[甲][乙]1822 依男，[甲][乙]2250 云母邑，[甲][乙]2263 等種種，[甲]2217 白佛言，[三]187 姊妹，[三]643，[宋][元][宮]2103 圖澄羅，[宋]1548 是，[元][明]1584 前所說，[元]1425 四，[原]1778 人自在，[原]2262，[原]2413 藏寶，[原]2409，[原]2431 元。

譬：[另]1721 牛。

品：[甲]2262 所攝。

其：[三][宮]2122 餘篇中。

切：[宮]2123 人讚歎，[甲]952，[甲]2261 破金器，[甲]2269 至別性，[甲]2400 衆生執，[明][甲]1119 本尊彼，[原]1782。

屈：[三]154 伸臂頃。

取：[三][宮]2122。

然：[明]2076，[聖][另]342 是故名。

人：[甲]1973 失物人，[三]1982 所奉恭。

日：[甲]1912 行備菩，[宋][元][宮]414 出暉明。

茹：[明]643 芥子從，[三]2110 檀強跨。

汝：[宮]271 大象王，[宮]310 所聞法，[宮]397 命富樓，[和]261 是深妙，[甲]1512 謂如來，[甲][乙]1822 立擇滅，[明]1631 是汝諍，[明][聖]158 能斷當，[明]125 師子掩，[明]220 是般若，[明]293 下如是，[明]389 服藥於，[明]847 聞如，[明]1507 我王法，[三]118 斯用時，[三]1441 刹利女，[三][宮]1489 樂於彼，[三][宮]1509 不應問，[三][宮][聖]1421，[三][宮]269 與如來，[三][宮]843 前所問，[三][宮]

1509 憍尸迦，[三][宮]1521 應以一，[三][宮]2043 佛所記，[三][宮]2085 其，[三][宮]2121 佛所記，[三][聖]125 今可爲，[三][聖]190 此苦行，[三]125，[三]193 舌，[三]311 觀拘迦，[三]721 猶行放，[三]987 意善行，[乙]1796 彼慶也。

入：[宋][宮]606 太山或。

若：[宮][石]1509 問佛以，[宮]632 飛鳥在，[甲][乙]2219 金剛即，[甲]1775 雷震人，[甲]1775 魔之願，[甲]1830 無眞，[甲]1924 舉一毛，[甲]1929 唖但諸，[甲]2075 眞金深，[甲]2371 大師内，[甲]2394 作大日，[甲]2414 無此樹，[明]225 虛空無，[明]322 衆祐所，[明]565 火熾尋，[明]1435 一出家，[三]、智[宮]1548，[三][宮]310 於家雞，[三][宮][甲]901 盛日又，[三][宮][聖]278 山王白，[三][宮][聖]586 蓮華，[三][宮][聖]1428 師子不，[三][宮][另]410 有人不，[三][宮]225 幻師與，[三][宮]263 斯將養，[三][宮]263 族姓子，[三][宮]309 虛空是，[三][宮]332 錦韜，[三][宮]383 慈父如，[三][宮]383 羅睺羅，[三][宮]383 明鏡觀，[三][宮]397 佛世尊，[三][宮]403，[三][宮]414 諸野獸，[三][宮]456 油塗行，[三][宮]461 陶家泥，[三][宮]477 斯光光，[三][宮]495 一若兩，[三][宮]512 有人時，[三][宮]565 橋船一，[三][宮]585 巨海當，[三][宮]590 五穀隨，[三][宮]606 明者知，[三][宮]

632 虛空本，[三][宮]810 金剛何，[三][宮]1425 不捨者，[三][宮]1425 此答言，[三][宮]1425 弟諸比，[三][宮]1428，[三][宮]1428 上，[三][宮]1435 細福前，[三][宮]1478 毒蛇人，[三][宮]1631 有瓶有，[三][宮]2058 星月死，[三][宮]2102 禽，[三][宮]2122 僧祇律，[三]1 是，[三]1 素質易，[三]25 迦姤隣，[三]76 砥足不，[三]125 人間有，[三]152 幻辭親，[三]170 龍王爲，[三]170 須彌山，[三]170 雪孰聞，[三]192 須彌山，[三]193 諦，[三]291 影第八，[三]292 衆生界，[三]375 其無者，[三]375 有施主，[三]643 白，[三]1579 前應，[聖]224 男子，[聖]225 無，[聖]278 虛空衆，[聖]291 雨一味，[聖]1428，[石]1509 大家種，[石]1509 一切外，[乙][丙]873 淨滿月，[原]1700 欲嚴淨，[知]598 此如本。

色：[明]221。

上：[甲]2362 來會。

勝：[元][明][聖]211 常佛即。

時：[三]2122 彼天神，[宋]1546 色法生。

實：[甲][乙]2263 性是解，[乙]2263 者演祕。

始：[丙][丁]1145 自發言，[丁]1145 至却退，[宮]569 日初出，[宮]1559 前身根，[甲]1832 從中有，[甲]2266 謂見行，[甲]2409 自發言，[甲][乙]2296 起法名，[甲][乙]2376 向上座，[甲]923 周匝右，[甲]1731 此經蓮，[甲]1731 來同共，[甲]1731 來依正，[甲]1863 何得言，[甲]2006 解奉重，[甲]2128 脂之膩，[甲]2207 裏肉而，[甲]2214，[甲]2266 如眞實，[甲]2299 舍利弗，[甲]2299 文等文，[甲]2305 即後際，[甲]2339，[甲]2370 不可說，[甲]2434 不經三，[明]610 生，[明]1648 是起識，[三][宮]1565 是人則，[三][宮]403，[三][宮]606 終爾時，[三][宮]721，[三][宮]1523 邊及謗，[三][宮]1689 向上座，[三][宮]2121 半反，[三][宮]2121 意亦惡，[三][宮]2122 足善住，[三][宮]2123 欲旋塔，[三]100 是正解，[聖]210 不，[聖]1440 是人，[宋]2061 可與言，[宋][元][甲]1163 二十三，[宋]620 優波羅，[元][明]2145 驗復何，[原]、[甲]1744 是法身，[原]、始[甲]1782 來創來，[原]1308 足衰厄，[原]1868，[原]2339，[原]2395 起。

世：[乙]2391 尊云云。

似：[甲]2036 鄙，[明]2076 漆，[三][宮]1435 雞等共，[三][宮]2059 貫壞直，[三]187 滿月世，[聖][甲]1733 王子雛，[乙]2391 馬故出。

是：[宮]2060 何始欲，[宮]310 是得聞，[宮]468 是以過，[宮]810 世尊計，[甲][乙]1821 何者此，[甲]868 護摩增，[甲]1729 用功，[甲]1822 於，[明]220 如晝夜，[明]2131 兵禪止，[明]220 依此甚，[明]1345 虛空生，[三][宮][聖]223 犍闥婆，[三][宮]671 如實知，[三][宮]1425 佛教不，[三]

[宮]1548 虫行侵，[三]1982，[聖]376 醍醐清，[聖]1421 來，[宋][宮]342 幻化如，[宋][明]220 菩薩摩，[宋]342 黑冥等，[元][明]220 惡魔或，[元][明]220 惡魔或，[元][明]384 人射虛，[元][明]2122 眠夢富，[原]2362 除毀數。

殊：[元][明]2122 經今依。

恕：[三]212 本不及。

數：[宋]2060 此陰陽。

斯：[三][甲][乙]2087 何不遇。

四：[甲][乙]1929 意止即，[甲]1828 似六法，[甲]1863 菩薩行，[甲]2261 婆沙七，[原]2248 種，[原]2339 轉大劫。

隨：[三]1532，[聖][甲]1733 意成故。

所：[宮]461 講辯才，[甲]2270 說緣，[明]310 作業，[三][宮]2059 宜鍾答。

體：[甲]2284 門而簡。

天：[聖]664 眞金眼。

同：[甲]952 上，[甲]1735 虛空，[甲]1821 聲非異，[甲]2253 論，[甲]2263 前又，[甲]2270 前如地，[明][宮]2108 司宰寺，[三][宮]1443，[乙]1736 於大軍。

妄：[甲]1828 說故名。

危：[三][宮]2103 泡沫之。

威：[三][宮]2122 儀相不。

為：[明]721 大水滅，[三][宮][聖][另]790 化少。

唯：[宋][元][宮]、惟[明]721 芥子許。

爲：[甲]1828 除人執，[明]1423
圓，[三][聖]210 泡意如，[宋][宮]292
父入佛，[乙][丙]873 本尊復，[元]
[明]658 大藥樹，[原]2264 王所。

謂：[三][宮]676 世尊言，[三][宮]
[聖]676 世尊言，[原]1700 智慧人。

我：[三][宮]374 來見已。

無：[和]293，[甲]997 是無身，
[明]656 亦如如，[明]1542 婆羅，[明]
1546 上尊者，[三][宮]1562 明說爲，
[乙]1796 世人支，[元][明]1509 毫。

五：[聖]1509 五，[原]2262 攝火
辨。

相：[宮]223 法無所，[甲]1717
罷子法，[甲]1736 故，[甲]2901 如本
來，[三][宮]、－[聖]223 須菩提，[聖]
1345 幻化本。

心：[和]293 孝子，[甲]1924 淨
心依，[甲]1924 與阿梨，[甲]2305 闇
相生，[甲]2305 中恒沙，[三][宮]721
地震動。

性：[乙]2296 生。

姓：[甲]2261 是不可。

虛：[乙]1796 空無所。

須：[明]2076 石女兒。

熏：[元][明]626 說法佛。

尋：[聖]613 前法。

言：[甲]2396 文字，[甲]2434 法
從彼。

也：[甲][乙]1822 見斷法，[甲]
[乙]1822 身兩臂，[甲][乙]1866 等煩
惱，[甲]2837 猴著鎖，[三][宮]1506

佛契經，[原]1781 善吉自。

依：[甲]2410 俱舍者，[三][宮]、
所[甲]895，[三][宮]2060 前崩倒，[三]
202 勒。

宜：[元][明]1007 高作復。

已：[甲]2271 上二云。

以：[丁]2244 符七十，[甲]2082，
[甲]2218 是因緣，[甲][乙]1796 身同
於，[甲][乙]1866 舉體隨，[甲]1709
文悉，[甲]1710 聖教說，[甲]1733 楞
伽云，[甲]1781 四天，[甲]1973 斯之
類，[甲]2212 中三昧，[甲]2262 唯識
觀，[甲]2339 實報分，[甲]2434 以彼
顯，[明][甲]1177 此修念，[明]221 空
不可，[明]613 前觀，[三]1532 法行
以，[三][宮]268 恒河沙，[三][宮]
1559 自在我，[三][宮]1566 當起法，
[三][宮][聖]1579 是名依，[三][宮]
1428 法如，[三][宮]1462 大火聚，
[三][宮]1464 事白佛，[三][宮]1530
是，[三][宮]1566 偈曰，[三][宮]1646
無色風，[三][宮]1659 是忍故，[三]
[宮]2121 垂沒之，[三]199 值見正，
[三]2122 即爲，[聖]200 前時彼，[聖]
1549 是一切，[另]1443 是說，[另]
1721 來復作，[石]1509 世間名，[石]
1509 藥塗瘡，[宋][宮][聖]1509 是取
相，[宋]24 是顯現，[宋]2110 別傳
所，[乙]1069 上多羅，[乙]1821 有
財者，[乙]2394 印圍之，[元][明]223
是像貌，[原][甲]1851 四無量，[原]
1856 入滅定。

亦：[三]、如分別[三]1532 一一

句，[三][宮]1631 是無過。

意：[另]1548 意正如。

因：[三][宮]1626 如地海。

引：[甲]1717 大纓珞，[甲]2396 彼。

猶：[甲]1736 大明中，[三]1562 如施主，[原]1796 完堅之。

有：[宮]1435 是過失，[甲]2261 測疏恐，[甲]2266 此三義，[甲]2266 三乘性，[甲]2837 明淨即，[三][宮][聖]381 來有，[三][宮]397 是相名，[三][宮]1509 一，[聖]1433 是諸病，[乙]2263 別紙。

又：[三][宮]1562 前難彼，[三][宮]1581 世尊義。

于：[宋][明][宮]、子[元]589 虛空不。

於：[宮]1581 水中月，[甲]1851 毘，[甲]1851 佛三昧，[甲]1851 毘曇色，[明]、−[元]223 恒河沙，[明]220 是誰有，[明]209 有人磨，[明]310 雲霧障，[明]312 今日，[明]473 虛空不，[明]1116 潔淨白，[明]1469 貧人稱，[明]1636 虛空清，[明]2145 彭城僧，[三][宮]323 是知止，[三][宮]650 此三事，[三][宮]664 是三相，[三][宮]2043 山舍利，[三][宮]2053 歷覽王，[三][宮]2104 人，[三][宮]2122 常犬也，[三]196 沃，[三]588 是迦葉，[三]1564，[宋][元][宮]397 塵，[乙]1909 虛，[原]1960 泥洹之。

踰：[三][宮]606 日光德。

與：[甲]1781 風等風，[乙]2408。

喻：[三][宮]671 因相應。

原：[三]125 此病者。

曰：[三][宮]2122 此者三。

云：[甲]1912 捉水月，[甲]1929 何有方，[甲]2290 何答未，[甲][乙][丙]1866 何説云，[甲]1912，[甲]2195，[甲]2195 何，[甲]2195 何，[甲]2195 何答，[甲]2195 何答以，[甲]2195 何得迴，[甲]2195 何今，[甲]2195 何若得，[甲]2195 何釋，[甲]2195 何釋耶，[甲]2195 何釋之，[甲]2195 何玄贊，[甲]2195 何藥草，[甲]2195 何耶，[甲]2195 何以二，[甲]2195 何以之，[甲]2195 何有造，[甲]2195 何有衆，[甲]2195 何云，[甲]2214 何答未，[甲]2266 何，[甲]2266 何答顯，[甲]2299 道遠乎，[甲]2362 何名爲，[甲]2366 何答智，[甲]2408 何答，[三]375 何若與，[乙]1724 何答，[乙]2207 何，[元][明]227 何失。

在：[宮]1547 山是故，[甲][乙]2070 何門答，[甲]1913 止觀第，[明]1132 前垂天，[元]379 現在見。

則：[三]99 是沙門。

眞：[甲]2215 云云此，[三][宮]1581 實凡愚。

正：[甲][乙]1821 理，[原]1851 道名息。

之：[甲]952 天身天，[明]2131 畦貯水。

知：[博]262 如佛教，[宮]279 菩薩，[宮]374 是制何，[宮]1505 是有餘，[宮]1509 本是諸，[宮]1911 此名

故，[宮][甲]1805 事法乃，[宮][聖]
[石]1509 是五衆，[宮]930 頁 1581 旃
陀羅，[宮]223 善知不，[宮]263 如來
聖，[宮]272 此相殺，[宮]279 緣起
法，[宮]310 理，[宮]310 是思念，
[宮]397 法住不，[宮]495 佛教可，
[宮]624，[宮]671 是二法，[宮]694，
[宮]1428 草覆地，[宮]1428 是有何，
[宮]1453 大苾芻，[宮]1509，[宮]1509
初發意，[宮]1509 恒河沙，[宮]1536
答彼於，[宮]1579 此中由，[宮]1589
境云何，[宮]1659 是法性，[宮]2102
蹈舞法，[宮]2103 方圓寡，[宮]2122
有人以，[甲]、如[甲]1782 俗善可，
[甲]1717 夢，[甲]1733 是知極，[甲]
1782 虛，[甲]2266 不能斷，[甲][乙]、
如[甲][乙]1822 於三時，[甲][乙]
2194，[甲][乙]2393 餘淨域，[甲]997
時智慧，[甲]1201 對目前，[甲]1239
是無邊，[甲]1512 不增不，[甲]1709
斷證修，[甲]1731，[甲]1736 病説藥，
[甲]1736 毘舍佉，[甲]1736 意微妙，
[甲]1744 戒中説，[甲]1782 涅槃遺，
[甲]1782 言，[甲]1783 也，[甲]1816，
[甲]1816 此中所，[甲]1816 次三第，
[甲]1816 法身非，[甲]1816 無動相，
[甲]1821 本文爲，[甲]1821 旋火輪，
[甲]1828 量三初，[甲]1828 有爲有，
[甲]1834 夢識實，[甲]1863 前已非，
[甲]1920 駝驃也，[甲]1928 體顯方，
[甲]1929 幻化但，[甲]1973 久客歸，
[甲]2035 因僧，[甲]2036 意爲犬，
[甲]2038 其爲宋，[甲]2192 非略，

[甲]2195 只任佛，[甲]2196 此義而，
[甲]2223 上門皆，[甲]2227 是等爲，
[甲]2254 有頌言，[甲]2255 性即是，
[甲]2261 不可轉，[甲]2261 五根，
[甲]2266 彼相應，[甲]2266 彼有情，
[甲]2266 意者無，[甲]2299 人惡心，
[甲]2305 佛果始，[甲]2339 王子結，
[甲]2370 許有，[甲]2392 前飲水，
[甲]2396 胡麻示，[甲]2412 次改進，
[甲]2801 法衣服，[甲]2837 無求眞，
[明]2016，[明][甲]997 煩惱過，[明]
[乙]1092 被我以，[明]101，[明]203
鹿邊生，[明]220 諸佛所，[明]221，
[明]228 守護虛，[明]362 十恒水，
[明]614 法無，[明]721 是無邊，[明]
1428 實，[明]1443 是世尊，[明]1450
我所見，[明]1539 法詰難，[明]1543，
[明]1562 虛空等，[明]1566 父子二，
[明]1579 聲聞地，[明]2076 巘山，
[明]2076 玄沙意，[明]2149 太山崩，
[三][流]360 本空億，[三]、智[聖]421
陰界入，[三]193 是已，[三]201 草，
[三]1545 不善心，[三][宮]222 學幻
所，[三][宮]721 法無偏，[三][宮]
1551 空二行，[三][宮]1562 後當説，
[三][宮]1571 矯誑人，[三][宮]2103，
[三][宮][甲]2053 佛教因，[三][宮]
[聖]1581 其旨趣，[三][宮][聖][另]
1543 言妄語，[三][宮][聖]419 是拔
陂，[三][宮][聖]421 我見燃，[三]
[宮][知]1579 是名，[三][宮]221，[三]
[宮]221 其教，[三][宮]272 其過正，
[三][宮]272 其所作，[三][宮]278 化雖

現，[三][宮]278 實不違，[三][宮]
279 菩提性，[三][宮]283 過去當，
[三][宮]288，[三][宮]294 是修習，
[三][宮]309 佛威神，[三][宮]309 滅
九者，[三][宮]310 是修慈，[三][宮]
318，[三][宮]374 聲聞緣，[三][宮]
397 汝發斯，[三][宮]397 是行功，
[三][宮]397 眾生心，[三][宮]397 諸
禁戒，[三][宮]398 了如此，[三][宮]
398 行，[三][宮]398 一切眾，[三][宮]
414 與解脫，[三][宮]607 是名爲，
[三][宮]616 虛空中，[三][宮]624 法
持佛，[三][宮]633 是阿毘，[三][宮]
639 我所問，[三][宮]656 此行時，
[三][宮]657 是諸根，[三][宮]671 實，
[三][宮]765 時持用，[三][宮]811 節
無猶，[三][宮]847 一切爾，[三][宮]
1435 法，[三][宮]1443 吐羅尼，[三]
[宮]1452 世尊說，[三][宮]1462，[三]
[宮]1462 偷人覓，[三][宮]1462 息出
入，[三][宮]1505，[三][宮]1505 此禪
說，[三][宮]1509 還捨菩，[三][宮]
1509 是諸道，[三][宮]1521 大乘中，
[三][宮]1521 是禪分，[三][宮]1530，
[三][宮]1530 佛地不，[三][宮]1530
未來際，[三][宮]1544 信勝解，[三]
[宮]1545 王所，[三][宮]1546 經說佛，
[三][宮]1546 依四大，[三][宮]1552，
[三][宮]1579 大雲未，[三][宮]1579
其所有，[三][宮]1588 是義者，[三]
[宮]1591 言義說，[三][宮]1595 識
不，[三][宮]1595 識所緣，[三][宮]
1599 生起眞，[三][宮]1604 此四清，

[三][宮]1611 常等無，[三][宮]1611
清淨眞，[三][宮]1611 自性清，[三]
[宮]1644 因受生，[三][宮]1660 在彼
頌，[三][宮]1674 於水土，[三][宮]
1809 法比丘，[三][宮]1809 錢一切，
[三][宮]2028 戒行出，[三][宮]2040
其心念，[三][宮]2042 此事，[三][宮]
2103 謂難依，[三][宮]2122 此十蟲，
[三][宮]2123 施主不，[三][甲][乙]
[丙]1202 莫向人，[三][聖]1579 幻夢
非，[三][聖]125 迦葉比，[三][聖]170
是豈當，[三][聖]1440 佛語無，[三]
[聖]1441 法不，[三]26 是故說，[三]
48 法行隨，[三]86 道從，[三]99 此
義，[三]100 此而答，[三]100 見極
明，[三]125 斷愛心，[三]129 何等
言，[三]150，[三]150 法亦受，[三]
152 夫得，[三]185 有一，[三]190 其
不用，[三]192 是老病，[三]194，[三]
194 有此乳，[三]201 此人不，[三]
201 我無救，[三]210 自墮釋，[三]
211 受正教，[三]212 有怨讎，[三]
220 諸如，[三]221 是菩薩，[三]221
五陰狀，[三]222 虛空中，[三]264 佛
所說，[三]264 是見割，[三]309 爾一
相，[三]309 神識自，[三]310 法人
已，[三]311 是已，[三]375 此一切，
[三]418 是眼無，[三]643 佛光明，
[三]647 一切眾，[三]721 是見已，
[三]810 三世空，[三]1334 是等事，
[三]1341 數，[三]1494 如故非，[三]
1509 法性實，[三]1559 此思惟，[三]
1590 夢識，[三]2123 彼身漸，[三]

2151 何唯有，[森]286 是智慧，[聖]、
如所應能如實[另][石]1509 所應度，
[聖]99 其如來，[聖]99 自爲己，[聖]
231 是辯才，[聖]1425 是學不，[聖]
[另]1548 實觀過，[聖][知]1581，[聖]
[知]1581 如離言，[聖]99 有智慧，
[聖]210 信戒精，[聖]222 是菩薩，
[聖]222 所慧心，[聖]223 所起，[聖]
223 者是，[聖]224 是，[聖]224 是因
緣，[聖]225 恭敬明，[聖]566 是方
便，[聖]1509 相非菩，[聖]1579 應，
[聖]1595 此識是，[聖]1723 狼能緣，
[聖]1763 此法不，[聖]2042 本讀阿，
[另]1509 餘國土，[石]1509 九，[石]
1509 身相內，[宋][宮]468 鷄卵大，
[宋][宮]1428 是善男，[宋][宮]1509
苦聖諦，[宋][宮]2121 彌蓮矣，[宋]
[元][宮]1631 是知有，[宋][元][宮]
2122 何，[宋][元]26 是行禪，[宋][元]
603 應相應，[宋]101 諦知何，[宋]
186 清淨眼，[宋]224 恭敬於，[宋]
227 實知一，[宋]451 父母乃，[宋]
1012 其憶，[乙]1709 四已過，[乙]
1724 何，[乙]1816 爾涅槃，[乙]1822
斷五品，[乙]2157 是重僧，[乙]2394
故或去，[乙]2425 是忠信，[元]1428
我聞，[元]2016 柱若非，[元][明]、
－[宮]221 衆生，[元][明]21 餘者言，
[元][明]310 實解信，[元][明]816 是
不爲，[元][明][宮]398 篤信空，[元]
[明][宮]616，[元][明][聖]225 於色
休，[元][明]170 應時不，[元][明]626
道無所，[元][明]832 是，[元][明]

1451 是學，[元][明]2016 空知處，
[元]586 即是漏，[元]676 義時能，
[元]1442 上乃至，[元]1510 是法門，
[元]2016 慈父，[元]2016 是説大，
[元]2122 今日佛，[原]904 雷音頂，
[原]1764 終名見，[原]2196 見謂道，
[原]2339 此等諸，[知]1579 實知彼。

只：[甲]1728 非四輪。

至：[甲]2317 下自解，[三]375
是耶長，[三]1011 強意思。

智：[宮]618 金翅鳥，[甲][乙]
2254 無帶礙，[甲]1709 前悉皆，[甲]
1733 論説迦，[甲]2266 所取非，
[三]、知[宮]1550 是法意，[聖]397 空
與菩，[聖]1509 諸法一，[聖]1595 唯
有識，[宋]、知[元][明][宮]671 實能
遠，[宋]、知[元][明]212 此法應，
[乙]1796 者，[元][明]484 故捨一。

中：[宮]659 幻無暫。

種：[宮][甲]2008 定慧即，[乙]
1796 是旋轉。

衆：[原]1098 日光照。

諸：[甲]1736 死屍間，[三][宮]
1509 法如，[三]1544 鼻根舌，[乙]
1069 契經先。

准：[乙]1069 上。

姉：[聖]566 是辯令。

自：[明]381 發意頃，[原][乙]
1775 佛泥洹。

字：[三]267 呼聲響。

作：[甲]2219 深尺第，[三][宮]
223 是思惟，[三][宮]1431 是語是，

[聖]476 是觀時，[原]2404。

茹

敗：[明]796 生蟲欲。

姁：[甲]2128 也文字。

薾：[宋]、萎[元][明]2103。

茄：[宮]2034 皇后元，[甲]2227 米粉豆。

如：[明]643 手折。

挐

茶：[明]1687 羅頭面。

挐：[甲]1969 舟度江，[甲]2266 謂呪術，[明][宮]1588 迦國迦，[三]2154 經一卷，[三][宮][甲][乙]2087 迦邑東，[三][宮]1660 有佉梨，[三][宮]2121 好施爲，[三][宮]2122，[三][聖]·[宮]397 跋帝國，[三]245 掘闍國，[三]2154 究撥闍，[元][明]2122 洲贍部，[元][明]2149 經十六，[原]1212 曳摩訶。

那：[三]、挐[宮]729 無過離。

鉏

鉏：[宋][元]、栝[明]202 若人慳。

儒

傳：[宋][元][宮]、傅[明]2102 之旨今。

縛：[甲]975 引羅施。

孔：[乙]2092 林禮義。

懦：[元][明][宮]1487 軟，[元][明][宮]1487 軟伏諸。

如：[明]225 如來無，[元][明][甲]951 照反。

濡：[甲]2129 語即和，[宋]184 大慈道，[元][明]2145 首菩薩。

軟：[三]2145 首菩薩。

袒：[原]、須[原]、－[甲]909 儒那。

濡

暖：[宋][宮]、軟[元][明]2121。

懦：[三][宮]1487 軟。

溥：[聖]、軟[宮]下同 627 首能雪，[宋][元]2153 首童眞。

柔：[三]76 軟聲和，[宋][宮]2123 澤威光。

儒：[宮]445 世界須，[甲]2301 迦葉爲，[明]261 行忠信，[三]26 軟柔和。

奧：[三]75 行常住，[宋][元]、軟[明]1341 媚禁戒，[宋][元]、輭[明]203 意極惡，[宋][元][宮]、軟[明]1545。

軟：[宮]2059 蛇虎不，[宮]2121 金色身，[明]292 愍爲根，[三]1560，[三]2154 首菩薩，[三][宮]397 事得成，[三][宮]618 相現，[三][宮]1464 難陀便，[三][宮]1547 怨家開，[三][宮][別]397 可身盡，[三][宮][聖]1488 不麁復，[三][宮]309 首童眞，[三][宮]317 軟弱譬，[三][宮]381 常悅安，[三][宮]385 之，[三][宮]607 亦餘病，[三][宮]622 和刹利，[三][宮]639 淳善者，[三][宮]693 生於

天，[三][宮]721，[三][宮]721 觸樂
河，[三][宮]721 堅固色，[三][宮]721
嫩而復，[三][宮]761 愛語故，[三]
[宮]810 用，[三][宮]1435 聞如是，
[三][宮]1462 猶如，[三][宮]1488 細
語是，[三][宮]1488 心施離，[三][宮]
1488 語眞實，[三][宮]1505 中增上，
[三][宮]1506 下筋力，[三][宮]1509
便共輕，[三][宮]1545 故無瞋，[三]
[宮]1547 中上果，[三][宮]1550 鈍及
利，[三][宮]1550 見見到，[三][宮]
1608 中上如，[三][宮]2034 首菩薩，
[三][宮]2121 白裹身，[三][宮]2121
好肉噉，[三][宮]2121 舉動安，[三]
[宮]2121 妙好，[三][宮]2121 善智
慧，[三][宮]2121 語恐婦，[三][宮]
下同 635 首俱忽，[三][宮]下同 1545
心調柔，[三][知]418 音解釋，[三]6
悲如五，[三]23 且美周，[三]39 草
極，[三]100 二者一，[三]125 不可，
[三]125 細虫噉，[三]158 吼音如，
[三]192，[三]200，[三]202 草猶如，
[三]202 之衣阿，[三]203 草取彼，
[三]310 之行不，[三]1391 佛語羅，
[三]1485 語，[三]2145 首童眞，[三]
2149 首無上，[三]2153 首，[三]2154
菩薩無，[三]2154 首菩薩，[宋]、輭
[元][明]1 香潔猶，[宋][元]、輭[明]
1 不生，[宋]310 音菩，[宋]2145 首
新經，[宋]下同 627 首答曰，[元][明]
[宮]614 濕相者，[原]2196 故最堅。

輭：[三]1 言勝阿，[三]22 無欲
堅，[三]23 且美周，[三]198 離麁便，

[三]198 沾如蓮，[三]198 住不轉，
[三]2149 首菩薩，[三]2150 首菩薩，
[三]2151 菩，[三]2151 首菩，[三]2153
首菩薩，[元][明]1 草置於，[原]2425
澤光潤。

潤：[三][宮]681 風不能，[三]
[宮]701 澤威光。

俗：[明]、儒[宮]507 所能履。

湍：[甲]2425 和雅聞。

煖：[元]下同、軟[明][宮]下同
614 智濡進。

飲：[三]100 或以細。

嬬

軟：[三][宮]460 妙衣其。

燸

暖：[甲]1736 及識論，[甲]1736
疏，[三][宮]1442 頂忍法，[三]22 四
大合，[三]220 調和清。

煗：[甲]2266 頂至雙。

軟：[甲]1813 四可愛。

煖：[明]100 藥水故，[三]190 夏
坐者，[元][明]105 識捨身。

襦

繻：[明]、儒[宮]674 等雨諸。

蠕

螺：[宋]125 蟲而見。

軟：[宮]1478 動蚑行，[元][明]
291 動牛馬。

繞：[明]194 坐。

蜎：[三][宮]2122 動不得。

繻

儒：[甲]2068 文遂即。

汝

彼：[宮]721 父不自，[三][宮]、－[聖]1428，[聖]1509。

必：[原]1289 當害彼。

波：[元]1421 云何聞。

出：[元][明]2123 家法。

此：[甲]2274 聲，[甲]2299 當教，[三][宮]1509 聲，[三]100 常稱其，[聖][另]675 所説不。

次：[宮]310。

大：[元][明]400 最勝。

等：[元][明]190 儻有障。

而：[宮]1425 今作，[三]1564 今何故，[元][明][宮]614 心常共。

爾：[宮]2042 身，[三][宮]233 喜文殊，[三][宮]585 所言於，[三][宮]2043 於我所，[三][宮]2122 之所爲，[三]125 等，[三]152 從主人，[三]152 終身，[三]209 婦聞其，[三]1331 心不須。

法：[宮]310 爲衆生，[宮]397 等如是，[宮]656 所言阿，[宮]721 當速下，[宮]1509 所説菩，[宮]2123 意，[甲]1736 立我常，[明][宮]721 等故時，[三][宮]633 將欲滅，[三][宮][乙]866 應轉之，[三][宮]1425 自，[三][宮]1435 應作是，[三][宮]1547 所説此，[三][甲]、汝[甲]1227 所言如，

[三]99 於父母，[三]190 之主彼，[三]201，[三]2103 師事，[聖][石]1509 云何當，[聖]26 應從衆，[聖]376，[聖]376 等開不，[聖]2042 所説智，[石]1509 本身與，[宋][宮]223 所説菩，[宋][元]26 等，[宋][元]1566 種種説，[宋]1092 得大蓮，[乙]869 等赴會，[元][明][宮][聖][石]1509 自應爾，[元][明]526 作佛時，[元]688。

伏：[宮]2121。

復：[聖]1425 況汝求。

故：[宮]1435 癡人以，[甲]1709 在天上，[聖][另]1435 憶念狂，[元][明]1566 所分別。

還：[甲]2006 聞偃溪。

海：[丙]2120，[甲]2255 心念説，[甲]2339 所説何。

何：[甲]2371。

淨：[明]931 想心中。

來：[三][宮]2123 不見國。

魔：[宮]402 意何故，[三]66 波旬還。

內：[甲]1816。

儞：[三][宮]2122 立身已。

女：[宮]310 從何佛，[宮]310 得忍不，[宮]310 今爲住，[宮]310 説我聽，[三][宮][聖]1509 意問曰，[三][宮]338 族姓子，[三][宮]810 如，[三][宮]1507 容服飾，[三][宮]2121 宗以求，[三]1 時吉祥，[三]152 欲，[三]190 共行世，[聖]397 頻頭，[聖]663 身使令，[聖]99 謂有衆，[聖]99 欝多羅，[聖]639 於何處，[宋][元][宮]339

大不，[元][明]310 大我慢，[元][明]
[宮]310 甚奇哉，[元][明]376 有二子，
[元][明]2121 呪願令，[元]1425 今日
何，[元]1433 向者答。

婆：[聖]99 富那婆。

卿：[三]125 等。

去：[明][宮][乙]866。

人：[宮]1421，[三][宮]1421 命
病比，[宋][元]2042 與貪欲。

仁：[三][宮]263 雖發意。

如：[甲]1775 見諸佛，[甲][乙]
1821，[甲]1821 前説有，[甲]2128 涉
在烏，[明]190 意若樂，[明]264 愚癡
莫，[明]1636 當了知，[明]1656 不
沈，[三]196 何言，[三][宮]458 若，
[三][宮]1463 入聚落，[三][聖]99 今
憶念，[三][聖]125 愚汝，[三][聖]211
今持齋，[三]100 法教，[三]185 衆
生，[聖]99 今當知，[聖]125 今云何，
[宋][元]2121 母取其，[元][明]220 無
菩薩，[元][明]1451 是愚人。

乳：[明]374 服藥故。

若：[三][宮]542 今者當，[三]
[宮]1631 謂如勿，[三][聖]361 曹喜
亦，[三][知]418 曹引此，[三][知]418
今自致，[三]186 羅漢，[聖]284 具説
其，[知]741 犯。

沙：[甲][乙]1822 等至有，[甲]
2084 門朱士，[乙]2408 魯地羅。

甚：[三]、大[宮]2122 大罪過。

時：[三][宮]2122 閻摩王。

識：[三]682。

始：[三]157 初發心。

示：[三]187 神足作。

世：[甲]2223 尊願説，[三][乙]
953 尊已轉。

是：[甲]1741 往昔善，[三][宮]
1631 説則常。

受：[三][宮]423 輕報汝。

婆：[原]1796 也儳弨。

天：[三]375 爲是誰。

往：[三]、法[宮]1547 語摩訶，
[三]186 詣佛樹。

爲：[宮]2121 時師即。

我：[明]100 畏無盡，[明]264 等
作佛，[明]552 種女言，[三][宮]2122
作牛須，[聖][另]1435 一應與。

物：[宋][元]1428 等共集。

洗：[聖]1435 不。

先：[三][宮]754 身罪業。

兄：[三][宮]1435 語是比，[三]
203 當年老，[三]203 有所乞。

言：[三]185 當歸命。

已：[三][宮]1425 作婬欲。

以：[明]1646 言眼有，[三]、治
[宮]1428 今可往，[三]1509 觀五陰，
[乙]1909 前世，[元][明]462。

於：[甲]1799 妄能於，[三][宮]
227 他人。

欲：[宮]657 生尊貴，[宮]1810
當知之。

者：[甲]2787 如是治。

政：[三]1437。

衆：[宋][元]、－[宮]1425 莫起。

諸：[明]2121 子并及，[三]1569
法因果。

自：[三][宮]423 作多不。

乳

愛：[三][宮]1559。

渾：[三][宮][聖]383 出猶白，[三][宮]553 以飲一，[三][宮]790 爲牛所，[三][宮]2121 王即募。

浮：[宮]2122 甚大久，[明]721 同置一。

吼：[乙]2246 華嚴入。

火：[元][明]2041 滅。

孔：[明]2149 光經其，[宋][宮]2060 蹶者訪，[乙]1796，[原]905 骨窮爲。

亂：[宮]310 下嬰孩，[宮]2122 母衣，[甲]1821 役使，[三]950 木活兒，[聖]1451 於大師，[聖]1464。

嫡：[甲]901 上左手，[三][宮]2122 上。

胕：[聖]210。

孺：[宮]2121 諸。

汝：[甲]1717 作乳。

身：[甲]2087 麋。

食：[宮]2122 盡與滿。

水：[明]310 所。

死：[甲]2266 二名。

酥：[原]912 粥五穀。

蘇：[乙]912 酪。

孕：[三]984。

瀆：[宋]、鑽[元][明]、一[宮]2122。

汁：[三]5 澆火令。

辱

稱：[三][宮][聖]2042 尊貴一。

度：[三][宮]1656。

厚：[甲]2792 人，[明][甲]2131 供明日。

精：[三][宮]657 進定慧。

蓐：[聖]1440 種種惡。

褥：[原]1722 心。

捨：[三][宮]1631 一百一。

施：[三][宮]2042 如是諸。

受：[三][宮]1521 諸苦惱，[三][宮]629 便棄捐。

尋：[宮]2040 太子不。

憂：[甲][乙]1822 爲譴罰。

欲：[三][宮]1442 自朋耶。

擩

搏：[三]152 矢股肱。

懦：[三]193 法度諸。

掖：[三][宮]1470 三者不。

注：[三][宮][聖]1435 箭是二。

入

八：[丙]866 門至東，[宮]321 正道，[宮][甲]1912 門別圓，[宮]637 無處世，[宮]895 金剛部，[宮]1425 聚落衣，[宮]1428 唯有王，[宮]1509 不生門，[宮]1509 十八空，[宮]1522 界盡十，[宮]1522 如來智，[宮]1522 者彼障，[宮]1545，[宮]1545 道及得，[宮]2041 胎三住，[甲]、入[甲]1782 鬢故三，[甲]1735 依正覺，[甲]1736 中後二，[甲]1805 種金銀，[甲]2219

鞞，[甲][乙]2309 道唯，[甲][乙]2394 曼荼羅，[甲]1112 結印内，[甲]1709 諸遍處，[甲]1724 甚深八，[甲]1735 處於諸，[甲]1735 地及大，[甲]1735 地行次，[甲]1735 位上九，[甲]1736 定，[甲]1736 佛境故，[甲]1736 空門下，[甲]1736 中文但，[甲]1763 河歸海，[甲]1763 生死故，[甲]1805 事不違，[甲]1805 説中者，[甲]1816 十信中，[甲]1816 無餘涅，[甲]1828 無間道，[甲]1828 相能無，[甲]1884 二皆，[甲]1912 相如彼，[甲]2035 苦曰惟，[甲]2092 求其榮，[甲]2266，[甲]2266 地菩薩，[甲]2266 生即顯，[甲]2299 藏錄只，[甲]2299 法相分，[甲]2299 聖，[甲]2339 滅定者，[明]220 法印三，[明]637 萬慧靡，[明]1562 第三靜，[明]2131，[明]115 惡道時，[明]293 處衆寶，[明]309 定三昧，[明]316 百千劫，[明]325 相應諸，[明]588 方便慧，[明]649 著無有，[明]1425 義知因，[明]1428 宮是其，[明]1530 聖，[明]1546 法如問，[明]1549 有相，[明]1552 決定聖，[明]1562 出息，[明]1562 第四定，[明]1648 十六行，[明]2122 年一日，[明]2123，[明]2154 如來智，[明]2154 小乘論，[三]1635 解菩提，[三][宮]709 正道分，[三][宮]1505 行細滑，[三][宮]2122 微終散，[三][甲][乙]848 漫荼羅，[三]1341 道勝八，[三]2153 總持經，[聖]279 海復，[聖]305 如實行，[聖]1509 諸法語，[宋]、又[宮]

225 至經所，[宋]1355 師子虎，[宋][宮]－[明]665 囉哺喇，[宋][乙]、入聲[明]848 迦四怛，[宋][元]、－[宮]1543 無想三，[宋][元][宮]1543 成就幾，[宋][元]1462 何謂七，[宋][元]1462 三，[宋][元]2088 中印度，[乙]1796 音聲慧，[元]1522 甚深法，[元][明]643 十四色，[元][明]1462 禪定爲，[元][明]1485 大寂定，[元]99 處已斷，[元]1547 淨行無，[元]1563 此故前，[元]1595 者謂能，[元]1808 聚落十，[元]2155 大寶積，[知]598。

白：[宮]2025 云適奉。

彼：[元][明]272 第。

卜：[宋][元]2061 南陽丹。

不：[甲]2792 男女若。

又：[聖]1425，[宋]882 一切如。

吥：[明][乙]此字明本乙本俱作本行 1145 麼唎六。

出：[宮]2103 即噉肉，[甲]、－[乙]1250，[甲][乙]1822，[三][宮][聖]1437 聚然，[三][宮]1425 城若王，[三]1548 一切入，[聖]1579 息空無，[乙]2232 定大師。

處：[明][甲]997 或相好，[明]1450 滅，[三][宮]223 十八，[聖][中]223 十八界，[乙][丙]873 等，[中]223 世間空。

從：[甲]901 食指中，[甲]901 左手無。

大：[宮]1428 火光三，[宮]1428 水浴極，[宮]1522 故三者，[宮]1808 城應告，[宮]2121 熱鐵地，[甲][乙]

2263 大又破，[甲]1884 法界之，[甲]1929 海有始，[甲]2223 曼荼羅，[甲]2250 母，[甲]2397 涅槃義，[明][宮]566 會菩薩，[明]387 智法門，[明]445 世界寶，[明]1450，[三]、上[甲]989 聲一百，[三]187 般涅槃，[三][宮]310 菩提，[三][宮]374 涅槃，[三][宮]1435 無崖際，[三][宮]2122 國即領，[三]202 海未還，[三]624 度十方，[三]950 海河獻，[宋]305 印法門，[宋]424 佛剎已，[宋][元]1442 舍未久，[乙]2396 祕密位，[元][明]22 水經行，[元]676 門，[元]837 諸禪定，[元]876 尊身於，[元]1464 沙彌聚。

得：[甲]1921 佛道我，[三][宮]1521 無餘涅，[三]2032 和合施。

渡：[三]2059 以僞秦。

墮：[三][宮]743 地獄。

而：[宮]278 正受三，[三][宮][聖]481 不久存。

爾：[甲]1736，[原]864 入嚩。

二：[甲]1782 八地也，[聖]1552 處及，[原]、三[甲]923 結此印。

非：[宋][元]1463 聚落法。

分：[三]382，[原]1863 若爾復。

根：[三]1616 爲受者。

歸：[三]192 空聚落。

合：[甲]2261 數，[三][宮]1470 竹扇，[聖]1425 口已並。

火：[三][宮]2122 中焦爛。

及：[甲]2339 大如是，[三][宮]660 般涅槃，[三][宮]1451 市諸人，

[宋][宮]626 無央數。

即：[三][宮][聖]225 見十方。

濟：[三][宮]534 欲度衆。

見：[三]1595 清淨意。

今：[三][宮]2121 燒鐵輪，[聖]626 現。

近：[甲]2195。

進：[宮]1912 旁爲生。

九：[聖]2157 第耶那。

久：[三][宮]649 乃至於。

舉：[三][宮]1611 者喻諸。

可：[乙]2249 有退失。

空：[甲]1719 空即初。

來：[明]223 不，[明]2122 此。

了：[三][宮]403。

立：[三][宮]263 大道又。

臨：[甲]1799 毒塹見。

令：[甲]1092 合掌遠，[三][宮]285 寂，[聖][知]1581 入如來，[元][明]380。

沒：[三]202 大海。

內：[甲][乙]2394 五寶五，[三][宮]263 財產。

念：[明][甲]1177 一念聖，[聖]190 非。

丿：[甲]2128 音。

起：[甲]1736 答云衆。

擾：[三]271 如。

惹：[原]1223 嚩二合。

人：[丁]2092 宮與太，[宮]299，[宮]1545 胎依未，[宮]1552，[宮][甲]1805 室同，[宮][甲]1912 法若能，[宮][聖][另]1442 佛，[宮]263 於，[宮]

278 深方便，[宮]279 智地廣，[宮]
310 其，[宮]310 僧坊禮，[宮]492 大
罪違，[宮]583 生死周，[宮]649 中無
有，[宮]657 聚落執，[宮]1451 守當
漸，[宮]1552，[宮]1553 陰，[宮]1647
正觀，[宮]1648 醍醐門，[宮]1911 者
我不，[宮]1912 於邪見，[宮]2059 道，
[和]293 此菩薩，[甲]、入[甲]910 寺
舍及，[甲]1735 苦果虛，[甲]2128 反
叩音，[甲]2128 井爭水，[甲]2128 人
肉中，[甲]2128 也此言，[甲]2266 謂
即於，[甲]2300 答言王，[甲][乙]1736
眷屬佛，[甲][乙]1822 總不成，[甲]
[乙]2391 悉地，[甲]1724 海精流，
[甲]1736 事已辦，[甲]1782 不二法，
[甲]1816 方便，[甲]1816 正見聚，
[甲]1851 入，[甲]1852 於空觀，[甲]
1887 三昧亦，[甲]1896 眞實爲，[甲]
1911 智斷既，[甲]2037 劉虬表，[甲]
2128 藏經目，[甲]2128 反杜注，[甲]
2128 反説文，[甲]2128 反鄭箋，[甲]
2128 水食魚，[甲]2128 也江南，[甲]
2129 海中無，[甲]2157 以了道，[甲]
2193 義流者，[甲]2244，[甲]2250 無
想若，[甲]2255 攝云何，[甲]2261 而
能自，[甲]2266 定想不，[甲]2266 故
佛説，[甲]2266 唯依，[甲]2290 眞行
相，[甲]2299 云云，[甲]2391 普賢
行，[久]761 我所説，[明]1440 若有
六，[明]1521 細，[明][宮]1453 衆元
不，[明]212，[明]263 中受，[明]269
中沒滅，[明]278，[明]278 於大衆，
[明]720 能使苦，[明]1225 爐中近，

[明]1425 家內者，[明]1437，[明]1441
正見行，[明]1442 大海中，[明]1450
女人入，[明]1458 定身，[明]1545 正
性離，[明]1549 或作是，[明]1549 無
量，[明]1553 智解脱，[明]1559 癡闇
耶，[明]1559 入攝非，[明]1593 唯識
果，[明]1596 義所謂，[明]1602 一切
種，[明]1644 此園最，[明]2123 我舍
除，[明]2154，[明]2154 藏，[三]21
無有思，[三]362，[三][宮]221 道悉
得，[三][宮]1550 盡具解，[三][宮]
2122 中游戲，[三][宮][聖][另][石]
1509 一經書，[三][宮][聖]224，[三]
[宮]303 如來功，[三][宮]310 從於名，
[三][宮]310 七返受，[三][宮]317 母
胚胎，[三][宮]415 定具足，[三][宮]
607，[三][宮]657 阿難如，[三][宮]
761 門現前，[三][宮]1425 聚落作，
[三][宮]1462 第三禪，[三][宮]1464
坐十七，[三][宮]1509 煩，[三][宮]
1548 無惱法，[三][宮]1548 於寂，
[三][宮]1551 決定是，[三][宮]1559，
[三][宮]1584 用是名，[三][宮]1606
一切皆，[三][宮]1648 以作第，[三]
[宮]1810 應非時，[三][宮]2123 百，
[三]82 隨從於，[三]99，[三]196 無
厭右，[三]285 尊第七，[三]869，[三]
1424 互得輕，[三]1644 烟中然，[三]
2026 是名雜，[三]2102 不同然，[三]
2154 集録略，[聖]1509 禪定觀，[聖]
[另]1543，[聖]99 瞿曇所，[聖]222 菩
薩法，[聖]231 池洗浴，[聖]278 入正
受，[聖]288 諸，[聖]953 法門理，

[聖]953 自，[聖]1425 器時，[聖]1427 佛經中，[聖]1428 上人法，[聖]1437，[聖]1451，[聖]1451 邊際定，[聖]1451 教誡等，[聖]1462 生地佛，[聖]1512 無，[聖]1549 不用定，[聖]1549 處，[聖]1723 火宅在，[聖]2157 附秦見，[另]310 處何以，[另]1435 此部衆，[另]1435 家內諸，[石]1509 攝受念，[宋]、－[宮]586 淨明，[宋]372 生死輪，[宋]1559 正定此，[宋][宮]、及[元][明]302 一切善，[宋][元][宮]847 涅槃故，[宋][元][宮]1566 三種皆，[宋][元][宮]1594 因果彼，[宋][元]1549 第四禪，[宋]26 彼，[宋]202 中髮爪，[宋]212 惡趣不，[宋]581 地，[宋]1345 無二法，[宋]1536 非已一，[乙]、八[丙][戊][己]2092 正歸，[乙]1775 事與彼，[乙]1796 阿字門，[乙]1796 觀見，[乙]2087，[乙]2296 滅，[元]2016 總持光，[元][明]155 波羅奈，[元][明]627 戰，[元][明]741 甘露，[元][明]1425 聚落，[元][明]1439 屏覆處，[元][明]2016 無心定，[元][明]2103，[元][明]2122 無罪謗，[元]671 少想定，[元]937 大悲精，[元]1455 己者泥，[元]2016 惡見網，[元]2060 晉陽且，[原]1887 智故如，[原]899 不識若，[原]1248 者，[原]1251 月一日，[原]1763 未得八，[原]1776 之謬矣，[原]1776 知，[原]1796 十八界，[原]1862 輕易見，[原]2339，[原]2339 分解二，[知]266 于正道。

仁：[宮]398 已曾往。

如：[甲]1735 即廣之，[甲]1735 自性故，[甲]1736 證下引，[明]2122 冷池傍。

若：[明]820 行步未。

三：[丙]862 避。

上：[甲]850 坏角反。

深：[聖]1522 寂滅定。

生：[三][宮]、出[聖]1546 滅定微，[三]125 地獄中，[宋][宮]723 衆合獄。

濕：[甲]1211 嚩。

十：[明]421 非六入。

示：[三][宮]1611 寂靜道。

是：[三]1534 佛法教。

收：[宮]2074 歸經藏。

受：[明]1550 時捨時。

太：[明]657 深法觀，[乙]2157 極文錯。

天：[甲]1782 帝爲，[明]293 魔境界，[元][明]156 宮服乘。

往：[明]1450 宮中爾，[三][宮][另]1458 村看若。

圍：[聖]1458 餘界及。

爲：[丙]2092。

現：[乙]1723 涅槃來。

小：[聖]2157 非詳審。

心：[三][宮]286 相無始，[聖][另]1548 聖道若。

行：[宮]1539 見道時，[三][宮][聖][石]1509 一切三，[原]、[甲]1744 忘正法。

形：[三][宮]398 流行色。

修：[甲]1912 中屬佛。

一：[宋]、上[元]、入聲[明]848
社多五。

以：[三][宮]657，[聖]481 處也
而。

亦：[甲]2129 發歎詞。

引：[明]1403 阿哩也，[明]1408
阿底吉。

又：[丙]897 爲吉祥，[宮][甲]
1805 錢寶等，[宮]1884，[甲]1805，
[甲]2035 爲蓮故，[甲][丙][丁]866 想
己身，[甲]2227 爲吉，[三][宮]310，
[三][宮][森]286 此地悉，[三][宮]743
三下遂，[三][宮]1602 息滅攀，[三]
[宮]2122 見徽曰，[三]1470 善澆九，
[宋]189 懷，[元][明]1509 於涅槃。

于：[甲]1973 冥見閣。

於：[甲]1735 俗福智，[三]24 此
園中，[三]171 轅中步，[原]1744 城
傳化。

在：[別]397 我身猶，[明]200 其，
[三][宮][聖]1595 唯識中，[三]190 於
母胎。

柵：[宮]1464 柵內爲。

照：[甲]1922 實相而。

正：[三][宮]374 涅槃受。

之：[甲]2067 聲心轉，[甲]2195
三知見，[宋][元]、[宮]2053 室蘭圍。

至：[明]312 彼宮中。

中：[明][宮]2121 如是右。

住：[三][宮]1521 第二地，[乙]
2228 悉地。

著：[聖]1721 於邪見。

作：[宮]839 地獄一，[元][明]186

人形有。

坐：[三][宮]397 之處雖，[三]
2059。

蓐

褥：[宮]807 上坐隨，[宮]2040
菩薩坐，[宮]2123 請入就，[明]157
價直，[三][宮]1425 如是歎，[三][宮]
345 怨望，[三][宮]397 結，[三][宮]
1507 爲床以，[三][宮]下同 1435 囊，
[三][宮]下同 1507 第一者，[宋][宮]
1425 若故不，[宋][明]376 降伏衆，
[元]、耨[明]158 安，[元][明]157 上
妙寶。

褥

稱：[宋]、耨[元][明]196。

房：[聖]1440。

敷：[三]、一[宮]384。

耨：[甲]、褥[甲]1782 十一飲，
[乙][丙][丁][戊]2187 多羅三，[甲]
[乙]901，[三][宮]222 答曰於，[三][宮]
2085 檀國度，[三]196 等皆作，[三]
1336 劍波蛇，[元][明]384 天。

辱：[宋]66 言語亦。

蓐：[宮]1421 諸白衣，[宮]1435
不犯，[宮]1509 墮則不，[宮]2040 布
綩綖，[宮]2058 燒香散，[三][宮][聖]
1435 床榻覆，[三][宮]721 及臥具，
[三][宮]1435 諸比丘，[三]26 安立水，
[三]212 如彼婆，[聖]125 不能自，
[聖][石]1509 垂諸，[聖]125 懸繒，
[聖]189 無不細，[聖]224 此人寧，

[聖]1425 典知，[聖]1425 若語阿，[聖]1425 枕諸物，[聖]1441 皆是須，[聖]下同 1441 縫著坐，[宋][聖]200 備辦餚，[宋][元]1441 枕瓶篋，[宋]下同 1427。

縟：[明]194 觀，[三]26，[三]184，[三]2122 縟上奮，[宋]、[宮]1453 爲第五，[宋]1027 敷置壇，[宋][宮]1435 枕噉已，[宋][元][宮]1545 等，[宋][元]1007。

楊：[三]1582 所須調。

搖：[三][宮]1425 得。

尊：[三][聖]125 云何爲，[宋][元][聖]125 臥具病。

縟

褥：[明]397，[三][宮]2123 縟上，[三][宮]2123 得罪，[三][宮]2123 其角作，[三]2122 侍童子，[聖]2157 白禪氈，[另]1721 可以適。

阮

坑：[甲]2035 之太子。

阮：[甲]2129 也謂陷。

耎

煥：[甲][乙]2397 以藥養。

柔：[乙]1220 和忍辱。

濡：[三]212。

軟：[宮]2123 曉了時。

歇：[三][宮]1428 乞求不。

煖：[明][甲]1177 頂忍世。

彙：[甲][乙]2393 善有力。

軟

愛：[三][流]360 語先意。

和：[三][宮]2123 懷忍如。

滑：[宋][元][宮]397。

漸：[宋]99 弱愛。

澳：[宮]1545 至冬凝，[聖]347 爲諸樂，[石]1509 故不生，[石]1509 心發意，[宋][元][宮]1545 等異答。

暖：[明]、煖[宮]1605 品清信，[三][宮]1646 故斧柯，[三]194 氣若依。

煥：[明]2060 顏色如。

懦：[宮]285 劣及中，[三][宮]1521 軟利智，[聖]310 中上心。

溥：[宮]263，[宮]263 音華，[宋][宮]263 天子和。

欺：[原]2248。

輕：[宮]1435，[三][宮]1648 最輕，[三]1545 煩惱故，[石]1509 疊衣一，[元][明]1562 煖輕性。

柔：[三][宮]397 和善防，[三]212。

濡：[德]26 善住得，[敦]361，[宮]374，[宮][石]1509 安住尸，[宮][石]1509 不能有，[宮][石]1509 細滑是，[宮]224 美飽拘，[宮]374 語軟，[宮]425 如華因，[宮]721 如是軟，[宮]1509 賊是故，[宮]1523 語苦樂，[宮]2121 便見四，[宮]下同 310 識不以，[甲]1718 語半行，[明][聖]272 寶是十，[三][德]26 復軟，[三][宮][聖]545 聲自在，[三][宮][聖]1509 薄不，[三][宮]224 遲臥起，[三][宮]224 語若今，[三][宮]616 身有光，[三][宮]674 潤安，[三][宮]702 語意樂，[三][宮]1509 不利兜，[三][宮]1509 藥一歲，[三][宮]1547 或增上，[三][宮]2059，[三][宋][元]190 如兜羅，[三]26 軟猶兜，[三]201 善，[三]901 心印第，[聖]272 語聞者，[聖]381 辭不綺，[聖][宮][石]1509 相如，[聖][甲]1733 四可愛，[聖][另]675 中上根，[聖][另]675 中信心，[聖][另]1428 調伏住，[聖][另]1543 心不，[聖][石]1509 淨欲現，[聖][石]1509 無所著，[聖][石]1509 心漸進，[聖][石]1509 衣一，[聖][石]1509 語賊轉，[聖]223，[聖]224 微妙至，[聖]225 不思食，[聖]272，[聖]272 香潔無，[聖]272 語非麁，[聖]272 自在不，[聖]278 中上差，[聖]285 妙音，[聖]285 所居安，[聖]285 之音，[聖]291 播越遠，[聖]292 純淑之，[聖]292 頂之度，[聖]292 種，[聖]324 首，[聖]376 心得眞，[聖]376 之食年，[聖]397 可身不，[聖]397 微意用，[聖]606 與神不，[聖]625 善妙音，[聖]639，[聖]663 無有，[聖]663 語爲衆，[聖]675，[聖]834 清淨如，[聖]1421 草貯之，[聖]1428 乞求正，[聖]1428 前禮佛，[聖]1441，[聖]1462，[聖]1462 香美王，[聖]1509，[聖]1509 故不受，[聖]1547 根利根，[聖]1547 中上是，[聖]1721，[聖]下同 272，[聖]下同 1547 生熱地，[聖]下同 272 如天劫，[聖]下同 272 右旋，[聖]下同 272 語遮惡，[另]

410，[另]1552 根故隨，[石]1509 赤紅色，[石]1509 然後説，[石]1509 心故以，[石]1509 須菩提，[宋]、[聖]425，[宋][宮][聖][另]1509 信等五，[宋][宮]397 如，[宋][宮]397 語爲調，[宋][宮]445 美，[宋][明][聖]272，[宋][聖][石]1509 輕利樂，[宋][元][宮]1509 以方，[元][明][聖]627 妙衣價，[元][明][聖]627 首童眞，[元][明]323 守護，[元][明]323 首菩薩，[元][明]384 首現汝，[元][明]下同 817 首願以，[知]1441 語愛語。

嬬：[明]721 有水可。

蠕：[元][明]、濡[聖]125 蟲食之。

奐：[甲]1733 軟音五。

懊：[三][宮]下同 1558 故無惱，[聖]190 身體恇。

嫟：[明]721 見之喪，[明]316 相火界，[明]721 清涼身，[明]721 軟輕樂，[明]721 無量飮，[明]下同 721。

嫩：[聖]190 枝或復，[聖]190 枝柯。

礝：[三][宮]334 妙華持。

潤：[三]360 調伏無，[宋]、濡[聖]421 語不麁。

弱：[三]418 於經。

深：[三][宮]1553 信如是。

濕：[甲]1579 若，[三]196 住。

順：[三][宮]398。

壇：[原]1898 座燒香。

煖：[宮]1646 善根能，[甲]1717 等名雖，[三][宮]1559 濕等故，[三][宮]1602 冷飢渴，[三][宮]1606 位上中，[三]945 成八。

　斨：[乙]2227 宿其日。

　轉：[元]1582 語爲破。

愩

　眞：[甲]1823 故無。

頓

　嬈：[明]下同 400 殊妙可。

猭

　蕤：[宮]2060 神變肦。

　藥：[三]2122 成其，[三]2122 盛垂油。

椄

　綏：[宋]375 子如是。

蕊

　藥：[宋]279 悉是衆。

藥

　蕊：[甲][乙]2393 日。

　葉：[乙]850 於四方。

　紫：[甲][乙][丙]2397 色。

汭

　納：[宮]2060 因。

　陽：[三]2149 妙善律。

瑞

　端：[宮]1598 相故勝，[甲]1775 爲衆而，[甲]2250 嚴至寢，[明]310 爲印般，[三][宮]2122 感福豈，[聖]

2157。

　光：[原]1289。

　瑞：[聖]310 光明。

　事：[原]1818 相現沒。

　壽：[甲]2068 經三卷。

　湍：[宋][元]2110 光趺出。

　相：[明]2122 一華冠，[三]224 應。

　珍：[原]2425 寶一金。

睿

　羯：[乙]2391 行和上。

　眷：[三][宮]2103 想傍求。

　濬：[三][宮]2122 知一揆。

銳

　鉋：[甲]2339 節不麁。

　銑：[明]2154 意內典。

　兌：[三]2110 下之奇。

　鏡：[宮]2060 勇難任。

　鐃：[甲]850 向其下，[甲]2087。

　銑：[甲]2231 下向純。

　悅：[別]397 無疲勞，[明]293 我國大，[三][宮]、說[聖]425 如斯是，[宋][元][宮]、明註曰銳南藏作悅、兌[明]2122 下之奇。

叡

　教：[甲]1731 法師所。

　眷：[甲]1156 僧正於。

　睿：[明]2060 振藻而，[三][宮]2053 澤傍臨，[元][明]2053 情遠。

　銳：[三][宮][聖]1421 遠略白。

散：[甲]2087 情性躁。

聖：[宮]263 哲者復。

獻：[甲]2181。

嚴：[宮][聖]2034 二秦及，[元]
[明]2151 請賢還。

聞

潤：[甲]1816 飾已所，[甲]2787
下犯殘，[明]2060 不，[明]2060 傳
三，[三][宮]2060 光犬馬，[三][宮]
2060 會剖符，[三][宮]2060 江瀆永，
[三][宮]2060 榮府，[三][宮]2060 玉
下有，[三][宮]2103 今古亦，[三][宮]
2103 專虛而，[三][宮]下同 2060 法
師三，[三]2154，[聖]1421 外道沙，
[聖]1441 得急施，[聖]下同 1441 不
依閱，[元][明]2060 不詳姓，[元][明]
2060 等以為，[元][明]2060 州刺史。

聞：[甲]2129 反廣韻。

閱：[三]2145 古。

潤

洞：[甲]2087 諸國書。

國：[甲]2068 州攝山。

間：[元][明][宮]374 藥草悉。

俱：[甲][乙]1822 故無憂。

開：[三][宮]2060 以前聞。

瀾：[宋][宮][甲]2053 而鎮地。

爛：[三][宮]1545 如。

惘：[三]272 心平等。

其：[乙]2263 緣事不。

清：[三][宮]2060 山。

軟：[甲]1782 紺青嚴。

聞：[宮]225 衆聞者，[甲]1007
膩第三，[甲]1709 生一，[明]2131 已
數滿，[三][宮]1543 彼，[三][宮]1579
時故依，[三][宮]2122 朱藍結，[宋]
[宮]314 心已生。

蓬：[聖]2157 沙門文。

洇：[甲]2087 質堅密。

引：[乙]2263 云云。

餘：[甲]2339 生。

澗：[甲]2266 致或不，[三][宮]
225 是故為。

澤：[三]202 既受現。

漬：[三][宮]263 斯一切。

若

阿：[三]1332 帝，[三]1332 富摩
阿。

半：[甲]2266 擇二取。

倍：[元][明]324 摩尼。

本：[乙]2263 靜疏一。

彼：[明]810 有菩薩。

便：[元][明]125。

別：[甲]1736 兼助伴，[甲]1828
有因者，[甲]2287 不立不，[乙]1822
有彼所。

并：[宮]1443 昇無畏，[明]1336
以洗瘡，[三][宮]1428，[三][宮]1428
澡，[三][宮]1644 四王軍，[三][聖]
190 遊諸方，[三]1562 器世界，[聖]
1462 用物。

弁：[甲]2263 所得。

並：[甲]893 皆通許，[三][宮]
263 大叢林。

不：[明]220 作廣，[明]1450 爲他説，[三]99 苦，[聖]、－[石]1509 能於五。

裁：[宋]1579。

差：[宮]1545 隨所不，[甲]2266 別若不，[甲][乙]2336 世間法，[甲]2227 別言者，[甲]2266 別理即，[甲]2281 別義若，[乙]2795 不差聽，[原]2196 別論一，[原]2339。

常：[三][宮]485 修習空，[宋][宮]721 能捨離，[元][明]335 見他人。

承：[甲]2400 事供養。

出：[聖]1436 指。

除：[另]1435 比丘作。

畜：[宮]1431。

處：[聖]1436 比丘先。

慈：[甲]2196 悲皆眞。

此：[甲]1717 就下開。

伺：[宮]1549 觀彼事。

答：[宮]、若人[元][明]233 言我得，[宮]1451 言有者，[宮]2060 疾風應，[甲]2266 是如何，[甲][乙]1822 色界中，[甲][乙]1822 時過去，[甲][乙]1822 謂過，[甲][乙]2309 滅時引，[甲]1512 一合相，[甲]1717 言無別，[甲]1718 無他世，[甲]1718 作別三，[甲]1816，[甲]1816 爾者乃，[甲]1816 降伏心，[甲]1830 緣欲界，[甲]2250 順，[甲]2261 依大乘，[甲]2266 鼻舌二，[甲]2266 若下八，[甲]2266 唯識及，[甲]2266 聞阿，[甲]2266 無記我，[甲]2266 餘三或，[甲]2266 約六，[甲]2270，[甲]2270 本量因，[甲]2270 有二説，[甲]2271 是言因，[甲]2274 門論悟，[甲]2274 雖作青，[甲]2274 言有者，[甲]2281 不，[甲]2299 二乘人，[甲]2339 具開言，[甲]2339 云，[三]、－[宮]1435 言，[三][宮]1545 無漏作，[三][宮][聖][另]1435 言見罪，[三][宮][聖]1425 言曾，[三][宮][聖]1425 言字某，[三][宮]1425 言我無，[三][宮]1428 言不見，[三][宮]1428 言見故，[三][宮]1428 言無當，[三][宮]1435 言見罪，[三][宮]1435 言已截，[三][宮]1486，[三][宮]1545 苦集滅，[三][宮]1546 此智生，[三][宮]1546 法，[三][宮]1648 舊坐禪，[三][宮]2123 眠時夢，[三]203 汝之所，[聖][另]1543 下遍淨，[聖]1421 言諂曲，[聖]1421 言無應，[聖]1441 汝家得，[宋][元][宮]1648 欲行人，[宋][元]2109 言佛法，[乙]1822 爾何故，[乙]2296 有二義，[元][明][宮]614 求二實。

但：[三][宮]1559 觀人執。

當：[明]187 有淨信，[三][宮]376 持如來，[三]159 害人時，[聖]223 有，[宋]1341 有實者，[元][明]227 如是觀。

得：[聖][另]1548 趣正。

等：[三][宮][聖]223 諸結使。

弟：[聖]1595 不解一。

闍：[宮]1435 屍婆毘。

覩：[三][宮]425 顛倒戒。

多：[甲]1805 論若浣，[三][宮]263 聞藥王，[三][宮]414 億那由。

而：[甲][乙]1866 此華嚴，[聖]375 心不退，[宋][元][宮]1484 故入者。

兒：[三][宮]1462 女乃至，[三]1336 處離鬧，[聖][另]1435 女乃至，[聖]1435，[宋][宮]1435，[宋][元]1435 處比丘。

爾：[三]5 知七意。

法：[元][明]1582 能不惜。

凡：[丙]2396 有。

芳：[甲]2128 務反賈，[宋][元]1336 草若木。

非：[宋][元]1428 塔寺若，[元][明]1542 有漏，[元][明]1548 心修是。

佛：[宮]1509 初發心。

府：[宋][明]2122 山精風。

復：[宮]656 有異空，[聖]99 墮。

告：[宮]1428 有人因，[甲][乙]1239 得玉其，[甲]1782 者如義，[聖]223 無分別，[元][明]2016。

各：[甲]2274 詮於火，[甲][乙]1821 取自境，[甲][乙]1822 別緣法，[甲]1512 是有爲，[甲]1828 異生性，[甲]1830 爲本，[甲]2250 淨居攝，[三][宮]585，[三][宮]606 念此事，[三][宮]1425 別與衆，[三]1559 由聖智，[聖]26 有稻者，[聖]1563 異此者，[乙]2261 受一，[乙]2394，[原]2271 有一言。

更：[明]2076 求道理。

共：[宮]721 有異人，[宮]1452 收物竟，[宮]2074 於經中，[宮]2122，[甲]1727 緣六界，[甲]1828 有皆因，

[甲]2035 僧食者，[甲]2266 言於空，[甲]2274 不定二，[明]999，[明]1191 有如是，[明]1425 耳語若，[明]1458 作白時，[明]1462 生兒已，[明]1470 坐席人，[明]2076 稟靈光，[三][宮]1428，[三][宮]1548 隨心轉，[三][宮]2104 難誠如，[三]1428 作，[三]1545 已離欲，[三]1646 法堅依，[聖][另]1431 過三，[聖]1436，[聖]1579 由此差，[宋][元][宮]1425 至不通，[宋][元]619，[宋]99，[宋]220 菩提若，[元][明][聖]1579 即此差，[元][明]201 無此怨，[元][明]224 女人，[元][明]760 有者當，[元][明]1428 遣使語，[元][明]1435 二比丘，[元][明]1463 和尚，[元][明]1579 增於此，[元][明]1689 設一切，[元][明]2016 他分一，[元]1425 僧時到，[元]1425 有因緣，[元]1435，[元]1509 如先説，[元]1545 生第四，[元]1579 爾七種，[元]1579 唯依身，[元]2016 説高下。

苟：[甲]1775 無常，[甲]1775 以馳。

古：[宮]882 有於此。

故：[明]220 布施波，[明]220 空解脱，[明]220 一切智，[明]1605 想受，[聖]1428 不爲此，[宋]220 無相無，[宋][宮]1484 頭陀行，[乙]2263 熏種子。

廣：[原]899 大不。

害：[甲][乙]1821。

含：[宮][甲]2008 惡用即。

號：[甲]866 須改舊。

何：[甲]2366 唯七生，[宋][宮]、若得[元]2122 歸必當，[元][明]221 菩薩無。

互：[三]945 爲賓主。

或：[宮]1458 聲是不，[甲][乙]2263 唯被大，[甲]1039 一肘二，[明]359 教人書，[明]372 人非人，[三][宮][金]1666 説陀羅，[三][宮][聖]1429 過量作，[三][宮]1437，[三][宮]1509 復但知，[三]26 有一，[三]1982 獨自等，[聖][另]1458 女坐懷，[石]1509，[乙]2263 唯被大，[元][明]1340 三日若。

及：[甲][乙]2385 在險難，[明]1551 隨法行，[三]264 讀，[聖]223 一切衆，[聖]1458 看布陣。

吉：[原]2196 祥。

即：[三][宮]553 如母言，[元][明]1341 生愚癡。

既：[甲]2274 爾。

皆：[宮]1958 轉法輪，[甲]904，[明]1562 有一法，[明]721 彼諸天，[三][宮]、與皆[聖]、皆[石]1509 由慳心。

戒：[明]359 行具足。

今：[宮]1435 僧時，[三][宮]2121 我以身。

敬：[甲]2036 非中夏。

居：[宮]2060 數感神，[甲]2219 第，[甲]2266 唯煩惱，[三][宮]1421 道路相，[三][宮]2111 而生像，[三]2122 植根深，[聖]1456 了時無，[宋]21 沙門婆，[宋]1509 般若波。

君：[宮]566，[甲]2261，[明]2076 不信擬，[三][宮]745 當出家，[三][宮]1464 善言惡，[三][宮]1546 以如，[三]2121 心可感，[原]1774 屠鉢歎。

客：[三]746 來乞。

苦：[丙]2218 衆生，[宮]262 斯及千，[宮]1545 智作苦，[宮]1646 貪瞋不，[宮][聖]1563 生欲界，[宮][聖]1602 所雜無，[宮]310 切責我，[宮]310 少聞者，[宮]397 愍衆生，[宮]410，[宮]414 大海，[宮]481 在，[宮]610 體艷我，[宮]721，[宮]721 不止若，[宮]721 者如前，[宮]722 此心行，[宮]1425 死墮惡，[宮]1462 心已柔，[宮]1509 得一人，[宮]1521 一切衆，[宮]1530 無常等，[宮]1545 爾何故，[宮]1548 思惟若，[宮]1559 至此歸，[宮]1579 對治樂，[宮]1579 住隨逐，[宮]1596 果報與，[宮]1596 能分別，[宮]1805 罰一令，[宮]2123 菩，[甲]、若[甲]1782 起正智，[甲]1801 依身以，[甲]1828，[甲]1833 等性若，[甲]1963 皆由無，[甲][乙]1816 障修忍，[甲][乙]1821 據二通，[甲]1038 佉鞞十，[甲]1156 干誓願，[甲]1238 此心印，[甲]1724 有，[甲]1728 能憶先，[甲]1736 本，[甲]1744 四威，[甲]1763 重則慈，[甲]1778 諸拙師，[甲]1780 欲捨苦，[甲]1781 得樂故，[甲]1782 相命限，[甲]1782 應遍知，[甲]1786 以山喻，[甲]1795 於天鬼，[甲]1804 五爲成，[甲]1805 事欲令，[甲]1816 有受皆，[甲]1828 麁重無，

[甲]1828 餓鬼趣，[甲]1828 樂報名，[甲]1832，[甲]1893 言我修，[甲]1918 無生如，[甲]2035 可轉八，[甲]2067 無，[甲]2068 時屬冬，[甲]2128 之甚也，[甲]2266 煩，[甲]2266 偏名僞，[甲]2266 有分別，[甲]2266 樂是故，[甲]2274 無常等，[甲]2299 即三種，[甲]2299 起，[甲]2299 無常等，[甲]2401 澁皆如，[明]626，[明]1539 有是事，[明]1544 起增上，[明]1545 諦有漏，[明]1545 集類智，[明]1636 火燒衆，[明]1648 以見道，[明][宮]1506 衆生因，[明]21 有問事，[明]26 修心樂，[明]190 爲行，[明]220 預流果，[明]316 止息即，[明]721 惡業盡，[明]1425 眼見若，[明]1432 上座禮，[明]1435 聚落邊，[明]1442 口吃者，[明]1450 法不，[明]1539 如病若，[明]1545 成就過，[明]1545 對諸蘊，[明]1545 以自性，[明]1546，[明]1549 有常彼，[明]1562 受自性，[明]1566 不成何，[明]1566 不從因，[明]1576 滅於心，[明]1602 名空無，[明]1602 意識法，[明]1662 蓋迷者，[明]1686 人於塔，[明]2122 本知是，[明]2123 有四衆，[三]1545 滅智已，[三]1579 猛利體，[三][宮]681 樂等衆，[三][宮]1506 已樂向，[三][宮]1536 已斷已，[三][宮]1545 集道現，[三][宮]1545 唯取此，[三][宮]1545 厭前境，[三][宮]330 根，[三][宮]607 著意惱，[三][宮]618 與是俱，[三][宮]1421 無衣服，[三][宮]1428 在無草，[三][宮]

1462，[三][宮]1484 到禮三，[三][宮]1506 痛有由，[三][宮]1506 無因生，[三][宮]1545 受不，[三][宮]1546 即取此，[三][宮]1546 空三昧，[三][宮]1546 行，[三][宮]1559 不生，[三][宮]1559 汝，[三][宮]1559 已相離，[三][宮]1562 爲存活，[三][宮]1646 常覆心，[三][宮]1656 傳如所，[三][宮]2102 乎地獄，[三][宮]2122 房舍衣，[三][聖]99 忍者則，[三][聖]375 自，[三]10 行增修，[三]99 他受他，[三]146 愁夫人，[三]193 何甚劇，[三]310 志經典，[三]374 是無常，[三]374 死閉繫，[三]984 羅陀已，[三]1069 繫於寂，[三]1147 患黑雲，[三]1331 相，[三]1542 智修所，[三]1545 菴羅衞，[三]1552 苦行者，[三]2087，[三]2103 釋，[聖][另]1543 不成就，[聖]225 己身都，[聖]1470 不嚼楊，[聖]1579 彼雖復，[聖]1595 菩薩，[另]1543 未知智，[宋]21 死，[宋]220 苦説，[宋]220 無願增，[宋][宮][聖]1465 非先所，[宋][宮]1509，[宋][宮]2103 斯等輩，[宋][元]1566，[宋][元][宮]1425，[宋][元][宮]1483 便自思，[宋][元][宮]1544 有愛枝，[宋][元][宮]1546 即，[宋][元][宮]1559 爾心，[宋][元][宮]1562 趣攝非，[宋][元]99 修習，[宋][元]99 智往來，[宋][元]156 淨作者，[宋][元]603 道弟子，[宋][元]721 地大不，[宋][元]1544 前生未，[宋][元]1559 依止第，[宋][元]1588 非大故，[宋][元]1809 持作三，

[宋][元]2060 不早治，[宋][元]2121 世尊説，[宋]279 斷邊際，[宋]322 美飲食，[宋]834 在胎中，[宋]1559 具有能，[宋]1579 世間道，[宋]1631 非有遮，[乙]1821 威儀路，[乙]2263 言無，[元]、明註曰若南藏作苦 1547 他以手，[元]472 見一切，[元]1566 不善業，[元][宮]1647 有爲，[元][明]1442 隨我語，[元][明]1549 如實知，[元][明]1579 行境界，[元][明][宮]607 空非身，[元][明][宮]1562 所生法，[元][明]125 痛想行，[元][明]228 時無人，[元][明]847 有衆生，[元][明]1536 時心住，[元][明]1541 事不順，[元][明]1548 不善心，[元][明]1692 行惠，[元]26 於現法，[元]125 復勇猛，[元]468 得百種，[元]616 分別二，[元]1425，[元]1425 母，[元]1435 波羅夷，[元]1451 佛世尊，[元]1488 以具足，[元]1546 識生者，[元]1566 謂與俱，[元]1579 不令他，[元]1579 衆多心，[元]1582 説法者，[元]2059 令誠感，[元]2063 僧端僧，[元]2121 置便噉，[原]974 衆生者，[原]1280 練葉等，[原]1863 在故，[原]2001 咬文嚼，[知]353 四威儀，[知]1579 彼生已，[知]1579 略説處，[宋][元]、明註曰若字北藏作苦字 721 脱彼處。

況：[明]1636 護禁戒。

老：[宮]1435 母若女，[明]2123 限分少，[元]1164 能精進。

量：[三]、良[宮][聖]1421 有。

領：[甲][乙]1822 違順。

洛：[另]1428 平地便。

落：[甲]2396 字形或。

略：[甲][乙]1816 以裁規。

每：[甲]、若[甲]910 將病人。

名：[丁]1831 所留身，[宮]657 聲聞人，[宮]1483 知故違，[宮]1548 想不分，[宮]1549 後云何，[宮]1808 説淨錢，[己]1830 法識也，[甲]、一[宮]656 善男子，[宋][元][宮]238 善家子，[宋][元][宮]310 聞佛説，[乙]1736 離分別，[元][宮]1548 行若受，[元][明]99 如是説，[元][明]220 能覺知，[元][明]222 男子勸，[原]981 知，[原]1841 依親生。

少：[三][聖]375 有善根。

舍：[三][宮]1428。

設：[三][宮]1543 成就善，[三][宮]263 持此經，[三][宮]1545。

攝：[明]1579 受用時。

生：[甲][丙]973 便得生，[宋][元]566 聲。

聖：[聖]566 行悲心。

施：[甲]952 樂調伏。

食：[明]220 當來得，[聖]1440 不互請，[宋][元]2123 飲若食。

時：[三]、善[宮]1432 式叉摩，[三]1462 比丘以。

實：[三][宮]1509 有無始。

始：[宮]628 發菩提。

似：[三]2112。

是：[宮]223 菩薩摩，[甲]1778

論迹現，[甲]2195，[明]1546，[明]1646 無罪者，[三][宮]374 諸衆生，[三][宮]1425 比丘共，[三][宮]1431 比丘尼，[三][宮]1458 諸具壽，[三]1435 臥若坐，[元][明]1982 爲安心。

受：[聖][另]1548 身心非，[聖]1427 不足。

數：[乙]2396 起。

誰：[三][宮]1428 不忍者。

水：[三][宮]1428。

説：[甲]1816，[原]、答[甲]1781 爲三初。

算：[乙]1772 不爾。

所：[甲]2249 依男身，[三][宮]278 有果報，[三][宮]1421 有，[元][明]357 有在家。

荅：[聖]1763 言無師。

特：[元]1452 見。

脱：[乙]1823 不現前。

瓦：[宮]1620 觀。

外：[宮][聖]1548 香界善。

爲：[甲]2262 作，[甲][乙]1821 得頂已，[甲][乙]1821 威儀路，[甲][乙]1822 有偏增，[甲][乙]2434 圓成今，[甲]1512 爾，[甲]1816 佛如爾，[甲]2195 當得佛，[甲]2262 境親迷，[甲]2266 有漏即，[甲]2270 共相境，[三][宮]1435 次，[三]26 生男者，[聖]157 觸若用，[聖]223 新發意，[聖]375 無行故，[聖]1460 教人取，[石]1509 樂布施，[石]1509 衆生能，[宋]481 幻想生，[乙]2296 言大乘，[乙]2396 得灌頂，[乙]2408 短壽，

[乙]2812 由戒聞，[元][明]223 無生相，[原]1764 是斷者，[原]1764 壞下釋。

未：[明]2112 得驪珠，[明]2123 識來趣。

聞：[三][宮]451 我名字。

問：[三][宮]460 曰如來，[三][宮]1435 有罪比。

我：[甲]1909 此，[明]1546 觀外色，[宋][元]397 欲三世，[原]2339 狹此廣。

吾：[三][宮]263 等過，[元]225 説之前。

無：[宮]627 有，[甲][乙]1822 前是男，[三][宮]398 二不二，[宋]220 説法無。

昔：[宮]415 於此法，[甲]1744 説無常，[甲]2195 又有二，[明]2131 施食。

悉：[甲]2367 如私記，[乙]2263 無。

喜：[乙]2397。

先：[甲]1736 善友何，[甲]2263 通不定，[原]2208 會。

現：[三]、見[宮]2112 在上方，[三]190 在未來。

心：[三]、一[宮]1581 種種因。

應：[三][宮]1428 白時到，[三]1564 以一法。

猶：[三][宮]476 花鬘貫。

有：[甲][乙]1822 是所緣，[甲][乙]1822 修金剛，[明]220 有，[明]1545 於一切，[三][宮]1579 諸法非，

[聖]1436 角作針。

又：[甲]2195 論始終，[三][宮][聖][另]1435 比丘，[三][宮]1435 比丘往，[三][宮]1471 取應器。

右：[宋][元][宮]1434 作出罪，[元][甲]1092 輪索龍。

於：[甲]1816 爾云何，[明]220 菩薩摩，[三][宮]1581 色等諸，[三]196 今澡浴，[三]202 巨海捷，[三]1559 非離欲，[宋][元]、于[明]843 一切法，[宋]1562 爾。

餘：[宮]1458。

與：[甲]1929 義而彼，[甲]2371 果因用，[三][宮]1428 盛水器。

欲：[宮]1503，[三][宮]656 知諸佛，[三][宮]1442 出行時，[三][宮]281 棄家出，[三][宮]1646 心好樂，[三]389 求寂靜。

緣：[三]99。

願：[聖]99 此諸法。

曰：[宮]1435 不動者，[甲]1775 仁者有，[乙]2296 以三義，[原]2004 誕生。

約：[甲]1828 名第一。

云：[宮]1609 滅法亦，[甲]1863 善男子。

在：[三]210 野平地，[聖]211 聚若野。

則：[甲][乙]2185 別體亦，[三][宮]401 不轉移。

者：[宮]1483 人先許，[宮]1548 一處內，[甲]、答[甲]1816 已入位，[甲]2266 信外道，[甲][乙]1821 彼物

覺，[甲][乙]1822 三，[甲]1724 唯一乘，[甲]1731 祇洹，[甲]1731 使如此，[甲]1731 只使一，[甲]1816 放逸，[甲]1973 也半進，[甲]2035，[甲]2250 當，[甲]2250 住天中，[甲]2255 應有二，[甲]2266 俱生二，[甲]2266 於一字，[甲]2271 一切遍，[甲]2271 准此語，[甲]2274 以有過，[甲]2291 在大日，[甲]2362 坐，[明]1546 彼繫眼，[明]316 復內心，[明]359 三千大，[明]1083，[明]1428 渡水若，[明]1545 說疑蓋，[明]1565 唯是一，[明]1597 於世間，[明]2131 妙玄引，[三][宮]1442 取一大，[三][宮]1629 能立因，[三][宮]221 欲代歡，[三][宮]224 於十方，[三][宮]1425 比，[三][宮]1425 煖水若，[三][宮]1425 用銅盂，[三][宮]1435，[三][宮]1438 僧，[三][宮]1521 多作眾，[三][宮]1546 作是說，[三][宮]1548 於彼業，[三][宮]1809 眾僧集，[三][甲]951 是俗人，[三]125 復有眾，[聖]1435 比丘入，[聖]1436 見作，[宋]1571 執果性，[乙]2393 先墮內，[乙]859 從，[乙]1796 以茅作，[乙]1822 就體以，[乙]1822 已獲得，[乙]2261 法輪僧，[元]228 波羅蜜，[元]574 持戒若，[元][明]2016 如幻，[元][明]415 但能聞，[元][明]1458 華已開，[元][明]1530 不爾者，[元][明]1545 依第三，[元]1428 樹木草，[元]1579 增如是，[元]2122 眾香含，[原]1840 能成立。

着：[三][宮]1509 世間無。

振：[乙]2408 鈴。

直：[乙]2228 誦此眞。

至：[三][宮]1425 王家問。

衆：[元][明]270 僧壞。

舟：[原]1856 經云有。

諸：[宮]1436 比丘到，[三][宮]838 有衆生，[三][宮]1503 欲發心，[三][宮]1581，[宋][元]2122 憶此別。

住：[甲]1804 當令餘。

著：[甲]2266 色故文，[甲][乙]1822 法衆聞，[甲]1512，[甲]1763 須現生，[甲]1828 無後得，[甲]2266 義相續，[明]158 犯，[三][宮]632 人於世，[三][宮]1506 如所説，[三][宮]1509 無，[三][聖]99 内心寂，[三][聖]157 我我所，[三]209 無物者，[三]607 自知，[聖]425 撾打誹，[聖]1425，[乙]2391，[原]923 雜花及，[原]1776 世法也。

捉：[三][宮]、－[聖][另]1428 寶若寶。

自：[元][明]1458 有俗人。

作：[元][明][丙][丁]866 師北面。

益：[聖]1462 盜。

弱

尼：[三][宮]1521 拘樓陀。

溺：[丙]2163 夙夜懃，[宮]263，[甲]2339 十信，[明]2112 喪往而，[三]190 泥溺於，[聖]224 薩芸若，[聖]210 爲邪所，[元][明]1532 者所對，[原]1796 義所以。

搦：[石]1509。

懦：[元][明][宮]460 欣心娛。

強：[甲]1781 者超而。

若：[三][宮]525 緋色婦。

翡

若：[宋]152 覆上水。

蓻

熱：[甲]2128 反蓻，[明][和]293 大地所。

藝：[宋]321 栴檀香。

S

挲

抄：[宋][宮]2122 占視永。

沙：[丙]973 其頭上。

娑：[三][聖]190 頂戴舉。

撒

車：[宮]1998 不出。

撒：[宮]2060 邊坊親，[宮]2103 作橋屏，[三][宮]2103 饕人薰。

徹：[三]1331 照此神。

薩：[三][宮]494 頭，[宋]1027 一切苗。

檗：[明]2076 真。

洒

灌：[乙]2397 頂。

洒：[宮]2123 滓濁爲，[甲]2128 也從水。

灑：[甲]2035 之遂蘇，[甲]2036 洒，[甲]2036 掃應對，[甲]2207 心曰齋，[甲]2394 淨二用，[明]1450 田地散，[明][乙]1260 作四肘，[明]419 滿無數，[明]1450 面良久，[明]1450 掃清淨，[明]1450 水爲界，[明]1636 地所以，[明]1636 水爲淨，[明]2131 掃也或，[三][宮]299 塔界地，[三]203，[宋][元]、洗[宮]2060，[元][明][甲]901 其絹，[原]920 大衆身。

師：[乙]2394 淨等有。

涕：[三]2060 泣撫心。

洗：[三][宮][甲]901 面然後，[三][宮][甲]901 乾薑，[三][宮][甲]901 手面訖，[三][宮][甲]901 手面已，[三][宮][甲]901 襞等黑，[三][宮][甲]901 浴已還，[三][宮]511 以爲應，[三][宮]1459 塗此名，[三][宮]2059 漱語和，[三][宮]2059 浴或著，[三][甲]901 浴入於，[三][甲]901 浴已著，[三][甲][乙]901 浴於淨，[三][甲]901 乾擣，[三][甲]901 浴，[三][甲]901 浴著，[三][甲]901 浴著新，[三]101 可足慚，[三]309 浴猶恐，[三]1644 束忿一，[宋][元][宮][甲]901 面一切，[元][明][甲]901 浴著白，[元][明]405 衆生臭，[元][明]1180 浴著淨。

浴：[三]2122 僧淨業。

灑

布：[三]184 地齊正。

頂：[甲]1709 也毘色，[明][乙]994 毘色訖，[乙]2394 竟還用。

潚：[明]1558 頂一切。

澆：[三][宮]、和[聖][另]1435。

洒：[三]156 燒香懸。

麗：[甲]2244 薄或社，[另]1428 地安若，[原]1220 二合耶。

囇：[三][甲][乙]1125 迦。

流：[三]26。

漉：[甲]2349 水囊等。

羅：[甲]、囉[乙]、灑囉乞灑[丙]1246 薩。

曝：[三][宮]1462 繩去。

洒：[宮]2025 掃午後，[宮]1458 左手若，[宮]2121 掃燒，[宮]2122，[宮]2122 頂上若，[宮]2122 佛塔除，[宮]2122 之久而，[甲]868 一切供，[甲]2193 無明老，[甲]2410 水事，[明]1450 三沒達，[三][宮]2122 之旋復，[宋][明][宮]1428 掃灑。

沙：[明][乙]1225 二合，[明]880 字門一。

曬：[明]1428 著繩床。

濕：[宮]848 二合摩，[聖]1435 犯者隨。

使：[甲]、灑諭諭灑[乙]931 諭二。

娑：[甲]850 二娑。

塗：[明]1451 地時阿。

箒：[明]125 不。

薩

阿：[丙]866 破婆窣。

薜：[三]2122 孤訓者，[乙]2157。

蘗：[甲]2400 戴引濕，[三]982 寧引，[三]1008 多二合，[三]1022 覩二合。

地：[三][宮][甲]2044 博不問。

等：[聖]1582 發願不。

堤：[甲]1733 五心不。

誐：[三]982。

法：[明]278 安住此。

訶：[宋]670 善分別。

和：[三][宮]1521 和檀菩。

華：[乙]2391 念誦。

金：[甲]2414 埵則。

羅：[明]1509 婆爾時，[三][宮]1509 婆王見，[乙]2408 迦章。

囉：[乙][丙]873 嚩怛他。

摩：[明]278 生時於，[明]220 皆無所。

蘗：[甲][乙]2390 栗伽仙，[甲][乙]2390 多地跋，[甲]2400 哩二合，[三][甲]951 羝三薩，[乙]2394。

婆：[明]1234 諦野，[聖]397 薩隸，[宋][宮]、娑[元][明][聖][石]1509 婆秦，[乙]972 囉。

菩：[甲]2402 薩受一，[明]220 常應圓，[明][乙]1092，[明]153 妻在，[明]157 是故能，[明]158 婆若智，[明]220 埵二既，[明]414 若欲捨，[明]1593 實有菩，[三]1336 地薩，[三]2145 和達王，[宋][元]220 性無忘，[宋]984 婆頭使，[乙]901 埵去音，[元]901 埵去音。

權：[明]309 復當思。

塞：[丙]1214 擔二合，[甲]1000 迦二合，[宋]1027 怖吒塞。

莎：[三][甲]1024 引訶九，[宋][元][甲]、莎去聲[明]1038 訶十二。

裟：[聖]397。

施：[三][宮]1433，[乙]2795。

蘇：[三]984 割反死，[三]1334 婆。

娑：[高]1668 羅黑白，[甲]908，[甲]908 嚩二合，[甲]1000 跢二合，[甲]1120 他，[明][甲]1175，[明][甲]1175 普二合，[明]1234 波哩嚩，[三][甲][乙]1125，[三][甲][乙]1125 怛，[三][甲]955，[三][乙]1022 嚩二合，[乙]867 薩怛。

提：[丙]2381，[丙]2381 甚爲，[宮]279 場內安，[宮]657 有四法，[宮]816 亦無有，[宮]1581 之願不，[己]1830 品説此，[甲]、薩[甲]1851 先近善，[甲]、提[乙]1816 所修行，[甲]1733 法依宗，[甲]2204 諸佛無，[甲]2299 文已上，[甲]2317 非於現，[甲][乙]2391 三摩地，[甲][乙]2393 衆一切，[甲][乙]1705 果名寂，[甲][乙]1816 分行二，[甲][乙]1816 故以此，[甲][乙]2070 問曰佛，[甲][乙]2328 而一乘，[甲][乙]2328 故諸佛，[甲][乙]2391 次，[甲][乙]2391 記遍生，[甲][乙]2391 心，[甲][乙]2397 不退轉，[甲]1268 使請者，[甲]1811 心第十，[甲]1816，[甲]1816 彼非無，

[甲]1816 地説發，[甲]1816 非衆生，[甲]1816 無上正，[甲]1816 心不住，[甲]1816 因顯佛，[甲]1816 餘所，[甲]1816 云何釋，[甲]1828，[甲]2068 流，[甲]2089 戒次皇，[甲]2089 瑞像各，[甲]2130 樹第十，[甲]2167 戒文一，[甲]2195 功德也，[甲]2204 法遊戲，[甲]2223 身也訣，[甲]2239 准之可，[甲]2266 能作一，[甲]2266 資糧略，[甲]2271 所知不，[甲]2298 前故異，[甲]2337 心遍，[甲]2362 因故故，[甲]2396 行，[甲]2401，[甲]2402 心成金，[甲]2434 造論至，[甲]2907 樹下等，[明]264 心者之，[明]316 乘未得，[明][甲]1177，[明][甲]1177 心至誠，[明]187 受淨草，[明]220 摩訶薩，[明]235 心者持，[明]259 前復有，[明]278 行而作，[明]293，[明]310 心經攝，[明]316 行如彼，[明]485 比丘説，[明]663 道不計，[明]1051 之位速，[明]1341 往昔業，[三]158 礙善男，[三]220 如來應，[三][宮]223 道善男，[三][宮]374 道，[三][宮][聖]421 得此，[三][宮]286，[三][宮]341 行，[三][宮]385 心，[三][宮]657 捨離餘，[三][宮]754 道行時，[三][宮]1521 道時隨，[三][宮]2034 經一卷，[三][宮]2103 道，[三][宮]2121 諸，[三][甲][乙]970 記而告，[三][聖]311 如是罪，[三]157 道，[三]157 道令諸，[三]158 法，[三]159 心未得，[三]159 在蘭若，[三]382 心志念，[三]468 心爲利，[三]945 道諸

比，[三]945 心開無，[三]1161 心，[三]1340 行法時，[三]1579 無量白，[三]1581，[三]1583 果不爲，[三]2149 十地同，[三]2151 經一卷，[聖]223 魔事佛，[聖]375 者即是，[聖]953 位，[聖]1582 行十二，[宋]220 已退坐，[宋][宮]657 法亦行，[乙]1821 者略也，[乙]2391 道即三，[乙]2396 者本是，[乙][丙]873 衆，[乙][丙]903，[乙]950 道若，[乙]957 果中絶，[乙]2192 記八部，[乙]2223 摩訶薩，[乙]2223 善軟之，[乙]2223 也佛入，[乙]2223 周圍月，[乙]2263 資糧誰，[乙]2309 分法，[乙]2309 智而，[乙]2391 善，[元][宮]2016 涅槃百，[原]1743，[原]2196 心得生，[原]2339 一。

陀：[三][宮]1435。

問：[宮]485 問言彼。

悉：[三]865 體汀，[元]945 怛多般。

薛：[三][宮]2122 孤訓。

衍：[三][宮]、薩行[聖]222 三，[聖]222 三。

蔭：[甲][乙][丙]2394 之即當，[甲]2130 也第三。

摁

總：[宋][元]、摁[明]2145 集易覽。

塞

寒：[宮]1428 死死終，[明]2123，[三][宮]2102 而更令，[聖]2157 羯磨

闕，[另]1428 彼用寶，[宋][元]992。

墓：[聖]2157 因緣四。

賽：[三][宮]1471 諍於勝，[三][宮]2103，[三][宮]805 此此人，[元][明]145 一歸命。

受：[明]1808 餘三藥。

閩：[三][宮]626 滿宮門。

息：[宮]541 空中散。

咽：[三][宮]2122 不能得。

夷：[三][宮]2123。

擁：[原]2339 滯爲義。

諸：[三][聖]200 天善神。

噻

塞：[甲][乙]1098 底哩二。

鰓

腮：[明]2102 龍津點，[三][宮]1459 噬半不。

賽

塞：[三]152 一道士，[三]1484。

三

八：[明]26，[明]26 竟，[明]2154 卷，[三][宮]、九[聖]、三光明皇后願文[聖]397，[三][宮]2040，[三][宮]2040，[三]2149 紙，[石]1509 背捨八，[原]2196 頌准上。

竝：[乙]2309 無我故。

不：[甲]1512 相所成。

參：[甲][乙]1211 婆嚩嚩。

藏：[甲][乙]2396 或。

長：[三][宮]397 善道若。

初：[甲]1705 地已上，[原]2721 重一。

此：[宮]721 處如是，[三][宮]1595 身故至。

次：[甲]1717 從復次，[甲]1717 合後結。

大：[三]985 藥叉阿，[宋]1694 毒薄少，[乙]2263 千界大，[原]1744 乘爲。

定：[甲][乙]2263 世四諸。

多：[甲]1839 言總説，[三]1982 婆罄阿。

耳：[宮]1912 耳論中。

二：[丙]948 合，[丙]948 合引，[丙]954 合，[丙]1132，[丙]1184 合摩，[丙]1199 合，[丙]2087 藏僧徒，[丙]2164 教妙通，[丙]2164 日依奏，[敦]1960 階者不，[宮]415 轉得名，[宮]416 萬六千，[宮]847 毒類定，[宮]901，[宮]901 説然後，[宮]1452，[宮]1536 者，[宮]1539 受爾時，[宮]1545，[宮]1545 諦有邊，[宮]1545 攝四耶，[宮]1558 一切皆，[宮]1562 十四念，[宮]1595 分，[宮]1597 種爲所，[宮]1647 世皆如，[宮][甲]1805 人，[宮][甲]1911 今亦例，[宮][甲]1912 謗，[宮][甲]1912 德有利，[宮][甲]1912 位間住，[宮][聖]222 處想，[宮][聖]310 法則能，[宮][聖]1421 十便已，[宮][聖]1547 世中是，[宮][聖]2034 部合，[宮][聖]2034 卷，[宮]221 天，[宮]244 摩二合，[宮]263 分或十，[宮]310 大悲品，[宮]310 婆去

五，[宮]397，[宮]397 乘法而，[宮]397 宿日受，[宮]397 萬六千，[宮]411 乘皆同，[宮]425 百五十，[宮]426 百人應，[宮]579 十，[宮]598 千龍迦，[宮]618 十摩睺，[宮]675 眞，[宮]676 世，[宮]810 千世界，[宮]848 播娜鑁，[宮]848 密門，[宮]866，[宮]866 合，[宮]885 咄哩引，[宮]901，[宮]901 拔那拔，[宮]901 盤陀，[宮]901 藥叉十，[宮]1424 種並文，[宮]1425 分時摩，[宮]1425 諫不止，[宮]1425 肘中者，[宮]1428，[宮]1435 人二，[宮]1439 説，[宮]1442 女端正，[宮]1451 門別門，[宮]1461 學不，[宮]1462 歸竟次，[宮]1462 罪因五，[宮]1464 已下時，[宮]1465，[宮]1470，[宮]1470 者和，[宮]1505 界福家，[宮]1506 是鈍根，[宮]1521 歸，[宮]1522 十句從，[宮]1522 者彼果，[宮]1543，[宮]1543 垢五，[宮]1543 首盧，[宮]1543 現在一，[宮]1544 滅類智，[宮]1544 有他心，[宮]1545，[宮]1545 部識色，[宮]1545 非律儀，[宮]1545 果未上，[宮]1545 解脱，[宮]1545 無爲爲，[宮]1546 句者能，[宮]1547 十三天，[宮]1548 如四禪，[宮]1548 衣及好，[宮]1549，[宮]1550 禪次第，[宮]1558 定中無，[宮]1558 皆自地，[宮]1558 一明觸，[宮]1562 及除當，[宮]1562 涅槃界，[宮]1562 生中具，[宮]1562 四靜慮，[宮]1562 所餘法，[宮]1585 三，[宮]1585 受相應，[宮]1595 障，[宮]1597，[宮]1599

受故，[宮]1599 障一於，[宮]1602，[宮]1602 種即是，[宮]1607 自體心，[宮]1610 時苦故，[宮]1646，[宮]1646 識皆到，[宮]1646 種觀義，[宮]1647 善何以，[宮]1652 二分，[宮]1799 結酬所，[宮]1799 雙例所，[宮]1808 眾得摩，[宮]1809 位第一，[宮]1810 說彼既，[宮]1884 法界也，[宮]1912 教四諦，[宮]1912 十六師，[宮]2034，[宮]2034 出與世，[宮]2034 法度二，[宮]2034 經同本，[宮]2034 卷，[宮]2034 卷或四，[宮]2034 年，[宮]2034 年於豫，[宮]2034 三出與，[宮]2034 夕乃聞，[宮]2041 現通噉，[宮]2059 賢寺主，[宮]2078 人，[宮]2102 大，[宮]2103 十七年，[宮]2112 十七，[宮]2121 卷，[宮]2122 歸又更，[宮]2122 偈并取，[宮]2122 天，[宮]2123 界所攝，[和]261 阿娜羝，[己]1830 說純苦，[甲]、三[甲]1781 雖向佛，[甲]1715 十萬里，[甲]1721 行圓備，[甲]1727 初小教，[甲]1735 標地名，[甲]1735 初總，[甲]1735 佛，[甲]1735 菩薩勤，[甲]1735 菩薩下，[甲]1735 先見苦，[甲]1735 因以明，[甲]1735 引如來，[甲]1735 徵意云，[甲]1735 種世間，[甲]1736 偈中初，[甲]1784 字二初，[甲]1786 從是下，[甲]1795 問答兩，[甲]1804 爲雜通，[甲]1805 稱病緣，[甲]1805 界即別，[甲]1828 句是一，[甲]1830 劫名大，[甲]1830 性彼論，[甲]1830 作意四，[甲]1857 三即生，[甲]1860 細四，[甲]1863 種

言入，[甲]1912 釋三寶，[甲]1924 乘，[甲]1960 歸一之，[甲]2035 境，[甲]2035 萬里當，[甲]2037 年魏即，[甲]2125 千封邑，[甲]2128 軍之眾，[甲]2128 其界盡，[甲]2217，[甲]2219，[甲]2249，[甲]2249 重觀行，[甲]2266 十三諦，[甲]2266 右，[甲]2269 今，[甲]2269 今初明，[甲]2269 頌，[甲]2269 紙云眾，[甲]2270 不易標，[甲]2270 種以爲，[甲]2300 百，[甲]2325 無爲無，[甲]2339 果如是，[甲]2782 明從無，[甲][丙]1184 合字已，[甲][丁]2092 寺園林，[甲][乙]1751 初對辯，[甲][乙]2254 等起彼，[甲][乙][丙][丁][戊]2187 乘人索，[甲][乙][丙][丁][戊]2187 喚子不，[甲][乙][丙]1056 合，[甲][乙][丙]2394 句當知，[甲][乙][宮]1799 難二一，[甲][乙]901 指皆，[甲][乙]921 念，[甲][乙]1098 分，[甲][乙]1214 種供養，[甲][乙]1246 莎嚩訶，[甲][乙]1709 十日詔，[甲][乙]1736 諦明空，[甲][乙]1796，[甲][乙]1796 合與帝，[甲][乙]1799 結勸弘，[甲][乙]1816 合怖畏，[甲][乙]1821 類攝，[甲][乙]1821 受故順，[甲][乙]1821 現觀邊，[甲][乙]1822，[甲][乙]1822 果既不，[甲][乙]1822 力第，[甲][乙]1822 破外，[甲][乙]1822 十六說，[甲][乙]1822 一問二，[甲][乙]1822 云身正，[甲][乙]1822 種若體，[甲][乙]1866，[甲][乙]1866 故若望，[甲][乙]1866 句約同，[甲][乙]2163 卷開中，[甲][乙]2219

性楞，[甲]1799 舉事開，[甲]1799 句結前，[甲]1802 段一，[甲]1805 純默齊，[甲]1805 句標廣，[甲]1805 上明衆，[甲]1805 十日準，[甲]1805 物隨犯，[甲]1813 結示罪，[甲]1816 乘衆及，[甲]1816 初以七，[甲]1816 界繫果，[甲]1816 可知四，[甲]1816 名阿僧，[甲]1816 釋，[甲]1816 一，[甲]1816 意一答，[甲]1816 蘊還我，[甲]1821 十一云，[甲]1821 十云何，[甲]1822 明傍論，[甲]1822 説故不，[甲]1823 世相對，[甲]1826 破，[甲]1828，[甲]1828 百五十，[甲]1828 乘本有，[甲]1828 建，[甲]1828 結前生，[甲]1828 句智者，[甲]1828 明界，[甲]1828 散動門，[甲]1828 十如彼，[甲]1828 世者出，[甲]1828 爲斷當，[甲]1828 義言辨，[甲]1828 智即是，[甲]1828 衆生中，[甲]1829 初辨十，[甲]1830，[甲]1834 句申正，[甲]1835 句如應，[甲]1835 句生後，[甲]1851 佛即是，[甲]1851 三學分，[甲]1863，[甲]1863 身本，[甲]1863 十二云，[甲]1863 云若有，[甲]1863 種言入，[甲]1866 種一於，[甲]1884 觀三諦，[甲]1912 經一相，[甲]1912 問曰頂，[甲]1912 與六同，[甲]1920 乘三惡，[甲]1921，[甲]1921 種定謂，[甲]1922 乘所證，[甲]1924 辨，[甲]1924 性類以，[甲]1924 性中觀，[甲]1924 種差別，[甲]1925 乘果報，[甲]1925 意不同，[甲]1929 種四諦，[甲]1969 家，[甲]1973 十餘年，[甲]1999 十年後，

[甲]2008，[甲]2017 身十波，[甲]2035，[甲]2035 百餘萬，[甲]2035 角力士，[甲]2035 昧經○，[甲]2035 人餘者，[甲]2035 日忌淨，[甲]2035 月，[甲]2036 年退居，[甲]2036 子母徐，[甲]2037 年，[甲]2037 年承玄，[甲]2037 十，[甲]2039 年是王，[甲]2039 十八年，[甲]2039 月再降，[甲]2053 部凡五，[甲]2068 年廣誦，[甲]2068 千餘人，[甲]2068 世此言，[甲]2128 人也玉，[甲]2128 形同胡，[甲]2128 形同苦，[甲]2130 卷，[甲]2130 十三卷，[甲]2135 合，[甲]2157 卷，[甲]2157 卷二帙，[甲]2157 卷同帙，[甲]2157 卷五十，[甲]2174 紙策子，[甲]2181 卷，[甲]2183 卷飛鳥，[甲]2183 卷記云，[甲]2183 卷名心，[甲]2183 卷最澄，[甲]2187 行半偈，[甲]2195 乘，[甲]2195 體，[甲]2195 意若起，[甲]2195 義中第，[甲]2196 大衆奉，[甲]2196 一見佛，[甲]2196 止息之，[甲]2214 云，[甲]2215 諦中遣，[甲]2217 有因無，[甲]2219 復次，[甲]2219 業從，[甲]2219 重外用，[甲]2223 乘之所，[甲]2223 初明驚，[甲]2227 初明祈，[甲]2227 明，[甲]2229 合吽，[甲]2244 千，[甲]2249，[甲]2249 解釋述，[甲]2249 説同此，[甲]2250，[甲]2250 靜慮根，[甲]2250 釋亦出，[甲]2250 唯縁，[甲]2250 紙亦同，[甲]2250 准説可，[甲]2254 門歟寶，[甲]2255 門若入，[甲]2261 教三教，[甲]2261 心中間，[甲]2262 位中

埵三，[明]1288 合七藥，[明]1288 合五十，[明]1301 曰細民，[明]1330 合引怛，[明]1373 合引波，[明]1377 合二鉢，[明]1415 合怛嚩，[明]1425 分白第，[明]1428 羯磨作，[明]1428 突吉羅，[明]1435 者若比，[明]1443 種，[明]1462，[明]1462 十色若，[明]1464，[明]1505 也因緣，[明]1509 事一時，[明]1542 非所造，[明]1545，[明]1545 靜，[明]1545 類智邊，[明]1546 法定間，[明]1546 名傍摩，[明]1547 禪枝云，[明]1549 家愛見，[明]1549 樂及，[明]1552 心，[明]1559 德，[明]1560 洛叉二，[明]1562，[明]1562 處遠性，[明]1562 因於正，[明]1579 和合生，[明]1579 者觸緣，[明]1585 乘聖道，[明]1585 所轉，[明]1605 取六十，[明]1617 執我實，[明]1636 合野提，[明]1636 合引梛，[明]1647 何異又，[明]1683 合謨多，[明]1809 偸蘭遮，[明]2016 辯中邊，[明]2016 通相三，[明]2016 自空王，[明]2034 部三卷，[明]2034 觀經二，[明]2076 百年有，[明]2076 年示疾，[明]2088 千餘里，[明]2103，[明]2103 千化穢，[明]2123 天來財，[明]2123 天下有，[明]2131 成三法，[明]2131 依又始，[明]2149，[明]2149 卷，[明]2149 昧經一，[明]2149 十六，[明]2149 紙，[明]2151 百，[明]2151 部合五，[明]2153 卷，[明]2153 卷九十，[明]2153 十三卷，[明]2154，[明]2154 藏名今，[明]2154 會或四，[明]2154 經並出，

[明]2154 卷天親，[明]2154 年八月，[明]2154 千七百，[明]2154 譯，[明]2154 月二十，[三]、－[宮]1595 大劫阿，[三]、三十二[宮]2112 十年文，[三]、一[宮]650 萬世常，[三]、一[宮]2059 日方盡，[三]220 名不，[三]244 合十五，[三]1006 諸天中，[三]1116 合摩，[三]1164 合，[三]1424 人口法，[三]1536 者謂諸，[三]1545 部隨眠，[三]1545 品有漏，[三]1563 洲利無，[三]2063 泰元二，[三]2149 卷第二，[三]2153 十八卷，[三][丙]930 唵，[三][丙]1056 合，[三][宮]、－[甲][乙]848 佉娜，[三][宮]276 萬四千，[三][宮]721 處受苦，[三][宮]1537 靜慮堅，[三][宮]1545 地無漏，[三][宮]1547 禪，[三][宮]1549 緣若，[三][宮]1562 有頂故，[三][宮]1563 靜慮地，[三][宮]2034 卷，[三][宮]2043 千一百，[三][宮]2109 叔，[三][宮][甲]901 寶燭當，[三][宮][甲]901 遍作大，[三][宮][甲]2053 日渡栴，[三][宮][聖]1522 句示現，[三][宮][聖]1544 智少分，[三][宮][聖][另]1563 隨身繫，[三][宮][聖][另][石]1509 千世常，[三][宮][聖][另]1543，[三][宮][聖][石]1509 種如此，[三][宮][聖]397 種界中，[三][宮][聖]411 乘法義，[三][宮][聖]425 千歲一，[三][宮][聖]1462 根有三，[三][宮][聖]1552 打乃至，[三][宮][聖]1579 種雜染，[三][宮][聖]1602 過故，[三][宮][聖]1602 種由四，[三][宮][聖]2034 不定者，

[三][宮][另]1453 人等若，[三][宮]
[另]1543 界五無，[三][宮][另]1543
無願無，[三][宮][知]384，[三][宮]
[知]384 腹乃至，[三][宮][知]384 人
度數，[三][宮][知]384 十，[三][宮]
271 行修行，[三][宮]278 一一口，
[三][宮]310 乘等何，[三][宮]402 伽
挐山，[三][宮]402 文陀，[三][宮]425
百里君，[三][宮]425 千八百，[三]
[宮]443 阿僧伽，[三][宮]443 伽伽那，
[三][宮]443 若那揭，[三][宮]443 若
那脩，[三][宮]443 若那吱，[三][宮]
443 若女，[三][宮]443 須跋地，[三]
[宮]481，[三][宮]590，[三][宮]678，
[三][宮]681，[三][宮]818 千天人，
[三][宮]848，[三][宮]848 合底沫，
[三][宮]848 合毘二，[三][宮]848 甯，
[三][宮]876 麼折，[三][宮]876 薩，
[三][宮]1425 跋渠中，[三][宮]1425
俱名爲，[三][宮]1425 衣復有，[三]
[宮]1435 人擯一，[三][宮]1442 十作
滿，[三][宮]1442 事多相，[三][宮]
1453 苾芻等，[三][宮]1458 處皆尊，
[三][宮]1461 聚不具，[三][宮]1462，
[三][宮]1462 地獄中，[三][宮]1462
犯重已，[三][宮]1462 集律藏，[三]
[宮]1462 叚中，[三][宮]1462 羯磨不，
[三][宮]1462 種因緣，[三][宮]1505
藏也，[三][宮]1505 身證彼，[三][宮]
1520 種證法，[三][宮]1521 乘差別，
[三][宮]1521 惡如是，[三][宮]1540
蘊此何，[三][宮]1542 處五蘊，[三]
[宮]1544 忍時無，[三][宮]1545 結與

五，[三][宮]1545 解脫道，[三][宮]
1545 戒俱三，[三][宮]1545 靜慮及，
[三][宮]1546，[三][宮]1546 事故彼，
[三][宮]1546 是三界，[三][宮]1546
所爲同，[三][宮]1550 種餘各，[三]
[宮]1552 寶非三，[三][宮]1552 方便
善，[三][宮]1552 種無間，[三][宮]
1554 種謂修，[三][宮]1558 餘無，
[三][宮]1559 諦聖非，[三][宮]1559
天住此，[三][宮]1559 種釋曰，[三]
[宮]1559 種於見，[三][宮]1563，[三]
[宮]1563 界惑義，[三][宮]1563 種善
染，[三][宮]1571 名即失，[三][宮]
1579，[三][宮]1579 句顯行，[三][宮]
1579 種相佛，[三][宮]1592 法是染，
[三][宮]1595 乘名一，[三][宮]1595
苦如此，[三][宮]1595 品，[三][宮]
1595 身應知，[三][宮]1641 乘同凡，
[三][宮]1646 寶品第，[三][宮]1646
禪已上，[三][宮]1648 禪行成，[三]
[宮]1648 一，[三][宮]1683 合酥窣，
[三][宮]1808 夜得與，[三][宮]2034，
[三][宮]2034 百三十，[三][宮]2034
部三，[三][宮]2034 出與漢，[三][宮]
2034 出與竺，[三][宮]2034 卷佛陀，
[三][宮]2034 卷開皇，[三][宮]2034
卷天監，[三][宮]2034 錄，[三][宮]
2034 年，[三][宮]2034 年四月，[三]
[宮]2034 秦，[三][宮]2034 頭陀經，
[三][宮]2040 德即立，[三][宮]2053
十餘所，[三][宮]2059 十匹悉，[三]
[宮]2060 國事參，[三][宮]2060 年勅
置，[三][宮]2060 年毘請，[三][宮]

2060 十斛，[三][宮]2060 十年翹，[三][宮]2085 日便值，[三][宮]2085 丈許通，[三][宮]2103 施啓幽，[三][宮]2103 十五種，[三][宮]2103 種四百，[三][宮]2104 年，[三][宮]2109 十，[三][宮]2112 慈悲仁，[三][宮]2112 天，[三][宮]2121 界成壞，[三][宮]2121 卷，[三][宮]2121 十卷又，[三][宮]2121 王子曰，[三][宮]2121 月八日，[三][宮]2122，[三][宮]2122 年廣誦，[三][宮]2122 年汝命，[三][宮]2122 年下勅，[三][宮]2122 歲小兒，[三][宮]2122 王子，[三][宮]2122 驗出山，[三][宮]2123 十此有，[三][宮]2123 緣，[三][甲]、二條[宮]901 澡豆一，[三][甲][乙]、一[宮]848 合哆也，[三][甲][乙][丙]930 曩謨引，[三][甲][乙][丙]1132 乘種眞，[三][甲][乙]950 種衣善，[三][甲][乙]972 合沙，[三][甲][乙]1056 合左，[三][甲][乙]1069 合，[三][甲][乙]1092 娑去，[三][甲][乙]1200 合野娜，[三][甲]901 分陀羅，[三][甲]901 日作法，[三][甲]901 十二，[三][甲]989 合陀嚩，[三][甲]1039 合夜合，[三][甲]1039 千五百，[三][甲]1085 合囉呬，[三][甲]1102 合達摩，[三][甲]1123，[三][甲]1135，[三][別]397 纒三昧，[三][聖]125 十五年，[三][聖]211 百比丘，[三][聖]643 光其光，[三][聖]1440 戒戾語，[三][聖]1440 天下唯，[三][聖]1441 根道，[三][乙][丙]、一[甲]954 合底賀，[三][乙][丙][丁]865

合，[三][乙]1092，[三]1 十由旬，[三]23 事一者，[三]23 萬八千，[三]139 十大海，[三]144 百五十，[三]158 恒河沙，[三]159 障速圓，[三]168 千，[三]186 垢成，[三]187 疑無染，[三]190 百八十，[三]210 事淵銷，[三]212，[三]212 十，[三]220 名不生，[三]244 合婆嚩，[三]246 八薩嚩，[三]246 十七跛，[三]311，[三]375 由，[三]656，[三]672 十六皆，[三]821 秦錄，[三]848 馱囉也，[三]882 合涅，[三]882 合引馱，[三]883 合帝引，[三]883 悉四，[三]999 合窣覩，[三]1007，[三]1044 無隸畏，[三]1056 合帝婆，[三]1107 合努馱，[三]1114 合梨多，[三]1137，[三]1140，[三]1169 合劍一，[三]1169 中指相，[三]1283 指甲兩，[三]1288 合跢囉，[三]1288 合摩哩，[三]1288 合儒底，[三]1301 斛四，[三]1301 兩半爲，[三]1332 毘摩呵，[三]1336 悉波呵，[三]1341 惡比丘，[三]1413 合馱囉，[三]1425 毘尼滅，[三]1440 搽手，[三]1441 方用閣，[三]1441 十九，[三]1541 非色三，[三]1542 名攝幾，[三]1545，[三]1545 補特伽，[三]1545 或有成，[三]1545 三摩地，[三]1545 王出世，[三]1545 無，[三]1548 十四科，[三]1558 果，[三]1560，[三]1560 有境果，[三]1562 心相生，[三]1562 依根，[三]1562 種念言，[三]1563 緣生是，[三]1585 名根生，[三]1598 乘最勝，[三]1647 諦答立，[三]1808 衆比丘，[三]

2034 部三卷，[三]2034 千七百，[三]
2034 十八部，[三]2063 年卒，[三]
2088 年方，[三]2088 十餘丈，[三]
2088 十匝而，[三]2088 爲梵衍，[三]
2106 千錢授，[三]2110 皇統化，[三]
2110 十許王，[三]2110 天者搖，[三]
2122 段皮肉，[三]2122 千卷六，[三]
2125 十萬，[三]2137 種隨一，[三]
2145 乘皆入，[三]2145 卷今闕，[三]
2145 日出，[三]2145 十尼道，[三]
2146 卷，[三]2146 卷竺道，[三]2149，
[三]2149 百一十，[三]2149 出，[三]
2149 卷，[三]2149 卷初出，[三]2149
卷或三，[三]2149 卷戒法，[三]2149
密底耶，[三]2149 年丙，[三]2149 年
爲魏，[三]2149 十，[三]2149 十五
願，[三]2149 紙，[三]2149 紙上二，
[三]2149 帙中間，[三]2150 卷，[三]
2151 卷大，[三]2151 一卷，[三]2153
百四，[三]2153 出，[三]2153 出亦
云，[三]2153 卷，[三]2153 卷或十，
[三]2153 紙，[三]2154，[三]2154 百
六十，[三]2154 百五十，[三]2154 出
與維，[三]2154 卷，[三]2154 卷第
四，[三]2154 卷方等，[三]2154 卷後
漢，[三]2154 卷亦題，[三]2154 錄，
[三]2154 莫存，[三]2154 秦錄高，
[三]2154 人傳譯，[三]2154 日方過，
[三]2154 三月五，[三]2154 十八卷，
[三]2154 十經以，[三]2154 十品第，
[三]2154 十七部，[三]2154 十三部，
[三]2154 譯，[聖]1435 守戒比，[聖]
1548 分或善，[聖]1602 種退墮，[聖]

[甲]1733 初明金，[聖][甲]1733 先總
辨，[聖][另]1543 百四十，[聖]26 解
脫有，[聖]26 天千釋，[聖]125，[聖]
125 禪以是，[聖]158 禪彼見，[聖]
190 百弟子，[聖]211 百里有，[聖]
310 天思想，[聖]425，[聖]440 百佛
出，[聖]440 寶然燈，[聖]953 甜護
摩，[聖]1421 衣以是，[聖]1428，[聖]
1428 人不得，[聖]1441 處與清，[聖]
1462，[聖]1462 十二人，[聖]1488 者
名爲，[聖]1537，[聖]1545 謂自地，
[聖]1546 界見道，[聖]1546 明能，
[聖]1562 非千彼，[聖]1562 殊勝在，
[聖]1563 謂身語，[聖]1579 學勝利，
[聖]1595 乘人有，[聖]1595 人謂清，
[聖]1595 依正思，[聖]1602 中庸，
[聖]1646 種，[聖]1723 事體空，[聖]
1733 舍那，[聖]1763 界得作，[聖]
1788 變化身，[聖]1788 上二句，[聖]
1788 依羅什，[聖]1818 第一總，[聖]
1818 釋，[聖]2157，[聖]2157 部四
百，[聖]2157 出，[聖]2157 經，[聖]
2157 經宋惠，[聖]2157 經文義，[聖]
2157 卷，[聖]2157 卷第四，[聖]2157
卷或爲，[聖]2157 卷無著，[聖]2157
卷異譯，[聖]2157 年六月，[聖]2157
年末後，[聖]2157 年五月，[聖]2157
年終于，[聖]2157 人推嚴，[聖]2157
日特進，[聖]2157 十二戒，[聖]2157
譯出阿，[聖]2157 月三，[另]1459 寶
事要，[另]1541 若，[另]1428 羯磨，
[另]1428 羯磨竟，[另]1435 自歸，
[另]1548 分或欲，[另]1721 舉法王，

[另]1721 藥草喻，[另]1721 義一者，[另]1721 者謗既，[石]1509 乘人所，[宋]、一[元][明]1339 請，[宋]、四[元][明]2149 十八紙，[宋]、一[元][明]1340，[宋]、一[元][明]2149 百五十，[宋]、一[元]1435 法中波，[宋]895 處之毛，[宋][宮]310 鉢唎二，[宋][宮]1509 種菩薩，[宋][宮]1545 世過去，[宋][宮]2034 年冬到，[宋][宮]2122 天總名，[宋][明]、一[元]643 十劫生，[宋][明]374 乘爲三，[宋][明]1170 合七十，[宋][明]1272 合引尾，[宋][元]、反[宮]443 莎呵，[宋][元]1545 能見諸，[宋][元]1545 緣故言，[宋][元]2153 卷，[宋][元][宮]、聲二[明]443 達摩達，[宋][元][宮]、一[明]2040 世不，[宋][元][宮]、音二[明]443 若那度，[宋][元][宮]244 種三昧，[宋][元][宮]848 唅，[宋][元][宮]887 尾惹野，[宋][元][宮]1425 說若不，[宋][元][宮]1428，[宋][元][宮]1521 種清淨，[宋][元][宮]1545 世二過，[宋][元][宮]1545 種有說，[宋][元][宮]1546 句也，[宋][元][宮]1610，[宋][元][宮]1684 曳，[宋][元][宮]2122，[宋][元][宮]2122 此有六，[宋][元][乙]1125 合，[宋][元]882，[宋][元]901，[宋][元]901 瞋陀，[宋][元]901 訖哩二，[宋][元]1054 合哆嚩，[宋][元]1057，[宋][元]1092，[宋][元]1092 十，[宋][元]1092 旨旨四，[宋][元]1096 虎，[宋][元]1169 薩哩嚩，[宋][元]1264 壹里壹，[宋][元]

1425 諫捨是，[宋][元]1428 突吉羅，[宋][元]1440 衆，[宋][元]1536 邪見四，[宋][元]1544 苦類智，[宋][元]1545 靜慮無，[宋][元]1558 正慧四，[宋][元]1559 見境界，[宋][元]1560 無數劫，[宋][元]1579 作意攝，[宋][元]2034，[宋][元]2061 卷大乘，[宋][元]2061 年仍賜，[宋][元]2061 十，[宋][元]2061 貞元十，[宋][元]2103 首，[宋][元]2122 年周朝，[宋][元]2123 鋒刃增，[宋][元]2147 卷，[宋][元]2149，[宋][元]2149 卷或一，[宋][元]2154 百六部，[宋][元]2154 十五卷，[宋][元]2154 紙元魏，[宋]23 事月大，[宋]125，[宋]185，[宋]202 十萬彼，[宋]220 乘法中，[宋]375 點若並，[宋]375 事隨其，[宋]901 股，[宋]950 分愍念，[宋]1092，[宋]1197 合一娑，[宋]1235 合引報，[宋]1462 禪定便，[宋]1545，[宋]1545 靜慮支，[宋]1548 分或業，[宋]1552 禪四禪，[宋]1552 三昧中，[宋]1558，[宋]1562，[宋]1649 種人，[宋]2047 忍具足，[宋]2059 年歲次，[宋]2061，[宋]2061 殯於，[宋]2122，[宋]2122 層，[宋]2122 度放五，[宋]2122 焉，[宋]2147 經同本，[宋]2147 卷，[宋]2149 階位別，[宋]2149 卷，[宋]2149 無定見，[宋]2153 百六，[宋]2153 百七十，[宋]2153 十八紙，[宋]2153 十三紙，[宋]2153 紙，[宋]2153 紙一名，[宋]2154 部七十，[宋]2154 出此略，[宋]2154 出與法，[宋]2154 經十五，

[宋]2154 卷見在，[宋]2154 譯，[乙]931 頡哩二，[乙]1821 云由無，[乙]2157 人同譯，[乙]2218 身也但，[乙]2218 妄成正，[乙]2218 字如前，[乙]2249 十五云，[乙][丙][戊]2187 爲説今，[乙][丙]2092 千餘人，[乙][丙]2397 合此十，[乙][丁]1830 受當知，[乙]850 怛，[乙]966 合長聲，[乙]981 合，[乙]1086 合吽合，[乙]1092 十九薩，[乙]1092 肘壇外，[乙]1125 合，[乙]1254 遍作大，[乙]1260 合跢引，[乙]1724 乘以三，[乙]1736 亦云五，[乙]1736 宗亦爲，[乙]1796 世，[乙]1796 因如上，[乙]1821，[乙]1821 生二人，[乙]1821 識，[乙]1822 定有動，[乙]1822 十三，[乙]1822 受俱，[乙]1832 乘眞智，[乙]2157 年八月，[乙]2157 人傳譯，[乙]2174 口一口，[乙]2174 十三張，[乙]2174 張，[乙]2186 明理空，[乙]2192 種體，[乙]2218 事不，[乙]2218 疏捨無，[乙]2218 義一，[乙]2218 種，[乙]2227 明，[乙]2232 拍由此，[乙]2249 十二一，[乙]2249 十五兩，[乙]2249 釋意也，[乙]2249 中云根，[乙]2250 之別，[乙]2250 紙右，[乙]2254 界染，[乙]2261，[乙]2261 乘者六，[乙]2261 非彼意，[乙]2261 慧分之，[乙]2261 類者約，[乙]2261 業等雖，[乙]2263，[乙]2263 方，[乙]2263 根現行，[乙]2263 目次，[乙]2263 世者凡，[乙]2263 速非速，[乙]2263 位皆二，[乙]2263 有義，[乙]2263 終，[乙]2296 乘羅漢，[乙]2296 諦二智，[乙]2296 經不異，[乙]2370 若一切，[乙]2370 十二沼，[乙]2370 十四第，[乙]2390 體也云，[乙]2391 口又，[乙]2391 輪開散，[乙]2391 繞之如，[乙]2391 微細攝，[乙]2393 合三摩，[乙]2393 日置瓶，[乙]2396 乘八部，[乙]2397，[乙]2397 故用心，[乙]2408 年九月，[乙]2408 年六月，[乙]2408 年三月，[乙]2408 年正月，[乙]2408 十日，[乙]2408 十日説，[乙]2408 月二十，[乙]2408 月十五，[乙]2408 月下旬，[乙]2408 中心，[元]656 禪云何，[元]1545 種根豈，[元]1579 論應知，[元]2149 名見道，[元]2153 毒事經，[元][宮]1425 奇杖，[元][明]、時[甲]1227 千八遍，[元][明]270 緣起，[元][明]1023 合步，[元][明]1107 合特囀，[元][明]1562 名從加，[元][明]1562 隨其所，[元][明]2016 善知識，[元][明][丙]866 合歸，[元][明][宮][石]1509 大龍守，[元][明][宮]1579 世與此，[元][明][宮]2034 年，[元][明][甲]901 合埵六，[元][明][甲]1173 合麼隸，[元][明][聖]1544 依未至，[元][明][乙]1092 怖怖怖，[元][明]212，[元][明]220 百人俱，[元][明]245 三昧門，[元][明]384 有著，[元][明]425 萬歲一，[元][明]468 百五十，[元][明]487 年有天，[元][明]607 十二骨，[元][明]639 果復，[元][明]721 離惡略，[元][明]882 合上，[元][明]882 合引葛，[元][明]956 味一一，[元][明]

1107 合，[元][明]1107 合曩摩，[元][明]1341 十三，[元][明]1359 合捺哩，[元][明]1409 合多引，[元][明]1421 羯，[元][明]1458 羯磨方，[元][明]1461 十七如，[元][明]1462 四中與，[元][明]1545 結與疑，[元][明]1545 界修所，[元][明]1551 四種煩，[元][明]1568 生皆不，[元][明]1579 補特伽，[元][明]1579 種等，[元][明]1596，[元][明]1597 界皆，[元][明]1646 種從思，[元][明]2016 即具五，[元][明]2016 見等猶，[元][明]2034 十三部，[元][明]2053 百餘尺，[元][明]2060 十六條，[元][明]2088 飛梯十，[元][明]2121 十四卷，[元][明]2121 衣施僧，[元][明]2149，[元][明]2149 十八紙，[元][明]2153 卷，[元][明]2153 録並直，[元][明]2153 十六部，[元][明]2153 頭陀經，[元][明]2154 百九十，[元][明]2154 部三十，[元][明]2154 家本以，[元][明]2154 卷無著，[元][明]2154 年十二，[元][明]2154 十，[元][明]2154 十五善，[元][明]2154 譯，[元]99，[元]125 禪從，[元]130 繞彼城，[元]210 十三，[元]220 惡趣苦，[元]403 千大千，[元]473 千大千，[元]646 菩薩於，[元]891 十二薩，[元]901，[元]901 半，[元]901 牟盧牟，[元]901 十三薩，[元]999 合窣覩，[元]1414 十，[元]1421 十夜還，[元]1435 法世間，[元]1458 日中食，[元]1488 種生一，[元]1543 十一使，[元]1544 成，[元]1546

無色中，[元]1563 處謂色，[元]1563 一者貪，[元]1563 者何，[元]1579 十歲時，[元]1579 因緣心，[元]1579 者，[元]1592 事可見，[元]1598 因若離，[元]1602 待緣相，[元]1602 於過去，[元]1604，[元]1629 種差別，[元]1644 重塹外，[元]2016 共謂雖，[元]2034 十卷或，[元]2053 寶無有，[元]2061 教齊驅，[元]2122 分還，[元]2122 年歲次，[元]2122 十二萬，[元]2122 種明何，[元]2146 並是南，[元]2154 譯，[原]、[甲]1744 乘也從，[原]、二[甲][乙]、三[甲]1796，[原]、二[甲][乙]1822 歸第五，[原]、二[甲]1781 初正答，[原]、二[甲]1782 解脫俱，[原]、二[聖]1818 章中決，[原]、二[乙]1744 乘所得，[原]1308 留十四，[原]1821，[原]1861 卷解五，[原]2216 宿迄至，[原]2241 先正明，[原]2262 過故言，[原]2292 果於二，[原]2339 宗三世，[原]864 合始，[原]1112 合二莎，[原]1203 合多，[原]1248，[原]1308 六，[原]1308 前虛十，[原]1744，[原]1744 分已，[原]1782 故常，[原]1818 章門謂，[原]1818 種示，[原]1821 云靜，[原]1834 句頌先，[原]1840，[原]1840 各分於，[原]1840 各四成，[原]1840 種不，[原]1840 種實等，[原]1842 解一云，[原]1851 禪二種，[原]1898 果僧神，[原]2196 半行見，[原]2196 毒通色，[原]2196 法謂，[原]2196 慧後一，[原]2196 釋一云，[原]2196 興即取，[原]2196 章具顯，[原]2208 義全

非，[原]2227 部結虛，[原]2264，[原]2266 師道理，[原]2267 今初問，[原]2270 相過，[原]2317 分別欲，[原]2339，[原]2373 十，[原]2395 乘三，[原]2408 種慈，[原]2409 文殊第，[知]1579 四業爲，[甲]2255 一外道，[三]1581 住次第，[三][聖]1582 好馬藏，[三]1582 如來行，[三]1582 者善能，[宋][元]1582 者經施，[元]1582 念處如，[知]1581 種勝三。

法：[明]378 界亦如，[三]2125 衣及施。

佛：[原]2299 地論説。

覆：[另]1721。

互：[甲]1805 減可同。

或：[甲]1805 邪見居，[元][明]1548 見斷何。

堅：[宋][元]、豎[宮]292 脱門見。

教：[宮]1435 約勅不。

皆：[三][宮]1558。

進：[甲]1828 合名慧。

九：[甲]1735 夜叉性，[甲]2269 紙廣明，[明]1616 畢竟空，[三][宮]2034 部五百，[乙]1832 云一音，[乙]1909。

句：[三]1337 跢姪他。

苦：[宮]1545 諦除滅。

立：[甲]1828 此三解，[甲]2168 驗魔醯，[甲]2250 世諸佛，[甲]2270 世所共，[甲]2270 四，[甲]2270 義是名，[甲]2299 爲異部，[乙]2263 世，[乙]2391 拳。

兩：[甲][宮]1785 行半明。

六：[丁]1831 種現觀，[甲]1831，[甲]2036，[甲]2157 卷或直，[甲]2390 月修法，[明]2103，[明]2121，[明]2131，[三]2110 畫而成，[三]2122 分鬼神，[三]2145 卷宋文，[三]2153 經同卷，[聖]2157 部三，[聖]2157 卷五十，[宋]145 人一人，[宋]2153 紙，[乙]1092 印於不，[元][明]202 億衆生，[原]2196 三十七。

律：[三][宮]2059 藏尤精。

命：[三]152 命絶矣。

能：[宋]220 解脱門。

年：[甲]1799 歲肝，[元]2060 日來別。

念：[三]2122 佛亦三。

七：[宮]901 七遍時，[甲]859 遍，[甲]2036，[三][宮]463 匝却，[三][甲]1101 七日求，[三]1332 遍嘆之，[宋]1545 非遍行，[元][明]1397 南無蘇，[元][明]1397 馱囉馱，[原]1308 斗。

前：[甲]1958 塗不遠。

去：[甲]2400 曰哩三，[元][明]1428。

人：[明]1424 語布薩。

刃：[宋][元][宮]、刀[明]2122 兵俱。

任：[甲]1805 乖諍如。

入：[甲]、八[乙]1239 指二無。

卅：[聖]2157 日訖叡。

糁：[甲][乙][丙][丁]1141 滿，[甲][乙][丁]1141 滿。

散：[甲]2266 心等文，[甲]2266 心位現。

色：[三]1545 界修所。

善：[三]、一[聖]157 福事能。

上：[丙]1184 娑麼，[宮]1424 乘果勿，[宮]1605 品熏修，[甲]1782 二句舉，[甲]2300 猶一義，[明]2131 文者亦，[三][宮][聖]2034 味陀羅，[宋][元]1337 壇，[宋]882，[原]2339 釋名二。

捨：[原]、三賣[甲]2196 身等事。

生：[宮]443 婆婆二，[宮]1545 種亦爾，[甲]1512 菩提心，[甲]2217 句觀諸，[明]672 有現，[聖]210 垢無目，[元][明]1007 大呪，[元][明]1602 學速得，[元]410 受寂滅。

聲：[三]443。

十：[明]26，[三][宮]2121 卷，[宋][元]26 竟，[原]、[甲]1744 里乃至。

示：[原]2339 十義。

世：[宮]2034，[甲]1512 等心數，[三][宮]285 尊，[三]271，[聖]383 世佛法，[聖]1763 十四大，[原]2248 弘揚摧。

四：[宮]397 日則，[宮]619 十六物，[宮]1546 十一助，[宮]2034 十日了，[宮]2034 十三年，[宮]2060，[宮]2078 人一曰，[宮]2103 十卷，[宮]2103 十四年，[宮]2103 十五世，[宮]2121 子各任，[甲]1813 十，[甲]1830 有此師，[甲]2035，[甲]2035 終，[甲][乙]1822 雜明諸，[甲][乙]973 薩，[甲][乙]1821 十破云，[甲][乙]1822 述餘，[甲][乙]2391 十四，[甲][乙]

2393 錄，[甲]901，[甲]954 合地尾，[甲]1252 合曩，[甲]1253 合，[甲]1700，[甲]1733 門二如，[甲]1733 所感變，[甲]1733 渧，[甲]1736 惑一於，[甲]1763，[甲]1763 十年事，[甲]1778，[甲]1782 十二殑，[甲]1828 十四字，[甲]1828 十作意，[甲]1863 十年前，[甲]1969 聖焉有，[甲]2035 卷終，[甲]2035 終，[甲]2036，[甲]2036 終，[甲]2075 十餘，[甲]2120 十五貫，[甲]2183 卷大雲，[甲]2195 十一，[甲]2196 頌別解，[甲]2196 頌明得，[甲]2253 靜慮云，[甲]2255 十八卷，[甲]2255 十九云，[甲]2255 十卷，[甲]2255 十六卷，[甲]2262，[甲]2262 十八處，[甲]2263，[甲]2263 目次，[甲]2263 終，[甲]2266，[甲]2285 不二，[甲]2299 不能如，[甲]2366，[甲]2370 十本第，[甲]2390 示虛空，[甲]2396 十四，[甲]2400 十二位，[甲]2400 十天等，[甲]2801 一明犯，[甲]2879 十，[甲]2879 十由旬，[明]、引[甲]1000 左哩帝，[明]2122 十一，[明]2123 十里，[明][宮]2040 十九仞，[明]197 部天文，[明]948 跋婆，[明]1441 竟，[明]1549，[明]1550 此禪說，[明]1552，[明]2034 十三部，[明]2076，[明]2103，[明]2103 十，[明]2110 十二年，[明]2122，[明]2122 十，[明]2122 驗，[明]2151 卷等集，[三]、五光明皇后願文[聖]222，[三]286，[三]2149，[三]2149 十，[三][丙]930，[三][宮][甲]901，[三][宮][聖]425 十

萬，[三][宮][聖]566 十天子，[三][宮][聖]606，[三][宮][聖]1544 無色非，[三][宮]221，[三][宮]263，[三][宮]278 者所聞，[三][宮]397，[三][宮]397 十五頭，[三][宮]398 十里或，[三][宮]425，[三][宮]443，[三][宮]443 闍若那，[三][宮]624 十萬里，[三][宮]848，[三][宮]848，[三][宮]1546，[三][宮]1548 十樂根，[三][宮]1648 十八行，[三][宮]2040 方便救，[三][宮]2040 十二由，[三][宮]2042 十里濁，[三][宮]2042 十六，[三][宮]2053 十二，[三][宮]2059 十餘遍，[三][宮]2059 竺法汰，[三][宮]2060，[三][宮]2060 慧宣，[三][宮]2060 十二人，[三][宮]2085 十步雖，[三][宮]2122 十年一，[三][宮]2122 十人出，[三][宮]2122 十僧會，[三][宮]2122 十紙五，[三][甲]1033，[三][乙]1092，[三][乙]1092 旖暮伽，[三]23 十里高，[三]152 面壁立，[三]184，[三]184 老病死，[三]210 章，[三]222，[三]1056 摩賀引，[三]1124 薩嚩悉，[三]1301 十五，[三]1332 波吒羅，[三]1334 三，[三]2034 十卷，[三]2059 卷梁末，[三]2060 十有，[三]2063 十年末，[三]2105 十五卷，[三]2110 十二所，[三]2110 十九所，[三]2110 月十八，[三]2110 月十七，[三]2145 部凡二，[三]2145 部凡七，[三]2145 十品安，[三]2146 十章經，[三]2149，[三]2149 卷三，[三]2149 十，[三]2149 十八紙，[三]2149 十二紙，[三]2149 十九

部，[三]2149 十卷舊，[三]2149 十卷至，[三]2149 十五，[三]2149 十五紙，[三]2151 十一卷，[三]2153 卷同，[三]2153 十三紙，[三]2154 卷，[聖][另]1458，[聖]190，[聖]278，[宋]、《三十造》九字《天親菩薩造四十二紙》九字[元][明]2153 十二紙，[宋]、三次以二金剛拳初如舞便以二拳並上如散華勢是春金剛菩薩印當想聖者居中院東南隅色服俱白持華以爲印誦密語曰、唵一麼度曰哩二合二共共三次結雲金剛菩薩焚香印以二拳相並下擲即成想此尊在壇內院西南隅形服皆黑持香爐以爲印作是觀已誦密語曰、唵一茗伽去曰哩二合二嚿魯嚿魯三、次結秋金剛菩薩燈燭印以二拳並豎二大指即成當想此尊在內院西北隅形服皆赤持燈以爲印想成已誦密語曰、唵一舍囉娜曰哩二合二暗引暗引三、次結金剛霜雪菩薩印並覆二金剛拳摩其胸兩向散若塗香勢即成當想此菩薩住內曼荼羅東北隅形服皆黃色持塗香器以爲印作是觀已誦密語曰、唵一曰囉二合勢始吽短吽短二、次結外供養諸尊東南嬉戲菩薩以二金剛拳當於心西南金剛笑菩薩以二拳各在傍向後散勢西北金剛歌菩薩左手作拳豎臂展頭指向身持箜篌爲印右作彈玄勢東北金剛舞菩薩以二拳旋轉結舞印此四尊服形皆作金色初嬉戲印以二拳遶心右轉即成誦密語曰、系囉底曰囉二合一尾邏賜儞二怛囉

二合吒三如前印安口傍翻掌向外從
小指漸開各向後散住笑容誦密語
曰、系囉底曰囉二合一賀引細二訶
訶三、次以左手作拳豎頭指屈臂向
身如空篋右手拳豎頭指作彈弦勢是
爲歌印密語曰、系囉底曰囉二合一
擬引諦二諦諦三、以二拳從心旋轉
舞漸上至頂合掌使散是舞印密語
曰、系囉底曰囉二合一儞哩二合諦
二吠波吠波三、次結四門菩薩印儀
初東門金剛鉤菩薩居曼茶羅門中青
色南門中金剛索菩薩黃色持索爲印
西門中金剛鎖菩薩赤色持鎖爲印北
門中金剛鈴菩薩綠色持鈴以爲印此
四菩薩各具冠鬘種種嚴麗以二金剛
拳二小指反相鉤直豎左頭指屈右頭
指上節上下來去是鉤印密語曰、曰
哴二合引矩勢一弱二不解前印改二
頭指以頭相拄如環是索印密語曰、
曰囉二合播引勢一吽二前印二頭指
互相鉤結交屈其臂是鎖印密語曰、
曰囉二合餉迦麗一二如前鎖印以二
拳背相著動搖是鈴印密語曰、曰囉
二合健一斛二次結三昧耶印令本尊
不越大悲赴其本願則二手金剛縛以
二中指入掌交合二小指二大指各豎
頭相拄如獨鈷杵形是普賢菩薩三昧
耶印用前羯磨密語已後十六聖尊三
昧耶亦並前羯磨密語次結欲金剛三
昧耶印准前印合其掌屈二頭指以甲
相背以二大指押即成、次結金剛計
里吉羅印即以前欲金剛印交二大指
右押左即成、次結愛金剛印以前普

賢菩薩二小指合豎二無名指舒如針
二中指右押左內交入二虎口屈二頭
指各鉤中指二大指並豎押即成、次
結金剛慢印用前愛金剛印先觸右次
左即成、次結春金剛印金剛合掌左
右緩上擲如散華勢即成、次結雲金
剛印以此前印左右緩覆掌下散即
成、次結秋金剛印以金剛掌二大指
頭相逼即成、次結冬金剛印以前印
磨胸向後散如塗香勢即成、次結金
剛嬉戲印以金剛縛左右旋轉如舞勢
即成、次結金剛笑印以此前印翻掌
向外從二小指漸次於口兩傍散即
成、次結金剛歌印以金剛縛豎左頭
指令微屈以右頭指虛撐如彈弦勢即
成、次結金剛舞印以右手大指頭相
捻作佉吒迦左手三翻當心旋轉舞即
成、次結金剛鉤印以金剛縛豎右頭
指屈上節招即成、次結索印即縛印
右大指入左虎口即成、次結鎖印即
縛印各以大指捻頭指如連鎖即成、
次結鈴印即金剛縛以二大指入掌令
拄著無名中指間以此印搖動即成所
[三][甲]上記中四聲各字下明有聲
字1124，[宋]2153 十六紙，[宋][宮]
397 禪不喜，[宋][宮]742 十里，[宋]
[宮]2060 十餘歲，[宋][元][宮]、四人
[明]2060 附見，[宋][元][宮]1545 之
七，[宋][元][聖]26 分別誦，[宋][元]
205 者，[宋][元]2153 經十卷，[宋]
1509，[宋]2149 十，[宋]2153 十六
紙，[宋]2153 十紙，[乙]2218 十云，
[乙]2254 十二分，[乙][丙]2092 門東

頭，[乙]1724 十二如，[乙]1785，[乙]1821 十，[乙]1822 攝異名，[乙]2157 月皓降，[乙]2261 十上界，[乙]2263 云不依，[乙]2263 難也疏，[乙]2309 量云謂，[乙]2317，[元][明]、一[宮]443 莎呵，[元][明][宮]374 十二恒，[元][明]1425，[元][明]2110 十二年，[元][明]2149，[元][明]2153 十六卷，[原]、四[甲]1782 十五卷，[原]2271 十四相，[原]2303 十心屬，[原]2369 十二位，[原][甲]1721 者不如，[原]1744 有無門，[原]2196 十心皆，[知]794 脚少三，[知]1581 十。

素：[三][宮]1505 跋陀。

婆：[聖]397 咩，[乙]867 三婆，[乙]972 麼三滿。

所：[三]2103 累莫甚。

胎：[三][宮][聖][石]1509 生身罪。

天：[三][宮]1551 蔭無教，[元]1581 住中。

同：[原]1816 別相自。

土：[甲]1731 不淨淨。

亡：[聖]425 惡趣罪，[乙]2296 弗知何，[元][明]2106 契，[原]2362 泯一佛。

王：[宮]2078，[宮]660 輪，[宮]1428，[宮]1462 相者苦，[宮]2034 藏沙門，[宮]2041 序所託，[宮]2102 皇創，[甲]2035 請謚圓，[甲]2266 爲大檀，[甲]1246 藥叉治，[甲]1731 輩往生，[甲]2036 祖師庵，[甲]2312 念所謂，[明]2146 惠經二，[明]2154 昧經

一，[三][宮][博]262 解翳中，[三]185 意便悉，[三]186 界三界，[宋][宮]2122 啓時王，[宋][元]、五[明]1187 身勝根，[元][明]99 自稱名，[元]264 毒所惱，[元]449 惡道無。

忘：[三][宮]、亡[聖]224 遠離耳。

唯：[甲][乙]2390 依儀軌。

無：[宮]1703 藐三菩，[甲][乙]2263 性攝論，[甲]2262 熏習何，[甲]2266 漏文七，[甲]2266 性攝論，[乙]1715 學人究。

五：[丙]2164 卷，[宮]309 禪復捨，[宮]1509 品，[宮]1543，[宮]1809 説彼諸，[宮]2034 藏禪師，[宮]2078 人一曰，[甲]、甲本傍註曰南本三2183 卷上中，[甲]1723 勸，[甲]2249 有説淨，[甲]2787 三種罪，[甲][乙]2223 顯力，[甲]859，[甲]1579 似正法，[甲]1718 品半舉，[甲]1723 依處有，[甲]1735 頌指法，[甲]1735 雖正取，[甲]1736，[甲]1828 識有尋，[甲]2128 十，[甲]2160 紙，[甲]2183 卷同上，[甲]2266 根第八，[甲]2270 卷述商，[甲]2339 論先德，[甲]2390 股界道，[明]346 百二十，[明]721 百世夷，[明]25，[明]656，[明]1540 蘊此何，[明]1562 蘊亦定，[明]2145，[明]2149 卷或六，[明]2153 卷，[三]190 百億衆，[三][宮][博]262 百由旬，[三][宮][聖]1435 種言此，[三][宮]223，[三][宮]1431 衣應當，[三][宮]1509 衰三毒，[三][宮]1558 重，[三][宮]2053 百，[三][宮]2060 年野宿，

[三][宮]2060 普應，[三][宮]2103 月，[三][宮]2121 卷，[三][甲]1037 摩訶引，[三][甲]1080 遍印觸，[三]196，[三]1332 迦梨吒，[三]1332 七遍呪，[三]2034，[三]2034 部，[三]2125 千造次，[三]2149 卷内論，[三]2150 百，[三]2153 卷，[三]2154 卷，[聖]1421，[聖]1456 品臣李，[聖]2157 部，[宋]、二十五[元][明]375 有者遇，[宋]1462 禪定如，[乙]1821 二，[乙]2263 乘見，[乙]2408 年壬正，[乙]2408 年四月，[元][明]1509，[元][明]1562 解脱皆，[元][明]2103 乘並鷟，[原]2196 基興二。

析：[明]2110 兄景學。

下：[甲]、此下甲本有譯號等如首卷 850，[甲]1735 佛子此。

相：[明]1562 摩地相。

心：[甲]1778 密文爲。

言：[甲]1828 總計爲。

野：[甲][乙]850 蘗多娑。

一：[丙]1056 遍，[丙]1076 肘除去，[宮]2078 拳大愚，[宮]665 轉法，[宮]1544 妙行有，[宮]1546 事，[宮]1646 寶差別，[宮]2122 百由旬，[甲]、校者曰此處恐錯亂 2434 乘之教，[甲]1736 絶言若，[甲]1736 六，[甲]1851 門竟次，[甲][乙]2387 拜次懺，[甲]1512 時之異，[甲]1718 行，[甲]1731 世佛出，[甲]1736 初以因，[甲]1736 世故三，[甲]1736 則展一，[甲]1783 句也，[甲]1795 擧法問，[甲]1924 番也問，[甲]2036 皇洞眞，[甲]2157 卷，

[甲]2183 卷同上，[甲]2195 乘，[甲]2261 時次夫，[甲]2266 所明文，[甲]2270 分過失，[甲]2307 國傳燈，[甲]2813 寶盡於，[明]264 乘一乘，[明]1119，[明]1509 生菩薩，[明]2110 世合治，[明]2123 門，[明]2131 屬全性，[明]2149 十，[三]1165 儞嚩引，[三][宮]721，[三][宮]2034 卷一本，[三][宮]2121 卷又出，[三]375 不應有，[三]1331，[三]1339 途所以，[三]2146 卷，[三]2149 紙，[三]2153 卷四十，[三]2153 帙，[三]2154 部三卷，[聖]211 撮梵志，[聖]1547 果或二，[聖]1563，[聖]2157 百八十，[聖]2157 卷，[聖]2157 卷其本，[聖]2157 十三部，[另]1435，[宋]、大[元][明]158 乘法爲，[宋]、三元本作細註、一[明]848 婆吠，[宋][元]2149 云文殊，[宋]1092，[宋]1559 果謂阿，[宋]2153 十七紙，[乙]1736 當其第，[元][明]1070 日日別，[元][明]1585 性因緣，[元][明][石]1509 第，[元][明][石]1509 生補處，[元][明]1409 丈面長，[元][明]2154 年四本，[元]1433 説僧已，[元]1563 摩地二，[元]1602 一間謂，[元]2053 法。

已：[甲]2035 斷奠聲，[甲]2266 趣入者。

亦：[甲][乙]2263 合新本，[甲]2271 支乖角，[明]1551 見道斷，[原]1201 降未來。

譯：[三]158。

引：[三][宮]1683 怛里二，[三]

[甲]1102 囀魯枳。

於：[甲][乙]871 大千廣。

餘：[宋][元]24。

玉：[明]2121 女尚不。

曰：[元]890 摩地從。

云：[宮]1439 説，[甲]1828 如是八，[甲]1828 思惟者，[甲][乙]2250 俱盧舍，[甲][乙]2317 四諦皆，[甲]1724 通喻者，[甲]1816，[甲]1863 因證佛，[甲]2128 嚼茹也，[甲]2219 身地言，[甲]2250 百半是，[甲]2266，[甲]2266 二紙，[甲]2266 聚法文，[甲]2266 者帶質，[甲]2299 三諦之，[甲]2299 萬，[甲]2299 問有人，[甲]2339 問若權，[宋][元]2155 雜毘曇，[原]1818 降伏功。

正：[宮]1425 堅法，[甲]1795 釋三，[甲]1816 種性發，[甲]1828 出家何，[三]23 行行十，[原]1756 轉醍醐。

之：[宮]2123 洲唯有，[甲]2249 二果亦，[甲][乙]2328 病定，[甲]1816 逐難，[甲]1965 相則知，[甲]2196 義，[甲]2239 有有情，[甲]2239 章之中，[甲]2266 名全同，[甲]2311 能變識，[三]2060 災今正，[宋]374 業是人，[乙]2390 補吒空，[乙]2391 言，[元][明]190 處不負，[原]、二[原]2281 句耶疏，[原]1697 即中案，[原]1851 滅名尼，[原]1851 事即是，[原]1863 云非究。

止：[三]119 處。

指：[乙][丙]1202 屈三遍。

至：[宮]2102 聖同風，[乙]1823 爲皆具，[元][明]1191 十洛叉。

種：[甲][乙]2397 種世間，[三][宮]376 種壽爲。

諸：[三]159 界障證。

自：[宋][元]1596 性此三。

字：[宮]721 地無量。

傘

華：[三][宮]443 蓋際，[宋]956 蓋法者。

金：[宮]1425 蓋著革。

禽：[聖]1441 乘扇拂。

繖：[宮]1425，[宮]2040 蓋使諸，[三][宮][甲]901，[三][宮][聖]397 青蓋青，[三][宮]397 蓋繒綵，[三][宮]397 蓋遮障，[三][宮]579 覆菩薩，[三][宮]1421 蓋錫杖，[三][宮]1482 蓋寶劍，[三][聖]190 蓋衆寶，[三]190，[聖]190 蓋橫刀，[聖]190 蓋是我。

散：[宮]、繖[聖]1463 蓋剃刀，[聖]1425 蓋裂壞。

粃

糠：[三][宮]2123 頭。

糝

摻：[甲]2397 字身布。

穆：[乙]2390 索哈風。

糝：[甲]852。

勢：[甲]2135 鉢羅二。

繖

傘：[三][宮]2122 蓋，[三][宮]302 遍覆大，[三][宮]310 蓋猶如，[三][宮]344 蓋從羅，[三][宮]1425 蓋扇及，[三]100 蓋未曾。

散：[聖][另]790 蓋，[聖]99 蓋使諸，[聖]125 繖蓋雜，[宋]21 蓋。

鏒

釘：[三][宮]1521 身劃刀。
鈔：[三][宮]1435 钁斧鑿。

散

敗：[甲]2250 彌勒衆，[明]220 等香衣，[明]165 乃從，[三][宮]657 失故菩，[乙]1736 攝受諸，[元][明]278 壞是故，[原]1797 也。

蔽：[甲]、瑜伽作敬 2266 重戒故。

布：[三]375 告彼城，[聖]125 經義持。

產：[甲]2035 二男俱。

噉：[甲]1813 及毀威，[甲]2792 若食護，[聖]190 撮此仙，[原]、噉[甲]1781 味皆得。

對：[三][宮]1593 亂邪。

多：[宋][宮]397 大衆。

發：[甲]1846 動身口，[三][宮][聖]285，[原]2264 時。

放：[明]331 亂癡迷，[三][宮]、收[聖]224 悉。

敷：[三][宮]2121 講大，[乙]2408 如，[元][明]202 法義無。

敢：[宮][知]598 亂者眷，[甲]、取[甲]1816 心但以，[甲]1782 此，[明]1175 前印，[元][明]196 告眞言，[原]、敢[甲]1782 有二初。

穀：[乙]1709 者仁之。

故：[甲]2250 現比六，[三][宮]347 形骸與，[宋][宮]1506 朣脹，[元][明]1562 心果故。

觀：[三]、－[宮]607 種章第。

豁：[三]、壑[宮]2122 雲除燼。

教：[甲]2262 而尋於，[甲]2337 義攝益，[明]1435 亂語者，[内]1665 致有次，[聖]2157 在諸録，[元][明]2060 咸慶新。

敬：[宮]2103，[甲]1728 誕專至。

聚：[元][明]2145 浮。

絶：[三][宮]2121 火滅軀。

離：[三][宮]650 勿取勿。

鬘：[明]833 種種香。

滅：[明]1234。

能：[乙]2391。

破：[明]721 壞。

勤：[三][宮]1647 修有正。

拳：[明]、－[甲][乙]894 開頭指。

叡：[知]2082 册友善。

撒：[明]2076 手而去。

繖：[三]211 蓋履屣。

上：[三][宮]268 佛即。

攝：[三][宮]1646 心中。

聲：[原]2871 相佛南。

施：[甲]1828 釋六度。

所：[原]2319 説唯識。

脱：[甲]1709 別。

物：[聖]271 非色非。

昔：[宮]1644 人不。

消：[三]1337 滅。

湼：[三]2145 滅不存。

嚴：[三][宮]657 丹作嚴，[三]201 花滿地。

厭：[甲][乙]1822 非所歸。

養：[博]262 其上散，[三]187。

骰：[三]2103。

緣：[甲]2274 過去至。

障：[甲]2006 月來初。

賑：[甲]1709 布名粟。

枝：[丙]1246 三七遍。

褺：[明]2122 情。

致：[乙]2249 愚昧之。

桑

乘：[甲]2036 門二千，[甲]2036 楡女方，[宋]2122 男女甚，[元]2122 梓習俗。

叢：[乙][丙][戊][己]2092 樹。

梟：[三]2103 妾登絲。

喪

崩：[聖]1428 即以善。

斷：[三]375 滅佛性，[乙]1821 因。

衰：[宮]2103 精掩色。

落：[甲]2006。

求：[三][宮]2122 耳目於。

設：[三][宮]2040 崩永失。

屍：[明]154。

衰：[甲][乙]1214 滅。

亡：[甲]2263 唯，[聖]1428 命今

欲。

裹：[甲]2128 曰質説。

憂：[三][宮]2059。

葬：[元][明]2121 莫知所。

顙

賴：[甲]2087 拜手近。

嗓：[明]515。

首：[三][宮]810 十四若，[三][宮]2059 耆臘而。

順：[三][宮][聖][另]285 清淨行。

頭：[三]1332 後之。

搔

撥：[聖]1458 疥癢遂。

鈔：[宋][元][宮]、[明]1648。

檻：[三]984 夜叉。

騷：[三][宮]2028 動盡共，[三][宮]2121 擾悲，[三]189，[宋][宮]620 行者脚。

瘙：[三][宮]721 痒既，[三][宮]2121 即問何，[三][宮]2121 痒即作。

撜：[宮]1421 隱處。

憯

慘：[甲]2128 毒也痛，[三][宮][聖]397 惡天女，[三][宮]2060 必凶或。

躁：[元][明]1341 如風比。

臊

邪：[三][宮]742 懷佛正。

繰

璪：[甲][乙][丙][戊][己]2092 綺
疏難。

騷

搔：[宮]2040 動又復。

騷

路：[宋]、驚[宮]536 動申日。

掃

拂：[甲][丙]2392 地印海，[甲]
[乙]2394 等施佛，[三][宮][聖]1463
比丘足，[三][宮]496。

捧：[三][宮]2122 除香泥。
擇：[三][宮]1648 於處所。
帚：[宮]1458 或斬爲。
箒：[元][明]2123 佛言。

嫂

婦：[三][宮]2122 病甚篤。

姬：[三][宮]2122 來此也，[三]
[宮]2122 所苦并，[宋][元][宮]2059
所苦，[宋][元][宮]2122 嫂便食，[宋]
[元][宮]2122 思念恐，[宋][元][宮]下
同 1442 如母女，[宋][元]203 兄言
莫。

瘙

瘡：[三][宮][聖]1425 問仙人。

搔：[宮][聖]1435 往語者，[三]
[宮]1435 到諸比，[宋][宮][聖]1435
即除身。

色

巴：[甲]2128 紅赤而，[乙]2391
輪。

芭：[甲]1781 蕉識。

白：[甲]、色白色[乙]1709 黃色
日，[三]99 之象其。

包：[宋]1563 處當説，[乙]1816
等習煩。

彼：[三]1545 界繫一。

邊：[明]220 見此事，[明]1648
法，[乙]2263 分齊見。

表：[甲]2217 等色内。

不：[原]、喪[甲][乙]1269。

彩：[甲]1735 楮香四。

塵：[甲]2410。

誠：[甲]2204 乃至。

充：[另]1721。

處：[甲]1782 已得離，[甲][乙]
2263 等名外。

道：[甲][乙]1822 爲無常，[元]
2122 天神現。

定：[甲]2309 時心王。

多：[甲]2263 各別故，[三][宮]
2040 羅園變。

厄：[聖]1462 髮衣一，[元][明]
186 尊行難。

法：[明]11000 身及其。

垢：[聖]1435 弊減損。

光：[宮]279 燈，[三][宮]1584
攝，[三][宮][聖]1541 謂彼色，[三]
[宮]309 像不，[三][宮]381 巍巍設，
[三][宮]2121 晃，[三]187 眞金，[三]
1332 三昧能，[聖]200 時兒父，[聖]

446 佛南無，[宋][元]186。

龜：[甲]1512 兔角。

過：[原]2271 也如破。

好：[三]170。

花：[甲]966。

華：[甲]2394 亦，[三]985 鬘龍王。

急：[三][宮]1656 事護。

己：[宮]397 相，[乙]2396 心法界。

既：[甲][乙]1822 必因明。

戒：[甲][乙]2317 二持中。

界：[宮]618，[原]2408 明云。

近：[甲][乙]1822 等近。

莖：[三][宮]1509 在佛臍。

絕：[甲]1851 遠不生。

空：[宮]1509 等法即，[甲][乙]2263 者遍計。

冷：[三][宮]1549 色住二。

力：[三][甲]1009，[聖]1421。

立：[甲][乙]2394 作，[甲]2814 引因設。

毛：[丁]2244 然後以，[甲]1813 繩等二，[三][宮]1462 點取澄，[聖]190 隨其所，[聖]643 以爲其。

免：[明]1608 界生彼。

名：[甲]2250 爲體，[三][宮]278 或名無，[三]1582 云何觀，[聖]1509 無色，[乙]1822 五因是，[元][明][宮]614 爲世界。

明：[三][宮]268 爾時尊，[三][宮]402 退失神，[三][宮]2053 紅白又，[元][明]201 忽改常。

目：[乙]2408 即東方，[元][明][聖]211。

貌：[明][甲][乙]856 操持與。

牛：[宮]765 音聲皆。

泡：[宮]671 何故念。

配：[宮][甲]1805 上三。

品：[明]1555 品第一。

其：[三]783 心念念。

情：[另]1543 男女命。

容：[三]375 不變時，[宋]374 不變時。

如：[甲]2412 合蓮華。

塞：[元]2061 空廓然。

瑟：[元][明]158 已竟七。

身：[宮]901 乳房大，[甲][乙]1822 之顯，[甲][乙]2390 黑色著，[明]312 相端嚴，[三][宮]397。

生：[明]231 菩薩摩，[三][宮]1543 非學非，[聖]397 無常義。

聲：[甲][乙]1866 塵三昧，[甲][乙]2207 腦故謬，[甲]2219 皆從阿，[甲]2219 聞色若，[甲]2266 等法，[乙]1821 已上論，[原]2248 之中無，[原]2248 應無語。

失：[甲][乙]2250 有義大。

施：[甲]2397 諦。

師：[和]293 奉師尊。

食：[甲]1833 身常住，[甲]1833 身平等。

識：[宮]2045 眼非我，[甲][乙]2263，[甲][乙]2263 皆無受，[甲][乙]2263 時現在，[甲]1795 根所發，[甲]1834 等處述，[甲]2250 想，[甲]2266，

[甲]2266 等則，[明]397 乃至無，[明]125 想若耳，[三][宮]1546 所緣是，[三][宮]2123，[乙]1821 根不可，[乙]2263 根未自，[乙]2263 及五識，[乙]2263 亦立其，[原]1829 支依潤，[原]2271 所變，[原]2271 小乘自。

是：[三][宮]1562 說從，[三]375 性所謂，[乙]2263 不相應，[乙]2263 等各各，[原]1776 第四句。

受：[宮]1530 等化身，[乙]1823 等四蘊。

水：[三]159 如墨汁。

巳：[元][明]1509 放逸。

所：[三][宮]638 眩惑斯。

天：[乙]2263 之文色。

危：[三][宮]285 藏散無，[三][宮]720 如薰橷，[三][宮]1421 心晏，[三][宮]2105 正自由，[聖][另]790 變流汗。

爲：[三]、－[宮]1548 未解名。

偈：[三][宮]620 妖鬼之。

味：[三]783 不輕衆。

無：[甲]2266 皆得起，[明]1539 界繫。

五：[甲]1830 蘊色總，[甲]2263 蘊中根。

物：[甲]1920 有異。

息：[三][宮]2103。

相：[宮]385 紫磨金，[甲]1736 云何引。

想：[甲]1736 遮第，[明]212 放逸之。

像：[三][宮]638 亦曰心。

心：[宮]278 一，[甲][乙]1821 智過若。

行：[乙]1822 等境。

虛：[宮][甲]1884 相全一。

旋：[三][宮]1549 無彼輪。

衒：[宮]332 若有布。

學：[三][宮]1562 起色纏。

顏：[三][宮][聖]383 怡悅如。

眼：[宮][聖][石]1509 時云何，[明]220 處不作。

也：[甲][乙]1822 若於彼，[甲][乙]2231 頂有五，[甲][乙]2394 白是信，[甲]1709，[甲]1763 故，[甲]1781 無度無，[甲]1828 或此但，[甲]1829，[甲]1921 無色八，[甲]1925，[甲]2067，[甲]2128 從衣從，[甲]2130，[甲]2219 此想阿，[甲]2255 若有生，[甲]2259 已雖勝，[甲]2266 文演祕，[甲]2273 心體名，[甲]2339 火是觸，[甲]2434 殷常，[三]、－[宮]606 痛想行，[三][宮]1641 自性生，[聖]2157 識眞者，[乙]1816 言，[原]1744 陰。

衣：[明]721 塵土糞。

钜：[甲]877 唵跋。

已：[宮]1546 諸餘世，[宮]1548 此因此，[甲][乙]1822 了於，[甲]2266 有果起，[明]228 心所思，[明]293，[明]1450 轉暗食，[三][宮]221 亦不知，[三][宮]1546 身爲世，[三][宮]1558 等言隨，[三][宮]1595 體對治，[三][宮]1646 曾有當，[三]99 彼色若，[三]1130 身如赫，[聖]613 極白白，[宋][宮]225，[宋][明][聖]311 以施持，

[乙]2249 得空無，[元][明]158 族富貴，[元][明][乙]1075 便成准，[元][明]843 可見即。

以：[元][明]99 身作。

邑：[甲]1782 相五趣，[甲]2128 考聲損，[三][宮]1505 空，[三][宮]2122 有穢惡，[三][宮]2122 諸佛出，[三][宮]2123 不能累，[三]2110 先生等，[聖]291 者而俱，[宋]、悒[元][明]125 之患亦，[元][明]397 迦羅國，[原]1960 出身或。

意：[甲][乙]1821 如不應，[乙]1723 天。

義：[甲]2394。

婬：[三]211 欲愛樂。

印：[甲]1067 右慧持。

有：[甲][乙]1822 心至，[乙]2263，[乙]2263 住相續。

欲：[甲][乙]1822 界亦有，[甲][乙]2263，[甲]2217 界人天，[明]1544，[明]1539 界繫空，[三]99 貪斷，[三]196 怨禍長，[原]2262 界耶若。

緣：[原]2322 心緣宗。

曰：[宮]721 人心懷。

云：[甲]1828。

吒：[甲][乙]1823 迦其王。

執：[明]220 定執著。

旨：[甲][乙]2254 也尋云。

子：[知]741 兒息財。

自：[原]1844 若是偽。

足：[三][宮]278 種種光。

瑟

必：[元][明]244 弩尾手。

蒭：[原]1068 他耶良。

惠：[聖]2157 摩明王。

慧：[乙]2087 知。

率：[三][聖]26。

蒙：[聖]419 常作樂。

祕：[甲]2168 密藏王。

琶：[三][宮]2059 琶寺釋。

琴：[明]2103 相兼二，[三][宮]2121 自娛，[三]26 聲飲食。

澁：[乙]867 瑟波。

飋：[三][宮]2103 既清潤。

虱：[三][宮]2122 吒，[三][宮]2122 吒仙，[三]1341 吒名三。

嗇

謹：[三][宮]263 口征營。

澀

稱：[原]1311 皆由不。

忽：[聖][另]1548 滑堅軟，[聖][另]1548 滑。

惡：[三]24 不善戲，[聖]200 猶如蛇。

忽：[宮]566，[宮]607 聲或時，[宮]721 身常，[宮]1547 輕重寒，[甲][乙]1822 如，[三]1562 如瓦礫，[聖]125 園觀畫，[聖]375 滑青黃，[聖]664 如來網，[聖]834 復次大，[宋][宮]397 語十八。

澀：[三]、忽[宮]2034 多律一，[聖]、忽[石]1509 叵。

惚：[聖]99 言，[聖]99 言無有。

急：[三][另]1428 難若有。

儘：[甲]1921 相若息。

礦：[原]2339。

惱：[博][敦]262 物在其，[宮]566 甜酢賤，[宮]664 惡味，[聖]410 辛酸等。

灑：[甲]975 野罽醯。

澀：[甲]2250 即釋。

濕：[甲][乙]2227，[三][宮]2122 夏則不，[三]246 跛二，[乙]897 味古殘。

焱：[宋]、臕[元][明]212 獸中最。

濤

澁：[原]2001 岸頭沙。

緇：[三][宮]2108 在涅書。

懵

欨：[三]211 然毛豎。

忽：[三][宮]2122。

嗇：[宋][聖]、[元][明]190 然心生。

澀

濕：[三][丙]954 奔補甘。

颸

瑟：[明]2103 被陵綠。

森

參：[宋]1027 切下。

淼：[另]1442。

篸

簪：[宮][另]下同 1435 縫若有，[三]、[聖]1440，[三][宮][聖][另]1435 刺安隱。

僧

寶：[甲]1763 亮曰，[甲]1763 亮曰不，[甲]1763 亮曰次，[甲]1763 亮曰第，[甲]1763 亮曰釋，[聖]1763 亮曰次，[聖]1763 亮曰第。

便：[宮]1425 伽婆尸，[聖]1421 懃方便，[聖]1435 從，[聖]1435 我迦留。

博：[甲]2128 名也。

參：[原][乙]917 僧賀。

曾：[三][宮]1462 成，[三]292 在無數，[三]311 名，[宋]2145 不絕書。

層：[三][宮]2085。

長：[明]2076 父，[聖]2157。

觸：[另]1453 伽時至。

傳：[甲]2068 和和亦，[明]2060 統釋靈，[乙]2157 聶承遠。

當：[宮]1808 常食等，[三][宮]1425 隨意分。

道：[甲]1763 生曰凡，[明]2060 融梁初，[明]2149 生者出，[三]、法[宮]2060 順貝州，[三][宮]2060 融傳，[三][宮]2060 順傳十，[乙][丙]2092 俗長幼。

得：[三][宮]1547 而和合。

德：[三]1433 中受自。

法：[三][宮]1537 證淨中，[三]643 名不見，[甲]2263 之教。

房：[宮][聖][另]1443 庫中時。

佛：[宮]456 常食起，[宮]1421 輒使男，[甲]2250，[明]312 聲即得，[宋][元][宮]1463 房不和。

故：[聖]200 無量世。

漢：[原]、[甲]2339 迦葉爲。

慧：[三][宮]2059 叡才識。

借：[宮]2059 恭道泓，[三][宮]2122 物常。

淨：[宋][元][宮]、僧淨[明]748 事。

俱：[三]2106 餘壽皆。

口：[甲][乙]2350 東西別。

快：[宋]、會[元]、噲[明]210 鬪是後。

臘：[元]2061 臘三。

朗：[三]2154 乃慨然。

羅：[宮]1519。

律：[三]2154 尼戒乃。

偏：[另]1453。

其：[三][宮]544 頭一。

清：[明]1810 各滿二，[元][明]1462 淨人若。

情：[聖]2157 專至俛。

人：[宮][另]1428 白二羯，[三][宮]2060 齋春秋，[三]2088。

三：[乙]2263 祇時。

沙：[三]1579 門。

舍：[宮]1428 還此某。

生：[明]193 亦復爾，[明]200 佛即然，[明]1013 無瑕穢，[明]1425 悉清淨，[明]1463 食處應，[明]2103 仇匹內，[明]2123 不得食。

師：[明]2076 道，[明]2053 稱法師，[三][宮]1459 伽胝。

是：[聖]1435 一。

四：[宮][甲]1804 伴助破。

俗：[甲]2053 荷澤既。

曇：[明]2059 翼本吳，[乙][戊][己]2092 摩羅所。

謂：[甲][乙]2254 三諦念。

物：[明]2125 現。

相：[甲]2787 得故曰，[宋][宮]268。

象：[甲]2073 牛吼鳴。

像：[三][宮]2122 珍寺誅。

信：[宮]2060，[甲]1816 乃至雖，[三]1562 壞邪道，[聖]1463 造房者。

學：[甲]2006 云開後。

依：[三]99 人。

已：[三][宮]1809。

異：[三]1435 非僧。

音：[宮]1808 中禮僧。

優：[宮]1466 伽。

瑜：[甲]2396 祇劫入。

餘：[甲]1805 廣如諸，[宋][元]2088 二千餘。

欲：[宮]1425 中。

緣：[宮][聖]1425 事故共。

增：[宮]2042 仁篤之，[宮]721 香熏故，[甲]1736 次一凡，[甲]1851 故偏說，[甲]1918 內外明，[甲]2196 住持如，[明]223 數有限，[明]1553 不壞信，[明]2123 物多者，[三][宮]1579 善修行，[三][宮]2034 置十大，[三][宮]2103，[三][宮]2123 德廣遠，[三]

[乙]1092 供養觀，[三]1341 作波度，[三]1424 持摩，[三]2153 道章經，[聖]1549 或作是，[宋]2060 望曉學，[乙]2795 五十也，[原]1818。

憎：[明]1644 祇歲是，[明]2149 傳，[宋][元]2061 即事廉。

繒：[三][宮]2085 座後鋪。

智：[原]1763 秀曰下。

中：[三]1428 問汝。

重：[另]1459 重物不。

衆：[宮][聖]223 名無，[宮][石]1509 名無有，[宮]2074 愕悔不，[甲]1983，[明][宮]1439 中受具，[明][乙]994 多居彼，[三]2149 養亦云，[三][宮][另]1442 坐已即，[三][宮]653 中求有，[三][宮]748 中燒，[三][宮]1425 二部，[三][宮]1425 中唱若，[三][宮]1425 中若比，[三][宮]1435 蘇彌羅，[三][宮]1458 不爲別，[三][宮]1458 利物，[三][宮]2121，[三]26 不疑三，[三]125，[三]375 如是等，[三]2123 中佛僧，[三]2149 賢師資，[聖]1428 中如上。

祖：[甲]2307 訪其後。

作：[宮][甲]1805 圓籠覆，[宮]2040。

座：[明]1988 無語師。

囗：[乙]2408 此經。

沙

波：[甲]952 渾上或，[三][宮]1462 浪，[元][明]440 婆辟支。

不：[甲]1784 即假而。

步：[三][宮]657 爲一劫。

抄：[三]1331 多摩尼。

池：[三][宮]1584 水是名。

次：[宋]5 施牀使。

地：[三][宮]500。

法：[宮]2103 門之領，[明]1428 門釋，[明]1428 門所爲，[三][宮]1647 門者由，[三][宮]2122 門不喜，[三]2154 門法琳，[聖]1421 門釋子，[元]1461 門，[原]1936 門比丘。

泔：[宋][元][宮]、－[明]2053 詐反。

好：[三][宮]1521 華。

河：[宮]385 西南土，[明]212 諸佛世，[三][宮]402 量，[聖]1582 衆生皆，[乙]1736 彌漫於，[元]2016 性德如，[原]、[乙]1744 邊沙名。

淨：[甲]2130 經第一。

眇：[三]2125 肌而尚。

妙：[甲]1964 法忍應，[甲][乙]2396 法，[甲]1816 七，[三][宮]639 門樂，[三][聖]99 果，[三]2060 門重闡，[聖]199 門得縛，[聖]354 迦戲樂，[聖]397 門，[聖]1442 糖宜待，[乙]2296 淨土出，[元]199 門受釋，[原]1898 義法師。

畔：[明]2131 彌也若。

婆：[甲]1835 上昳，[甲][乙]1822 十五云，[甲]1724 云，[甲]2130 羅婆者，[甲]2250 優婆，[三][宮]221 訶國土，[三][宮]669 羅王以，[三][宮]1546 爲名者，[三][甲][乙]970，[三]1呵帶叉，[三]988 離毘林，[聖]190 羅

僧伽，[聖]1721 云波羅。

泣：[明]1442 門鄔陀。

汝：[宮]2122 寺僧也，[甲]1512 陀分者，[甲]2299 無餘，[宋]5 得牀，[元][明]1451 宮安隱。

洒：[明]1450 四名三。

灑：[乙]867 沙。

澀：[甲]893 摩眞言，[乙]1069 摩印以。

砂：[甲]1717 數微塵，[明][聖][乙]983 糖石蜜，[三]1644 所覆香，[三][宮][西]665 遍布清，[三][宮]263 礫石，[三][宮]1424 擲所及，[三]1097 糖石蜜，[三]1644 其水恒，[聖]310 佛彼諸，[宋][元][宮][聖]1545 數，[元]2016 揀金於，[元]2016 礫徹至。

莎：[明][甲]893，[明]1341 尼伽梨，[三][乙]1092 縛幡縛，[三]992 婆呵，[三]1336 訶仔彌，[三]1377 引賀引，[元][明]2087 異草彌，[原]、一[甲]923 訶十二，[原]、娑[甲]904。

紗：[三][宮]1546 羅覆面。

裟：[原]1249 遮那裟。

山：[甲]1969 隱隱向。

上：[甲]、沙土[乙][丁]2244 有忍土。

少：[甲][乙]866 石，[甲]1736 殊能所，[甲]1782，[明]2154 彌戒，[三][宮]1462 土是名，[三]202 草上時，[元]815 國衆華。

捨：[三]468 字一切。

涉：[明]2131 流沙躬，[三]99 水如跳，[三]2110 圭所吞，[乙]2254 此云雨。

娑：[宮]397 婆帝次，[宮]1435，[甲][丙]2173 論第三，[甲][乙]2194，[甲][乙][丙][丁][戊]2187 婆世，[甲][乙]852 擔二合，[甲][乙]1822 所説於，[甲][乙]1866 俱舍等，[甲][乙]2194 云過去，[甲][乙]2261 一百五，[甲][乙]2390，[甲][乙]2391 囉，[甲]904 羅帝，[甲]923 羅上，[甲]974 身上以，[甲]1069 引也，[甲]1717 但三藏，[甲]1717 明菩薩，[甲]1717 其相具，[甲]1717 沙婆宗，[甲]1717 中問，[甲]1719 云初禪，[甲]1733 中又大，[甲]1805 蓋用實，[甲]1828 亦云雖，[甲]1921 云般舟，[甲]2135，[甲]2135 也二合，[甲]2157 十八卷，[甲]2217 說云無，[甲]2223 度舊本，[甲]2261 一百七，[甲]2266 説有諸，[甲]2792 不受戒，[甲]2870 羅雙樹，[明]、沙理灑里[甲]1000 理娑囀，[明][甲]1227 囀二合，[明][乙][丙]1209 去莽，[明]890，[明]1435 羅住毗，[明]2154 曇摩耶，[三]、婆[宮]721 毛彼毛，[三]1336 婆呵五，[三][宮]221 訶其佛，[三][宮]402 帝三婆，[三][宮]1425 果菴婆，[三][宮]1435，[三][宮]1462，[三][宮]1509 竭龍王，[三][宮]1543 四蘇，[三][宮]2122，[三]34，[三]984 羅國訶，[三]1343 攤娑羅，[三]1982 婆訶，[三]下同 397 婆，[聖]626 呵剎悉，[聖]1425 者如上，[聖]1428 本日治，[聖]1462，[宋]、婆[元][明]418 竭龍王，[宋][明][甲][乙]921

嚩二合，[宋][明][甲]921 嚩二合，[宋]649 字諸法，[乙]1822 師至爲，[乙]1866，[乙]1929 羅雙樹，[乙]2261 三，[乙]2397 迦旃延，[乙]2397 説因中，[乙]下同 1744 論我生，[元][明]387 羅波，[原]1249 達尼辛。

陀：[乙]2157 羅烏瑟。

以：[聖]1721 爲佛塔。

遮：[乙]1239。

刹

表：[三]145 華香作。

別：[三]158 記於如，[宋]279 隨其意，[乙]1736 塵七歸。

又：[三][宮]、又[聖]1435 等畏諸，[三][宮]2122 作書遣，[三]988 王，[原]、刹二合沙地頗多又娑底波吒[甲]1203 二合。

察：[煌]262 壽龍諸，[三][宮]2034，[三]2149 造見唱，[三]2154 西方梵，[乙]1736 那是，[乙]2157 西方梵。

佛：[宮]278 一切劫，[三][宮]810 土云何。

剛：[原]905。

國：[甲][乙]2081，[三][宮]414 土其中，[乙]1736 土能。

和：[元]2122 柱下驗。

劫：[甲]1735 圓融故，[甲]1742 一刹那，[明]2103 應方恢，[聖][另]285。

界：[元][明]212 也佛説。

寇：[三][宮][聖]376 患。

唎：[明]1397 拏長聲，[宋][元]1336 悉得自。

利：[宮]278 難思議，[宮]2078 容禪師，[宮]279 不著方，[宮]384 名，[宮]574 土之中，[宮]656，[宮]657 至此中，[宮]1547 利修道，[宮]1549 土流轉，[宮]1559 那刹那，[宮]1609 那應不，[甲]1709 生，[甲]1750 今連枝，[甲]1781 王者種，[甲]2207 怛哩也，[甲]2223 恐舊云，[明]721 利大王，[明]278，[明]629 滿中萬，[明]1153，[明]1450 帝利，[明]2110 金輪森，[明]2153 集經一，[三][宮]1509，[三]1 帝隸富，[三]158 中善根，[三]384 陀天，[三]474 無人人，[三]985 帝迦質，[聖]371 如淨目，[聖]639 能獲上，[聖]1509，[宋]201，[宋]866，[宋]1545 那無漏，[宋]1545 那性故，[宋]1579 那現在，[乙][戊][己]2092 養百姓，[乙]1736 縛名爲，[乙]1909 佛南無，[元]201 利婆羅，[元][明]1126 金剛輪，[元]418 心不著，[元]639 變身如，[元]657 置熱鐵，[元]1579 那，[元]2061 海靡憚，[元]2110 干霄寶，[原]1308 有大人，[原]1311 怛羅二，[原]2339 斯則神。

列：[三][宮]2121 如林此。

那：[甲]2339 滅故若。

判：[宮]1912 那如何。

切：[明]1187 那間了。

殺：[甲][乙]1822 那必有，[甲]861 曼荼羅，[甲]1268 是毘那，[甲]1821 那初別，[明]1596 那住此，[宋]

1129 那中間，[宋]1548 利衆婆，[乙]1821 那等起，[元][明]26 名曰香。

劉：[甲]2036 復高十。

窒：[聖]2157 利。

瑱：[宋][元]636 十方是。

外：[甲]1736 故此外。

慰：[宮]483 其中塵。

新：[宮]1884 等諸法。

州：[乙]2207 剎。

周：[甲]2036 圓。

砂

好：[知]384 地水火。

沙：[丁]2244 彌漫，[丁]2244 磧或未，[宮]659 糖若根，[甲][乙]1822 或，[甲]893 糖和酪，[甲]1799 成九轉，[甲]1799 礰擊碎，[甲]1799 石欲，[甲]1983 紅，[甲]1983 新阿彌，[明]2076 盆師居，[明]699 之德庶，[明]896 或江河，[明]2016 非油火，[明]2016 礫一念，[明]2016 米同炊，[明]2016 壓無油，[明]2076 徒自困，[明]2104，[三][宮]2042 礫荊棘，[三][宮]2060 成塔因，[三][宮]2060 山如前，[三][宮]2103，[三]190 礫瓦石，[三]190 礫種種，[三]2122 相業亦，[聖][另]1459 大青及，[聖]190 或諸魚，[聖]2157 磧險難，[宋][甲]1097 勝妙彩，[乙][丙]973 和蜜，[元][明][宮]614 然後除，[元][明]486 塗。

石：[三][宮]2060 磧千五。

抄

抄：[宮]、挃[甲]2044 之行人，[三][宮]816 羅栴檀，[三]1331 伊摩陀。

莎

草：[宮]2059 車王子。

婆：[甲]861 嚩二，[甲][乙]2390 嚩賀，[明]、娑[聖][丁]、莎訶娑嚩二合賀引[乙]1266，[三]203 羅王各，[三]1336 羅摩思，[三]1360 達儞末，[原]、娑[甲]1249 婆訶。

薩：[甲]936 婆婆，[三][乙]1092 縛訶七，[原]1212 嚩毘近。

沙：[甲]904 嚩訶念，[明]397 呵，[三][宮]2122 呵，[三]882，[三]984 他，[聖]1440 伽，[乙]2394 訶，[元][明]1559 未故，[元]2122 伽陀不。

裟：[乙]2391 婆賀字。

娑：[丁]1263 訶，[甲]1122 二合婆，[甲][乙]2385 訶由結，[甲][乙]2390 嚩二，[甲]850 嚩訶字，[甲]1112 嚩訶二，[甲]1220 嚩二合，[明][聖]、莎訶娑羅二合賀四[乙]1266，[三][宮]440 羅佛南，[三][宮][聖]440 羅彌留，[三][宮][聖]下同 440 羅自在，[三][宮]397 波訶四，[三][宮]397 闍羯波，[三][宮]397 呵，[三][宮]1463 提比丘，[三][宮]下同 397，[三][宮]下同 440 羅王佛，[三][宮]下同 440 羅自在，[三]397 和呵二，[三]984 訶伽羅，[三]1325 羅，[三]1343 婆阿，

[乙]2385 縛二合，[元][明]377 伽羅龍。

蔆：[甲]1112 怖吒也，[甲]1112 嚩詞二。

殺

報：[元][明]152 前怨而。

噉：[甲]1813 其。

盜：[三][宮]1470 比丘字。

毒：[元][明]1043 害苦煩。

斷：[聖]1428 偷蘭遮。

發：[原]2362 不定圓。

攻：[三][宮]2122 時娥負。

害：[甲][乙]1822 意無簡，[明]1354 大火不，[三][宮]2121 鬼復爲，[三]192，[三]375 想心。

及：[三][宮]382 諸衆生。

亞：[宮]2121 人僧大，[宋][宮]、殟[元][明]1509 之是故。

寂：[宮]1525 生罪以。

教：[宮]2059 以傷恩，[甲]1804 戒輕重，[甲][乙][丙]、救[甲]2381 罪毒也，[久]1488 人乳時，[明]293 勇力與，[明]1428 畜生若，[明]1450 於汝，[三][宮]1443 今於我，[三][宮]2102 佛欲頓，[三][宮][聖]1509 身作是，[三]196 子必矣，[三]2103 也但民，[聖]1579 生具戒，[聖][另]1459 小蟲，[聖]1421，[聖]1563 等，[聖]1595 生等十，[另]1435 若他受，[宋][宮]2034 論一，[宋][宮]2122 人場四，[宋][明]1129 諸部多，[元][明]901 誦呪以，[元]125 手不執，[元]

1551 生等不，[原]1289 者取藥。

經：[乙]1821 論主依。

驚：[聖]1427 或縛或。

敬：[宮]687 親國政，[甲]、敬[甲]1781 己無故，[甲]2261 之故，[甲]2266 並俱，[甲]2299 首菩薩，[三]211 普天猪。

救：[宮]342 者何謂，[三]2145 之物，[聖]1549 害之蟲。

就：[宮]1425 種應，[甲]1735 有五因。

離：[宋][元][宮]446 諸欲佛。

劉：[三]、瘳[宮]2103 之。

戮：[三][宮]2059 石種都。

沒：[三]211 吾等以。

滅：[甲]1999 德山便，[宋]、誅[元][明]2154 之爲惡。

破：[乙]1821 自爲一。

勤：[宋]341 亦無少。

取：[敦]1957 其人，[甲][己]1958 此人徑。

却：[乙]2092 獅子而。

然：[甲][乙]2070，[三][聖]125 害不可，[三]125 不疑其，[三]152 弟殊哽，[三]192 令無身，[三]201 如人倒，[三]361 之愁毒，[聖]1428 我，[元]2121 生噉肉。

熱：[知][甲]2082 灰碎火。

洒：[明]、灑[聖][另]1459 陀時問。

刹：[宮]660 疊，[甲][乙]1214 目佉，[甲]2129 虫久服，[甲]2207 夜叉，[明]721 害盲冥，[宋]1129 諸部

多，[元]2122 此野干。

曬：[明]2076 濕師曰。

赦：[三][宮]2121 長生曰。

設：[甲]2362 疊分耳，[甲]1724，[明]1507 我亦當，[明]1648 煩惱怨。

弒：[甲]1786 阿羅漢，[三][宮]1421 逆之心，[三][宮]1442 彼老王，[三][宮]1464 父我殺，[三][宮]1464 王比丘，[三][宮]2103 由生孔，[三][宮]2122 石種，[三][宮]下同 2102，[三]264 父母罪，[三]2034 揀自立，[三]2110 馬爲誓，[三]2110 尼而墮。

熟：[明]1563 等業。

說：[宋][聖]99 於何等。

死：[宮]2059 忽，[明]1435 不犯波，[三]152 之所由，[三]211。

損：[三]2103 傷非理。

投：[甲]2266 字。

亡：[三][宮]687 身滅。

往：[三][宮]2121 或。

我：[甲]2266 准論形。

係：[宋][元]150 若係若。

効：[元][明]721 實語軟。

移：[宮]665 跋馬芹。

疑：[甲]1828 現在內。

欲：[宮]1451 具。

宰：[三][宮]2122 年三月。

杖：[宮]397 長壽衆。

致：[乙]2227 害之釋。

終：[三][宮]2122 日一無。

捉：[三][宮]2122 羊或以。

粆

炒：[宋][明]、紗[元][宮]2122 亦變爲。

沙：[明]1299 糖放牛，[三][宮][聖]1452 糖等漿，[三][宮]1452 糖飲得，[三][宮]下同 1458 糖及蜜，[三][甲]1097，[三][甲]2087 糖石蜜，[三]1096 糖和作，[元][明][宮][甲][乙][丙][丁]848 糖餅。

砂：[明]1191 糖菜豆，[原]1212 糖漿蘿。

紗

沙：[甲]2400 縠天衣，[宋][元][宮]2060 帽衣青。

裟

袈：[明]1301 問曰何，[明]2121 覆頭而。

沙：[甲]1804 中亦爾，[乙]1199 畫或赤。

婆：[甲][乙]930，[明]1092 衣服海，[明]1341 衣我，[明]1463 懷，[三]、婆[聖]26 羅姓直，[三][宮]、婆[聖][另]1552 念，[三][甲]1124 怛鑁三，[元]26 衣至，[元]2122 甚新淨。

鍛

翶：[宮]2053 翮高雲。

唆

嗷：[三]643 食其軀。

嗾：[三]375 取色香。

噪：[三]190 其所施。

睫：[宮]397 讚歎他。

嗽：[元][明][宮]、[石]1509 與唾時。

飲：[三][宮]2122 其頭血。

厦

夏：[甲]2036 悦，[三][宮][甲]2053 之規式，[宋][宮]2103 僭，[宋][元][宮]2060 而賤茅，[宋][元]2122 屋崇峻。

簁

篗：[宮][博][敦][燉]262 和合與。

簁：[甲]1805 住處不。

葹：[宋][元][宮]1463 之然後。

箷

篩：[三][宮]1435。

葹：[三][宮]664 三博祇，[宋][宮]664 僧祇晞。

扅：[三]2145 於萬乘，[元][明]310 者施以。

晒

洒：[宮]2122 婆晒利。

曬：[乙]2092 衣處初。

曬

叉：[甲]852 二合濕。

曬：[丙]862 訖帝，[宋][元][宮]1425 勿。

隸：[三][甲][乙]970 路迦。

麗：[三]2123 入玄中。

曬：[三][宮]451 訶呼去。

曝：[明]1450，[三][宮]1425 佛知而。

灑：[甲][乙][丙]857 拏，[甲][乙]850 二，[三][宮]1435 諸比丘，[三][乙]1092 厨二，[聖]1462 者染竟，[乙]852 劍，[元][明]999 娑嚩二。

色：[三][宮][聖]1428 衣彼比。

時：[另]1451 時流下。

使：[原]1212 獲龍王，[原]1212 啼哭不。

山

白：[宮]2122 鐵。

曹：[甲]1986 歸舉。

禪：[明]2076 和尚僧。

虫：[甲]2035 録本來。

出：[宮]1572 價市瓶，[宮]2121 人間乞，[宮]2121 宿願果，[甲]1728 假火還，[甲]2183 階北院，[甲]2266 行先逢，[明]1450 末後施，[三][宮]288 衆寶之，[三][宮]2121 林外十，[三][宮]2122，[三][甲][乙][丙][丁]1146 家薄福，[三]192 林側有，[三]1096 至於窟，[三]2087 林來至，[聖]1670 坐樹下，[聖]2157 中香，[另]1721 澤第三，[宋][聖]125 聚永無，[乙]2408 乳，[元][明]190，[元][明]440 聲佛，[元][明]2060 世隨。

處：[知]1785 下頌上。

川：[甲]2128 名亦律。

此：[宮]1558 頂故説，[宮]2060 谷，[甲]2250 鶴鳥於，[三]950 間，

[宋][宮]721 峯毘琉。

地：[甲][乙][丙]1202 亦扶行。

峯：[明]2076 前無異，[明]2076 無雲，[明]2131 正名寂，[原]、峯[甲]2006 深處。

國：[甲]2254 於。

河：[宋]2110 圖云地。

迦：[乙][丁]2244 此云小。

兩：[三][宮]2121 相對人。

林：[宮]2043，[甲]1960 化作，[明]、山林[元]156 藪大小。

陵：[三][宮][聖][石]1509 阜樹木。

龍：[甲]1986 曰此山。

爐：[明]2076 下鐵崑。

內：[元][明]2103 僧叛居。

品：[乙]2263 論天親。

其：[三]291。

人：[宮]423 往見大。

三：[明]2131 家法華。

砂：[三]2110 流石如。

上：[宮]2122 中時波，[三][宮]2060 陳思南，[聖]613 自見己，[宋]639，[宋]2122 上不，[元][明]172 下有絶。

生：[宮]1451 處雪香，[宋][聖]100 著一，[元][明][宮]616 林，[元][明]2154 經一卷，[原][甲]1986 去。

師：[甲]2006 開目，[知]384 光影炳。

世：[明]415 及大地。

薯：[甲]1986 曰是什。

水：[三]125 中戲亦。

寺：[甲]2837 寺中見，[三][宮]2123 布，[乙]2376 爲大聖。

田：[甲]1828 廣大謂。

王：[三]193 不爲海，[三]291，[聖]440 佛南無。

畏：[甲][乙]1909 佛南無。

仙：[甲][乙]2381 説今令，[甲]1246 使者，[甲]1736，[甲]2001 頂，[三][宮]2121 神經十，[乙][丁]2244，[乙][丁]2244 之弟子，[元][明]440，[原]1310 二合婆。

小：[宮]397 谷河潤，[宋][元]2088 宮明，[乙][丙]2092 嶺。

心：[甲]2196 有二義，[三][宮]1521 腹平不。

凶：[甲]974 惡毒禽，[三]2110 河右已。

野：[甲]2068 象一群。

幽：[宮]2053 山甚，[三][宮]2105 居濫説。

猶：[甲]1964 在他鄉，[三][宮]1545 隨增故。

圓：[原]2431 勝地既。

岳：[宋][元]、嶽[明]192 城寂靜。

嶽：[明]2105 道士費，[三]、山岳[宮]2103 之光彌。

云：[甲]2068 極深險。

杖：[聖]190 林往詣。

照：[元][明]1。

者：[宋]201 已坐一。

正：[宮]425 施侍者，[宋]721。

止：[甲]1728 野自閑，[甲]2400 多，[甲]2400 住欲界，[三]158 空中

者，[三][宮][聖]1421 林樹下，[三]
[宮]225 處菩薩，[三][宮]2085 行二
十，[三]2087 半，[元][明]987 彼有
是，[元]2123 影留石。

中：[三][宮]286 夜叉神，[三]153
多有叢，[元]403 化生蓮。

州：[明]2076 覆船山。

芰

釸：[宋][宮][知]384 除結使。
刈：[三][宮]425 滅斯垢。

杉

衫：[明][甲]1216 藥。
於：[三]1227 木進火。
杇：[甲]1039 迷夜樹。

刪

彼：[甲]2299 彼煩文。
別：[甲]1811 取天人。
撫：[甲]2036 繁撮要。
剛：[甲]、剛[甲]1782，[元]2154
繁錄。

刊：[宮]2122 詩予賜，[三][宮]
2122 集現。

郍：[宋]443 闍耶如。

那：[宮][聖]1509 迦羅秦，[宮]
2034 改，[甲][乙]2194 闍夜，[甲]2130
若譯曰，[甲]2157 補隨機，[三][宮]
443 闍，[三][宮]664 陀囉尼，[三][聖]
99 闍耶毘，[三]25 陀那林，[三]397，
[三]2122 定特異。

耐：[三]1335 陀。

珊：[元][明]、那[聖]1509 兜率
陀。

削：[三]2145 繁補略。
刖：[甲]1813 手足難。
則：[甲]1782 來。

刪

射：[甲]1775 闍夜毘。

苦

苦：[宮]411 沫隸五，[甲]2128 染
反又，[甲]1335 婆，[甲]1735 婆，[明]
194 毘國第，[明]985 鉢底，[明]2149
即於其，[元][明]1025 婆囉抳。

鈷：[三][宮]1559 摩利林。
占：[甲]1742 婆。

衫

禮：[甲]2135 矩羅覩。
杉：[別]397，[三]984 波耶那。
社：[宋][元]1336 那摩訖。

珊

璠：[宋][明]、[元]156。
三：[明]1545 度沙故。

埏

挺：[三]2145 故京師，[三]2149
所出阿，[宋][元][宮]796 土爲器，
[元]2103 之成造。

梴：[三]220 以㕭多。
挻：[宋][元][宮]376 埴作器。

釤

欽：[甲][乙]850 上參上。

跚

桓：[三]2110 形。

穆

穆：[三][甲]、三[乙]、三去[丙]1056 麼娑噂。

羶

羯：[三][宮]397 囉摩叉，[三][宮]397 囉磨。

鱣

有：[宮]1439 脂五種。

陝

愜：[甲]1913 名寬四。
狹：[甲]1735 不同也。

閃

閉：[甲]1139。
閔：[聖][另]1442 毘。
胅：[三][宮]403 現便。
閔：[三]901 子被箭。
覞：[三]1341 電曜，[聖]190 電氣息。
悉：[三]23 壞敗破。

睒

睒：[甲]2299 所立以。

睒

啖：[聖]663 摩利子。
胅：[甲][乙]2393 衫參領。
膠：[甲]、大正藏經第二十九卷

四十八頁 2250 末梨汁。

閃：[三]991。
睒：[甲]850 摩達。
舍：[三][宮]1425 彌國廣。
談：[三]2059 經新聲。
炎：[聖]639 婆利。
眨：[宋][元]721 離脈離。
子：[三]174 至孝仁。

覣

現：[甲]904 雷電凡。

訕

誹：[甲]2087。

剡

劃：[甲]2870。
刺：[三][宮]2122 木爲刹。
刻：[甲][乙]2194 川法臺。
郯：[宋][元]2061 國公公。
閻：[甲]1828 浮洲有，[明]220 魔王界，[明]2122 浮提北，[三][宮]2122 浮提南，[三]1644 浮提，[三]2122 浮樹者，[三]2122 浮提内，[三]2122 浮提身，[三]2122 浮提向，[元][明]2122 浮提中。

扇

床：[西]1496 三時洗。
房：[明]1401，[聖]1435 一。
扉：[甲][乙]1132 以前縛，[甲][乙]2087 因其險，[甲]2792 愽雨，[三][宮][聖]1421 有，[三][宮]617 豈可自，[三][宮]1428 窓牖及，[三][宮]

1428 孔中繩，[三][宮]1809 下不得，
[三][宮]1810，[三][宮]2060 一竪一，
[三]192 貪欲爲，[乙][丙]876。

肩：[宮]848 都火，[甲]1781 風
吹不，[明]2131 頭此云，[聖][知]1441
者不得，[聖]1199 引，[宋][宮]397 多
跋帝，[原][甲]1781 繩。

履：[三]125 寶屨左。

啓：[三][宮]2059 娑羅變。

煸：[三][宮]2102 非學是。

商：[三]1343。

在：[明]2087 孤山東。

善

愛：[宮]2121 友法友。

便：[三][宮][聖]285 逮。

表：[甲]2266 也故前。

幷：[原]2264 愛取通。

曾：[宮]1546 習若作，[甲][乙]
2317 修方便，[三][宮]1562 知故於，
[聖]1549 根欲使。

差：[宮]2112 避，[甲][乙]1822
別有曾，[甲]1733 故，[聖]1462 若钁
無。

常：[甲][乙]1822 無退屈。

成：[宮]687 親恩若。

慈：[甲]2230 業亦云。

此：[宋][元][宮]1521 利。

答：[甲][乙]2309 解意所，[甲]
1816 現論釋，[甲]2250 射夫各，[甲]
2323 意者不，[三]1441 解無畏。

單：[元][明]2103 開遠適。

當：[明]125 受持之，[宋][元]208

善護身。

道：[三][宮]1546，[三]2110 心衆
生，[宋]1523 根故若。

得：[元]191 利我子。

德：[三][宮]657 本而。

等：[甲][乙]1822 心即是，[三]
[宮]624 慈清淨，[宋][宮]425 斷一
切，[乙]1796，[元][明]310 清淨願。

諦：[三]200 聽吾當，[三]956 聽。

對：[明]1541 因。

多：[宋][元][宮]2121 知方宜。

惡：[宮][聖]224 爲人中，[宮]
2078 而來世，[明]1005 趣彼世，[三]
[宮]821 慧者如，[三][宮]1521 事從
一，[三][宮]2122 行身壞，[三]2123
身口無，[宋]125 以此功，[元]1547，
[元][明]1581 趣，[原]2196 無記故。

法：[宮]1435，[三]397 是亦名。

否：[甲][乙]2263 此卽依。

福：[聖]2157 寺三藏。

蓋：[宮]445 行列世，[宮]657 導
師佛，[宮]657 是中有，[宮]1558 聚
故色，[甲]1717 衆經下，[明]1547，
[三][宮]292 在於衆，[三][宮]443 宿
王如，[三][宮]744 之報海，[三][宮]
2103 生一念，[三][宮]2123 言之，
[聖]440 丹蓋法，[聖]1547 法即是，
[乙]1909。

各：[甲]1821 分別尋。

根：[宮]1530。

故：[甲]1821。

光：[明]402 路教聖。

害：[甲]1786 其人，[甲]2266 等，

[明]1647 答滅惡。

好：[宮]1425 若不捨，[甲][乙]2250，[三][宮]2122 跋難陀，[聖]1427 若不。

華：[宮]395 名不順。

慧：[明][甲]997 根是般。

吉：[甲]1816 三業不。

急：[三][宮][聖]1421 之語。

集：[宋][元]、習[明]1582 法迴。

兼：[甲]1828 利他以，[甲]2128 住具如。

間：[三][宮]、法[另]675。

漸：[甲]2299 耶答就。

姜：[元]220 女人等。

嗟：[宮]585 妙名冠。

解：[三][聖]200 不相侵。

戒：[三][宮]721 法如沙。

盡：[三][宮]656 有時成，[三][宮]2102 權救物，[三]656 普示。

淨：[宋]721。

淨：[三]2045 容。

就：[三][宮]420 身業是。

苦：[宮]2040 行我今，[甲]1821 心若生，[甲]2870 哉善，[明]1472 故不知，[三][宮]1656 知應恭，[三][宮]722 惡名流，[三][宮]1442 哉，[三][宮]2102 爲身所，[三][聖]201 行晝夜，[三]若[聖]1 智離世，[聖][另]1548 意觸苦，[聖]1460 濟，[聖]1548 意觸樂，[宋][宮]305 調伏心。

快：[乙]2309。

類：[原]2299 根能顯。

滿：[甲]2262 業以上。

毛：[甲]1821 心六聞。

美：[三][宮]2103 無惡乎，[三][宮][聖]1602 妙名句，[三][宮]2102 云若染，[三][宮]2103 惡之來，[三]191，[三]201 果汝雖，[聖][另]1543 心所念，[聖]1512 惡之業，[原][甲]1781 惡出，[原]1851 惡相。

麵：[三]23 隨。

滅：[聖]223 念出入。

名：[明]374 眞不實，[明]1664 巧方便，[聖][甲]1733 字不違。

能：[甲][丙]2397 應時宜，[元][明]658 解定智，[原]、能[甲]1781 燒善根。

弄：[明]1644。

女：[三][宮]1462 人出家。

菩：[宮]390 識福田，[宮]2123 心，[宮]279 根往昔，[宮]310 根雷聲，[宮]1595，[甲][乙][丁]2092 提拔，[甲]1721 爲菩提，[甲]1781 提之相，[甲]1811 薩律儀，[甲]1816 法下明，[甲]2035 友是時，[甲]2266 現若菩，[明]658 知不親，[三][宮]278 薩三昧，[三]402 逝世間，[聖]279 拔犯，[聖]1539 心定不，[宋]220 現是菩，[宋]628，[宋]1339 哉衆法，[宋][元][宮]2122 迷反以，[宋]220 根正知，[宋]220 現告言，[宋]220 現我清，[宋]282 無有不，[宋]721，[元][明]2016，[元]221 男子諦，[元]638 竟語亦，[元]2154 契經或。

普：[宮]443 觀如來，[甲]、善[甲]2190 利金剛，[甲][乙]2263 遇諸部，

[甲][乙]2394 現定色，[甲]1709 品故名，[甲]1782 現發問，[甲]1782 現爲問，[甲]2223 摧伏故，[三][宮]2034 閂陀羅，[三]888 集正法，[三]1056 召集佛，[三]1186 能周遍，[三]1522，[聖]1509 根，[乙]2223 能成辨，[乙]2223 現十二，[乙]2396，[元][明]279 能救攝，[元][明]329 顯現而，[元][明]520 發淨心，[原]1251 益天。

前：[甲]2084 道將趣，[甲]2217 八心也，[三][宮][聖]1509 業以是。

清：[三][宮]657 淨故飛。

然：[明]400 解於中，[聖][甲]1763 佛答意。

染：[甲]1828 中通，[甲]2262 淨無記，[原]2264 存。

人：[聖]1425 是名。

如：[原]1829 無爲。

汝：[三][宮]401 說慧。

入：[三][宮]1469 二者若。

若：[宮]224 出入行，[宮]374 優婆塞，[宮]453 習與人，[宮]676 慧種類，[宮]676 男子若，[宮]721 人，[宮]1547 不動，[宮]1646 修習定，[宮]1660 知教化，[甲]922 女人等，[甲]1929 巧而說，[甲]2266 善清淨，[甲]2901 男善，[明][宮]397 於諸法，[明]1549 無欲者，[三][宮][聖]1462 知一切，[三][宮][聖]1547 觀三種，[三][宮]1442 閑諸法，[三]193 與靜爲，[三]194 成就滅，[三]2102 是之至，[三]2123 處大海，[聖]1544 法及法，[聖][另]1453 法而增，[聖]99 兒不能，[聖]225 人好

明，[聖]953 作諸事，[聖]1436 比丘是，[聖]1582 者即往，[另]1548，[石]1509 說道非，[宋][宮]626 根本所，[宋][元][宮]1521 離慳貪，[乙][丙]2777 於食等，[原]、若[甲]1796 得入者，[知]1785 用此正。

三：[宋]125 處天上。

鄙：[三][宮]2059 善王前。

墻：[元][明]125 山乎諸，[元][明]394 山毘。

繕：[明]955 那法我，[三][甲][乙]982 那河王。

饍：[三][宮]1650 食色香。

上：[明]286 業皆隨。

舌：[宋][元]1092 根福聚。

捨：[三]99。

生：[甲]1828 得善心。

勝：[甲]1909 業所以，[甲]2266 妙果由。

聖：[三][宮]477 慧一切，[三]100 內心實，[三]1482 具邪見，[三]2103 論一云，[乙]1909 輕慢。

施：[三][宮]461 與文。

識：[甲]1821。

事：[明]220。

是：[三][宮]1631 法體餘，[三]1552 故說妙，[乙]2249 作論。

受：[聖]125 百歲皆。

所：[三][宮]1425 行當令，[三][聖]125 覺勝衆。

王：[聖]2157 權經或。

爲：[三][宮]2122 業見其。

未：[三][宮]1537 安住四。

吾：[甲]1700 而可修，[宋]150 死便善。

無：[元][明]1435 心殺母。

悉：[三][宮]1646 知所樂。

嬉：[明]261 戲談笑。

喜：[宮]618 惡業守，[宮]1547，[宮]1558 心無間，[宮]2121 誦第二，[甲]1828 引四樂，[甲]867 哉諸金，[甲]1709 友所作，[甲]1782 不背讚，[甲]1828，[甲]1828 名無依，[甲]2130 見第二，[甲]2255 根但説，[甲]2362 究竟謂，[明]152 其誓讚，[明]278 光明，[明]588 惡衆處，[明]1545 法子心，[明]2087 誦其文，[三]1 法一喜，[三]1562 憂根彼，[三][宮]、教[聖]225 忘身，[三][宮]、熹[聖]1421，[三][宮]719 信，[三][宮]1563 亦具六，[三][宮]2123 心因縁，[三][宮][聖]1509 之至也，[三][宮][聖]1562 有言唯，[三][宮]286 歌承佛，[三][宮]310，[三][宮]425 侍者曰，[三][宮]433 執念諸，[三][宮]445 生世界，[三][宮]461，[三][宮]721 亦非清，[三][宮]823 樂不能，[三][宮]883 安置，[三][宮]1508 不，[三][宮]1545 憂根能，[三][宮]1579 所攝善，[三][宮]1662 何不見，[三][宮]2121 故興斯，[三][宮]2122，[三][宮]2122 聽受經，[三][宮]2123 事而，[三]98 郡，[三]99 樂，[三]100 樂佛法，[三]184 自頌曰，[三]193 樂斯須，[三]198，[三]888 菩薩，[三]1546 憂根相，[三]1549 謹慎猶，[三]1559 一類説，[三]1598 入故，[聖]1582 心淨無，[聖][另]

1548 報餘喜，[宋][元]1545 串習，[乙]2249 受成，[乙]2157 敬經一，[乙]2261 樂捨受，[元]、明註曰善南藏作喜375 從今，[元][明]152 今故，[元][明]202 其細軟，[元][明]210 犯戒有，[元][明]586 根自滿，[元][明]890 鉤一切，[原]1851 樂毘婆。

繫：[宋][元][宮]1539 心若體。

下：[元]1545 住相謂。

先：[甲]2269 施六。

羨：[三]2087 久之具。

祥：[乙]973 好月。

心：[元]2122 必破壞。

信：[三]245，[三]2110 皆是邪。

行：[甲]1722 爲因，[三][宮][聖]222 具足不。

凶：[甲]1813 凶等五。

修：[三][宮]721 淨無垢，[另]285，[原]2196 是人軌。

羞：[宮]653 迻路生。

宣：[宮]310 説法。

言：[宮]606 墮此閻，[宮]1660 爲正意，[甲][乙]957 詮示，[甲]1736 潔思念，[甲]2274 今即亦，[三]100 除滅上，[三][宮]1552 淳淨心，[三][宮]2108 耶，[宋][宮]2026 迦葉復，[宋][元]16。

羊：[三][宮]2053 馬。

養：[甲]1735 揀非餘，[三]2125 淨，[宋]1428 哉比丘，[宋]2122 我今不。

業：[宮]398 未曾虛，[宮]721 業，[甲]1829 或果與，[甲]2250，[三][宮]

1509 法意業，[三][宮]1562 中爲，[三][宮]1563 故是福，[三]722 盡時必，[聖]1548 法能。

已：[三]882 通達故。

益：[三][宮]345 一切欲，[三]474 菩薩沒。

異：[甲]2266 經説八。

意：[甲]、義[乙]1909 佛南無。

義：[宮]310 巧如是，[宮]1562 心生應，[宮]2122 根即，[宮]2123 文顯可，[甲][乙]1832 爲成第，[甲]2266 趣等苦，[甲]2266 心猶豫，[甲]2299 此約更，[甲]2299 信寄百，[明]244 知識遠，[明]316 法，[三][宮][聖]292 法殘來，[三][宮]285 義慧解，[三][宮]1521，[三][宮]1549 覺知成，[三][宮]2111 何句義，[三]1559，[聖]1851 如是次，[宋][元]1545 諸無學，[宋][元]2061 趣謂抗，[宋]1536，[乙]2249 爲當有，[元]125 知識從，[元][明]1579 巧工匠，[元][明]821 良醫持，[原]2270 立量者。

因：[甲]1736 故其非，[三][宮]286 緣所作。

應：[甲]2814。

友：[宮]721 友。

有：[宮]585 執持斯，[三][宮]228 因緣故，[聖]1579 義利即。

哉：[三][宮]638，[三]211 善來。

擇：[甲][乙]1822 滅然此。

召：[甲]2400 請執金。

者：[聖]1421 若復不，[乙]1709 字字爲。

正：[三]1341 行故當。

之：[三][宮]1451 男子妙。

直：[三][宮]1458 説。

治：[三][宮]2045 化。

智：[宮]659 慧故皆，[三][宮]2121 慧聖達。

種：[甲]1821 心無隨。

衆：[甲]1010 住瑜伽。

諸：[宮]1562 心心所，[明]293 根十者，[明]1546 法此法，[三]159 法令不，[三]1579 行等相，[聖]1509 法中第，[元][明]375 法以是。

著：[宮]2122 之法譬，[甲]、淨[丙]2812 法，[甲]1828 名見因，[三][宮]341 不取如，[三][宮]222 無著無，[三][宮]385 有，[三][宮]1549 有定問，[三][宮]1646 不能發，[三]100 沙門，[宋][宋]、定[明]2122 心多求。

專：[甲]1239 持呪道。

足：[明]1681 智慧微。

罪：[明][宮]223 若。

著：[甲]2759。

鎺

矛：[三]、稍[聖]643 劍手十。

鄯

善：[三][宮]2053 於沮沫，[三][宮]2085 國其地，[三]2088 諸國至，[乙]、乙本冠註曰十六國春秋中亦作善 2157 鄯龜茲。

墠

墻：[三]1428 若墨若。

墡

善：[三][宮]1470 土持下。

墤：[三][聖]、墡[宮]1425 乃至瓦。

繕：[宋][元][宮]2123 五百蹄。

擅

摽：[乙]1723 名自在。

標：[三]2060 望當時。

誕：[宮]2047 名一世，[宮]2048 名天竺。

彈：[三][宮]1470 罰之九。

且：[甲]1728 意赴緣。

扤：[乙]2092 國權兇。

善：[三][宮][聖]1451 作斯制。

繕：[三][宮]2122 兵潛圖。

攝：[甲]2087 命積寶。

壇：[三]26，[三]26 著於肩。

檀：[甲]2087 君長，[三][宮][聖]225 六事本，[三][宮][知]下同 1579 名譽云，[聖]1537 連城之，[聖]1595 玄言以，[宋][元][宮]2102 奇悟方，[宋]2145 步迦，[宋]2145 繫表乃。

鎮：[三][宮]2102 一方或。

膳

善：[三][宮]1471 者自得，[乙]1723 今者得。

膳：[元]、[宮]374 者煩惱。

繕：[明]1450 那所有，[明]下同 476 那量其。

饍：[宮]278 以栴檀，[宮]2059 撤懸以，[三][宮][聖]下同 278，[三]

[宮]2122 又使宣，[聖]211 切割調，[宋]627 供具悉，[乙]1796 者。

勝：[甲]973 上妙香。

欲：[三][宮]、飲[聖]278 輦輿衣。

饌：[三][宮]744 如前無，[三]945 或時日。

蟮

善：[知]741 蟲泥沙。

蟺：[三][宮]721 蜿蜒等。

繕

禪：[乙]2207 都此譯。

善：[宮]2103，[明]220 那量。

蟺

鱓：[三]184 蛇從穴。

壇：[甲]2128 也從虫。

瞻

擔：[三][宮]2053 步羅。

膽：[宮]2060 亦當，[甲]2128 反尚書。

千：[甲]2035 界義見。

瞻：[丙]1141 部洲檀，[甲]952 部洲界，[甲]1718，[甲]2250 部洲文，[明][乙]1092 仰手執，[明]165 部洲，[明]1554 部洲，[明]1808，[明]2110 晉長，[三][宮]2060 詞理通，[三][宮]2108，[三][宮]2108 答，[三][宮]2122 潁川庾，[三][宮]2123 病人若，[三]891 仰如來，[三]993 遮隸十，[三]1545 來詣佛，[三]2060 傳，[石]1558 部洲二，[石]1558 部男佛，[石]1558

部洲九，[宋]1092 部有情，[宋][宮]
498 部樹先，[宋][宮]2103 物，[宋][元]
691 部洲千，[宋][元]1092 部洲一，
[宋][元]1544 部洲極，[宋]691 部洲，
[宋]984 波，[宋]2063 恤蒙賴，[宋]
2088 部之始，[宋]2145 聞也有，[西]
下同 665 部洲及，[西]下同 665 部洲
普，[西]下同 665 部洲世，[元][明]
2060 及僧長。

矚：[三]2103 故知現。

饍

供：[三]1332 餕此。

露：[宮]374 詣雙樹。

趣：[明]261 禪定爲。

善：[博]262 無量寶。

膳：[三][宮]414，[三][宮]414 奉
授彌，[三][宮]653 美食而，[三]375
細軟衣，[三]375 詣雙樹，[三]643 佛
告大，[宋][元][宮]1462 娛樂快。

繕：[乙]1866。

養：[宋][元][宮][聖]310 如來受。

餉：[三][宮]749 供養在，[聖]
1421。

饌：[宮]2060，[明]765 香鬘衣，
[三][宮][聖]627 當，[三][宮][聖]627 與
眷屬，[三][宮][聖]627 中宮，[三][宮]
416 所謂世，[三][宮]2121 食施瞿，
[三][宮]2122 正食馬，[三]26 阿，[聖]
1509 請，[宋][元][宮]2123 斯福如。

商

啇：[甲]1728 主也此，[宋][元]

310 主爲首。

帆：[明][和]261 主其中。

高：[甲][乙]2250 昌國，[聖]379
主魔王。

估：[宋][宮]、賈[元][明]1435 客，
[宋][宮]、賈[元][明]1435 客夜半。

貴：[久]397 人七者。

賈：[宮]374，[甲][乙]1822 人受
三，[三]374 人爲利，[三][宮]1435，
[三][宮]1435 客商，[元][明]354 人海
行。

覺：[聖]397 主菩薩。

賣：[甲]1723 坐賣曰。

南：[宋]2145 人送。

估：[三][宮]895 佉或得。

尚：[三]2112 書周書。

適：[聖]2157 主並相，[乙]1132
迦。

他：[明]1443 人物。

養：[乙]1200 隅木擲。

裔：[三][甲]1125 斯。

殷：[三][宮]2122 道中興。

傷

傍：[宮]1435。

常：[三][宮]2122 每髣髴。

場：[三]26 土取用，[乙]2070 損
含生，[元][明]190 土墢之。

腸：[三][宮]607 已精明。

腸：[三][宮]721 蟲爲下。

當：[明]1547 坻羅者。

斷：[三]1005 我命任。

復：[宮]721 墮設不，[三][宮]

1425 打船主，[三]1056 損苗稼，[聖]
172，[元][明]2040 敗若使。

號：[三]、嘷[聖]211 哭斷絕。

壞：[宮]2040。

惱：[三]、腦[宮]565。

殤：[三][宮]1595 可畏此，[三]
[宮]2123 自然福。

慎：[宮]2123 故終不。

損：[明]2122 民利勸。

湯：[三]1393 心痛頭。

儻：[三]125 害如來。

偖：[宮]2108 迂誕一。

物：[宮]1451 答曰王。

易：[甲]1909 孤弱恒。

傷：[甲]、－[乙]2207 反害也。

優：[甲]2362 失於如。

增：[聖]225。

惕

傷：[三][宮]2122 害其家。

殤

傷：[三]1300 諸果凋，[宋][元]
1330 夭我見。

觴

觸：[另]1451 大藥曰。

賞

寶：[明]1299 賜將士。

賓：[三]2063，[宋][宮]2059 接後
竹。

常：[宮]2060 稱善久。

償：[甲][乙]2087 迦王，[甲][乙]

2087 迦王者，[三][宮]1462 故出不，
[三][宮]2122 彌，[三][甲]2087，[三]
[乙]2087 一億金，[三]2088，[聖]1462
之佛亦，[聖]1723 賜此初，[宋][元]
161 婆羅門，[宋]152 之曰賊，[元][明]
2060 但云禿。

當：[三][宮]606 賜，[另]1451 賜
汝曲。

禮：[元][明]2145 接既而。

商：[三][宮][聖]397 人主三，
[宋][乙]1092 迦理二。

實：[三][宮]2060 卿不及。

守：[三]212 難護多。

掌：[明][宮]1435 護莫令，[三]
[宮]1428，[三][宮]1428 之時惡，[三]
[宮]1435 護莫令，[三][宮]1435 護勿，
[三][宮]1459 持，[三][宮]1462 護不
得，[三][宮]1462 護乃至，[三][宮]
1462 物比丘，[三]203 領此鉢，[三]
1428 錄若有，[聖]125 護物左。

質：[三]1442 慶以祥。

上

安：[三][宮][聖]765 樂。

比：[三][宮]456 大精進，[三][宮]
402 哆摩囉。

彼：[原]1764 難云何。

臂：[三]201 爾時其。

卜：[三]64 法賴池，[宋]2061 其
處因。

不：[宮]1604 勤利物。

長：[甲]1782 饒益即，[甲]2261，
[甲]2317 可發無。

常：[甲]1983 無價寶，[甲][乙]2185 住之智，[三][宮]383 行，[三][宮]606 不計身。

成：[三][宮]606。

出：[宮]1425 若無戒，[甲]2269 頌意可，[明]278 世間勝，[三]1 高三千，[三]6 而有異，[三]2111，[原]2219 世間心。

初：[三]98 夜後坐。

處：[甲]1202 斷穀不，[甲]2312 所有義，[三][宮]558 便於天。

幢：[聖]440 佛南無。

垂：[三][宮]2122 冉冉而。

此：[甲][乙]2219 二偈半，[甲][乙]2250 立名從，[甲]2312 二理可，[三][宮]1581 得腨腸，[三][宮]1646 相違名，[三]1425 説，[聖]99 廣説差，[宋][元][宮]468 之所説，[乙]2263 過未遮，[乙]2408 尋之。

大：[三][乙][丙][丁]865 鉤如索，[三][乙]1092 仙乃至。

且：[甲][乙]1822 兩句問。

倒：[原]、倒[甲]2006 卓紅。

地：[原]、地地[原]2339 斷。

登：[三][宮]2104 座開題，[乙]1723 羊鹿答。

等：[甲]1733 菩提，[三][宮]263 倫爲大。

帝：[明]2104 幸東都，[明]2104 以西明。

頂：[甲]2393 或於山。

定：[明][聖]224 譬若如。

短：[三]1058。

段：[甲]1736 科文諸，[乙]2263。

多：[三][宮][知]266 其德不。

而：[原]2194 續漢書。

二：[宮]310 正等菩，[宮]656 修如來，[宮]1421 天下尊，[宮]1550 地者未，[宮]1559 此三更，[甲][丁]2187 云我，[甲]1736，[甲]1782 初一頌，[明]1337 壇茶徒，[明]1579 妙貪故，[明]2034 清淨分，[三][宮][甲]901 中指頭，[三][宮]837 諸乘皆，[三][宮]2060，[三][乙]1092 散底，[三]848，[三]954 節，[三]985 娑但儞，[三]1337 耶夜，[宋][元]995 劍娑，[宋]1522 勝威德，[宋]1603 定轉變，[乙]2408 房部主，[元]220，[元][明]1458 應説若，[元]26，[元]901 音演薩，[原]2196 若爲貪。

非：[三][宮]1547 觀謂人。

分：[三][宮][聖]425 結。

佛：[聖]440 佛南無。

高：[三][宮]384 下靡所，[三]2063 與天連。

各：[甲][乙]2391 想其。

工：[甲]、佛地論本文作土 2266 種種，[甲]1736 餘寶不，[甲]2128 翼陵反，[甲]2196 巧明也，[甲]2250 解泉字，[甲]2266 依人又，[明]156 有七浴，[三][宮]2122 就天摸。

故：[甲]1736 七地下。

和：[明]620 摩訶迦。

化：[宮]1425 座羞不。

即：[乙]1816 教十地。

己：[甲]1744 者則諮。

既：[三][甲][乙]2087 無層龕。

諫：[宋][元][宮]2103 武帝。

今：[元][明]397 如是告。

近：[三]2122 岸四坐。

經：[三]2122 論説有，[聖]2157 云出中。

淨：[甲]897 妙飲食，[甲]2262 妙地有，[三][宮]1581 復有四，[乙]2393 衣即於，[原]、[甲]1744 智就文。

九：[三]2121 百由旬。

句：[甲]2266 轉故如。

了：[甲][乙]1822 必不却，[三]2122 量其前。

裏：[明]2076 僧問玄，[宋][元][宮]2121 坐此諸。

立：[甲]2261。

量：[三][宮]397 上菩提，[三][宮]414 善，[三]196 法音聞，[三]1485 菩提心。

六：[甲]1805 即隨戒，[三][乙]1092 陀上。

輪：[明]1669 下門中。

毛：[元][明]1451 綵與尊。

妙：[博]262 安隱無，[三][宮]619 寶所成。

名：[宮]1519 清淨義。

南：[原]1979 一切賢。

內：[三]2063 設觀世。

婆：[宮]2122 祇上三。

七：[三]982 阿嚕拏，[宋]1694 人佛迦。

其：[甲]1851 人證理。

起：[三]202 合掌白。

前：[甲]2219，[甲][乙]2219 引圓，[甲]1708 所引成，[明][甲]995 誦三遍，[明]1450，[三]168 五百夫，[三]2153 三經同，[另]1721 文云諸，[原][甲]1851 釋餘三。

且：[乙]1816 來意云，[原]1867。

丘：[三][宮]2122 爲徐龍。

去：[甲][乙]894 一，[三][宮][甲]901 音耶四，[三][甲]901 音摩三，[三][甲]2125 然後各，[宋]、上聲[明]848，[宋][元]、去聲[明][乙]1092 囉十七，[宋][元][甲][乙][丙]、去聲[明]1056 引曩野，[宋][元][甲]901 音毘，[乙]1244 聲野一。

然：[明]1187 自然智。

人：[明]193，[明]293 或有趣，[明]2102 答臣下，[明]2103 不亦謬，[三]212 第一豪，[宋][宮]2104 解頤大，[宋][明]1129 妙飲食，[宋]1425 有一比，[乙]1246 即得愈。

入：[宮]866 分，[明]1509 菩薩位，[宋][元][丙]、一[明]1056 四怛怛。

三：[宮]1421 諸長老，[和]261 乃，[甲][乙]2396 昧八萬，[甲]901，[宋][元]1545 極品雜，[宋][元][宮]882，[宋]384 道汝可。

散：[知]598 世尊。

山：[丙]2092 有鈞臺，[甲]2035 下對乳，[甲]2120 者皆，[明][甲]967 幢等上，[三]、山上[聖]643 有百億，[三][宮][另]1459 所有鉢，[三][宮]443 聚，[三][宮]2060 表，[三][甲]1229，[三]158 頂石鞞，[三]2122 遂

曡石，[乙]2092 海西有，[乙]2092 終日不。

善：[明]310 友黨故。

尙：[乙]2263 初解爲，[乙]2263 歸朝之。

尚：[丙]2286 於本，[甲]1735 非三四，[甲][乙]2286 五箇疑，[甲]871 於，[甲]1733 之初教，[甲]1736 舍利弗，[甲]1736 捨何，[甲]1736 義出所，[甲]2036，[甲]2036 鼓動唇，[甲]2036 林豎拂，[甲]2036 驗看準，[甲]2173 碑文一，[甲]2195 乃至普，[甲]2289 說是則，[甲]2779 慈悲廣，[甲]2787，[明]154 舍利及，[明]339 阿闍，[明]375 不生，[明]468 闍，[明]1340 所問已，[明]1525 受持三，[明]2122 起坐和，[明][丙]1202 譯，[明][宮]397 善友亦，[明][宮]下同 1425 尼阿闍，[明][乙]1092，[明][乙]1276 阿闍梨，[明][乙]1092 闍，[明][乙]1092 闍梨如，[明]99 即持利，[明]99 尼，[明]145 阿闍梨，[明]154 見之如，[明]156 當知我，[明]159，[明]159 阿闍梨，[明]190 阿闍，[明]190 一過試，[明]190 於迦葉，[明]190 願，[明]201 所說法，[明]221 被服到，[明]222 形體被，[明]223 阿闍，[明]261 阿闍梨，[明]261 師長佛，[明]278 舍利弗，[明]281 當願衆，[明]310 阿闍，[明]310 阿闍梨，[明]310 故乃至，[明]375 諸師，[明]381 設世尊，[明]382 阿闍梨，[明]397 阿闍梨，[明]397 父，[明]397 耆，[明]397 善知識，[明]397 有德之，[明]468 及父母，[明]487 闍梨耆，[明]565 教師追，[明]566 阿，[明]643，[明]721，[明]754 大目，[明]1130 所應，[明]1340 諸師亦，[明]1341 阿闍梨，[明]1425 同和上，[明]1428 阿闍，[明]1428 捨同和，[明]1428 同和，[明]1428 學問誦，[明]1428 知年不，[明]1463 共行弟，[明]1463 是名一，[明]1463 字三不，[明]1470 阿闍，[明]1470 若不知，[明]1470 十歲盡，[明]1521 阿闍，[明]1523 不見，[明]1546，[明]1584，[明]2042 約勅，[明]2053 決定得，[明]2059 漢沙，[明]2059 是我大，[明]2059 受學三，[明]2059 已得無，[明]2060，[明]2060 來儀高，[明]2060 年衰復，[明]2066 處，[明]2066 者訛也，[明]2108 之地，[明]2121 大目連，[明]2121 恩今得，[明]2121 即滅憍，[明]2121 教化之，[明]2121 空無智，[明]2121 殺害千，[明]2122 何處來，[明]2122 尚在此，[明]2122 小乘師，[明]2145 道德何，[明]2145 漢沙門，[明]2149 所夢，[明]2154 漢沙，[明]下同 397 六者畏，[明]下同 282 所時心，[明]下同 397 耆舊，[明]下同 643，[明]下同 643 爲我受，[三]、土[宮]1509 以種種，[三]156 師，[三]1341 阿闍，[三][宮]416 阿闍梨，[三][宮]485 阿闍梨，[三][宮]1432 某甲如，[三][宮]1482 所四月，[三][宮]2060，[三][宮]2122 功德田，[三][宮]2122 時長安，[三][宮][乙]895 獲何處，[三][宮][乙]895 闍梨常，[三]

[宮]268，[三][宮]318 恭，[三][宮]323 及問訊，[三][宮]374 害其父，[三][宮] 383 即以利，[三][宮]397 出瞋，[三] [宮]397 父母善，[三][宮]397 耆舊有， [三][宮]749 和上，[三][宮]754 教化 之，[三][宮]1425 是名捨，[三][宮] 1428 阿闍梨，[三][宮]1428 捨阿闍， [三][宮]1428 是誰報，[三][宮]1428 所 行弟，[三][宮]1428 同和，[三][宮] 1428 同師隨，[三][宮]1432 如來至， [三][宮]1433 如來至，[三][宮]1462 父 母在，[三][宮]1462 或作阿，[三][宮] 1462 行道路，[三][宮]1464 和上，[三] [宮]1521 阿闍梨，[三][宮]1521 師長 等，[三][宮]1543 阿闍，[三][宮]1581 諸師，[三][宮]1660 者略而，[三][宮] 1810 阿闍梨，[三][宮]1810 尼具滿， [三][宮]2053 氣力尚，[三][宮]2060 研 思十，[三][宮]2060 之封于，[三][宮] 2103，[三][宮]2103 三，[三][宮]2105， [三][宮]2121 夫婿已，[三][宮]2122 阿闍，[三][宮]2122 所夢乃，[三][宮] 2122 統晉沙，[三][宮]2122 爲我轉， [三][宮]2123 言，[三][宮]下同 2121 園中有，[三][甲]951 闍梨父，[三][甲] 951 闍梨過，[三][甲]951 闍梨同，[三] [聖]190，[三][聖]190 奇特之，[三][聖] 190 之處寧，[三]99 尊者舍，[三]100 阿闍梨，[三]100 尼瞿陀，[三]100 昔 日每，[三]153 善爲我，[三]190，[三] 190 阿闍，[三]190 此何物，[三]190 自從見，[三]201 聞是語，[三]202， [三]202 舍利弗，[三]202 神通玄，[三]

203 迦旃延，[三]203 已，[三]204， [三]397 有德之，[三]642 諸師而，[三] 1003 金，[三]1161 藥王菩，[三]1336， [三]1341 及阿闍，[三]1341 怨讎破， [三]1425 邊去婦，[三]1433 尼某甲， [三]1435 阿闍，[三]1582 眷屬親，[三] 1582 耆舊宿，[三]1582 耆舊有，[三] 1582 生大憐，[三]1582 師長有，[三] 1582 自然得，[三]2088 乃不許，[三] 2125 既受戒，[三]2145 是我大，[三] 2145 鑿荒塗，[三]2154，[三]2154 此 乃于，[三]2154 決定得，[三]2154 受 學三，[三]2154 小乘師，[聖]2157 故 金剛，[宋]、[元][明]1582 若同師，[宋] [元][宮]、南[明]2042 受得唯，[宋] [元]1341 亦復如，[乙][丁]2092 卜居 動，[乙]1723 經云我，[乙]1736 義分 齊，[乙]2350 羯磨師，[乙]2381 弟子 某，[乙]2396 記大日，[元][明]、上身 [三]154 是時象，[元][明][宮]374 不， [元][明][宮]374 願坐此，[元][明]99 緣斯罪，[元][明]125 舍利弗，[元][明] 201 時彼和，[元][明]658 阿闍，[元] [明]1007，[元][明]1332 阿闍，[元] [明]1428 阿闍梨，[元][明]1428 同阿 闍，[元][明]1428 同和，[元][明]1428 同和上，[元][明]1435 阿闍梨，[元] [明]1463 二者阿，[元][明]1463 受， [元][明]1464 阿闍梨，[元][明]1470 所知當，[元][明]1581 阿闍梨，[元] [明]1582 師邊受，[元][明]1582 爲名 稱，[元][明]2042 願相諸，[元][明] 2085 相承，[元][明]下同 643 起不

淨，[原]、尚[甲]1722 已明佛。

少：[明]310 年時顏。

生：[宮]616 妙功德，[宮]784 十九，[宮]2121，[甲]1796 無相之，[甲]2261 假立名，[甲]1103 法忍作，[甲]2196 如如義，[甲]2266 故在中，[甲]2266 如是心，[甲]2339 起護法，[甲]2395 忍初地，[明]220 正等菩，[明]1551 一，[明]1592 滅已此，[明]1648 天我皆，[三][宮]1523 勝事依，[三][宮]1592 度脫一，[三][宮]506 天上亦，[三][宮]606 梵天續，[三][宮]1488 故若有，[三][宮]2122 子皆數，[三]1011 微密無，[聖]440 首自在，[聖]1451 涅槃如，[乙]1822 覆藏即，[原]1818 忍第二。

盛：[三][宮]、一[聖][另]1543 者是，[三][宮][聖][另]1543 滿故曰，[三][宮]1425 饌，[三][宮]1543 彼慢耶。

勝：[甲]2174 乘瑜伽。

聖：[原][甲]1851 人成就。

施：[三][宮]723 或復求。

師：[三]2122 面掩地。

十：[宮]2060 上逢人，[甲]2035 遂同聲，[甲]2035 統以沙，[甲]1733 應，[甲]2183 十門各，[原]2339 善有三。

士：[宮]310 天皆慘，[甲]1806 言此餘，[甲]1909 形色佛，[三][宮][聖]1606 用果五，[三][宮]635 神足，[三][宮]2122 何忍欲，[三]2122，[三]2145 經，[聖][知]1581，[宋][元]2087 俗曰

初，[乙]1239 壇者，[中]440 佛。

世：[三][宮]2027 尊無有，[三]2109 治民假，[元][明]225 善業乘。

是：[宮]1425 銀門十，[明]1808 應言此，[明]1428 非親里，[明]1428 若比丘，[三][宮]1648 成通達，[三][宮][聖][另]1543 四，[三][宮][聖]1428 若比丘，[三][宮]1425 事具白，[三][宮]1425 說僧已，[三][宮]1499 他勝處，[三]1058 長緣此，[聖]1425 說外婬，[聖]1428 乃至有，[聖]1428 若比丘，[聖]1435 事其夫，[石]1509 蘇陀蘇，[宋][元][宮][聖]1421 說從今，[宋][元][宮]1428 彼不等，[元][明]1428 句是有。

手：[三][宮]443。

首：[三]192 唯見馬。

水：[三]201，[宋][宮]2122 施百須。

巳：[原]1212 下諸使。

松：[明]2076 柏。

所：[聖]200 隨佛行。

天：[聖]225 方過六，[元][明]416。

條：[原]2248 部毘尼。

頭：[三][宮]1464 若有沙。

土：[宮]664 虛空之，[宮]732 至第六，[宮]1559 起聖道，[宮]2042 棘刺上，[宮]2059 也昔草，[宮]2104 起來經，[宮]2122 取之，[甲]1830，[甲]2266 自在所，[甲][乙]1816 淨天眼，[甲][乙]2194 眼有，[甲]1721 來次，[甲]1733 漸漸向，[甲]1733 無礙自，

[甲]1736，[甲]1736 兩不可，[甲]1781
不，[甲]1782 至珠髻，[甲]1805，[甲]
1816 正證得，[甲]1969 爲淨指，[甲]
2035，[甲]2035 二十億，[甲]2068 至
晚乃，[甲]2128 批計反，[甲]2128 臺
名，[甲]2128 中之形，[甲]2129 其呂
反，[甲]2219 故答佛，[甲]2261 告，
[甲]2266，[甲]2266 四禪根，[甲]2339
器故是，[明]220 妙，[明]1646 慢自
謂，[明]2016 也衆生，[明]99 或臥水，
[明]99 婆，[明]99 座比丘，[明]154 行
見大，[明]193 如吾等，[明]194 所臥
之，[明]316 中作耕，[明]346 善力
爲，[明]657 心，[明]1522 深信清，
[明]1551，[明]1562 界天受，[明]1563
諸天欲，[明]1809，[明]2063 必有異，
[明]2110 治民道，[明]2112，[三][流]
360 皆以金，[三][宮]664 自生，[三]
[宮]2122 臺也，[三][宮][聖][石]1509
茶反，[三][宮][聖]1428 若掃經，[三]
[宮]379，[三][宮]425 號最上，[三][宮]
623 名曰沙，[三][宮]2060 其相，[三]
[宮]2087 地平坦，[三][宮]2102 而，
[三][宮]2122 遍一切，[三][宮]2122 寄
反那，[三][宮]2122 抗禪師，[三]5 彌
勒佛，[三]51 以漬之，[三]156 人民
男，[三]186 興立宮，[三]1257 及十
字，[三]1440 和泥隨，[三]2122，[聖]、
士[宮]425 以道，[聖]210 體首，[聖]
1452 座前芯，[聖]1552，[宋][明]1129
曩必哩，[宋][元][宮]1546 地無漏，
[宋][元][宮]2058 翹足倒，[宋]1428 作
如是，[乙]2194 持戒戒，[乙][丙]2394

隨所欲，[元][明]2016 依報巍，[元]
[明]1602 地故名，[元][明]2103 苑囿
一，[元]220 正等菩，[元]721 彼山已，
[元]1579 大師於，[原]、頭[乙]1238
賊見此，[原]1849 便無邊，[原]2196
聞懺悔。

退：[原][甲]1851 所以不。

王：[宮]、工[聖]1451 人從下，
[甲]1813 之網喻，[甲]2067 問生時，
[明]165 三十三，[明]2103 之侶分，
[明]2149 等三錄，[三]2045 教令至，
[聖]663 不可思，[原]2196 起塔供。

爲：[聖]99 道。

位：[乙]2263 鏡。

味：[宋][宮]345 味之味。

文：[甲]2266 義爲體。

我：[三]2122 不下也。

無：[甲]864 行金剛。

五：[甲][丙]2397 智所，[甲][乙]
1821 地以緣，[甲]1782 頌，[甲]2299
云小乘，[三]220 力七等，[乙]1822
地以緣，[乙]2408 部部，[乙]2408 供，
[原]1776 地無生。

下：[丙]1246 更呪楊，[宮]322
世間分，[宮]721 復與塼，[宮]721 作
業如，[宮]794 空處露，[宮]848 心頂
與，[宮]901 以腕背，[宮]2121 有瓔
珞，[甲]2195 文中出，[甲]2290 位也
至，[甲][乙][丙][丁]1141 號曰一，
[甲][乙]1705 一，[甲][乙]1816 忍起
位，[甲][乙]1822 即，[甲][乙]1822 明
住果，[甲][乙]1822 三品結，[甲][乙]
1822 眼依下，[甲][乙]1822 諸門若，

[甲]859，[甲]1735 入第六，[甲]2039 下古眞，[甲]2068 船人亦，[甲]2128 古人以，[甲]2129 作字，[甲]2183 大乘顯，[甲]2230 二去來，[甲]2250 第二卷，[甲]2261 界第八，[甲]2266 起語時，[明]1451 安多孔，[明]2076 畫一圓，[明]2122 生閻浮，[明]2123 頭歸下，[三][宮][另]1435 井上池，[三][宮]721 而坐行，[三][宮]729，[三][宮]896 人間過，[三][宮]1425 膝已，[三][宮]1545 故有説，[三][宮]1546 其輪便，[三][宮]1558 中因即，[三][宮]1808 座應唱，[三][宮]2122 達奢書，[三][宮]2123 至他化，[三][甲][丙]1132 同前唯，[三][乙]1092 半加跌，[三]190 以手執，[三]721 次相續，[三]2153 生經，[聖]1470 五者若，[石]1509 次至色，[宋][元][宮]、不[明]1543 相應諸，[宋][元]1545 愛未盡，[宋][元]1560 地無漏，[宋]125，[宋]294 有，[宋]2103 造三千，[乙]2227 成就之，[乙]2393 是名大，[元][明]156 石，[元][明]1370 血搵白，[元][明]1520 功德如，[元][明]1551 上彼如，[元][明]1582 得中忍，[原]1853 八部四，[原][甲]1796 二乘在，[原]1776 人天益，[原]2247 卷不説，[原]2284 總說此，[知]1441 座説非。

先：[甲]1065 無，[三]2121 世貧無。

相：[三][甲]1003 義亦名。

向：[甲]1736 來初釋，[三]99 觀我諸，[聖][石]1509 所説阿，[元][明]

1425 和上中。

項：[聖]613 黑象踏。

心：[三][宮][聖]266。

顙：[元][明]658 放光名。

行：[聖]823。

興：[三][宮]721 雨刀箭。

雪：[明]2076 峯曬飯。

一：[宮]1421 和尚應，[宮]1421 坐，[宮]1456 行法非，[宮]1558 用，[宮]1810 白四法，[甲][乙][丙]1184 手執蓮，[甲][乙]2207，[甲]1736 即有是，[甲]1846，[甲]1911，[甲]2036，[甲]2271 云問後，[明]2131 六，[三][宮]2122 天曰汝，[聖]1563，[宋]721，[宋]1545 上品纆，[元]、立[明]1617 名言第，[元][明]722 若復一，[原]1936。

疑：[甲]2266 相應。

已：[甲][乙]901 下例然，[甲][乙]2263 置設字，[乙]2261 有我法。

亦：[甲]2276 二字所，[甲]2276 無非宗，[甲][乙]、亦上[丙]1202，[甲]1733 與餘，[甲]1816 疑疑云，[甲]1828 第一是，[甲]2266 通感總，[甲]2270 無既不，[甲]2339 我滅度，[甲]2395 云成道，[三][宮]1433 告清淨，[另]1721 界之愛，[原]2306 依餘文，[原][甲]1851 入見，[原]1840 比量相，[原]1851 能具觀。

義：[乙]1797 中安觀。

引：[甲]2135 波，[三][宮]848，[三][宮]848 蘖多，[三][甲]972 納婆，[三][甲]989 呬具引。

有：[明]1428 漏纆縛，[三][宮]

397 邊。

右：[三][宮]338 旋，[三]2149 八論並，[三]2154 八經十。

餘：[元][明]657 道記餘。

歟：[原]2411 是八。

與：[宮]1425 座問言，[三]201 佛世間，[三]211 波利海。

玉：[甲]1065 天衣又。

元：[甲]2277 已釋。

云：[甲]2263 義也，[乙]1796 來經中，[乙]2261 當知蘊。

掌：[聖]354 遊戲坐。

者：[明]1，[三][宮]814。

正：[宮]534 三界衆，[甲]1700 正等正，[甲]1828 答問景，[三][宮]266 覺無，[三][宮]1439 以空靜，[三][宮]2060 所奏時，[聖]1763 得説斷，[乙]2263 出，[元][明]2103 絚飛梁。

諍：[甲][乙][丙]2249 智中皆。

之：[甲]893 次復香，[甲]1775 也，[甲]2281 能有歟，[明]190，[三][宮]263 爲諸衆，[三][宮]632 雪譬如，[三]2110 道神明，[元]1566 福田彼，[元]2103 長沙摽，[原]2339 處執爲。

止：[宮]2121 山上作，[宮][甲]1805 長養恩，[宮][甲]1805 爲白告，[宮][甲]1911 捨攀緣，[宮][甲]1912 也權多，[宮]225 正想見，[宮]309 菩薩，[宮]1421 如是至，[宮]1462 意欲向，[宮]1505 後當説，[宮]1545 五地入，[宮]1551 妙，[宮]1562 三性於，[宮]1604 法於，[宮]1646 力少時，[宮]2034，[宮]2103 教若以，[宮]2121 梵

志，[宮]2122，[宮]2122 舊像今，[宮]2122 施主儉，[宮]2122 之福恨，[甲]1805 作簡，[甲]1911 作四釋，[甲]2266 別義説，[甲]2266 現名了，[甲][乙][丙]2092 大伽藍，[甲][乙]2391 觀羽各，[甲]1735 隨緣是，[甲]1763，[甲]1805 持今，[甲]1805 蘭故下，[甲]1805 列六戒，[甲]1805 一處衣，[甲]1828，[甲]1828 差病味，[甲]1828 根，[甲]1828 如界者，[甲]1828 小論復，[甲]1969 在，[甲]2053，[甲]2068 京觀矚，[甲]2075 悟遣使，[甲]2087 自身命，[甲]2196 用堅且，[甲]2227 成中下，[明]154 炊作，[明]824 於此經，[明]768 爲非一，[明]1450 若以足，[明]1669 各增一，[明]2108 出家未，[三]、正[宮]618 下風際，[三][宮][聖][知]1579 雖取可，[三][宮][聖]1579 憍遍於，[三][宮]310 精進行，[三][宮]455 宮闈至，[三][宮]1470 若鉢若，[三][宮]1470 雖知沙，[三][宮]1472 三者當，[三][宮]1505 彼俱中，[三][宮]1509 衆生異，[三][宮]1546 慢緣無，[三][宮]1559 諸定更，[三][宮]1562 廣思擇，[三][宮]1562 善根，[三][宮]1592 戒者二，[三][宮]1644 麁業造，[三][宮]1647 心，[三][宮]2059 留天心，[三][宮]2103 善既，[三][宮]2122，[三][聖]1579 故於先，[三][聖]26，[三]123 勿以懈，[三]150 不持戒，[三]212 山時有，[三]1012 迹不動，[三]1610 心煩惱，[三]2059 眠以箱，[三]2060 匠背後，[三]2060 廬岳造，

[三]2060 紫庭坐，[三]2063 從大僧，[聖]1435 取泥洹，[宋][宮]263 宮，[宋][宮]271 勝進已，[宋][宮]1604 慢者由，[宋][元][宮]1470 佛塔上，[宋][元][宮]2102 務，[宋]211 龍中之，[宋]419，[宋]2034 放光十，[乙]1171 觀旋轉，[乙]2157 塔，[乙]2194 有池表，[乙]2408 印謂，[乙]2408 之云云，[元][明]2016 住於此，[元]26 至其，[元]1435，[元]1808 應白説，[元]2122 有，[原]1818 上煩惱，[原]1818 説因成。

只：[甲]2300 容其一。

址：[明]2076 堅牢以。

至：[宮]553 祇域祇，[三]、止[宮]292 正覺是。

志：[甲]2250 女淨。

中：[宮]620 刹那刹，[甲][乙]1250 節押頭，[甲][乙]1822 入吠瑠，[甲]2227，[甲]2287 隨機異，[三][宮]1435 洗治受，[三][宮][西]665，[三][宮]384 有菩薩，[三][宮]721，[三][宮]1425 者波羅，[三]125 降伏難，[三]189 取四方，[三]2122，[三]2149 權，[宋][宮]2123 書題記，[宋][明][甲][乙]921 師子座，[乙]1000，[乙]1141 節文其，[乙]1909 取糞噉，[元][明]2122 申手取，[原]905 方毘。

衆：[三][宮]451 妙資具。

主：[甲]1733 菩薩名，[甲]2036 天下地，[三][宮]2059 姚興待。

撰：[明]2034，[三][宮]2034，[三]2034。

子：[三][宮]2122 座及比，[宋][宮]2123 持與園，[原]2262。

自：[三][宮][聖]1562 一。

座：[三][宮][另]1428 時諸比。

尙

甞：[宋][元][宮]、當[明]337 不爲。

當：[乙]2263 有實體。

猶：[甲]2263 名，[甲]2263 隨轉云，[乙]2263 有返，[乙]2263，[乙]2263 背法界，[乙]2263 是聲，[乙]2263 妄法。

尚

不：[宮][明]1579 能越渡。

常：[宮]613 以，[宮]631 未得出，[宮]1464，[宮]1464 不能致，[甲]2249 無前，[甲]2299 住乎，[三][宮][聖]1425 令衆鳥，[三][宮][石]1509，[三][宮]263 不能見，[三][宮]461 新時來，[三][宮]810，[三][宮]810 不著佛，[三][宮]820 虛況人，[三][宮]1425 不厭，[三][宮]1425 有間，[三][宮]1464 不殺，[三][宮]1509 所應得，[三][宮]1509 應自棄，[三][宮]1646 隨福人，[三][宮]1660 於晝夜，[三][聖]125 不忘何，[三]152，[三]153 應報恩，[三]418 當自割，[三]656 不停，[三]1564 應依於，[三]1582 不惜，[聖]125 不聞此，[聖]125 苦難何，[聖]225 未能報，[聖]953，[石]1509 不忘何，

[宋][宮]1509 爲其使，[宋][元][宮]221 不可見，[宋][元][宮]322 未爲，[元][明]310 不能。

嘗：[三]5 得一病。

此：[乙]1736 同淨。

當：[丁]1146 猶虛空，[宮][石]1509 不聞其，[甲]1922 不得心，[甲][乙]1821 能入無，[甲][乙]1822 不成就，[甲][乙]1822 不恒燒，[甲][乙]1822 不了慢，[甲][乙]1822 不能成，[甲][乙]1822 有可轉，[甲]1723 密説故，[甲]1782 問況於，[甲]1816 更受身，[甲]1816 爲多聞，[甲]1841 破之改，[甲]2068 薰香若，[甲]2082 管記之，[三]、常[宮]613 不應向，[三][宮][另]1442 希出離，[三][宮]397 生信敬，[三][宮]1509 無咎何，[三][宮]1521 能恭敬，[三][宮]1597 命終時，[三]311 説其惡，[三]418 使得佛，[三]945 爲地行，[三]2060 瞻敬以，[聖]953 能來敬，[乙]1723 非眞滅，[乙]2249 不，[乙]2296，[元]1579 好等施。

獨：[甲]1512 尚應捨。

而：[甲][乙]1822 不成就，[甲]2253 不應犯，[三]2059，[元]220 不信行，[原]1863 生衆。

高：[甲]2067 官雍州，[宋]2110 仁貴義。

光：[甲]1778 統師問。

過：[甲]2128 常立其。

漢：[明]2112 書云帝。

經：[三]204 沙。

兩：[三][宮]2103 幼年盈。

面：[宮]2122。

南：[宮]2078 依佛教。

能：[三][宮][聖]639 得阿耨。

前：[乙]2263 有可尋。

上：[宮]657 阿闍梨，[宮]1421，[宮]1912 舍利弗，[宮]2025 進具於，[宮]2042 不，[宮]2104 方馬劍，[宮]2112 頻，[宮]2122 先一受，[甲]2035 入見錫，[甲]1717 不及法，[甲]1736 有三餘，[甲]1775 羅睺，[甲]1828 菩薩經，[甲]1929 開無量，[甲]1929 未曾定，[甲]2081 蘊，[甲]2167 在，[甲]2227 引阿闍，[甲]2286 之懸，[甲]下同 2089 年十四，[明]152 業矣吾，[明]1116 座等并，[明]1636 座且住，[明]2076 從來不，[明]2131 禮我我，[三][宮]1521 阿闍梨，[三][宮]2042 心減少，[三][宮]2060 方獄中，[三][宮]2066，[三][宮]2103 王歌鳳，[三][宮]2122 既聞此，[三][宮]2122 名字三，[三][宮]2122 舍利弗，[三][宮]2122 師，[三][宮]2122 時彼和，[三]152 禪定者，[三]190 能證知，[三]2063 云尼戒，[三]2110 莫敢抗，[三]2145 之，[聖]278 當願衆，[聖]99 所受衣，[聖]200 能獲，[聖]278 是，[聖]279 何以故，[聖]1425，[聖]1428 阿闍，[聖]1434 尼某甲，[聖]2157 漢沙門，[聖]2157 於，[宋][宮][聖]1421，[宋][宮][聖]1435 阿闍梨，[宋][宮]1421 阿闍梨，[宋][宮]1521 阿闍梨，[宋][宮]1581 阿闍梨，[宋][宮]2122 阿闍，[宋][宮]2122 阿闍梨，[宋][宮]2122 久得

道，[宋][元][宮]2122 阿闍梨，[宋][元][宮]2122 是我大，[宋][元][宮]2123 奉受經，[宋][元][宮][聖][另]1463 若有比，[宋][元][宮][聖]1428 同阿，[宋][元][宮][聖]1428 突吉羅，[宋][元][宮][聖]1463 阿，[宋][元][宮][聖]1463 阿闍，[宋][元][宮][聖]1463 住，[宋][元][宮]1428，[宋][元][宮]1428 某甲如，[宋][元][宮]1483 不稱爲，[宋][元][宮]1483 不答不，[宋][元][宮]1509 阿闍梨，[宋][元][宮]2103 重請經，[宋][元][宮]2122，[宋][元][宮]2122 阿闍梨，[宋][元][宮]2122 且初不，[宋][元][宮]2122 明出當，[宋][元][宮]2122 雖隔在，[宋][元][宮]2122 爲說甚，[宋][元][宮]2122 言聞我，[宋][元][宮]2122 之恩其，[宋][元][宮]2123，[宋][元]99 者如和，[宋][元]99 諸師長，[宋][元]1470 阿闍，[宋]1185 不知其，[元]2016 未得觀，[元][明]2122 禮如來，[原]1774 經，[原]1966 言若有。

生：[甲]2195 懷憂，[甲][乙]1822 厭豈欣。

是：[甲][乙]1816 以廣說。

適：[甲]2196 故曰常，[原]、當[原]2196 其時不。

書：[三]2145 爲質朴。

堂：[宮]2025 頭和尚。

儻：[元][明]、償[甲]2044 有識者。

向：[丁]2244 反河者，[宮]1421 不知食，[宮]2121 十，[甲]1863 趣起謗，[甲]2035 扇於三，[明]26 不說

汝，[明]2045，[三][宮]1577 涅槃所，[三][宮]2103 焜煌兮，[三][宮]2121 八，[三]152 清淨怕，[三]198 守口急，[宋][元][宮]269 不解要，[宋]1509 作功德，[乙]1821 如緣滅，[乙]2263 起貪，[元][明]1033 得成，[元][明]1421 用供養，[元]202 如是波，[元]1435。

由：[明]1636 未了知。

猶：[甲][乙]2263，[甲][乙]2263 不出四，[甲][乙]2263 可料簡，[甲][乙]2263 可問答，[甲][乙]2263 可相續，[甲][乙]2263 難唯種，[甲][乙]2263 起尋，[甲][乙]2263 如目連，[甲][乙]2263 如未自，[甲][乙]2263 生勝現，[甲][乙]2263 是有分，[甲][乙]2263 以爾，[甲][乙]2263 有色根，[甲][乙]2263 有相，[甲]2263，[三][宮]1425 可迴轉，[乙]2263 留聲聞，[乙]2263 如釋摩，[乙]2263 以，[乙]2263 異佛。

與：[原][甲]1781 身合故。

造：[元][明]1579 起故思。

掌：[聖]2042 歡喜況。

止：[甲]1717 耶言涅。

諸：[原]2270 論謂諸。

自：[三][宮]1435 噉我何。

座：[三]40 復不足。

裳

被：[明]125 飲食床。

常：[宮]721 破碎常，[明]2110 衣，[三][宮]607 衣幹是，[三][宮]1521

水中臥，[三][宮]2121 不充食。

　服：[三][宮]1646 覆蔽如。

　裘：[三][宮]2121。

　掌：[乙]2296 珍之洪。

捎

　稍：[三]1335 羽盧那。

梢

　捎：[宮]263 拂，[甲]1804 兩足四。

　稍：[甲]1973 始露一，[甲]1973 人達者，[明][甲]893 令寬縱，[三][甲]1039 小於觀。

　萷：[甲][乙]1069 散布諸，[乙]1069 壓根。

稍

　補：[甲]2396 轉爲世。

　稱：[甲]2259 殊謂入，[甲]2281 有所闕，[三][宮]2122 説姓，[聖]99 難隨順。

　恒：[三][宮]2122 長僧常。

　積：[宮]585，[甲]1920 久，[宋][宮]2060 內以布，[乙]2309 四肘爲。

　精：[三][聖]210 進洗除。

　梢：[甲]2001 鱗，[甲]2129 急日行，[三][宮]2122 長六寸，[聖]1723 捷利故。

　數：[宮]901 相近齊。

　消：[宮]1543 除自，[甲]2262 難知文，[甲][乙]2250 釋論文，[明]606 長我者，[三][宮]263 著油蘇，[乙]1816 異義。

　修：[聖]2157 廣。

　猶：[甲]2120 如霖霆。

燒

　地：[元][明]721 獄燒。

　澆：[宮]397 諸煩惱。

　境：[元][明]721 不知厭。

　惱：[三][宮]721 衆生過。

　嶢：[三][宮]411 惱常不。

　燥：[三][宮]721 卑波羅。

蛸

　峭：[明]1988 草鞋師。

燒

　剝：[三][宮]2122 爛其。

　熾：[三][宮]2042 然一切，[三][聖]125 火復，[三]99 然甚可。

　燈：[甲]952 火，[甲]2230 香飲食，[甲]2387 等了即，[甲]2397 者是如，[乙]2391 賢瓶。

　煩：[明]721 諸煩惱，[三][聖]26 熱。

　燔：[三]2154 之。

　焚：[宮]374 腹裂子，[甲][乙]867，[明][乙]1110 香啓白，[三][宮][博]262 水，[三][宮]585 未之有，[三][宮]2034 身日數，[三][宮]2059，[宋][元][宮]2121 六。

　壞：[三][宮]268 我膚色。

　火：[三][宮]1425 外道荒，[三]202 者無。

　滅：[原]、盛[乙]912 炭充。

見：[原]2270 見。

燋：[三][宮]1546 者以，[三][聖]100。

淨：[三][宮]2060 髮弊服。

境：[三][宮]1562 等皆依。

坑：[宮]2122 地今黃。

鍊：[三]、進[甲]1227 酥滿一。

流：[明]1458 或時失。

爐：[甲]2067 足躡柴。

滅：[元][明][宮]374 煩惱如。

撓：[乙]2878 佛形像。

啓：[乙]2878 香發願。

然：[宮]1435 物著火，[三]、燃[甲][乙]1069 佉陀羅，[三]1564 則，[三][宮]1428 聽安銅，[三][宮]2121 如燒竹，[三]1330 二十五。

燃：[甲]2195 身內財，[甲]2195 身之文，[三][宮]606 罪人如。

燒：[宮]1647 熱爲事，[甲]1828 惱寂滅，[甲]2401 也復次，[三][宮][聖]625 無有主，[三][宮]1474 色欲如，[三][宮]1579 惱設欲，[三]100 害，[三]908 物真言。

饒：[原]920 一切皆。

遶：[三]291 水有風，[元][明]198。

繞：[宮]901 香前誦，[宮]901 之三日，[甲][乙]2309 妙高山，[明][宮]1558 其因，[三][宮]1545 其身彼，[三][宮]1547 身燋熱，[三][宮]2040 迦毘，[三]125 迦。

熱：[明]2123 鐵丸若。

如：[三]、加[聖]211 於未然。

懦：[甲]2290 物二德。

烆：[三]26 或。

燒：[聖]953 沈水。

屍：[三][宮]2122 薪滅形。

塗：[乙]2227 香真言。

相：[三][聖]375。

以：[甲]950 屈屢草。

勺

杓：[三]、釣[宮]、句[另]1428 形若三。

多：[甲]1821 迦外，[三][宮]1558 迦等異。

苕

超：[元]、岧[明]2060 然。

苕：[宮]2060 然望表。

韶

部：[乙]2173 州曹溪。

歆：[三]2110 嘉慶。

英：[三][宮][甲]2053 而合韻。

韻：[三][宮]2103。

詔：[甲]2036 公俾繼，[宋][宮]2060 傳五。

少

半：[聖]1428 覆或半。

必：[甲]1721 順教。

別：[甲]2214 耶答兼。

不：[乙]1822 設劬勞。

長：[三][宮]2122 時作罪。

抄：[元][明]721。

大：[原]2307 分一切。

多：[宮]1562 分以，[甲][乙]1822 異大意，[甲][乙]2249 十三極，[甲]1912 爲説六，[明]1547 多觸沙，[三][宮]1562 相似有，[三]268，[三]2045，[聖][知]1581 思，[聖]211 得，[元][明]1545 福故往。

爾：[甲]2263 亦無量，[乙]2254 也雖然。

二：[三][宮]1559 處三持。

許：[聖][另]1458 言亦不。

劣：[宮]721 福業故，[甲][乙]1821 分得勝，[甲]1733 改名華，[甲]2263，[明]1530 分衆生，[三][宮]1543 力俱攝，[三][宮]1545 分六全，[三][宮]1579 德覆實，[三][宮]2028 顏貌枯，[三]1579 分成就。

律：[宮]1808 欲少事。

妙：[甲]1758 善，[甲]1010 年女形，[明][甲][乙]1174 甘露，[三][宮]618 樂故心，[聖]1509 因縁故，[乙]1822 故不能。

年：[三][宮]2042 在盛壯。

其：[明]1562 中假立。

耆：[宮][石]1509 年相但。

人：[三][宮]2122 有分非。

如：[甲]1925 初背捨。

弱：[三]2110 者乃是。

僧：[明]311 不放逸。

沙：[甲][乙]1709 水亦得，[甲]1873 土等其，[三][甲]901 可三跢，[元][明]624 獵鉾。

上：[三]1563 分煩惱，[宋][元][宮]310 年如是。

少：[乙]1821 四六識。

生：[甲][乙]2250 如五識，[甲]1813 身又人。

省：[三]211，[三]1332 其睡。

十：[甲]2266 想等。

水：[三][宮][甲]901 水和少。

所：[三][宮]1509 説所益。

臺：[明]2103。

太：[明]2108 常伯議，[三][宮]2108 常伯護。

土：[三][宮]2122。

微：[乙]2207。

無：[聖]211 比至。

勿：[明]2076 知音問。

夕：[三]2063 日而卒。

細：[宮]、納[甲]2087 既難取，[三]、必[宮]410 過必起。

下：[原]2303 根難方。

勘：[三][宮]、抄[聖]425 究竟令。

小：[宮]1428 食處夜，[宮]1442 事汝不，[甲]1072 相去即，[甲]1821 煩惱者，[甲]1973，[甲]2087 敬佛法，[甲]2186 結，[甲][丁][戊]下同 2187 乘之法，[甲][丁]2187 乘人修，[甲][乙]2263 行故迴，[甲][乙][丙][丁][戊]2187 乘法而，[甲][乙][丙][丁][戊]2187 劫以下，[甲][乙][丙][丁][戊]下同 2187 乘機，[甲][乙]1796 相懸者，[甲][乙]1796 者，[甲][乙]1821，[甲][乙]1821 大染，[甲][乙]1821 不定故，[甲][乙]1821 法力能，[甲][乙]1821 分鼻，[甲][乙]1821 惑中害，[甲][乙]1821 四相各，[甲][乙]1822

等量處，[甲][乙]1822 分俱生，[甲][乙]1822 分有能，[甲][乙]1822 光以上，[甲][乙]1822 果至諾，[甲][乙]1822 水但無，[甲][乙]1822 相已自，[甲][乙]1929 便終不，[甲][乙]2185 者不求，[甲][乙]2194 天祠數，[甲][乙]2254 分別如，[甲][乙]2259 分一切，[甲][乙]2296 過去，[甲][乙]2394 緩急，[甲]850 差別，[甲]1709 法生，[甲]1709 況多，[甲]1717 世界爲，[甲]1718 時父知，[甲]1722 求二乘，[甲]1722 因緣而，[甲]1733 乘別部，[甲]1733 密身餘，[甲]1733 去我安，[甲]1733 謂得果，[甲]1733 者乃爲，[甲]1733 自在二，[甲]1735 不次而，[甲]1805 者次科，[甲]1816 力攝，[甲]1821 或大差，[甲]1828 或露或，[甲]1828 隨少，[甲]1831 亦無，[甲]1913，[甲]1921 別請一，[甲]1961 又作十，[甲]1965 有不同，[甲]2087，[甲]2087 並學大，[甲]2087 加軍力，[甲]2087 女曰此，[甲]2087 息女淑，[甲]2186 乘故患，[甲]2196 異第五，[甲]2196 欲第一，[甲]2211 成就之，[甲]2218 河有之，[甲]2253 敎之，[甲]2254 三生也，[甲]2262 非色分，[甲]2266 分，[甲]2270 世間相，[甲]2289 僧，[甲]2397，[甲]2400，[甲]2400 指散解，[明][和]261，[明]732，[明]1450 年無有，[明]1450 以，[明]2122 疑欲有，[明]2149 異，[三][宮][聖]278 金剛，[三][宮][聖]1425 者便言，[三][宮][聖]1464 男兒在，[三]

[宮]270 失故父，[三][宮]270 眞心清，[三][宮]345 冷阿難，[三][宮]627 氣力未，[三][宮]653 智依我，[三][宮]1425，[三][宮]1425 不應與，[三][宮]1435 看病比，[三][宮]1435 自，[三][宮]1595 乘則無，[三][宮]2034 乖謬，[三][宮]2122 沙石如，[三][宮]2123 飯何所，[三][醍]26 不及天，[三]1 醒悟默，[三]26 不及，[三]192，[三]202 汝，[三]375 廣天，[三]2045 聲勇健，[三]2110 聰，[三]2153 異，[聖][甲]1733 受中受，[聖]125，[聖]284 心，[聖]416 功德，[聖]1440 後更索，[聖]1509 而果報，[聖]1509 供養般，[聖]1509 少憐愍，[聖]1509 因，[聖]1509 云何不，[聖]1721 罪，[聖]1723 故德薄，[聖]1733 作能成，[另]1721 高於地，[宋][元][宮]1425 因緣得，[宋][元][宮]2122 失，[乙]1822 日後轉，[乙]966 病患，[乙]1220 作，[乙]1239 曲，[乙]1305 官位榮，[乙]1709 別者梵，[乙]1724 故聞説，[乙]1821 非自在，[乙]1821 分者答，[乙]1821 惑中諂，[乙]1821 四相合，[乙]1821 至長家，[乙]1822 大，[乙]1822 心者，[乙]1832 餘既重，[乙]1866，[乙]1978 迴施一，[乙]2261，[乙]2261 如理應，[乙]2261 有失等，[乙]2309 乘立一，[乙]2394 許名金，[乙]2408 也，[元][明]310 大相以，[元][明]1509，[元][明]1579 見少安，[原]1744，[原]1776 而入須，[原]1819 反在宅，[原]2196 不堅宜，[原]2431 伽

藍矣，[原]2431 國沙門，[知]1734 者
謂此，[知]1785 時聞經。

行：[甲]1828 時瑞相。

一：[甲]1829 分如前，[宋][明]
[宮]、－[元]222 是故名。

亦：[甲]2087 長無。

因：[三][宮]657 緣而謗。

有：[宮]310 有行無，[明]1450
食者，[三]、少觀少觀[宮]675 觀三
昧。

餘：[甲]1792 一隅太。

之：[甲]2067 日覺四。

智：[三]1646 慧觀忍。

中：[宮][聖]1548 間住，[宋]1562
故我於。

坐：[宮]397 是故不。

邵

劭：[宋][元]2103 慶舍利。

邵

劭：[明]2131 云圭自，[三][宮]
2053 張弘發，[三][宮]2059 借健人，
[三][宮]2060 任趙郡，[三]2103，[元]
[明]2041 解云花。

召：[明]2110，[三][宮]2103 南寡
訟，[元][明][宮]2102 協政思。

劭

肋：[甲]2128 云草實。

邵：[宮]2034 立至四，[三][宮]
2103 云即天。

紹：[三][宮]2103 舍衞之。

哨

嶕：[明]2103 類莫不。

紹

蹉：[明][乙]、縒[甲]1225 蘗。

殆：[宋][明]、訟[元]361 各懷貪。

結：[聖]1721 繼二果，[聖]1721
繼果八。

經：[宮]2059 六。

絶：[元][明]618 世表才。

洛：[甲]2395 法師云。

緒：[三][宮]263 一姓若。

招：[元][明]155 來世之。

照：[明]2076 禪師。

衆：[三]2145 以安爲。

奢

奔：[甲]2231 娑訶凡。

車：[另]1428 語不答。

闍：[三]1332 涅遮知，[石][高]
1668 只多提。

憍：[三]1435 施耶衣。

奢：[宮]545，[三]1336 摩都呼，
[三][宮]443 致多耶，[三]1341 犂奢，
[元][明]1332 支。

舍：[福]370 離三十，[甲][乙]867
及以三，[甲]2230 那總此，[明]2122
二三乃，[三][宮]1425，[三][宮]2122
無有差，[三][宮]下同 370 羅波羅，
[三][聖]125 摩童，[三]201 摩他毘，
[三]1332 波帝三，[聖]26 蜜哆羅，
[聖]375 摩他，[聖]1425 耶衣毾，[另]
1428 羅與弟。

捨：[甲][乙]867，[三][宮]1523 摩，[三][甲][乙]1125，[聖]125 蜜跪白。

舍：[三][宮][聖]675 那奢摩，[三][宮]397 摩他欲，[三][宮]下同397，[三]268 那，[三]397，[聖][另]675 摩他是，[聖]663 摩訶婆，[聖]675 摩他捨，[宋]268 摩他非。

施：[宮]1436 耶作敷，[三][宮]1435 耶衣劫，[三]1435 耶衣翅。

謂：[甲][乙]1821 摩他相。

者：[甲][乙]2396 字形或，[甲]2392 奢，[乙]2394 光色如。

著：[元][明]1332 呼。

賒

除：[甲]2128 帛也。

奢：[宮]1912 今但以，[甲]1913 斷伏不，[三][宮][聖]1579 故於己，[三][宮][聖]2060 捉愜。

舍：[聖]1421 結，[元][明]1421 不能皆。

釋：[三]1333 牟尼耶。

縣：[乙]2393 反爲汝。

舌

虵：[三][宮]2123 乾燥以。

多：[原]2339 識或一。

告：[甲][乙][宮]1799 語。

古：[宮][甲]1805 塞今通，[明]721 舐，[明]1023 哆曩囀。

吉：[宮]2121 童女，[三][宮]440。

口：[宮]310 生無量，[宮][聖]222，[宮][聖]222 身意不，[宮][聖]222 味識身，[宮]221 身意不，[宮]221 身意色，[宮]221 身意與，[宮]276 赤好若，[宮]607 根一種，[宮]1508 身意亦，[甲][乙]2254 惡舌也，[明]266 之所致，[三][宮]222 身意但，[三][宮][聖]222 身，[三][宮][聖]222 身意想，[三][宮][聖]222 身意亦，[三][宮][聖]222 味識身，[三][宮]221 身意亦，[三][宮]222 身意者，[三][宮]309 身心之，[三][宮]309 身意所，[三][宮]561，[三][宮]602 身意亦，[三][宮]626 身意，[三][宮]635 身意無，[三][聖]291 身意自，[三]1 從咽至，[三]125 身意了，[三]125 身意入，[三]360 嘗其味，[聖]125 知味身，[聖]222 身心，[聖]222 身意地，[聖]222 身意空，[聖]222 身意亦，[宋][元][宮][聖]626 身意亦，[宋][元][宮]221 法身法。

苦：[乙][丁]2244 鞭山。

善：[元][明]587 淨無垢。

身：[明]309 入定從，[三]220 界等自，[三]945。

香：[明]220 界清淨，[聖]1547 味身細。

血：[宮]657 四面圍。

言：[宋][元][宮]2123 嘗味。

意：[三]397 根因作。

造：[宮]403 不迷荒。

蛇

闍：[三][宮]382 字。

釟：[元][明]375 作。

虫：[甲]1921 藏竄，[甲]2130 應
云峙。

村：[甲]2039 卜。

地：[丁]2244 蓋或，[宮]1591 吐
其壽，[宮]1452 作禮世，[宮]2059 交
至宗，[宮]2121 師還問，[甲]1731 以
是故，[甲]2299 阿，[明][宮]721 不生
喜，[三][宮]310 勝栴，[三][宮]1457
咽石器，[三][宮]2123 上壽非，[三]186
心意，[三]1505 穴熏穴，[元]774 擾
亂夢。

蝶：[甲]2261 傷身如。

闍：[三][宮]263 維佛身，[三]5，
[三]67 維之如。

妃：[甲]1227 捧。

畾：[甲]1709 腹行之。

虺：[三]192 同其穴。

隨：[明]721 念樹百。

他：[三]1571 執所依，[聖]1435
肉而噉。

茶：[甲]2135 囉重。

陀：[宮]722 虛懷悔。

邪：[三][宮]1467 壽害，[原]2410
曲心也。

耶：[三]374 者是諸。

虬：[三][宮]606 瞋火常，[三]101
自身。

舍

爾：[三]1428 時，[聖]1425 少者。

谷：[明]885。

故：[甲][乙][丙]1866 是常也。

害：[甲]2250 伕優。

含：[宮]626 比摩，[甲][乙][丙]
1866 多德故，[甲][乙]2207 攝多義，
[甲]1784 若大若，[甲]1786 三千故，
[甲]1786 受一切，[甲]1789 此三果，
[甲]2130 城譯曰，[甲]2130 曰無熱，
[甲]2339 牟，[甲]2339 萬象而，[明]
9 獨處堂，[明]384 後園中，[明]538
呼諸人，[明]1435，[明]1546 那四名，
[明]1642 子其子，[明]1674 綺莫迦，
[明]2123 論，[明]2123 論偈云，[三]
[宮]2122 果，[三][宮]1435 向斯陀，
[宋][宮]725 佐頭面，[宋][明]1336 帝
薩婆，[宋][元][宮][聖]、捨[明]1451
識猛火，[宋][元]882 一，[宋]1336
羅，[乙]1876 眞性猶。

合：[明]154 數重長，[明]1464 宅
捐棄，[三][宮]1546 舍中次，[三][宮]
1464 比，[三]361 泥洹之，[三]1459
至三明，[聖]1442，[宋]2121 皆明女，
[元][宋]540 數百餘，[元]81 衞城往。

會：[甲]2255 歸於盡，[甲]2255
中有菩，[甲]2271 命五印，[明]1425，
[聖]224 無目者，[原]2239 經中重。

家：[明][宮]1443 說其過，[三]
[宮]1421 若，[三][宮]1435 此人即，
[三][宮]1435 乞食時，[三][宮]1435
通夜辦，[三][宮]1435 自手，[三][宮]
1443，[三][宮]1458 酤酒店，[三][宮]
2123 捐其妻，[聖]1421 眾坐已。

金：[甲]2219 梵，[甲]2087 釐城
內，[甲]2129 浮或云，[三]195 夷仁
賢，[三]1331 洹陀越，[聖]99 勒導

從，[另]1442 穀麥水，[元][明]24 者諸比，[元]1428 欽婆羅，[知]384 利諸天。

利：[聖][另]1442 利非善。

令：[宮]2122，[明]380，[三]200 中死作。

論：[甲]2250。

名：[元]220 利子是。

念：[三]23 亂風持，[聖]225 無目，[宋][元]1435 坐處坐。

企：[三]、含[甲]1335 囉羅脾。

丘：[三][宮]1425 我欲往。

瞿：[三]2122 夷得佛。

沙：[甲]2130 論曰疾。

善：[甲]1771 利流八。

奢：[甲]2130 羅者屋，[明]24 鳴電，[三][宮]370 多至，[三][宮]1425，[三][宮]1425 耶，[三][聖]190 我於爾，[三][聖]下同 1441 耶作尼，[三]25 葉蜜重，[三]1336。

捨：[宮]586 至涅槃，[甲][乙]1214 野，[甲]2250 此云名，[甲]2266 捨異生，[明]2122 梳洲二，[三][宮][甲][乙]2087 晝夜印，[三][宮]483 羅是爲，[三][宮]760 去怨須，[三][宮]1433 尼皆是，[三][宮]1521 相復，[三][宮]1557 常在前，[三][宮]2121 國北遊，[三][宮]2122 論次造，[三]1435 後六日，[三]1547 是衆生，[聖]211 對曰唯，[聖]350 羅護於，[乙][丙]2092 宅爲歸，[乙]867 舍。

設：[聖][另]1442 利羅。

聲：[乙]867 舍吽。

尸：[丙]866 囉波羅。

施：[宮]425 利八方，[三]1343 修耶。

師：[三][宮]463 利誰當。

室：[明]1549 皆壞敗，[三]1288 中或天，[三][宮]1428 似如鳥，[三]196 七八百，[聖]1428 時有曠。

屋：[明]1450 乞食自，[三][宮]1462 中比丘，[聖]1428 功力。

耶：[三]382 離菴羅。

營：[甲]1782 衞。

餘：[甲]2259 之。

遮：[丙]2397 那佛又，[甲]、[乙]2396 那應是，[甲][丙]2397 那，[甲][丙]2397 那，[甲][丙]2397 那如來，[甲][丙]2397 那於色，[甲][丙]2397 那於闍，[甲][乙][丙]2381 那佛心，[甲][乙][丙]2396 那何，[甲][乙]1866 那十身，[甲][乙]2228 那初成，[甲][乙]2228 那三昧，[甲][乙]2228 那一百，[甲][乙]2390 那付囑，[甲][乙]2397 那，[甲][乙]2426 那經疏，[甲]2191 那本，[甲]2191 那佛是，[甲]2396 那祕密，[甲]2397 那佛十，[甲]2400 那佛法，[甲]2402 那佛受，[甲]2402 那天等，[甲]2428，[三]187 那，[乙][丙]2397 那如來，[乙]872，[乙]2223 那佛心，[乙]2397 那坐千。

者：[甲]2378 亦。

著：[三]、[聖]200 蜜多。

捨

抱：[原]1816 迷。

悲：[聖]231 不起分。

背：[甲]1823 下地貪。

彼：[乙]1816 身苦以。

差：[原]1851 故名相。

稱：[三]25 翳障。

持：[三][宮]1421 與僧僧，[聖]1425，[聖]1428 衣不手。

出：[宮]1431，[甲]2087 家遂師，[宋]、俗[元]2122 家，[乙]1909 離故在。

除：[宮]1425，[甲][乙]2263 何不共，[三][宮]460 無明愚，[三][宮]397，[三][宮]585 諸陰不，[三][宮]1451 三毒具。

擔：[甲]1700 煩惱面。

反：[宮]1435 戒心是。

放：[三]125 則捨。

格：[甲]2266 也文義。

給：[三][宮]1501 施是名。

根：[甲][乙]2263 不攝憂，[明][宮]310 往生彼，[明]310 彼諸菩。

過：[三][宮]1604 邪思惒。

含：[明][丁]1199 吽嚩日。

護：[三]186。

集：[宮]398 無所取。

撿：[三][宮]2108 之宜非。

檢：[甲]1805 行餘三，[三][宮]403 寂三放，[三][宮]1808 過則無，[三]193 威神於，[聖]2157 視寺僧，[宋]2125 身生樂。

捐：[三][宮]743 妻子剃。

離：[明]278 大願於，[三][宮]403 道法，[三][宮]1521 大悲心，[三][宮]

1523 世間諸，[三][聖]99 諸重擔。

恪：[甲]1828 己身於。

慢：[明]310 是初地。

沒：[明]880 字門一。

捺：[甲]901 訶娑鉢，[甲]966 尾。

扭：[甲]2135 又素儞。

捻：[甲][乙]2391 二水甲，[甲]2339，[宋]1056。

念：[甲][乙]1909 地獄苦。

捧：[甲]949 器形。

棄：[三][宮]425 於貪利，[三]125，[三]192，[三]202 所重。

擒：[甲]2036 之削封。

輕：[甲][乙]2297。

取：[三]1565 汝心勿。

若：[宋][元]1443。

沙：[三]468 字奢摩。

燒：[甲]1721 臂破彼。

奢：[三][乙][丙]1076 野底阿。

舍：[宮]1421 戒行婬，[宮]1464 比丘將，[甲]1969 與僧後，[明][丙]1277 阿尾，[明][甲][乙]856 冒引地，[明][乙]1225 六薩嚩，[明]192 離勤方，[明]192 尊，[明]1234 野引努，[明]2076，[明]2076 之心成，[明]2122 威儀誕，[三][宮][另]1435 是，[三][宮]1435 樓漿五，[三][宮]1435 衛國爾，[三][宮]1462，[三][宮]1464 諷，[三][宮]1464 彌瞿師，[三][宮]1464 眾及跋，[三]1341 磨，[三]1534，[三]1655 中此時，[聖]99 羅步默，[宋]1562 在身心，[宋][元][聖]、含[明]1441 耶衣劫，[宋][元]下同 603 方便

精，[宋][元]下同 603 一爲癡，[乙] 2092 半宅安，[元][明]591 應如，[原] [甲]1781 之穢弊。

舍：[甲]2036 無生自，[甲]1736 即隨義，[甲]1736 身命不，[甲]2787 而中，[甲]2792 不同隨，[明]278 菩， [明]2102 誰居不，[明]2154，[三][宮] 2060 會夢入，[三][宮]813 三善度， [三][宮]2103 苦，[三]984 遮部多， [宋][明][宮]、含[元]2102 殺而修， [宋][明][聖]1017 者，[宋][明][聖]1017 字，[宋]1694 一爲癡。

敇：[三]1646。

設：[甲][乙]1214 親嚕，[明][丙] 1214 親嚧心，[明][甲][乙][丙]1214 親。

攝：[宮][聖]397，[三]210 三行 是，[元][明]2122 神足入。

身：[宮]2121，[明]2121。

什：[元][明]2103 翼鞅或。

施：[明]220，[三][宮]1525 主又 布，[三][宮]1577 與不由。

拾：[宮]657 國財妻，[宮]1808 亦爾，[甲][乙][丙][丁]2187 也我意， [甲][乙]2194 一切法，[甲]2261 其所 長，[甲]2269 應無依，[甲]2434 種之 於，[明]293 位出家，[明]1421，[三] [宮]1462 取連合，[三]190 遺餘又， [三]2102 纖善小，[聖]2157 法，[宋] [元][宮]2040 取欲浣，[乙]2261 有色 地，[乙]2795 取薪取。

勢：[乙]867 捨。

誓：[明]293 離怨結，[三][宮]300

願我定，[聖]440 成就佛。

釋：[三][宮][聖]1421 王位，[三] 186 兵仗當。

受：[元][明]1441，[原]1744 戒小 乘。

授：[甲][乙]1822 命得漸，[甲] 2393 義也若，[甲]2801 戒義分。

栓：[己]1830 任運恒。

俗：[三][宮]425 居不在。

損：[三]310 一切，[三]201 棄而 不。

提：[甲]1744 無常身，[宋]1139 麼十。

推：[甲]2038 厥緒餘，[甲]2196 他。

違：[宋][宮]657 離是菩。

五：[乙]1821 受通諸。

悟：[甲]1735 世間三。

相：[甲]895 離亦復，[甲]1846 離者是。

想：[甲]1821 別故。

寫：[三]125。

瀉：[三][宮]1435 著堂。

信：[三][宮]1581 一切衆。

修：[明]1656 內外財。

脩：[聖]341 象馬及。

朽：[甲]2255 謂能得。

厭：[三][宮]414 離善防。

依：[明]1536 床座或。

逸：[三]1488 心若見。

詣：[明]125 五。

盈：[三][宮]1435 衣中各。

於：[甲]1828 擇滅者，[甲][乙]

2250 理於事，[甲][乙]2259 過去現，[甲]1793 中人二，[甲]1828 可意境，[甲]1828 中觀察，[甲]1851 言趣證，[甲]2266 俱等廣，[甲]2281 實等獨，[甲]2339 此身上，[三][宮]278 一切欲，[三][宮]639 新肉血，[三][宮]1559 上大梵，[三][聖]99 一切，[聖]1562 異生非，[宋][宮]307 是身已，[宋][元]26 戒罷道，[乙]2249 已曾得。

與：[明][甲]997。

遠：[石]1509 離般。

止：[三][宮]1425 僧伽婆，[聖]1425 者善。

種：[甲][乙]1822 七。

族：[原]1856 也。

難：[甲][乙]2263。

社

村：[三][宮]、杜[聖]1465 人請復，[乙]2092 爲社民。

閣：[三][宮][甲][乙][丙][丁]848 字舌生，[宋][宮]、一[元][明]848 上聲呼。

杜：[宮]397 囉摩囉，[明]1094 耶戇莎，[三][宮][甲]901，[三][宮]451 羅大將，[三][宮]2059，[三][宮]2122 縣塔隋，[三]901，[三]984 夜叉梁，[三]985 迦蘭香，[三]2125 得迦摩，[宋]、祚[宮]2103 寧邦請，[宋][元][宮]901 那布嚕。

稷：[明]2110 正置。

膳：[甲][乙]1822 那以醬。

耶：[乙]924 婁嚕蔽。

壯：[三]2145 五部乖。

舍

倉：[宋][元][宮]2060 講華嚴。

含：[甲][乙]1736 以前標，[甲]1733 萬像喻，[甲]1735 多意一，[甲]1735 略，[甲]1735 於神變，[甲]1735 諸問思，[甲]1736 二今言，[甲]1736 光匡，[甲]1736 教，[甲]1736 取文小，[甲]1736 三乘，[甲]1736 瑜伽但，[甲]1857 萬有而，[明]1602 那，[明]2145 頭諫太，[明]2154 利弗般，[明]2154 頭諫經，[三][宮][久]397 頭迦國，[三][宮]703 毒初無，[三]2106 之父也，[聖]1670，[聖][甲]1763 容爲義，[宋][明]1170 部惹引，[宋][明]1170 引贊三，[宋][元]1585，[宋][元]2061 八風，[宋][元]2154 經二十，[乙]1736 舍利者，[元][明]2016 牟尼，[元]1579 那品所，[原]1763 釋護以。

合：[明]1170 野六十，[宋][明]1129。

會：[丙]2777 於，[甲]2035 素床，[甲]2044 東有一。

家：[元][明][宮]374。

今：[甲]2255 須。

金：[甲]1028 究尼者，[甲]970 利瓶和，[甲]1811 光攝論，[聖]2157 頭諫經。

來：[宮]703 輕賤之。

全：[甲]2036 之至餘。

耆：[甲]1733 閣乾闥，[聖]397

彌烏盧，[另]675 那佛言。

捨：[宮]1912 一金錢，[甲]1805 任緣，[甲]1174 吽，[甲]2006 身爲床，[甲]2006 事入理，[甲]2006 我執等，[甲]2017 空最勝，[甲]2036 徐入便，[甲]2036 矣使太，[甲]2792 尼已餘，[明][宮]278 如是等，[三]2108 所易之，[三][宮]397 頭摩帝，[三][宮]2102 所易之，[三][宮]2108 寰中之，[三][乙]1125 印二羽，[聖][甲]1763 昔三歸，[宋][元][宮]2102，[宋][元]1057 利囉四，[宋]2061 之時未。

敕：[原]2006 字許一。

室：[甲]1736 屋。

言：[宋]2043 那婆。

耶：[三][宮]374 離國告。

余：[三][宮][別]397 差波。

宅：[三][宮]397 園林衣。

遮：[甲]1731 那迹，[甲]1735 那母，[甲]1736 那全身。

射

躬：[明]1425，[明]2060 房玄齡，[宋][宮]2122 之姪蕭。

箭：[三]196 輙還王。

麝：[三][宮]2060 獵之徒。

那：[三]1343 脾陀竭。

窮：[明]1300 人長者。

麝：[三]1082 香豆穀。

時：[甲]2219，[乙]2254 山石融。

體：[甲]2300，[甲]2266 非能顯，[甲]2266 射或中，[甲]2266 無性釋，[甲]2266 性別故，[乙]2408 者四方。

脫：[明]1548 是名觀，[三][宮]1548 方便是，[三][宮]1548 是名觀。

者：[聖]1435 即嫁女。

中：[乙][丙]2092 僧超亡。

敕

敕：[三]2154 還返神。

放：[三][宮]、紋[聖]1421 一人，[三][宮]2123 不覺，[三][宮]2104 七日令。

敢：[知]741 除罪過。

攻：[宮]2034 爾朱復。

郝：[三][乙]1069 阿嚩地。

活：[宮]1428 汝。

救：[甲]864 金剛，[甲]2274，[三][宮]2123 生受酷，[宋][聖]210，[原]1308 二合怛。

喃：[三][甲][乙][丙]1202。

赧：[甲][乙]2390 吽引滿。

散：[甲]1728 不同於。

殺：[原]、儞[原]1308 作二合。

意：[三]161。

設

彼：[甲][乙]1822 供養已。

達：[明]1539 摩阿羅。

待：[甲]2266 難如我。

誕：[宋][元][宮]、憚[明]1428。

敵：[三]193 火攻具。

誐：[三][乙]1092 咄三。

發：[明]14 阿難受。

復：[原]1840 有兩喻。

該：[乙]2296 廣。

故：[宮]810 無，[明]1450 方，
[三][宮]2102 宜重其，[宋]220 受想
行。

許：[甲]2274，[甲]2281，[乙]
2263 依他言。

護：[甲][乙]2391 法，[甲][乙]
2391 法云若，[甲][乙]2391 菩薩印，
[甲]2391 法中瑜，[三]953 令彼事，
[宋][宮][聖]222，[乙]2391 法用三。

記：[宋]1579 成就色。

假：[甲]2266 影像。

偎：[三]、假[宮]1425。

救：[三][宮]1680 安樂勸。

誑：[明]1450 此計念，[三]220
有情諸。

立：[甲]1881 教有異。

沒：[甲][乙]1822 於無量，[甲]
1828 者如天，[甲]2135 那沒那，[甲]
2254 物體破，[甲]2266 千門令，[甲]
2337 西，[甲]2349 在煩惱，[三][乙]
1200 駄囊避，[聖]292 魔事興，[乙]
850 儞二合，[乙]1822 起不同，[乙]
2309 者注云，[原]2339 同究竟。

沒：[甲]1816，[甲]1828 此二，
[甲]2135 薩怛囉。

俟：[原]2339 會。

請：[宮][聖]1421 食何故，[三]
[宮]1689 福皆不。

若：[宮]263 復有人，[甲]1305 復
有人，[明]1539 成就此，[三][宮]
1545 爾有何，[三]125 復共相。

瑟：[乙]1796 吒囉三。

殺：[乙]2381 害三界。

舍：[明]261 利起諸。

捨：[乙][丙]873 咄。

攝：[明]272 令給與。

施：[甲]1784 教屬於，[甲]1913，
[三]153 微供汝，[三]202 何計。

食：[宮]310 尚不顧。

識：[甲]2299 使百千，[聖]224
空色行。

使：[三][宮]267 滿百劫，[三]202
供宜可。

收：[三][宮][聖]1549 中間相。

授：[三]2110 藥誕。

數：[宮]656 見眾生。

說：[乙]2263 第二時，[乙]2263
論之亦，[乙]2263 由來云。

説：[宮]2123 有美食，[甲]、設
[甲]1781 方便令，[甲]1735，[甲]1821
依未至，[甲]1863 若許生，[甲]2195
聞雖信，[甲]2266 未來用，[甲]2362
法名者，[甲][乙]1822 劬勞論，[甲]
[乙]1832 依識等，[甲][乙]1929 三藏
之，[甲][乙]2288 如何答，[甲][乙]
2288 也就中，[甲][乙]2390 豎實合，
[甲]1123，[甲]1733 法無礙，[甲]1735
天眼從，[甲]1782 安立品，[甲]1795
幾種教，[甲]1795 教多端，[甲]1816
令，[甲]1830，[甲]1830 一切有，[甲]
1863 若説，[甲]1863 有處説，[甲]
1921 身有，[甲]1928 故色心，[甲]
2195 是方便，[甲]2261 假説性，[甲]
2261 義依於，[甲]2266，[甲]2266 許
前師，[甲]2266 許有等，[甲]2266 我
有色，[甲]2266 有今准，[甲]2276 立

量云，[甲]2317 成意業，[甲]2317 爲身業，[甲]2434 之法也，[明]201 還出口，[明]212 見去者，[明]220 利羅，[明]1533 名以名，[明]1571 有亦名，[明][宮]1547 人法故，[明]100，[明]220 雜穢言，[明]549 言豈佛，[明]1016 有七寶，[明]1340，[明]1443 座虔，[明]1536 言説，[明]1571 求解脱，[明]2016 如斯法，[三][宮]342 一切法，[三][宮]1546 難彼説，[三][宮]244 方便菩，[三][宮]310 於他家，[三][宮]1442 盟實無，[三][宮]1507，[三][宮]1550 上煩惱，[三][宮]1648，[三][宮]1810 一修理，[三][宮]2043 作大會，[三]1 月喻我，[三]125 耶，[三]212 龍有龍，[三]1331 探者衆，[三]1562 識慧見，[聖]222 菩薩之，[聖]1585 彼非有，[乙]2249，[乙]2309 故隨所，[乙]1821 犯重後，[乙]2192 種種方，[乙]2263，[乙]2296 是世俗，[乙]2296 言教是，[元]2016 經百歲，[元][明]1545 依界處，[元][明]2016 作佛，[元][明]99 法福利，[元][明]222 究竟棄，[元][明]589 有，[元][明]1301 禮，[元][明]1470 見異人，[元][明]2016 爾外學，[元][明]2122 解頭面，[元]125 有懷愁，[元]197 欲身行，[元]1596 令此意，[原]、悦[原]2266 獲，[原]1251 供養具，[原][甲][乙]2219 差，[原]1775 無常所，[原]2196 具如現，[原]2339 第一第，[原]2339 在兹。

雖：[三]125 有少壯。

談：[甲]2195 權方後。

投：[甲]1733 施得果。

託：[三]202 因縁來。

妄：[三][宮]1521 常有大。

爲：[三]125。

謂：[甲]1912 弓刀槊，[甲][乙]1822 爾何失。

我：[明]666 除滅法。

誤：[甲]1805 十誦制，[甲][乙]867 阿闍梨，[甲]1805 以雜寶，[甲]2082 奏殺，[甲]2227 搏食當，[甲]2281 又雖，[甲]2434 用麁荒，[三][宮]606 本有善，[三][宮]2102 獲蘇息，[三]984 鷄，[聖]1579 於餘事，[宋][宮]606 躡燒人，[宋][宮]895 那鞭打，[宋][明]1170 咄，[乙]2296 犯後學。

悉：[三]201 作王。

訓：[元][明]186 爲説斯。

讖：[三][宮]2121 會月月。

養：[三][宮]544 飯食須。

役：[甲]2217 雖散善，[三][宮]495 使諸天，[三][宮]895 使身力。

遠：[三][宮][聖]1522 離三界。

詐：[宮]656 假號亦。

朕：[聖]1471 僧諸。

致：[甲]2263 劬勞各。

諸：[宮]657 供，[甲]1512 問也，[明][聖]99 餘悉無，[三][宮]1544，[石]1509 阿羅漢。

資：[三][宮]2122 於侍衞。

作：[甲]1775 方便令，[原]1764 難後句。